SCHADUWDOCHTER

Ook verschenen van Rachel van Charante bij Xander Uitgevers

Het schuilhuis (2021)
Het grachtenhuis (2022)

RACHEL VAN CHARANTE

Schaduwdochter

De acht kastelen

XANDER

Uitgegeven door Xander Uitgevers
www.xanderuitgevers.nl

Omslagontwerp: ZeroMedia
Omslagbeeld: Patrick van Lent
Auteursfoto: Bonnita Postma
Zetwerk: Michiel Niesen, ZetProducties

Eerste druk 2023

ISBN 978 94 0162 053 6 | NUR 301

GUUSJE

*

Januari 1918

Een zware deur valt met een klap achter me dicht.

'Doorlopen.' De cipier duwt me voor zich uit, een lange, smalle gang in. De wanden zijn van beton, evenals het lage plafond. Het ruikt hier muf. Ramen ontbreken, om de zoveel meter hangen gaslampen die een flauw licht verspreiden.

De handboeien knellen om mijn polsen. Ik heb nooit goed tegen benauwde ruimtes gekund en ik voel me licht in mijn hoofd. Onwerkelijk. Alsof dit allemaal niet echt is, maar een nare droom waaruit ik maar niet ontwaak. Ik haal diep adem en vecht tegen de paniek die in me omhoog stuwt.

De cipier opent een traliedeur naar een ijzeren kooi. Er staan twee stevig gebouwde vrouwen in. De ene schat ik begin dertig, de andere halverwege de veertig. Ze dragen een donkerblauw uniform, hun haar is samengebonden in een strenge knot en ze kijken stuurs voor zich uit. Om hun middel dragen ze een leren gordel waaraan een sleutelbos en een knuppel bungelt. De oudste van de twee werpt een korte blik op een klembord. 'Guusje Johanna Simons? Geboren 8 november 1898 te Hoorn?' Haar stem klinkt laag.

'Ja mevrouw,' antwoord ik.

Pas als ik de cipier naast me zie knikken realiseer ik me dat de vraag niet voor mij, maar voor hem bedoeld is.

Terwijl de cipier mijn handboeien losmaakt, gaat ze voor me staan. Ze vouwt haar handen op haar rug, heft haar kin en kijkt me aan met een blik die het midden houdt tussen afkeuring, minachting en vermaak.

Ik lees in haar ogen wat ze voor zich ziet. Geen keurig, twintigjarig meisje, dat weliswaar uit een arm milieu komt maar netjes is opgevoed. Wat zij ziet is een jonge vrouw met warrig haar en vlekken op haar blouse en rok. Een dievegge en een lichtekooi. Uitschot. Een krankzinnige. Ik ben een rotte plek die uit de samenleving moet worden weggesneden. En ze ruikt mijn angst.

'Uitkleden!' commandeert ze.

Uitkleden? Met enige vertraging dringt tot me door wat er van me verlangd wordt. Met onvaste bewegingen begin ik mijn jasje los te knopen. Als ik ook mijn rok en blouse heb uitgetrokken en in mijn korset en onderbroek voor haar sta, brult ze: 'De rest ook! Opschieten!'

Ik begin aan mijn wollen ondergoed te sjorren.

Even kijkt de vrouw met verbazing naar de bolle buik die onder mijn hemd vandaan komt.

Poedelnaakt sta ik voor haar. Ik sla mijn armen om me heen in een vruchteloze poging mezelf te bedekken, terwijl ik drie paar ogen op me voel branden. Over mijn blote huid trekt kippenvel op.

Waar het ding vandaan komt weet ik niet, maar plotseling heeft ze een handschoen aan. 'Omdraaien,' gebiedt ze.

Als bevroren blijf ik staan.

'Omdraaien en voorover buigen!' Haar hand gaat dreigend naar de knuppel die om haar middel hangt.

Ik dwing mezelf te doen wat ze zegt en buig voorover, voor zover mijn buik dat toelaat.

Ik voel dat ze achter me hurkt en mijn billen splijt. Koude, rubberen vingers die hardhandig te werk gaan.

Ik richt mijn blik op de betonnen vloer. Walging en schaamte golven door me heen. Ik wil me afsluiten voor deze omgeving, voor de totale vernedering. In mezelf verdwijnen en niets meer voelen.

Het lijkt een eeuwigheid te duren voor ze klaar is en ik een beige, katoenen overall krijg aangereikt. 'Aantrekken.'

Mijn handen trillen ongecontroleerd terwijl ik het pak aantrek. De stugge stof prikt en jeukt op mijn blote huid. De stof klemt om mijn groeiende buik, de knopen krijg ik nauwelijks dicht.

Ik word opnieuw geboeid.

'Lopen!'

Werktuigelijk loop ik tussen de twee vrouwen in door het smalle gangenstelsel. Ik moet door een zware, metalen deur en plotseling staan we in een grote, open ruimte met een hoog koepelplafond. Steile trappen leiden naar galerijen op minstens vier verdiepingen.

Ik word de trap op gedreven naar de derde verdieping. De houten vloer buigt lichtjes mee onder hun stampende voetstappen. Ik vermijd het om over de reling naar beneden te kijken. Een lange rij mintgroen geverfde houten deuren met ijzerbeslag strekt zich voor ons uit. Halverwege de rij cellen wordt een deur geopend.

'Dit is de jouwe,' zegt de jongste vrouw, die tot nu toe gezwegen heeft. Ze leidt me naar binnen en verwijdert mijn handboeien.

Door een smal tralieraam schijnen reepjes grauwgrijs daglicht de cel in. De cel is niet meer dan tweeënhalve meter breed en aan weerszijden van de ruimte staat een simpel, houten bed. Op het rechter bed ligt een vrouw met lang, donker haar. Ze heeft haar gezicht naar de muur gericht en murmelt onverstaanbaar voor zich uit, zonder acht op ons te slaan. In het midden van de ruimte staat een houten emmer, waar een sterke urinegeur uit opstijgt.

Dit kan niet waar zijn. Dit kan gewoon niet waar zijn.

De cipier die tot nu toe het meest zwijgzaam was, begint monotoon de huisregels op te sommen. 'Er gelden vaste slaaptijden. Na het avondgebed om half tien gaat het licht uit...' Ik vang iets op over verplichte arbeid, de isoleercel, wasknijpers maken en luchten op de binnenplaats, maar mijn gedachten zijn traag en stroperig en het staccato geratel gaat grotendeels langs me heen.

Ik zou willen zeggen dat ik hier niet hoor, dat dit alles een gruwelijke vergissing is. Dat niet ik, maar híj hier zou moeten zitten. Maar ik zeg niets. Huilen of schreeuwen doe ik evenmin.

Ik huil niet als de zware, houten deur met ijzerbeslag achter me dichtslaat en de schemer om me heen valt. Ik huil niet als ik me op het houten bed laat zakken. Ik voel enkel verslagenheid en stille wanhoop. Ik kan niet anders dan terugkijken op het leven dat achter me ligt, buiten de muren van dit gevang, dat op dit moment een vreemde schemerwereld lijkt.

1

Een half jaar eerder
Donderdag 28 juni 1917

'Het spijt me voor je, Guusje,' zegt de marktkoopman. Hij veegt met een geruite zakdoek het zweet van zijn voorhoofd. Zonnestralen weerkaatsen fel tegen zijn kale schedel, waardoor zijn hoofd licht lijkt te geven. 'Ik heb geen aardappels meer. Ik ben leegverkocht.' Hij maakt een hulpeloos gebaar naar zijn handkar, waarin enkel nog wat uien liggen. Aan de uitlopers en de doffe schil te zien liggen ze er al een tijdje. Niet dat er ook maar een Jordanees is die zich daarom bekommert: liever bedorven etenswaar dan géén etenswaar.

Ik bijt op mijn onderlip en laat mijn blik door de Palmstraat dwalen, alsof de oplossing voor de voedselschaarste hier ergens verborgen ligt. Achter me heeft zich een lange rij wachtenden verzameld. Huisvrouwen met vermagerde gezichten en een paar dienstmeisjes in de herkenbare witte jurken, net als ikzelf. Twee magere jochies in korte broeken, smoezelig van het straatvuil, spelen op blote voeten tikkertje. Ze worden in de gaten gehouden door hun moeder. Zij zit met een bevuild schort in de deuropening van hun alkoofwoning. 'Maar de aardappels zijn niet voor ons,' probeer ik. 'Ze zijn voor de familie Huijbregts aan de Prinsengracht, waar ik als dienstbode werk.' Ik vermoed dat de groenteboer koopwaar achterhoudt voor klanten uit de hogere klasse, omdat hij regelmatig trots verkondigt dat hij hen tot zijn clientèle rekent, en omdat hij bij hen nou eenmaal de prijs kan opdrijven. Wat mevrouw Huijbregts niet weet, is dat ik regelmatig een paar aardappels in de zak van mijn schort laat glijden, voor ik 's avonds naar huis ga. Te weinig om op te vallen, maar net genoeg om ons uit zes personen bestaande gezin een broodnodig extraatje te geven.

'Tja wijfie, al deed je boodschappen voor Koningin Wilhelmina: ik heb geen aardappels. Alles is opgekocht. Er is in heel Amsterdam geen pieper meer te krijgen.' Hij trekt een onschuldig gezicht, alsof hij verplicht is zijn waar voor een topprijs aan de hoogste bieder te verkopen.

Uit de rij wachtenden achter me stijgt verontwaardigd gemopper op. 'Wat zeg je me nou?' De vrouw die achter me staat doet een stap naar voren. Ze balt haar vuisten en kijkt hem met samengeknepen ogen aan. 'Ga je me nou goddomme vertellen dat je wéér geen piepers hebt?'

De groenteboer knippert even met zijn ogen maar herpakt zich. Hij buigt zich naar haar toe en kijkt haar samenzweerderig aan. 'Je hebt het niet van mij, maar in de Prinsengracht ligt een schuit met aardappels van het Duitse leger. Onze piepers zijn allemaal op de zwarte markt verkocht aan die rotmoffen.'

'Zijn ze nou helemaal belatafeld?' roept de vrouw. 'Horen jullie dat? Alle aardappels zijn verhandeld aan die rotmoffen, en wij kennen honger lijden!' roept ze naar de wachtenden achter haar. Vanuit de rij stijgt verontwaardigd gemopper op.

'Waar ligt die schuit?' vraagt een andere vrouw.

De plotseling gespannen sfeer maakt dat ik besluit me uit de voeten te maken. Met mijn lege boodschappenmand loop ik de Palmstraat uit en koers in de richting van mijn werkadres aan de Prinsengracht. Een wandeling van een kwartiertje.

Een grijze rat snuffelt tussen het rondslingerend afval, dat ligt te rotten in de zomerzon. Ik steek mijn hand op naar de voddenman, die luidkeels zingend een kar met oude lappen achter zich aan trekt. De houten wielen ratelen tegen de keien.

Er zijn vijf jaar verstreken sinds moeder, mijn zusje Dirkje en mijn broertjes Faas, Feike en ikzelf onze eengezinswoning in het rustige Hoorn achtergelaten hebben, en bij opoe in de Rottige Steeg zijn ingetrokken. Die doet zijn naam eer aan. Het constante rumoer in de Jordaan, waar het leven zich grotendeels op straat afspeelt, wende verrassend snel. Overdag zijn het voornamelijk spelende kinderen en schreeuwende moeders die hun kroost bij zich roepen, of die op luide toon en in plat Amsterdams de laatste buurtroddels uitwisselen. 's Nachts zijn het met name dronken mannen die door de steeg klepperen, op zoek naar een bed om in te slapen – wat niet per se hun eigen bed hoeft te zijn. Waar ik niet aan kan wennen is de geur die uit de huizen en de grachten opstijgt. Een penetrante walm die vooral zomers ondraaglijk is. Dode vissenkoppen, aardappelschillen en andere etensresten worden door buurtbewoners lukraak op straat gesmeten, waardoor er zowel binnen de huizen als erbuiten een drabbige laag vuil op de grond ontstaat.

Amsterdam is een stad met twee gezichten. Als ik tien minuten later de vuiligheid van de Jordaan achter me laat en de schilderachtige grachtengordel bereik, lijk ik in een andere wereld te stappen. Op de Prinsengracht is het rustig. Statige grachtenhuizen staan er sereen bij in de ochtendzon, die een schittering op het grachtwater werpt. Een groepje eenden zwemt snaterend voorbij. Er staat een zacht zomerbriesje dat donkerrode plukken uit mijn opgestoken haar trekt. Ik duw mijn krullen terug onder de spelden.

Aan de kade van de Prinsengracht liggen verschillende bootjes en schuiten aangemeerd. Sommige schuiten herbergen een lading, maar die is afgedekt onder een zeil. Van buitenaf is onmogelijk vast te stellen of het inderdaad om aardappels gaat. Ik sluit niet uit dat de groenteboer een kletsverhaal heeft opgehangen om de aandacht van de boze vrouwen van zichzelf af te leiden.

De Grote Oorlog speelt zich buiten onze landsgrenzen af en daarmee min of meer buiten onze belevingswereld, maar de laatste jaren is de oorlog ook in Nederland steeds voelbaarder geworden. Met name in onze magen. Thuis staat er elke week een beetje minder op tafel. Sinds begin dit jaar is er geen brood meer, en sinds een paar weken ook geen aardappels. We eten rijst, en als we eraan kunnen komen een beetje groente. Dat geldt niet voor iedereen. Wie genoeg te besteden heeft, zoals de familie Huijbregts, heeft de karige voedselrantsoenering tot nu toe kunnen aanvullen met etenswaar die voor hoge prijzen verhandeld wordt.

Met de lege boodschappenmand aan mijn arm open ik de hoge voordeur van het grachtenhuis van de familie Huijbregts. Sinds drie jaar heb ik een dagbetrekking bij deze familie. Meneer is rechter. Evenals andere dames uit haar klasse laat mevrouw de opvoeding van hun twee zoons over aan een gouvernante en vult ze haar dagen met het afleggen van theevisites en het organiseren van diners voor andere notabelen. Van mij wordt verwacht dat ik, naast de huishouding, deze avonden dusdanig verzorg dat ze de soireetjes van haar vriendinnen overtreffen en dat haar gasten er in hun kringen nog weken over napraten.

Ik loop over het glimmende witte marmer in de hal naar de keuken en zet de mand op het aanrecht. Ik open de deur naar hun achtertuin, die met evenveel aandacht en precisie is ingericht als hun moderne art-deco-interieur. Een zacht zomerbriesje waait de keuken in. Ik ruim de ontbijttafel af en begin met koffie malen.

Vanuit de salon, die aan de hal grenst, klinken de stemmen van meneer en mevrouw Huijbregts. 'Blijf vandaag maar binnen, Henriëtte. Er wordt gefluisterd dat het plebs uit de Jordaan van plan is om pakhuizen te bestormen, omdat ze vermoeden dat er voedsel achtergehouden wordt. De ervaring leert dat 't gemakkelijk uit de hand kan lopen met die losgeslagen lieden. Om dat volk in toom te houden gaat de politie het leger inzetten. De hele stad wordt belegerd.'

'Och, lieve hemel,' klinkt de hoge, schrille stem van mevrouw Huijbregts. 'Kan het diner met de Brennertjes vanavond dan wel doorgaan?'

'Als het leger de boel op straat onder controle weet te houden, dan kunnen ze hier gewoon naartoe komen. Ik ga naar kantoor, lieveling.'

Meneer Huijbregts loopt de hal in. Voor de keuken blijft hij staan. 'Goedemorgen Guusje.' Even blijven zijn ogen op me rusten.

'Goedemorgen meneer.' Ik wend mijn hoofd af en draai aan de hendel van de koffiemolen.

De voordeur valt in het slot.

Achter me klinkt het geluid van hakken, die gedecideerd naderbij komen. In de deuropening verschijnt mevrouw Huijbregts. Ze draagt een ijsblauwe zomerjapon met witte, kanten stiksels. Haar glanzende bruine haar is zorgvuldig opgestoken en haar smalle lippen zijn felrood gestift. Net als mijn moeder is ze halverwege de veertig, maar dan zonder het afgetobde gezicht en de donkere kringen onder haar ogen, waardoor ze jaren jonger lijkt. Ze schrijdt de keuken in en werpt een blik in de lege boodschappenmand. 'Je weet dat ik vanavond een diner organiseer voor meneer en mevrouw Brenner. Waarom zijn er geen aardappels gehaald, Gijsje?'

Hoewel ik hier al drie jaar werk en mevrouw Huijbregts er weleens voorzichtig op gewezen heb dat ik Guusje heet, bleef ze me stug Gijsje noemen. Uiteindelijk nam ik de moeite niet meer. 'Het spijt me, mevrouw Huijbregts.' Ik herhaal wat de groenteboer vertelde. 'Er zijn geen aardappels meer verkrijgbaar. Ze zijn opgekocht voor het Duitse leger.'

Haar gestifte lippen veranderen in een verbeten streep. 'Dat kan ik me niet voorstellen. Heb je de groenteboer wel verteld dat de aardappelen voor ons zijn?'

Ik knik. 'Het spijt me, mevrouw Huijbregts.'

Ze slaakt een getergde zucht.

'Ik zou rijst kunnen bereiden,' opper ik.

'Goedkope rijst serveren aan het gezelschap van vanavond?' Mevrouw Huijbregts trekt één geëpileerde wenkbrauw op. 'Meneer Brenner is notáris. Zijn echtgenote is voorzitster van de damesclub én ze is een bridgevriendin van me. Rijst is in jullie kringen misschien gebruikelijk, maar je begrijpt hopelijk wel dat ik bij mensen uit onze klasse niet met dergelijk inheems voedsel kan aankomen.'

Ik wacht tot ze uitgesproken is en pers er een glimlach uit. 'Het is prachtig weer. Ik zou de rijst onopvallend in een koude salade kunnen verwerken, en koude hapjes kunnen maken van de kip, de fazant en de pasteitjes die er nog zijn? Als ik de tuintafel mooi dek, kunt u het diner in de tuin houden.'

Ze trommelt bedenkelijk met haar vingers tegen haar lippen. 'Mevrouw Brenner heeft zelf nog nooit een tuinpartijtje gegeven...' Langzaam verschijnt er een tevreden glimlach op haar gezicht. 'Ja Gijsje, dat is een origineel idee. Waarom ben je daar niet eerder mee gekomen? Ik wil dat je de tuintafel dekt met het linnen tafelkleed en ik wil dat je het tafelzilver mooi oppoetst. En vergeet niet om verse bloemen op tafel te zetten.' Ze vist een klapspiegeltje uit haar tasje, controleert haar lippenstift en draait zich om. 'Hup hup, aan de slag dan maar. Er is veel te doen vandaag. Ik wil graag een kopje koffie in de salon. En zet je dadelijk de parketvloer in de werkkamer van meneer even in de was?'

'Natuurlijk, mevrouw.' Ik glimlach overdreven vriendelijk.

Volgens Dirkje wil ik dat iedereen me aardig vindt. Soms zou ik meer zoals mijn zusje willen zijn; doen waar ik zin in heb zonder me druk te maken om de consequenties of de mening van anderen, maar het is een tweede natuur geworden. De wensen en verlangens van anderen aanvoelen, te allen tijde doen wat er van me verwacht wordt en verder zo onzichtbaar mogelijk zijn. Ik krijg ondermaats betaald en werk regelmatig over zonder daar iets extra's voor te vangen, maar we zijn nou eenmaal afhankelijk van dit werk.

Van Dirkje, die een dagbetrekking heeft bij de Brenners, weet ik dat mevrouw Huijbregts weleens heeft overwogen om me te ontslaan. Niet omdat ze ontevreden is over mijn functioneren, maar omdat de onverholen blikken die meneer Huijbregts me toewerpt haar niet ontgaan zijn. Dirkje heeft de Brenners horen fluisteren dat meneer Huijbregts een verhouding met een knap, jong kennisje zou hebben gehad en dat mevrouw Huijbregts sindsdien geen vrouwen meer in zijn omgeving duldt die mooi of jonger dan veertig zijn. Ook weet Dirkje dat mevrouw Huijbregts zich bij mevrouw Brenner over mij beklaagde. 'Die meid zit constant om aandacht te bedelen bij mijn Etiënne. Het is alsof ze honing aan d'r achterwerk heeft.' Waarop mevrouw Brenner reageerde: 'Ach liefje, je weet toch hoe mannen zijn? Maak je geen zorgen. Het is een knap grietje, zonder meer, maar het is en blijft maar een dienstertje. En dat weet Etiënne ook.' Mevrouw Huijbregts opperde dat ze gemakkelijk een Vlaams dienstmeisje kon aannemen, aangezien ons land door Belgische vluchtelingen overstroomd wordt. 'Dat schijnt ook voordeliger te zijn. Er wordt gezegd dat die stakkers soms al werken voor een half loon.' Waarop mevrouw Brenner reageerde: 'Maar straks is de oorlog voorbij en dan gaat zo'n dienstbode weer naar huis.'

Nu ik dit weet, mijd ik het contact met meneer Huijbregts nog meer dan ik al deed en zorg ik ervoor dat mevrouw uiterst tevreden blijft over mijn werkzaamheden. Ook zwijg ik als het graf over de beduimelde tijdschriften met getekende afbeeldingen van naakte vrouwen, die ik tijdens het afstoffen van meneers werkkamer weleens aantref.

Het is even na zessen als mevrouw Huijbregts in haar bordeauxrode avondjapon de tuin in schrijdt en een keurende blik op de gedekte tuintafel werpt.

Op het witte tafellinnen staat een stapel porseleinen borden en een mandje met zilveren bestek. In het midden van de tafel staan drie vazen met kleurrijke, wilde bloemen. Daaromheen staan koude kip, een rijstsalade, fazant, fruit, pasteitjes en vis, geserveerd op zilveren schalen. Water en wijn fonkelen in kristallen karaffen.

Ze trekt een zuinig mondje en herschikt de wilde bloemen in de vaas, maar zegt dan toch: 'Dit valt me niet van je tegen, Gijsje.'

'Fijn, mevrouw.'

'Je kunt gaan. Morgenochtend, om acht uur stipt, verwacht ik je weer aan het werk.'

Alsof ik ooit te laat ben.

'Natuurlijk, mevrouw. Nog een prettige avond.'

In de verte klinken stemmen. Geschreeuw, gevolgd door een vreemd gebonk. Het geluid wordt gedempt door de tussenliggende hoge grachtenpanden, maar lijkt vanaf de straatkant te komen.

We wisselen een korte blik van verstandhouding. Dan wappert mevrouw Huijbregts met haar hand, ten teken dat ik kan vertrekken.

'Tot morgen, Gijsje.'

Ik trek de voordeur van de familie Huijbregts achter me dicht en knijp met mijn ogen tegen de schittering van de laagstaande zon.

Een meter of dertig verderop, onder de lindebomen aan de kade, heeft zich een meute woedende vrouwen verzameld rondom een van de schuiten die op de Prinsengracht liggen aangemeerd. Het zijn er minstens tachtig. 'Onze piepers aan die rotmoffen verkopen? Hoe durven jullie! De hele Jordaan lijdt honger! Stelletje dieven! Stelletje klootzakken!'

Slechts één politieagent staat op het achterdek, boven op een met groen zeil afgedekte lading. Hij blaast op zijn fluitje, schreeuwt om versterking en zwaait driftig met een sabel, in een vruchteloze poging de drommen vrouwen op afstand te houden. 'Achteruit, vrouwmens! Wegwezen jullie!'

Als een zwerm bijen cirkelen de vrouwen rondom de boot. Ik herken onze buurvrouwen uit de Rottige Steeg en verschillende vrouwen uit de Willemsstraat. Een van de vrouwen probeert vanaf de kade op de schuit te klimmen. 'Hier met die aardappels! We hebben goddomme kindermonden te voeden!'

'Achteruit jullie! En nu rap! Wie nog één stap dichterbij doet smijt ik in de cel!' De politieagent maait weer met zijn sabel, verliest daarbij zijn evenwicht en kukelt achterover. Hij belandt op zijn rug op het achterdek van de schuit en laat zijn sabel vallen. Zijn politiepet belandt in het water.

'Klim op die boot!' brult een bekende stem. Nu pas ontwaar ik Dirkje in de schreeuwende menigte. Plukken donkerrood haar zijn uit haar knot losgeraakt en op haar witte dienstersuniform zitten vegen modder. Ze stroopt haar rokken op en klimt op de schuit. Andere vrouwen volgen haar.

De politieagent krabbelt op en graait naar zijn sabel, maar Dirkje schopt het ding bij hem weg en geeft de agent een duw.

Hij maait met zijn armen maar vindt geen grip, valt achterover en belandt in de gracht.

'Snel!' De vrouwen trekken het dekzeil los en beginnen de zakken aardappels te verdelen. 'Pak wat je pakken kan! Opschieten!'

Een meter of tachtig verderop doemt een groep bruingroene legeruniformen op. 'Halt! Staan blijven!'

Op datzelfde moment ziet Dirkje mij. 'Guusje! Pak aan!' Ze klimt van de boot met twee zakken aardappels in haar handen.

'Waar ben je nou mee bezig?' sis ik. 'Als je opgepakt wordt, kun je niet meer werken, en dan is ons probleem nog veel groter. Leg die aardappels terug!'

'Ik pieker er niet over!'

'Halt! Staan blijven!' De legeruniformen stormen op ons af. Vijftig meter. Ze trekken hun geweren en lossen waarschuwingsschoten in de lucht.

'Verspreiden!' brult Dirkje. 'Allemaal verspreiden!'

De meute zet het op een rennen. Een van de vrouwen struikelt. Aardappels rollen over de straat. Ik ren op de vrouw af, help haar opstaan en snel dan naar mijn zusje. Ik neem één van de twee zakken aardappels van haar over. 'Snel! Hierheen!' We zetten het op een lopen.

Het gestamp van naderende laarzen. 'Staan blijven! Halt!' Opnieuw wordt er in de lucht geschoten.

'Snel!' Adrenaline jaagt door mijn bloedbaan. We koersen in de richting van waar ik gekomen ben, rennen langs de grachtenvilla van de familie Huijbregts en slaan de hoek om, de Elandsgracht op.

2

Mijn hart beukt tegen mijn ribben en felle steken boren zich in mijn zij. Dirkje en ik hollen de Jordaan in en doorkruisen smalle straten, gangen en hofjes. De vrouwen hebben zich verspreid en de soldaten ook, maar twee of drie soldaten rennen nog steeds achter Dirkje en mij aan. De mannen zijn getraind en beduidend sneller dan wij, op onze rijglaarsjes en met een zware zak aardappels in onze armen. Ik hoef niet achterom te kijken om te weten dat de afstand tussen ons steeds kleiner wordt.

'Ik kan niet meer,' hijgt Dirkje.

'Hierheen,' roep ik. Abrupt sla ik de hoek om, een steeg in. Onze voetstappen resoneren tegen de hoge, gemetselde muren.

Buiten adem komt Dirkje tot stilstand. Ze leunt met één arm tegen de muur en ademt raspend. 'Sorry… Ik kan… niet meer.'

'Kom op nu, we zijn er bijna!' Als we de steeg door rennen en de hoek omslaan, zijn we thuis.

'Ga jij maar,' hijgt ze. Ze haalt piepend adem.

Het naderende gestamp van soldatenlaarzen.

Gejaagd kijk ik om me heen. In de steeg liggen hopen rondslingerend afval en houten kratten staan opgestapeld tegen de muren.

'Verstoppen dan,' sis ik tegen Dirkje. Ik schuif een stapel kratten opzij. Ze laat zich tegen de muur aan op de grond zakken, de zak aardappels in haar armen geklemd. Ik doe hetzelfde en trek rondslingerende kratten en afval naar ons toe in een poging ons aan het zicht te onttrekken. Er stijgt een bedwelmend zure walm uit op.

Ik leg een hand op mijn mond om mijn hijgende ademhaling te smoren. Dirkje doet hetzelfde. Roerloos blijven we zitten. Zweet loopt in straaltjes langs mijn rug.

Er ritselt iets tussen het afval. Er komt een grijze rat tevoorschijn.

Hij scharrelt langs ons heen. Ik vecht tegen de aandrang om te vluchten en knijp mijn ogen stijf dicht om het vieze beest niet te hoeven zien.

Slechts seconden later stormen twee soldaten de steeg in. Door een smalle spleet in de opgestapelde kratten vang ik een glimp van ze op. 'Hier renden ze naartoe. Twee roodharige grieten waren het, in dienstersuniformen.' Voor de afvalhoop komen ze tot stilstand.

'Zo snel kunnen ze niet uit het zicht verdwenen zijn,' reageert zijn collega. Hij heeft een opvallend hoog stemmetje. 'Die wijven hebben zich hier verstopt.' Hij begint aan de kratten te sjorren.

Mijn hart bonst zo hevig dat ik vrees dat het hoorbaar is.

'Godallemachtig, wat stinkt het hier.'

Er klinkt geschuifel van voetstappen, gevolgd door een bekende stem. 'Zoeken jullie die vrouwen die met die aardappels wegrenden?' Ik herken de stem van tante Wim, onze buurvrouw. Tante Wim – die niemands tante is, maar door de ganse buurt zo genoemd wenst te worden – is begin zeventig en loopt zo krom dat ze voornamelijk naar de grond kijkt. Desondanks houdt ze de omgeving nauwlettend in de gaten en is ze steevast op de hoogte van de laatste buurtroddels.

'Ja, twee dienstmeiden,' roept het hoge stemmetje.

'Ze renden die kant op.'

Er valt een stilte, alsof de soldaten de betrouwbaarheid van tante Wims aanwijzing beoordelen.

De rat snuffelt even aan mijn schoenen en verdwijnt in de afvalhoop.

'Gadverdamme, een rat!' gilt het hoge stemmetje.

'Stel je niet aan man, je lijkt wel een wijf,' moppert zijn collega. 'Nou, schiet op, doorlopen.'

De soldaten komen weer in beweging.

Roerloos blijven we zitten. Pas als er geen voetstappen meer klinken en tante Wim mompelt dat de kust veilig is, komen we in beweging. Ik trek de zak gestolen waar achter het vuilnis vandaan. Nu pas word ik me bewust van het gewicht van de zak aardappels, die minstens vijftien kilo moet wegen. Mijn armen trillen en plots lijkt alle energie uit mijn ledematen te zijn weggevloeid.

Tante Wim grijnst haar tanden bloot. 'Goed gedaan, wijfies.'

'Dank u wel, tante Wim.'

Ze maakt een wegwerpgebaar. 'Zo doen we dat hier in de Jordaan. Als ik tien jaar jonger was geweest, dan was ik met jullie meegegaan om die schuit te beroven. Stelletje aasgieren zijn het.' Ze werpt een gretige blik op de aardappels.

Ik hou haar de zak voor. Ze graait erin en laat er een paar in de zak van haar schort glijden. 'Bedankt meiden. Ik zal het me laten smaken.'

'Doet u dat, tante Wim. Kom, we gaan naar huis,' zeg ik tegen Dirkje.

'Eerst de aardappels verdelen in de buurt,' protesteert ze nahijgend.

'Nee, het wemelt hier van de soldaten. Aardappels verdelen doen we later.'

'Schijtluis,' moppert Dirkje.

Even later dalen we het houten afstapje naar onze tweekamerwoning af.

'Dag moeder.' Net als Dirkje zet ik mijn zak aardappels naast het keukenblok.

'Dag meiden.' Mijn moeder staat aan het kleine keukenblokje en roert in een pan met rijst.

Onze woning is gelegen in een souterrain van een hoog pand, dat tot aan de nok toe bewoond wordt door straatarme families die met te veel mensen op te weinig vierkante meters leven. Als je binnenkomt sta je meteen in een ruimte die dienstdoet als keuken, wc, woonkamer, badkamer en slaapkamer voor Dirkje, mijn broertjes Faas en Feike en mijzelf. Rechts van het kleine keukenblokje zijn twee bedsteeën in de muur verzonken. Onder het kleine kruisvenster staat een houten tafel met zes stoelen, die nog uit ons huis in Hoorn komen. De enige decoratie in het souterrain is een geborduurd schilderijtje boven het keukenblok, met de tekst: *Zoals het klokje thuis tikt, tikt het nergens.* Opoe stond erop dat we het zouden ophangen. De kleine slaapkamer achter deelt moeder met opoe. Het balkenplafond is laag. Mijn moeder, opoe, Dirkje, mijn broertjes en ikzelf kunnen hier net rechtop lopen, maar een volwassen man die hier binnenkomt zou zijn hoofd moeten buigen. Naast de ingang staat een beeremmer met een deksel, waar we – bij gebrek aan een wc – onze behoefte op doen. Ik geloof niet dat ik ooit ga wennen aan de bedwelmende geur van uitwerpselen, die een week in de emmer liggen. Enkel op vrijdagen komt de tonnenman langs, die de beeremmer leegt. (De Amsterdammers noemen hem smalend 'Boldootman', verwijzend naar het eau de cologne-merk *Boldoot*.)

Mijn moeder scharrelt aan het kleine keukenblokje. Faas en Feike zitten met gewassen handen aan tafel en spelen een potje dammen. Naast hen zit opoe, die met een lege blik voor zich uit staart. De laatste tijd is ze alleen lichamelijk aanwezig en zweeft haar geest rond in een mistig niemandsland waar wij geen toegang toe hebben. Af en toe murmelt ze iets onverstaanbaars of roept ze om mijn vader of mijn grootvader, die ze beiden al ruim tien jaar geleden begraven heeft.

'Wat is er met jullie gebeurd?' vraagt mijn moeder. 'Jullie stinken een uur in de wind.' Dan merkt mijn moeder de zakken aardappels op. 'Lieve hemel! Jullie gaan me toch niet vertellen dat jullie mee zijn gegaan om die schuit te beroven? De hele buurt sprak erover. Straks komt de politie jullie halen!'

'Maakt u zich geen zorgen, moeder.' Nahijgend laat Dirkje zich op een stoel naast Faas en Feike zakken en verschuift een steen op het dambord. 'Weet u met hoeveel vrouwen we waren? Ze kunnen ons onmogelijk allemaal oppakken.'

Mijn moeder droogt haar handen aan een theedoek en werpt een blik in de zakken.

'Ik ben het er niet mee eens dat jullie stelen,' moppert ze. Toch vult ze een pan met water, pakt een schilmesje en gaat ermee aan tafel zitten. 'Jullie weten wat de Bijbel daarover zegt.'

Dirkje rolt met haar ogen. 'Die aardappels zijn van óns gestolen, ma. Wij hebben gewoon teruggehaald waar we recht op hebben.'

Mijn moeder verplaatst haar blik naar mij en trekt een streng gezicht, alsof we een bank hebben beroofd. 'Van jou had ik dit zeker niet verwacht. Je bent de oudste, je zou beter moeten weten.'

Mijn voeten knellen in mijn rijglaarsjes: tweedehandsjes die me zijn toebedeeld door de liefdadigheid van de kerk en die me net een maat te klein zijn. Ik trek ze uit en laat me op een stoel naast opoe zakken. 'Het zijn maar aardappels, moeder. Zo'n vaart zal het niet lopen,' zeg ik, alsof ik daar zelf in geloof. Ik heb meneer Huijbregts onlangs nog horen roepen dat er steeds harder wordt opgetreden tegen 'de beestachtige criminaliteit die de Jordaan in zijn greep houdt'. Dat de mensen hier honger lijden lijkt niemand bijzonder te interesseren.

Mijn moeder haalt verongelijkt haar schouders op, maar zet desondanks een schilmesje in een aardappel. 'En toch, dit is niet de manier. We zijn misschien arm, maar we zijn wel netjes. Zo zijn jullie niet opgevoed.' De aardappelschillen vallen in lange krullen op het krantenpapier.

Ik verwacht een gevatte tegenopmerking van Dirkje, maar tot mijn verbazing blijft die uit. Haar gezicht is bleek, maar haar wangen gloeien, haar voorhoofd is klam en haar ademhaling is nog steeds opvallend hoog.

'Gaat het wel goed met je?' vraag ik.

'Ja hoor.' Ze kucht in haar vuist. Haar wangen kleuren nog roder.

Mijn moeder legt haar hand op Dirkjes voorhoofd. 'Je gloeit helemaal. Kind, je hebt koorts!'

'Welnee moeder,' verzucht Dirkje. 'Het is vreselijk warm vandaag en ik heb net gerend met een mud aardappels. Ik ben gewoon bezweet.'

'Je hebt anders al dagen een raar kuchje,' merk ik op.

'Inderdaad,' beaamt mijn moeder. 'Ik zou het toch prettig vinden als je even naar de dokter ging.'

Dirkje maakt een wegwerpgebaar. 'Het is gewoon een griepje.'

Ik trek mijn wenkbrauwen op. 'Griep? Midden in de zomer?'

'Waarom zou een mens geen griep kunnen krijgen in de zomer?' verzucht Dirkje.

Mijn moeder laat een geschilde aardappel in de pan zakken en glimlacht trots. 'Dirkje is eigenwijs. Dat zijn haar Friese wortels.'

Mijn moeder komt uit een klein dorpje in Noord-Friesland. Haar ouders hadden er een grote herenboerderij, al heb ik dat alleen van horen zeggen, want de grootouders van mijn moeders kant heb ik nog nooit gezien. Toen mijn moeder mijn vader ontmoette en met hem besloot te trouwen, lieten mijn gereformeerde grootouders weten daar fel op tegen te zijn. Niet alleen was mijn vader protestants, ook hadden zijn ouders een café op de Amsterdamse Zeedijk. Mijn grootouders weigerden toestemming te geven hun dochter in een familie te laten trouwen die haar geld verdiende aan hoeren, zeelui en ander uitschot, en verbraken het contact met mijn moeder. Mijn ouders vestigden zich in Hoorn, waar mijn vader een acceptabele betrekking vond als kantoorklerk bij een scheepsbouwbedrijf. Het mocht niet baten: mijn grootouders bleven onverbiddelijk.

Slechts tien maanden na hun huwelijk werd ik geboren. Anderhalf jaar later volgde Dirkje en pas zeven jaar daarna volgden mijn tweelingbroertjes Faas en Feike. Na het overlijden van mijn vader heeft mijn moeder haar ouders nog eens geschreven. De brief bleef onbeantwoord.

Opoe mopperde dat ze niet begreep hoe mijn grootouders hun bloedeigen dochter – en haar schoondochter die net weduwe geworden was – zo in de steek konden laten.

'Het zijn eigenwijze en trotse Friezen, ma,' verdedigde mijn moeder haar ouders.

Maar ook toen mijn moeder een paar jaar later hertrouwde met oom Johan en mijn grootouders een uitnodiging stuurde voor de bescheiden trouwreceptie, bleef het ijzig stil.

Ik weet niet of mijn moeder haar ouders ervan op de hoogte heeft gebracht toen een paar jaar later ook oom Johan overleed en ze voor de tweede keer weduwe werd. Wel weet ik zeker dat als mijn grootouders plotseling op de stoep zouden staan om het contact met mijn moeder te herstellen, ze haar ouders direct weer in haar armen zou sluiten.

'Guusje lijkt op mij,' zegt mijn moeder altijd. 'We hebben een hekel aan ruzie en willen altijd de vrede bewaren.'

Misschien heeft Dirkje wel gelijk en willen we te graag aardig gevonden worden.

3

Ik draai me op mijn rug en staar naar het plafond van de bedstee. In de Jordaan is het nooit rustig, maar vannacht is slapen simpelweg onmogelijk. Op straat klinkt onophoudelijk geschreeuw, glasgerinkel en luide klappen die afkomstig lijken van vuurwerk. Halverwege de avond zijn woedende buurtbewoners de straat op gegaan om te protesteren tegen de oneerlijke voedselverdeling en de aardappeldistributie die maar niet op gang komt. Ze gingen met de politie op de vuist, waarna het leger werd opgetrommeld dat de meute in bedwang moest houden.

Naast me ligt Dirkje. Ze gloeit als een kacheltje en de lakens voelen klam. Om de paar minuten hoest ze hevig. Zelfs als ze niet hoest, produceert ze een piepend geluid, alsof er iets klem zit in haar luchtwegen.

'Gaat het, zusje?' fluister ik.

'Ja, heus, niets aan de hand,' fluistert ze terug.

Ik kom overeind en voel aan haar gloeiende voorhoofd. 'Ik ga iets voor je halen.' Ik negeer haar protest en klim over haar heen, de bedstee uit. Ik werp een korte blik op Faas en Feike, die in de bedstee naast de onze liggen en die wonderlijk genoeg door alle herrie heen slapen. Dan steek ik mijn blote voeten in mijn rijglaarsjes, gris een lege emmer van het keukenblokje en loop het trapje op dat naar de voordeur leidt.

Het is een heldere nacht. Een felgele maan verlicht de smalle steeg waaraan onze woning grenst. De Rottige Steeg is verlaten, maar in de Palmstraat, waar onze steeg op uitkomt, lopen mensen met brandende fakkels. Ze schreeuwen en joelen, sommigen gooien met stenen. Bij de waterput vul ik vlug de emmer en glip weer naar binnen. Ik schenk een glas water in, maak een doek vochtig en dep Dirkjes voorhoofd.

Opnieuw begint ze onbedaarlijk te hoesten. Ook in de bedstee van Faas en Feike ontstaat nu beweging.

'Neem een slokje water,' zeg ik en ik reik Dirkje het glas aan.

Het huis in Hoorn waarin ik ben opgegroeid was klein, maar desondanks was het een echt huis: het had een kraan met stromend water in de keuken, waardoor je 's nachts niet naar buiten hoefde. Er was geen bedstee in de keuken, maar er waren twee echte slaapkamers op de bovenverdieping, een voor- en achtertuin en groenwitte luiken voor de ramen. In de achtertuin stond een schommel, die mijn vader zelf voor Dirkje en mij gemaakt had. Regelmatig nam vader ons mee naar de Zuiderzee, waar we vanaf de kade naar de boten keken die lagen aangemeerd, terwijl het grijze water tegen de pijlers klotste. Ik was er echt gelukkig, al weet ik niet of ik dat toen wel besefte.

Ons zorgeloze leven veranderde abrupt op mijn achtste verjaardag. Mijn moeder haalde me die dag samen met Dirkje uit school en vertelde dat vader eerder die middag onverwachts was thuisgekomen van zijn werk, omdat hij zich niet lekker voelde. Verheugd dat ik niet tot vanavond hoefde te wachten om mijn cadeau uit te pakken – ik zou een autoped krijgen, dat had vader al verklapt – huppelde ik voor moeder uit naar ons huis.

'Zachtjes doen voor vader, hij slaapt,' riep moeder me nog na.

Door de spleet van de gesloten gordijnen scheen een reepje daglicht de woonkamer in. Als een lappenpop lag mijn vader op de sofa, een wollen deken half van hem afgegleden. Zijn arm zwaar en log naast hem, zijn hoofd in een rare knik.

Als vanzelf ging ik langzamer lopen, op mijn hoede. 'Vader?'

Mijn vader reageerde niet.

'Vader?' riep ik weer. Plotseling viel me op dat hij niet hoestte, zoals hij de laatste tijd vrijwel onophoudelijk deed. Zelfs in zijn slaap. Hij hoestte dan bloed op. Moeder smeekte hem voortdurend naar een dokter te gaan, maar dat wilde hij niet. Ook niet toen hij steeds grauwer ging zien en kilo's afviel. 'Realiseer je je wel wat dat kost, vrouw? Ik laat me er niet onder krijgen door een hoestje en wat bloedspetters, ben je betoeterd.'

'Vader!' riep ik weer, en schudde aan zijn arm.

Geen beweging. Mijn vaders grote lichaam was als een gebouw waar wel licht brandde maar niemand aanwezig was. Wat er daarna gebeurde herinner ik me slechts vaag.

Ik herinner me mijn moeders dierlijke schreeuw, toen ze thuiskwam en mijn vader levenloos aantrof. Ik herinner me hoe Dirkje hard begon te huilen, en ik haar tegen me aan drukte.

Ik herinner me de dokter, die fluisterde dat mijn vader vermoedelijk 'K' in zijn longen had gehad.

Ook herinner ik me de dominee, die tijdens de begrafenisdienst een preek hield over Job, die aan allerlei plagen ten prooi viel maar desondanks vertrouwen bleef houden in God. Na de dienst hurkte de dominee bij me neer en pakte mijn hand. Hij vertelde me dat God mijn vader bij zich had geroepen omdat Hij mijn vader zo aardig vond.

Het was logica waar ik weinig van begreep. Het leek me immers dat moeder, Dirkje en ik mijn vader meer nodig hadden dan God. En waarom moest Hij, uit alle aardige vaders die Hij tot zich kon nemen, uitgerekend de mijne kiezen?

De dominee klopte me ongemakkelijk op mijn hand. 'Nou, je moest er maar niet te veel aan denken, meiske. En heel goed voor je moeder en je zusje zorgen. Hoor je dat? Je moeder heeft veel verdriet, dus jij moet als oudste maar heel flink zijn.'

Zonder dat het zijn bedoeling was, leerde mijn vader me dat de herinneringen die nooit gemaakt worden de pijnlijkste zijn. Hij leerde me ook dat mensen die je lief zijn zonder waarschuwing uit je leven kunnen verdwijnen, waardoor de pijlers abrupt onder je bestaan vandaan getrokken worden.

Dirkje begint opnieuw onbedaarlijk te hoesten.

'Neem een slokje water,' fluister ik en ik reik haar het glas aan. De angstgedachte die zich aan me opdringt probeer ik van me af te duwen. Dirkje is mijn vader niet. Ze heeft geen 'K'. Ze heeft gewoon een griepje. Over een paar dagen is ze weer de oude.

Met trillende handen neemt ze een paar slokken water.

Het helpt nauwelijks.

In de bedstee van Faas en Feike ontstaat beweging. 'Guusje, ik kan niet slapen,' klaagt Feike. 'Ik ook niet,' jammert Faas. 'Er is te veel lawaai buiten. En Dirkje hoest steeds.'

'Probeer het toch maar,' zeg ik. 'Je ogen sluiten en aan fijne dingen denken.' Ik druk een kus op zijn voorhoofd en klim terug in de bedstee. De lakens voelen klam aan en in de bedstee ruikt het onmiskenbaar naar ziekte.

'Morgen moet je even naar de dokter, hoor.'

Dirkje antwoordt met een hoestbui.

Het is nog geen kwartier lopen naar de Prinsengracht, maar vanochtend doe ik er een half uur over. Delen van de Jordaan zijn met hekken afgezet door soldaten en politieagenten op paarden, waardoor ik moet omlopen om de buurt te verlaten. Op zuilen en winkelramen worden aanplakbiljetten geplakt: *Amsterdam in staat van beleg* en *Samenscholingsverbod afgekondigd*. Her en der zijn ruiten ingegooid en brandjes gesticht. Er zijn arrestaties verricht, er is geschoten en er zijn zelfs enkele doden gevallen. Het leger en de politie beginnen de controle langzaam terug te winnen. Bij daglicht is duidelijk hoe groot de aangerichte schade is. Winkelruiten zijn dichtgetimmerd en de straten zijn bezaaid met glasscherven. Her en der liggen hoopjes smeulend afval, als stille getuigen van het aardappeloproer.

Mijn ogen branden van slaapgebrek na de doorwaakte nacht. Dirkje hoestte vanochtend nog zo hevig dat mijn moeder vanochtend besloot dat ze niet aan het werk zou gaan bij de familie Brenner, maar een dag in de bedstee zou blijven. Ze protesteerde – niet werken betekent immers geen geld, en we zijn afhankelijk van de inkomsten die Dirkje en ik verdienen met onze betrekking als dienstbodes – maar ze voelde zich duidelijk te beroerd om lang tegen te stribbelen.

Het is even voor achten als ik de voordeursleutel van de familie Huijbregts uit mijn schort vis en mezelf binnenlaat.

'Gijsje, kun je even komen?' klinkt de schrille stem van mevrouw Huijbregts vanuit de salon.

Zonder dat ze het zegt, weet ik dat er iets aan de hand is. Het is iets waarin ik me bekwaamd heb, anderen aanvoelen. Ik open de deur naar de salon, ingericht met zoete pasteltinten. Zachtroze behang boven een mintgroene lambrisering en dito gordijnen worden afgewisseld door grote varens, zithoekjes met rotan meubilair en een fluweelroze canapé. Het is een modern interieur, zoals afgebeeld in de damestijdschriften van mevrouw, en ik droom ervan het later ooit zelf te hebben.

Mevrouw Huijbregts zit kaarsrecht op de rotan fauteuil, de handen in haar schoot gevouwen. Ze maakt een beheerst handgebaar naar de fauteuil naast haar, ten teken dat ik word geacht plaats te nemen. Haar smalle, roodgestifte lippen vormen een horizontale streep. Ze zwijgt.

Plots heb ik het gevoel over een dun vliesje ijs te lopen waar ik elk moment doorheen kan zakken. Behoedzaam ga ik zitten, wachtend op wat er komen gaat.

Mevrouw Huijbregts strijkt een onzichtbare vouw in haar rok glad. 'Zijn meneer Huijbregts en ik niet bijzonder goed voor jou geweest, Gijsje?'

Ik vraag me af waar ze precies op doelt, maar dat zeg ik natuurlijk niet. 'Jazeker, mevrouw Huijbregts.'

'Toen meneer en ik jou drie jaar geleden deze betrekking aanboden, had ik zo mijn twijfels over jou. Je komt nou eenmaal uit een laag milieu, waar...' ze schraapt nadrukkelijk haar keel, '*andere* normen en waarden gelden. Maar meneer en ik wilden graag iets goeds doen voor je.' Ze knikt er barmhartig bij, en vervolgt: 'Je weet dat meneer rechter is, en dat hij het zich in zijn positie niet kan veroorloven zich in te laten met criminelen, uitschot of andere figuren die onbehoorlijk gedrag vertonen.'

Ik boor mijn nagels in mijn handpalmen.

Ze schuift haar bril naar het puntje van haar neus en kijkt me over haar brillenglazen aan. 'Daar ben je je toch bewust van, Gijsje?'

'Ja mevrouw Huijbregts.'

'Hoe is het dan mogelijk dat je gistermiddag met die schreeuwende meute op dieventocht bent gegaan? Ik wist werkelijk niet wat ik zág, toen ik je voorbij zag hollen met een zak aardappelen.'

'Ik was niet van plan om aardappels te stelen, mevrouw Huijbregts, maar ik kwam langs die schuit, en… De mensen lijden honger.'

'Nonsens, Gijsje. Distributiebonnen worden uitgereikt aan iedereen.'

Ik bijt op mijn onderlip, zoekend naar overtuigende woorden die aansluiten bij haar belevingswereld. 'We hebben niets aan distributiebonnen als er geen aardappelen te verdelen zijn. De aardappelen die er zijn worden voor hoge prijzen verhandeld aan het leger of aan mensen die genoeg te besteden hebben om de hoofdprijs te betalen. Er is rijst, maar ook daar kunnen we onvoldoende aankomen, en…'

Mevrouw Huijbregts steekt haar hand op en sluit een moment getergd haar ogen. 'Met smoesjes moet je bij mij niet aankomen, Gijsje. Tegenover meneer vertoon je al langer onbehoorlijk gedrag. Gedrag dat niet past bij een jongedame. Begripvol als ik ben heb ik dat een tijdje door de vingers gezien, gelet op je achtergrond. Want het is wel duidelijk dat je niet van huis hebt uit meegekregen hoe het hoort. Maar bij crimineel gedrag trekken meneer en ik toch echt een grens. Je hebt een schúít overvallen. Er is een polítieagent te water geraakt…' Ze knippert even met haar ogen en legt theatraal een hand op haar borst. 'De maat is vol. Je bent ontslagen. Per direct.'

Ik voel het bloed uit mijn gezicht wegtrekken. 'Maar mevrouw Huijbregts, ik…'

'Houd je mond, ik was nog niet uitgesproken. Normaal gesproken betalen we op vrijdag natuurlijk je loon voor de afgelopen werkweek uit, maar gezien de omstandigheden van je ontslag vind ik het niet gepast dat je voor je laatste werkweek beloond wordt. En je zult begrijpen dat je geen getuigschrift meekrijgt. Eigenlijk zouden meneer en ik je moeten aangeven bij de politie, maar we hebben besloten het hier nu bij te laten. Ik denk dat je jezelf gelukkig mag prijzen dat meneer Huijbregts en ik hier zo schappelijk mee omgaan.' Ze laat een stilte vallen en kijkt me afwachtend aan.

Mijn natuurlijke reflex is om haar te bedanken, maar ik weet mijn woorden ternauwernood in te slikken. Ik sta op.

'Wacht even, Gijsje. Je dienstersuniform is door ons betaald, dat heb je natuurlijk in bruikleen…' Ze trommelt nadenkend met de vingers tegen haar lippen, alsof ze overweegt me in mijn ondergoed de straat op te sturen. 'Enfin. Het uniform kom je later maar even terugbrengen.'

Ik knik kort en loop de salon uit.

'Ik verwacht het uniform uiterlijk morgen terug, hoor!' roept ze me na.

Enigszins verdwaasd trek ik de voordeur van de familie Huijbregts achter me dicht. Boven de Prinsengracht hebben zich grijze wolken samengepakt. Het begint te motregenen. Ik zet de kraag van mijn dunne zomermantel op en met gebogen hoofd begin ik te lopen. Nu pas dringt de volledige omvang van het probleem tot me door. Ik sta op straat. Werkloos, zonder getuigschrift. En naar mijn laatste weekloon, dat we hard nodig hebben, kan ik fluiten.

Ik passeer een groep marcherende soldaten, die zijn ingeschakeld om de orde te handhaven.

Langzaam begint mijn wanhoop plaats te maken voor een andere emotie. Zonder pardon heb ik me aan de kant laten schuiven, zonder weekloon. Ben ik afgedropen, precies zoals mevrouw Huijbregts van me verwachtte. Ik ben immers een onbeduidende dienstbode, die geacht wordt onzichtbaar te zijn en te doen wat haar opgedragen wordt.

Me wel laten werken, maar niet mijn weekloon uitbetalen? En dan ook nog een uniform terugvragen? Wie is hier nou de dief? U bent een verwaande, snobistische snol. En uw man is een viespeuk. Een gluurder met vieze boekjes in zijn bureaula.

Zoiets zou Dirkje haar toegebeten hebben. Ik niet. Spitsvondigheden komen niet eens in me op, en als dat wel gebeurt durf ik ze niet uit te spreken. Stel je voor. Guusje Simons blijft nou eenmaal netjes, wat er ook gebeurt.

Niet dat die bedeesde passiviteit me ooit iets gebracht heeft. Wat denk ik eigenlijk te bereiken met die nederige houding? Dat mevrouw Huijbregts me gaat respecteren? Me zelfs áárdig gaat vinden? Voor mensen als zij ben ik niet meer dan een simpele meid uit de arbeidersklasse. Een pauper uit de Jordaan.

Ik schop een kiezel weg. Mijn hart hamert nijdig tegen mijn ribben. Hoe ga ik thuis uitleggen dat ik ontslagen ben?

Als ik onze steeg nader, valt me de stilte op. Faas en Feike spelen niet buiten, zoals ze gewoonlijk doen. Alleen tante Wim zit op de drempel voor haar woning aardappels te schillen. Ze glimlacht haar afgebrokkelde gele tanden bloot. Je komt niet langs haar zonder dat ze je aanklampt en de laatste buurtroddels uit de doeken doet, precies waar ik nu geen zin in heb.

Het is niet nodig een excuus te verzinnen om door te lopen. 'Ga maar rap naar binnen, wijfie,' zegt tante Wim. 'Ik geloof dat het misse boel is bij jullie.'

4

Carmen
Donderdag 22 december 2022

Aan de horizon doemt Kasteel Vorden op. Het eeuwenoude bouwwerk steekt statig en imposant af tegen de ijsblauwe hemel.

'Een nieuw begin voor ons, Carmen.' Vik knijpt even in mijn bovenbeen en draait zijn terreinwagen de oprijlaan op. Die wordt aan weerszijden geflankeerd door uitgestrekte weilanden. Het gras is bedekt met een witte waas.

'Een nieuw begin,' herhaal ik mompelend, terwijl ik mijn blik op het voorbijtrekkende landgoed richt. Een nieuwe plek. Nieuwe energie. Dat is wat ik nodig heb om weer de Carmen te worden die ik een paar maanden geleden abrupt verloor. Tenminste, daar hoop ik op.

Vik brengt de auto tot stilstand voor de ophaalbrug en trekt met een ruk de handrem aan.

Ik stap uit en trek mijn sjaal wat omhoog. Wolkjes ontsnappen aan mijn mond.

Het uit bruinrood baksteen opgetrokken kasteel wordt omgeven door een brede slotgracht. Over de gracht ligt een houten ophaalbrug, die naar een bordestrap en vervolgens naar een imposante voordeur leidt. Boven de hoge kruisramen zijn zachtgele spekbanden aangebracht. De zwartgeverfde luiken zijn gesloten, en stengels wilde klimop slingeren zich onbelemmerd om de gevel heen. Het eeuwenoude bouwwerk oogt desolaat. Sinds mijn schoonouders twee jaar geleden kort na elkaar overleden, zijn we hier maar een enkele keer binnen geweest. We besloten het kasteel in de verkoop te zetten, maar behalve een paar nieuwsgierige kijkers die het kasteel graag vanbinnen wilden zien, leverde dat geen serieuze bezichtigingen op. Ik kan me nauwelijks voorstellen dat we hier nu zelf gaan wonen.

We lopen de ophaalbrug op.

Vanuit de struiken, even verderop, klinken stemmen. Nu pas merk ik een zilvergrijze stationwagen op, die een meter of dertig verderop verdekt staat opgesteld achter een rij knoestige eiken.

Geritsel in de struiken.

Onwillekeurig verstijf ik.

Achter de bomenrij komt een man met een microfoon tevoorschijn. 'Vik? Carmen? Mag ik jullie een paar vragen stellen?' Hij holt op een drafje naar ons toe, in zijn kielzog een collega met een camera op zijn schouders.

Ik laat mijn opgetrokken schouders zakken en zucht. 'Geweldig, dit,' fluister ik tegen Vik. Dat we ons nieuwe woonadres niet uit de media kunnen houden is geen verrassing, maar dat het nieuws al op dag één bekend is, is boven verwachting snel.

De twee houden halt voor de ophaalbrug. 'Hai! Ik ben Thomas van *Showbizz Inside*.' De reporter met de microfoon laat een witgebleekte glimlach zien. 'We willen graag een kort item draaien voor de uitzending van vanavond. Willen jullie een paar vragen beantwoorden?'

Ik zou linea recta achter de imposante voordeur willen verdwijnen, maar Vik draait zich om en laat zijn voor publiek bestemde warme glimlach zien. Het gaat automatisch: zodra hij herkend wordt, gaat hij rechterop staan en verschijnt de glimlach die hem beroemd heeft gemaakt. In een oogwenk transformeert hij van privépersoon tot Vik Belinfante, de talkshowhost en publiekslieveling. 'Dag heren. Vooruit dan. Als het even snel kan.'

De reporter draait een kwartslag naar de camera en strijkt een lok uit zijn gezicht. 'Drie, twee, één... We staan voor Kasteel Vorden: een wáánzinnig kasteel in de Achterhoek, waar de *RTL4*-presentator Vik Belinfante is opgegroeid en waar hij en zijn vrouw Carmen Hoogendijk, psycholoog en bestsellerauteur van inmiddels twee zelfhulpboeken, vandaag hun intrek nemen. Carmen werd afgelopen september slachtoffer van een brute overval in hun

Gooische villa, en het stel heeft besloten hun Larense stulpje te verruilen voor Viks ouderlijk huis in de Achterhoek.' Hij draait zich naar mij. 'Carmen, hoe gaat het nu met je?' Hij duwt zijn microfoon onder mijn neus.

Ik pers er een obligaat glimlachje uit. 'Naar omstandigheden goed. Fysiek ben ik inmiddels weer de oude en ook mentaal krabbel ik op.' Daar wil ik het bij laten.

Thomas niet. 'Midden in de nacht overvallen worden in je huis, met geweld, dat heeft een ónwijze impact. Is die gebeurtenis aanleiding geweest voor deze verhuizing?' Hij zet zijn wijsvinger gekromd tegen zijn lippen.

'Deels natuurlijk wel, ja.'

Behalve een hersenschudding, blauwe plekken, een gebroken pols en een paar gekneusde ribben hield ik fysiek niets aan de overval over. De vijf mannen die onze woning binnendrongen, hun gezichten verscholen achter bivakmutsen, kwamen niet voor mij. Ze kwamen voor het contante geld waarvan ze kennelijk wisten dat we het in huis bewaarden. De overvallers ranselden me af omdat ze wilden weten waar de kluis stond, maar *het was niets persoonlijks*. Ze namen mee waarvoor ze kwamen en hadden geen reden om terug te komen. Dat bleef ik mezelf de afgelopen maanden vertellen, als een mantra.

Weken verstreken. De bloedspetters waren al lang van mijn witmarmeren kookeiland gepoetst en mijn botbreuken heelden. Toch voelde mijn huis niet langer als thuis. Mijn keuken was getransformeerd in een plaats delict en het beeld van de vijf mannen, het geschreeuw, het geluid van brekend glas en de geur van een leren handschoen die met kracht op mijn gezicht werd gedrukt, bleef me tergen. 's Nachts had ik nachtmerries, steeds dezelfde, waarin de bivakmutsen terugkwamen en ditmaal voor mij. Ik voelde me niet langer veilig achter de gemanicuurde beukenhaag van onze Larense villa.

De oplossing leek zich aan te dienen toen vorige week de makelaar belde. Voor Kasteel Vorden, dat al sinds het overlijden van mijn schoonouders in de verkoop stond, was na twee jaar nog altijd geen koper gevonden. Hoewel Vik en ik nooit hadden overwogen er zelf te gaan wonen, leek verhuizen naar een slot met metersdikke vestingmuren plots aantrekkelijk. Verhuizen had steeds als vluchten gevoeld, maar nu leek het alsof de beslissing voor mij was genomen.

Vik legt zijn hand op mijn schouder en buigt zich naar de microfoon. 'Het is een combinatie van factoren geweest, die tot deze keuze hebben geleid. Dit is mijn ouderlijk huis, dus voor mij voelt dit als thuiskomen. Voor Carmen markeert deze plek juist een nieuw begin. We kijken positief naar de toekomst. Carmen pakt haar werk weer op, ik begin aan een nieuw seizoen *Nachtbraken met Vik* en we gaan genieten van het wonen in de prachtige Achterhoek. Dank jullie wel.' Een kort knikje.

Thomas laat zijn microfoon zakken. 'Thanks mensen, het staat erop. Even off the record, de camera is uit. Meid, hoe gaat het nu écht met je?' Hij kijkt me gretig aan, alsof hij het antwoord uit me wil persen.

'Het gaat echt prima,' zeg ik korzeliger dan ik wil.

'Ik zie het aan je. Je ziet er gewéldig uit.'

Thomas is een goede leugenaar. Mijn donkerbruine haar is samengebonden in een slap staartje en onder mijn ogen prijken donkere kringen, als gevolg van maandenlang slaapgebrek. 'Dank je wel,' glimlach ik. 'Als je het niet erg vindt, dan gaan wij nu naar binnen.'

'Túúrlijk darling! Wij houden jullie niet langer op. Mag ik nog even zeggen dat ik onwijs veel aan jouw boek *Jouw grens, jouw keuze* heb gehad? Ik was zo iemand die zich ál-tijd wegcijferde voor een ander. Ie-der-een liet ik over mijn grenzen heen denderen. Maar jouw benadering is héérlijk praktisch en nuchter. Ik ga daar zó goed op…' Thomas ratelt nog even door over zijn giftige relaties met ex-vriendjes.

Wanneer de journalisten zich eindelijk uit de voeten hebben gemaakt, steekt Vik zijn sleutel in het slot. De deur gaat krakend open en een muffe geur komt me tegemoet. Binnen is het nauwelijks warmer dan buiten. Ik blaas in mijn handen en besluit mijn jas nog even aan te houden. In de vestibule is het donker door de bruinhouten lambrisering en een gebrek aan daglicht. Ik laat mijn hand over het walnoothout glijden en besef dat voor mij duizenden anderen dit hout hebben aangeraakt. Mensen die hier door de eeuwen heen een leven hadden, waarvan veruit de meesten ruim voor mijn geboorte zijn overleden.

Vik knipt de verlichting aan. De kroonluchter aan het plafond verlicht de ruimte, die gedecoreerd is met dikke vloerkleden. In de linkerhoek staat een harnas op een sokkel en in de rechterhoek een opgezette beer. Erfstukken uit voorgaande generaties, die mijn schoonouders lieten staan omdat ze alles in oude staat wilden houden.

In de kamer rechts naast de vestibule, die mijn schoonouders als woonkamer gebruikten en die in vroeger tijden dienstdeed als balzaal, trek ik de donkere luiken open. Een vale winterzon schijnt naar binnen en legt de stoflaag op de houten schouw bloot. Het antieke meubilair is bedekt met witte lakens. Aan de wanden, boven de houten lambrisering, hangen goudkleurige sierlijsten met daarin geschilderde versies van Viks voorouders uit uiteenlopende generaties: van baronnen en baronessen met witte pruiken uit de zeventiende eeuw, tot de meer recente schilderijen, eindigend bij mijn schoonouders. Zonder veel inspanning zie ik voor me hoe alle bewoners hier geleefd hebben: bals organiseerden, lachten, verliefd werden. Het getinkel van glazen, zachte pianomuziek.

We vervolgen onze tocht door het huis. Hier en daar pak ik behoedzaam iets op, bekijk het en zet het voorzichtig weer terug, alsof we door een museum lopen. Vrijwel elk meubelstuk is een familie-erfstuk, vloerkleden en gordijnen ogen lichtelijk sleets. Mijn schoonouders waren dan kasteelbewoners, om de torenhoge onderhoudskosten te dekken en het erfgoed in stand te houden leefden ze uiterst sober. Ze aten voornamelijk wat ze zelf verbouwden en nieuwe spullen kochten ze bij hoge uitzondering. De enige uitspatting die ze zichzelf veroorloofden waren boeken, waarvan er elke maand een paar werden toegevoegd in de bibliotheek op de eerste verdieping.

Vik trekt een laken van een oude secretaire weg. Een stofwolk dwarrelt op. Hij schraapt zijn keel. 'Weet je zeker dat je geen schoonmaak- en klusbedrijf wilt inschakelen? We kunnen de komende nachten in een hotel slapen, totdat de boel hier is schoongemaakt en opgeknapt,' oppert hij met de opgeruimde, niets-aan-de-hand-toon die hij zich de afgelopen maanden eigen heeft gemaakt.

Ik weet dat hij opziet tegen de verhuizing. Naast een nieuw seizoen *Nachtbraken met Vik* en zijn wekelijkse column voor *de Volkskrant*, heeft hij 'ja' gezegd tegen een lucratieve reclameschnabbel voor een supermarkt.

Ik schud mijn hoofd. 'Ik wil het graag zelf doen.' Voor de inrichting heb ik een afspraak met een interieurstylist gemaakt, maar de uitvoering wil ik zoveel mogelijk in eigen hand houden. Ik kijk ernaar uit om spinrag weg te zuigen, te boenen, te sausen en te schilderen. Net zolang tot de muffe geur van stof heeft plaatsgemaakt voor die van een nieuwe, frisse start: terpentine, verf en schoonmaakmiddel.

Vik heft zijn handen, alsof hij zich overgeeft, en zucht. 'Goed, maar weet waar je aan begint.'

We openen de luiken en zetten de deuren tegen elkaar open. Na een kop koffie en een korte wandeling over het landgoed, dat aan het Pieterpad grenst, brengt Vik de verhuisdozen met pannen en serviesgoed naar de keuken, gevolgd door de kunstkerstboom, ballen en lampjes. De rest van het meubilair wordt later vandaag door een verhuiswagen gebracht.

Bij het grenen keukenblok vul ik een emmer met water en maak een sopje. Ik haal de keukenkastjes leeg en trek er een vochtige vaatdoek doorheen.

Vik begint met het uitpakken van de kerstboom.

Achter me klinkt het dichtvallen van de buitendeur, gevolgd door voetstappen in de hal.

Als door een wesp gestoken veer ik op.

'Sorry, ik laat je schrikken. Wat onhandig van me.' In de deuropening staat Simone, de rechercheur die zich na de overval bezighield met het opsporen van de daders en de gestolen kluis. Ze draagt een gewatteerde parka en haar neus is rood van de vrieskou.

'Geeft niks. Kom verder.' Mijn handen trillen licht als ik naar een theedoek reik en ze afdroog.

'Ik had op de voordeur geklopt, maar er werd niet opengedaan.'

'Ik heb het niet gehoord. We moeten nog een bel installeren. Bij mijn schoonouders liep iedereen altijd via de achteringang naar binnen,' leg ik uit.

'Is er nieuws over de overval?' vraagt Vik. Hij komt overeind en schuift de half opgezette kerstboom opzij.

Ze knikt. 'Ja en nee. Om maar meteen met de deur in huis te vallen: de daders zijn helaas nog steeds spoorloos. Ik zou willen dat ik beter nieuws voor jullie had.'

Dat verbaast me niet. Direct na de overval zijn alle camera- en bewakingsbeelden uit de omgeving gecontroleerd. Die leverden niets op. De politie besloot de overval te reconstrueren in een uitzending van *Opsporing Verzocht*, waarna tientallen mensen zich met valse tips bij de politie meldden. Vrouwen die hun ex beschuldigden, mannen die naar een collega of een buurman wezen, paragnosten die beweerden in een visioen te hebben gezien wie de daders zijn. Elk spoor liep dood.

'Maar wat ik jullie wel kan vertellen, is dat de gestolen kluis is teruggevonden,' vervolgt Simone. 'De kluis is aangetroffen door burgers, in een verlaten pand op een bedrijventerrein. Zoals te verwachten viel is het geld weg, maar de overige spullen zaten er nog in. De vinders hebben de kluis naar de politie gebracht. Ik heb hem meegenomen voor jullie. Het is een zwaar ding, hij staat nog in mijn kofferbak.'

'Welke overige spullen?' vraag ik aan Vik.

Hij schudt zijn hoofd. 'Niets bijzonders. Een doos met wat persoonlijke papieren van mijn ouders. Dank je wel, Simone. Attent dat je helemaal naar Vorden bent gereden om de kluis terug te brengen.'

'Geen dank. Ik wilde ook even zien hoe het met Carmen gaat.' Ze vangt mijn blik.

'Goed,' zeg ik. Voor het eerst in maanden meen ik het ook. 'Nu we de knoop hebben doorgehakt realiseer ik me dat dit is wat ik nodig had, een manier om de regie terug te pakken.'

Simone knikt. 'Over de tegenslagen die je voorgeschoteld krijgt in het leven heb je geen controle. Hoe je ermee omgaat wel.'

'Precies, dat.' De afgelopen maanden voelde ik me een drenkeling die was overgeleverd aan de grillen van de oceaan. Wanhopig wachtend tot er land in zicht kwam, of zelfs maar een reddingsboei. De angst is er, die zal moeten slijten. Maar ik vertik het om me er nog langer door te laten leiden. Vanaf nu sta ik zelf weer aan het roer.

5

Guusje

Vanuit ons huis klinkt een zware maar gedempte mannenstem. 'Het spijt me verschrikkelijk, mevrouw Simons.'

Als bevroren blijf ik voor de deur van ons tweekamerappartement in het souterrain staan.

Zacht gesnik van mijn moeder.

Ik dwing mezelf het houten trapje naar het woongedeelte af te dalen.

Een jonge man met een wit kapje voor zijn mond en een stethoscoop om zijn hals staat naast de bedstee in de keuken. Hij buigt zijn hoofd om te voorkomen dat zijn kruin ons lage balkenplafond raakt.

Mijn moeder staat naast hem. Haar gezicht ziet grauw en ingevallen en haar schouders hangen. Opoe zit aan de keukentafel. Ze staart afwezig voor zich uit en kauwt op haar ingevallen lippen. Er hangt een zware urinewalm om haar heen.

Nu pas valt mijn blik op Dirkje, die met gesloten ogen onder de wollen deken in de bedstee ligt. Haar mond staat een eindje open en ze ademt raspend. Zweet glinstert op haar voorhoofd.

'Dirkje heeft tuberculose,' zegt mijn moeder. Haar stem klinkt dik.

Er valt een beklemmende stilte, waarin niets anders klinkt dan de raspende ademhaling van Dirkje en het onverstaanbare, zachte gemurmel van opoe. Plotseling benijd ik mijn grootmoeder, die zich geen seconde bewust is van de realiteit.

'Mevrouw Simons, ik wil eerlijk tegen u zijn,' gaat de huisarts door. 'De vooruitzichten voor tbc-patiënten zijn over het algemeen slecht. De ziekte tast de longen aan, met ernstige longontstekingen tot gevolg. Er is simpelweg geen medicatie voor. In het slechtste geval overlijden patiënten al binnen vier weken. De enige behandelmethode waar patiënten goed op lijken te reageren is langdurige rust in een schone, goed geventileerde omgeving.' De huisarts laat zijn blik even door de ruimte dwalen. Zonder moeite bezie ik ons huis door zijn ogen. De vochtplekken op het raam. De schimmel aan de muren. De tochtige kieren. Met enige regelmaat stroomt het souterrain na een fikse regenbui vol met grondwater en staan we tot onze enkels in de drek. Ons huis is een broedplaats voor ziektes. We proberen het zo schoon mogelijk te houden, maar het pand is oud en de verhuurder niet bereid iets te doen aan de vele gaten, kieren en vochtproblemen.

'Daarom raad ik een verblijf in een sanatorium aan,' vervolgt hij. 'Kuren op een plek buiten de stad, waar uw dochter langdurig kan rusten en waar de frisse buitenlucht zijn werk kan doen.'

Ik denk aan Kobus, een zevenjarig jochie dat een paar straten verderop woonde en weleens met mijn broertjes speelde. Hij overleed vorig jaar aan de tering omdat zijn ouders zijn behandeling in een sanatorium niet konden betalen. Daags na zijn overlijden bleek ook zijn moeder besmet te zijn. Zij overleed een maand later.

De jonge arts schraapt zijn keel. 'Het sanatorium dat ik aanraad is Sonnevanck. Dat ligt op de Veluwe. Patiënten worden daar uitstekend verzorgd en hebben baat bij de schone buitenlucht. Over het algemeen genezen ze. U moet er wel rekening mee houden dat de genezing een lange adem vergt. Veelal worden patiënten er opgenomen voor minstens maanden. Met een beetje pech soms zelfs jaren.'

'Járen?' Mijn moeders stem klinkt wanhopig, precies zoals ze zich voelt. 'Lieve hemel. Maar... En wat kost dat wel niet?'

'Exacte bedragen zal ik moeten nagaan, maar ik verwacht dat dit rond de tien gulden per maand zal zijn. Mevrouw Simons, ik begrijp dat dit een dilemma voor u is. Maar de situatie is ernstig. Zonder een adequate behandeling...' De jonge arts maakt zijn zin niet af. 'Bovendien is de ziekte besmettelijk. Jullie slapen allemaal in dezelfde ruimte. Hoe langer uw dochter thuisblijft, des te groter de kans dat ook de andere gezinsleden besmet raken.'

Mijn moeder veegt haar tranen weg met de mouw van haar jurk en strijkt een pluk donkerrood haar van Dirkjes vochtige voorhoofd. Dirkje reageert niet, lijkt zich niet bewust van de omgeving. Haar wangen gloeien van de koorts en haar nachtpon plakt tegen haar borst.

Tegen beter weten in hoop ik dat dit een flauwe grap is. Dat ze nu opspringt en roept: 'Grapje! Stelletje domoren, ik had jullie tuk!' Dat ik boos op haar kan worden, want dat ben ik al sinds ze gistermiddag die schuit overviel. Dat ik haar kan toebijten dat ik klaar ben met haar impulsieve gedrag en haar ondoordachte acties. Maar ze blijft roerloos liggen. Alleen haar borst pompt in hoog tempo op en neer.

Mijn moeder dept met een vochtige doek de parelende zweetdruppels van haar slapen. Gewoonlijk is Dirkje zo beweeglijk en levendig dat ik me nauwelijks kan voorstellen dat zij roerloos in de bedstee ligt. Het is alsof er iemand anders in haar lichaam gekropen is.

Mijn zicht wordt wazig en de contouren in de ruimte vervormen. Ik knipper met mijn ogen en probeer de brok weg te slikken die zich in mijn keel vormt. 'Wanneer zou Dirkje opgenomen kunnen worden?'

'Bij voorkeur zo snel mogelijk, maar zodra jullie kunnen betalen voor haar opname. Er moet vooraf en voor minimaal een maand betaald worden.' Hij trekt een schuldbewust gezicht, alsof hij persoonlijk verantwoordelijk is voor dit beleid.

De stem van mevrouw Huijbregts galmt na in mijn hoofd. *Je bent ontslagen. Per direct.*

'Zodra jullie de eerste maand kunnen bekostigen, seinen jullie mij in, en dan zet ik Dirkjes opname in gang.' De huisarts knikt ons bemoedigend toe, alsof we het geld alleen maar even uit een oude sok hoeven te halen. 'Haar lichaam moet het werk doen. Daarom is het van het grootste belang dat Dirkje alle rust krijgt. Ik stel voor dat jullie stro voor de deur leggen, om voetstappen van voorbijgangers en geratel van handkarren zoveel mogelijk te dempen. Ventileer de woning zo goed mogelijk, maar dek haar warm toe.

En probeer, wanneer ze even bij is, haar zoveel mogelijk water te laten drinken. Het is van belang dat het water gekookt wordt, zodat het vrij is van bacteriën. Verder raad ik aan dat er één persoon voor haar zorgt en dat er verder zo weinig mogelijk mensen in huis zijn.'

'Kunnen we verder nog iets doen?' vraagt mijn moeder huilerig.

'U kunt bidden, mevrouw Simons. Bid voor Dirkjes herstel.' De huisarts laat ons achter met een waslijst aan instructies en wenst ons sterkte.

Als hij vertrokken is, ga ik met mijn moeder op de rand van de bedstee zitten.

Vanaf haar vaste plek aan de keukentafel murmelt opoe iets onverstaanbaars.

Mijn moeder strijkt langs Dirkjes wang. Tranen druppen langs haar kin. Ze doet geen moeite meer om ze weg te vegen. 'Ik kan het niet aan om na je vader ook nog een kind te verliezen.'

'Zeg dat nou niet, moeder. Dirkje is zeventien. Ze is jong en sterk. Ze redt het. Heus.' Ik probeer overtuiging in mijn stem te leggen. 'Ze is te eigenwijs om dood te gaan. Haar Friese wortels, weet u nog?'

Mijn moeder glimlacht vreugdeloos en zwijgt even. Uiteindelijk zegt ze: 'Dirkje kan voorlopig natuurlijk niet werken. Kun je de familie Huijbregts om een voorschot vragen voor de sanatoriumopname?'

Ik bijt op mijn onderlip.

'Ik begrijp dat dat vervelend is, lieverd. Maar het kan niet anders.'

'Dat begrijp ik, moeder. Ik zal het vragen.' Ik vervloek mezelf.

'Fijn, schat. Ze zullen het vast begrijpen.' Ze dept Dirkjes voorhoofd. Plotseling kijkt ze op. 'Het is pas elf uur. Waarom ben je eigenlijk thuis op dit tijdstip?'

Ik haal diep adem en probeer neutraal te kijken. 'Ik moest boodschappen doen voor mevrouw Huijbregts en ik wilde even kijken hoe het met Dirkje ging.'

'Ga dan maar gauw op pad, lieverd. Ze zal zich wel afvragen waar je blijft. Ik red me hier wel met Dirkje. En ik zou het prettig vinden als je de komende dagen bij de familie Huijbregts bleef slapen. Je hebt de huisarts gehoord: hoe minder mensen er thuis zijn, des te minder er besmet worden.'

Ook dat nog.

'Faas en Feike kunnen hopelijk even bij buren terecht.' Ze werpt een blik op opoe, die zich opricht uit haar stoel en door de keuken begint te schuifelen. Haar achterwerk is nat. De urinewalm is niet meer te negeren. 'Opoe moet maar gewoon thuisblijven. Dat kan ik niemand aandoen.'

'Ik weet niet of ik wel bij de familie Huijbregts kan blijven slapen,' merk ik op.

'Waarom niet? Je blijft er wel vaker slapen als ze een feestje hebben en jij dan moet overwerken. Gezien de situatie vinden ze het vast geen probleem als je daar een tijdje blijft.'

Dit is het moment om mijn moeder de waarheid te vertellen.

'Ik ga opoe verschonen,' zeg ik.

Mijn moeder vangt mijn blik en strijkt een pluk donkerrood haar achter mijn oor. 'Beloof je me dat jij voorlopig op de Prinsengracht blijft overnachten? Ik wil niet hebben dat jij ook nog ziek wordt.'

6

Het is even voor twaalven als ik met mijn ingepakte valies van huis vertrek. Het is drukkend warm, maar aan de hemel drijven grijze wolken gestaag mijn kant op. De tonnenman, die de po's leegt van de woningen in de binnenstad die nog niet op het riool zijn aangesloten, sjokt me tegemoet. Hij trekt de zware houten kar, gevuld met tonnen stront, over de keien achter zich aan. Ik stap opzij om hem te laten passeren en hou mijn adem in om de poepwalm die hij verspreidt te weren.

Er zit niets anders op dan de middag te gebruiken om ander werk te zoeken. Pas als ik ander werk heb gevonden, kan ik naar huis terugkeren en mijn moeder de waarheid vertellen. Er is maar één prioriteit: zo snel mogelijk tien gulden bij elkaar verdienen, zodat Dirkjes eerste maand in het sanatorium betaald kan worden.

Ik verlaat de Jordaan en koers richting het Leidseplein. Daar is het druk. Rijtuigen, de elektrische tram, fietsen, handkarren, een enkele auto: alles beweegt door elkaar heen. Tussen de Amsterdammers door lopen meerdere soldaten, die met een norse blik de omgeving in de gaten houden. Met mijn valies in mijn handen geklemd steek ik de straat over, zigzag tussen het verkeer door en stap binnen bij het Bureau voor Dienstboden.

Het Bureau is een paar jaar geleden in het leven geroepen omdat Amsterdamse dienstmeisjes een slechte reputatie hebben. Ze zouden lanterfanten, vozen met iedereen en regelmatig stomdronken staan overgeven in de goot. Ik herinner me dat er een jaar of vijf geleden een bericht in de krant stond over een dienstmeisje dat aan de Nicolaas Witsenkade werkte en dat het wel heel bont maakte. Toen haar mevrouw sliep, sloop ze de slaapkamer in en goot kokend water over haar heen, in een poging haar te vermoorden en van haar sieraden te beroven. De mevrouw wist haar slaapkamerraam te bereiken en om hulp te roepen, maar overleed een paar dagen later alsnog. Voor de gemeente Amsterdam was die moord de druppel. Het Bureau werd opgericht om nettere dienstmeisjes voor gegoede families te werven en ze na te trekken voordat ze bij een gezin in betrekking gaan.

Voor de hoge balie staat een lange rij wachtenden: overwegend meisjes van mijn leeftijd, die kennelijk allemaal op zoek zijn naar een betrekking. Ik zucht geluidloos en sluit aan in de rij.

Na ruim een half uur ben ik eindelijk aan de beurt. 'Juffrouw, zegt u het eens.' De dame achter de hoge balie is een stevige vrouw van een jaar of veertig met een harde stem, een vierkant gezicht en indrukwekkend brede schouders. Ik vermoed dat ze de cheffin is. Ze heeft in ieder geval iets bazigs over zich.

'Dag mevrouw.' Ik glimlach vriendelijk. 'Drie jaar geleden ben ik door het Bureau voor Dienstboden aan een betrekking geholpen bij de familie Huijbregts aan de Prinsengracht.' Ik schraap mijn keel. 'Mijn werk daar is gestopt, en ik hoopte dat jullie een andere betrekking voor mij hebben.' In stilte bid ik dat er niet naar de reden van de beëindiging wordt gevraagd.

De baliejuffrouw glimlacht alsof haar plotseling het een en ander duidelijk wordt, en gaat rechter op haar stoel zitten. 'U bent zeker juffrouw Simons, is het niet?'

Ik voel mijn gezicht verstrakken. 'Ja mevrouw.'

'Wij hebben inmiddels telefonisch contact gehad met mevrouw Huijbregts. Ze wilde ons erover informeren dat u ontslagen bent in verband met diefstal,' schettert ze. 'De familie Huijbregts is een zeer respectabele familie. U begrijpt dat wij daarvan zijn geschrokken.' Ze knikt erbij, alsof ze wil zeggen: *en nu jij weer.*

Het geroezemoes uit de rij achter me verstomt.

Ik voel mijn wangen kleuren. 'Het spijt me, maar dat is een vergissing.'

'Dus u hebt niets gestolen?'

'Strikt genomen misschien wel, maar niet van de familie Huijbregts.'

De cheffin trekt haar wenkbrauwen op.

'Ik heb drie jaar voor de familie gewerkt en altijd veel meer gedaan dan van me verwacht werd.' Ik voel de ogen van de wachtenden in mijn rug prikken. Ik buig me naar de baliejuffrouw toe en laat mijn stem discreet dalen. 'Mevrouw Huijbregts is nooit ontevreden over mijn functioneren geweest. Ze voelde zich niet prettig bij mijn aanwezigheid, omdat... nou ja, omdat er problemen in hun huwelijk waren. Ze zag mij als een bedreiging. Maar ik heb daar nooit aanleiding voor gegeven, of me aanstootgevend gedragen. Ik heb het contact met meneer Huijbregts daarom juist zoveel mogelijk vermeden.' Mijn wangen kleuren. Ik weet niet waarom ik me zo opgelaten voel om de waarheid te vertellen.

De baliejuffrouw wacht tot ik uitgesproken ben, zonder te luisteren. 'Zie je die rij achter je? Je had geluk dat je ergens terechtkon. Wij hanteren hier één stelregel: meisjes die niet van onbesproken gedrag zijn, bemiddelen wij niet naar een betrekking. Ik wens u nog een prettige dag, juffrouw Simons.'

Vanuit de rij achter me stijgt verontwaardigd gefluister en besmuikt gegniffel op.

Ik pak mijn valies en loop het pand uit. De deur valt met een doffe klap achter me dicht. 'Potverdorie,' fluister ik voor me uit. Ik haal diep adem en recht mijn schouders. Dat het Bureau voor Dienstboden niets meer voor me kan betekenen is jammer, maar ik ben niet van plan om huiswaarts te keren zonder werk. Het zal me hoe dan ook lukken om Dirkjes sanatoriumopname te regelen.

Ik steek het Leidseplein over en loop een café binnen. Daar trek ik me terug in de toiletruimte en klap mijn valies open. Aangezien mijn complete garderobe uit slechts twee jurken, een vest, wollen kousen en dito ondergoed bestaat, heb ik alles meegenomen. Ik inspecteer de jurken: een roodgroene met ruiten en een lichtblauwe met een strik. Allebei afdankertjes van de kerk, waarvan ik de vale plekken zo goed mogelijk heb opgelapt. De lichtblauwe ziet er het netst uit. In de smalle toiletruimte kleed ik me om. Mijn witte dienstersuniform stop ik in het valies. Geen haar op mijn hoofd die erover piekert de jurk nog terug te brengen naar de familie Huijbregts. Ze kunnen me wat; het is mijn enige daad van verzet en misschien kan ik de jurk te zijner tijd nog vermaken.

Omgekleed loop ik het café weer in, richting de uitgang.

Achter de bar staat de waard bierglazen op te poetsen. Zonder op te kijken roept hij: 'Geen toiletbezoek zonder consumptie!'

In de zak van mijn jurk klingelen twee kwartjes. Het zijn letterlijk mijn laatste centen. Ik haal verontschuldigend mijn schouders op. 'Het spijt me meneer, ik wilde me alleen even omkleden.'

'Welja, mooi is dat,' moppert hij.

Ik negeer zijn gesputter en loop naar de bar. 'Mag ik u iets vragen? Ik ben op zoek naar werk. Kunt u personeel gebruiken?' In gedachten hoor ik mijn moeder mopperen. *Een café is geen plek voor een jongedame.*

Hij kijkt op. Op zijn gezicht verschijnt een glimlach. 'Helaas, juffie. Ik kan het hier jammer genoeg maar al te gemakkelijk in mijn eentje af. De helft van wat ik hier aan klandizie had, is gemobiliseerd. De kerels zitten aan de grens uit hun neus te vreten, voor het geval die moffen zich bedenken en Nederland alsnog de oorlog verklaren. Maar weet je wat, meissie? Vraag het me nog eens als de oorlog voorbij is. Een paar extra handen ken ik goed gebruiken als mijn stamgasten weer terug zijn.'

Als ik weer buiten sta, laat ik mijn ogen over het Leidseplein dwalen. Op de hoek zit Hirsch & Cie, een luxueus modehuis. Daarnaast zit de Vrouwenvereniging, en wat verderop een paar cafés, een fourniturenwinkel en een slager.

Voor Hirsch & Cie helpt een koetsier twee chique dames met lange handschoenen en grote hoeden uitstappen. Het modehuis staat erom bekend alleen meisjes aan te nemen met een gedegen opleiding. Bovendien moeten ze Frans kunnen spreken, dat wordt kennelijk vereist door de deftige clientèle. Hirsch & Cie is dus verspilde moeite.

Ik steek het plein over. De elektrische tram rijdt klingelend voorbij.

'Guusje! Guusje, wacht even!' Achter me klinkt een bekende stem.

Ik sluit een moment mijn ogen en draai me om. Op een drafje komt onze overbuurvrouw op me afgelopen.

'Dag Corry.'

'Ik stond net bij het Bureau voor Dienstboden in de rij met mijn jongste dochter. Zij zoekt ook een betrekking, zie je? Nou, en toen ving ik op dat ze jou daar geen werk meer willen bieden. Heeft Huijbregts je ontslagen?' Ze trekt een meelevend gezicht, maar haar ogen glimmen sensatiebelust.

Ik zwijg. Even overweeg ik Corry te vragen haar ontdekking nog niet met mijn moeder te delen, maar ik vermoed dat ik daarmee juist het tegenovergestelde bereik.

'Had ik trouwens al verteld dat mijn oudste dochter vorige week is aangenomen bij Vroom & Dreesmann aan de Weesperstraat, als winkeljuffrouw? Stel je voor, onze Antje, wínkeljuffrouw!' Ze grijnst trots.

'Fijn hoor,' reageer ik korzelig.

'En dat in deze tijd, hè? Het is een ramp om werk te vinden, met al die Belgische vluchtelingen die ons land overstromen. Niet dat ik het die stakkers niet gun hoor, maar goed, ze stoten ons Hollanders natuurlijk wel het brood uit de mond. En dat nu jullie het geld hard kunnen gebruiken, nu die arme Dirkje de tering heeft... Ja, ik zag de dokter bij jullie en ik hoorde van tante Wim wat er aan de hand is. De tering, goeie grutten.' Ze legt haar hand tegen haar wang en vormt haar lippen in een stille 'O'. 'En een sanatorium is niet te betalen, hè. Weet je dat ik dit vooral voor je moeder vreselijk vind? Wat dat arme mens al niet heeft moeten verduren! Twee keer weduwe worden, de zorg voor je opoe, en dan nu een zieke dochter erbij...'

Ik voel me zowel ongedurig als opstandig worden. 'Het spijt me, Corry, ik moet door.'

Corry laat haar stem een octaaf dalen en kijkt me samenzweerderig aan. 'Luister, wijfie. Mijn dochter vertelde dat ze bij Vroom & Dreesmann ook nog op zoek zijn naar een schoonmaakstertje. Ik dacht: ik zeg het je maar even. Er staat nog geen vacature open, dus als je vandaag nog solliciteert, ben je de eerste. Je hebt dit niet van mij, hè?'

'Dank je wel Corry.' Mijn stemming verbetert op slag. 'Ik ga er maar direct naartoe. Dag hoor!' Ik knik haar vriendelijk toe, en voor ze een nieuw gespreksonderwerp kan aanboren, steek ik het Leidseplein over.

7

In de weken na mijn vaders begrafenis lag mijn moeder vooral op bed. Dirkje trok zich op onze slaapkamer terug om met haar pop te spelen. Ik sloop op mijn tenen door het huis om moeder niet wakker te maken. En zo goed als ik kon hielp ik opoe, die elke dag bij ons thuis kwam. Mijn moeder was moe, legde opoe uit, want er kwam een nieuwe baby aan. Bovendien had ze verdriet. Opoe maakte schoon, deed Dirkje en mij in bad en kookte, maar mijn moeder at nauwelijks. Ook weigerde ze uit bed te komen.

Na een tijdje begon opoe te mopperen. Dat haar rug het niet aankon om naast het café op de Zeedijk ook nog twee huishoudens te bestieren. En dat ze heus begrip had voor mijn moeders verdriet, zijzelf rouwde immers óók om het verlies van haar zoon, maar dat mijn moeder nu maar eens flink moest zijn. Ze had als vrouw tenslotte een taak: ze hoorde voor haar huishouden en haar twee dochters te zorgen. En hoe moest dat als straks de nieuwe baby kwam? Mijn moeders buik bleef maar groeien. Bovendien had mijn moeder het veel slechter kunnen treffen, meende opoe, want vader had ons goed achtergelaten. Door hard werken en zuinig leven zat er aardig wat spaargeld in het geldkistje dat in de keukenla werd bewaard. Moeder zou voorlopig niet eens hoeven werken.

'Geld? Alsof dat geld Peter bij me terugbrengt!' gilde moeder.

Opoe vroeg de dominee om bij ons thuis te komen, om samen met mijn moeder te bidden. Dat leek te werken. Al snel kwam de dominee vaker langs en werd moeder weer wat vrolijker.

Niet lang daarna knielde de dominee opnieuw bij me neer. 'Ik word je nieuwe vader. Maar jullie mogen me voortaan oom Johan noemen.'

Het regende op de dag dat mijn moeder met oom Johan trouwde. Als ik bijgelovig was aangelegd, had ik kunnen denken dat het een voorteken was. Opoe droeg haar zondagse kleren. Dirkje en ik droegen een jurk die we bij Vroom & Dreesmann hadden mogen uitzoeken en hadden felgekleurde linten in ons haar, die moeder bij de fournituurenwinkel had gekocht. Voor zichzelf had moeder een eenvoudige jurk genaaid van crèmekleurige stof, afgezet met bordeauxrode bloemen. Geen maagdelijk wit, dat was niet gepast. Het was tenslotte haar tweede huwelijk en bovendien was ze hoogzwanger toen ze oom Johan het jawoord gaf.

Vanaf dat oom Johan bij ons was komen wonen, werd hij langzaam minder vrolijk. Mijn vader maakte altijd grapjes tijdens het avondeten. Hij vertelde over zijn werk en vroeg aan Dirkje en mij hoe het op school was geweest. Nu oom Johan bij ons woonde moesten we muisstil zijn aan tafel, omdat hij zijn maaltijd steevast in stilte wilde nuttigen. 'Ik wil geen gekwaak aan m'n kop.' Als spullen in huis niet precies op hun plek stonden, raakte hij van streek en als de baby's huilden – tot oom Johans frustratie bleken het er twee te zijn in plaats van één – liep zijn hoofd rood aan en begon hij te schreeuwen, waardoor Faas en Feike nog harder brulden. Ook begon hij te drinken. Een fles Bols werd al snel de onmisbare metgezel waarmee oom Johan de dagen doorkwam.

Oom Johan had veel aan zijn hoofd, zei mijn moeder. Als dominee was hij druk en had hij veel verantwoordelijkheid, dus we moesten maar extra lief voor hem zijn. Volgens opoe was hij helemaal niet druk. Van stamgasten uit het café had ze vernomen wat er aan de hand was. 'Die dominee van je doet wel alsof ie zo'n heilig boontje is, maar hij is schíjnheilig. Johan heeft schulden bij de verkeerde gemaakt. Bij volk waar je geen ruzie mee wilt hebben. En hij heeft de kerk bestolen. Lies, je moet bij die man weg, voordat hij jou ook kaalplukt,' waarschuwde ze mijn moeder. 'Kom met de kinderen bij mij wonen. We vinden er wel een oplossing voor.'

Oom Johan ontkende opoes beschuldigingen in alle toonaarden. Wel besliste hij dat opoe vanaf dat moment niet langer welkom was bij ons thuis. 'Het is altijd gedonder met dat kroegvolk en hun lasterpraatjes,' mopperde hij. 'Ze komt er niet meer in. Met familie als die van jullie ligt zonde altijd op de loer. Jullie mogen de Heere danken dat hij mij heeft gestuurd om jullie te redden uit jullie losbandige leven. Door mij krijgen die kinderen nu de kans om op te groeien tot goede en godvruchtige mensen.' Hij knikte erbij, vond kennelijk dat hij het getroffen had met zichzelf, en nam een slok jenever.

Moeder zweeg. En dat bleef ze doen.

In de Vroom & Dreesmann is het druk. Sommige schappen zijn leeg, een gevolg van de schaarste, maar kennelijk is er een nieuwe lading kleding en schoeisel geleverd. Huisvrouwen cirkelen rond een stellage waarop hoeden, handschoenen en tasjes zijn uitgestald. Winkeljuffrouwen in donkerblauwe japonnen lopen bedrijvig heen en weer. Ik meld me bij de kassa's en word naar de eerste etage verwezen, waar het hoofd van de huishoudafdeling zich zou bevinden. 'Het is een forse, kale man,' laat het winkelmeisje weten.

Ik loop de trap op. Voor een stellage staat – inderdaad – een klein maar mollig mannetje in een V&D-uniform. Hij heeft een hoekig, metalen apparaat in zijn handen dat wel wat weg heeft van een megafoon, en richt zich tot een dame met een bruin bolhoedje. 'Dit is nou een handföhn, bedoeld voor thuisgebruik. Hij werkt op elektriciteit.' Met veel handgebaren legt de man uit dat het hypermoderne ding bedoeld is om je haren na het wassen mee te drogen.

'Meneer, mag ik u iets vragen?' vraag ik wanneer hij uitgesproken is en de klant zich met haar nieuwe aanwinst uit de voeten maakt.

Hij glimlacht vriendelijk. 'Maar natuurlijk, juffrouw.'

Ik leg uit dat ik vernomen heb dat Vroom & Dreesmann op zoek is naar schoonmaakpersoneel, en ik naar werk.

'Och, mejuffrouw.' Hij tilt zijn bril op en wrijft in zijn ogen.

'Ik heb ervaring met schoonmaakwerk,' zeg ik snel.

Hij knikt. 'Dat geloof ik, juffrouw, maar we zijn alweer voorzien. Ik heb gisteren iemand aangenomen. Het zijn rare tijden, dagelijks melden zich hier mensen die werk zoeken.'

Ik slik mijn teleurstelling weg en bedank hem.

'Niet getreurd, juffie,' roept hij me na terwijl ik terugloop naar de uitgang. 'Het vergt in deze tijden wat geduld, maar gemotiveerde mensen die hun handen uit hun mouwen willen steken vinden uiteindelijk altijd werk.'

Uiteindelijk, ja. Ik heb geen tijd voor geduld. Op straat haal ik diep adem en leg een hand tegen mijn voorhoofd. Doelloos ronddwalen heeft geen zin. Er zit maar één ding op: een voor een winkels en bedrijven afgaan. In het verlengde van de Vroom & Dreesmann bevinden zich een fourniturenwinkel, een winkel in naaimachines, een wasserette, een kruidenier en een slager. Ik ga bij alle vijf naar binnen, tover een glimlach op mijn gezicht en vertel waarvoor ik kom. Overal krijg ik hetzelfde te horen: helaas, geen werk.

Pas als ik elke winkel en elk bedrijf aan de Weesperstraat ben afgegaan en weer buiten sta, voel ik hoe mijn voeten knellen in mijn rijglaarsjes. Ik laat me even op een smeedijzeren bankje zakken en denk na. Het is even na drieën. Veel tijd heb ik niet meer voor de winkels sluiten, en aan de hemel verschijnt een loodgrijze rand die langzaam het blauw verdrijft. Ik besluit om terug te lopen naar het Leidseplein om daar hetzelfde te proberen. Een voor een ga ik winkels af. Ook Hirsch & Cie sla ik ditmaal niet over. Opnieuw krijg ik overal hetzelfde te horen: geen werk. Wel weet de bakker me te vertellen dat er bij de bioscoop aan de Reguliersbreestraat een kassameisje gevraagd wordt. De bioscoop betaalt hun personeel heel behoorlijk, voegt hij eraan toe.

Ik bedank hem voor de tip en met hernieuwde energie koers ik met mijn valies in de richting van de Reguliersbreestraat. Een kwartier later sta ik voor een hoog, imposant pand waar ik regelmatig voorbij ben gelopen, maar nog nooit binnen ben geweest. Naast een hoge, met messing beklede draaideur hangen aanplakbiljetten met filmsterren: knappe mannen en mooie vrouwen in indrukwekkende kostuums. Even blijf ik voor de filmposters staan. Een acteur met een grote snor en een cowboyhoed kijkt met een gefronste blik en een getrokken pistool in de cameralens. *The Great Train Robbery*, staat erboven. Ik heb geen idee wat dat betekent.

Ik voel aan de draaideur. Daar is geen beweging in te krijgen. Ik werp een blik naar binnen, maar het is er donker en ik zie geen beweging. 'Verdorie,' fluister ik voor me uit. Wat nu? Het is bijna vijf uur. Nog even en de winkels en bedrijven gaan sluiten. Ik voel mijn paniek groeien.

‘Helaas meid, geen fillempie. De toko is ’s middags gesloten,’ klinkt het plotseling in onvervalst Amsterdams achter me.

Ik draai me om. Voor me staat een man van een jaar of veertig, met een sigaret tussen zijn lippen en een geruite pet over zijn hoofd getrokken. Hij heeft een gereedschapskist onder zijn arm geklemd.

‘Ik kwam niet voor een film,’ begin ik, maar ik realiseer me dat het weinig zin heeft om aan een vreemde uit te leggen wat ik hier kwam doen.

De man trekt een sleutel uit zijn borstzakje en steekt die in de deur. ‘Ik werk hier als conciërge,’ licht hij ongevraagd toe.

Ik doe een stap naar voren. ‘Dan weet u vast of de bioscoop op zoek is naar personeel. Ik hoorde dat er een kassameisje gezocht wordt.’

Hij lacht schamper en schiet zijn sigaret tussen duim en wijsvinger weg. ‘Dat heb je dan verkeerd gehoord. Hier wordt geen personeel gezocht.’

Ik bijt op mijn onderlip. ‘Weet u dat zeker?’

‘Heel zeker. Er gaat hier eerder personeel uit dan dat er iemand aangenomen wordt. Het is oorlog. Het zijn barre tijden, wijfie.’

Achter mijn slapen doemt een stevige hoofdpijn op.

Hij loopt naar binnen, maar in de deuropening draait hij zich weer om. Hij heft zijn kin. ‘Als je nou slim bent, probeer het dan eens als loksijs.’

‘Als… Wablief?’

‘Als loksijs. Een barmeid.’ Ongegeneerd bekijkt hij me van top tot teen en knikt er goedkeurend bij. ‘Een knappe meid als jij, met alles erop en eraan, die willen ze in elke kroeg wel hebben.’

Niet dus, zo weet ik inmiddels. ‘Dank u wel voor de tip.’

Ik wil me omdraaien, maar hij zegt: ‘Mijn neef en zijn vrouw zijn eigenaren van een horecagelegenheid. Een soort kroeg, zo zou je het kunnen noemen. Ze zijn altijd op zoek naar een leuk meissie voor in de bediening. Een biertje tappen, glazen spoelen, de vloer vegen, asbakken legen, dat werk. Als je die steeg in loopt,’ hij wijst met zijn kin naar een gangpad dat rechts naast de bioscoop ligt, ‘dan vind je Maison Coco ergens halverwege aan de linkerkant. Een halfronde dubbele bruine deur. Er is geen uithangbord, maar je vindt het wel. Vraag maar naar Lucy. Lucy Koopman.’ Hij tikt tegen zijn pet bij wijze van groet en verdwijnt in de bioscoop.

Een *soort* kroeg? Zonder uithangbord? Het klinkt te vaag. Toch loop ik de steeg in. De steeg achter de bioscoop blijkt een nauwe doorgang te zijn waar vooral achteruitgangen van winkels en voordeuren van bovenwoningen op uitkomen. Het lijkt me geen plek waar een kroegeigenaar zich vestigt.

Het begint zachtjes te motregenen. Met gebogen hoofd loop ik een eindje door. Halverwege passeer ik toch een halfronde, dubbele deur zoals de man met de pet omschreef. Het pand heeft geen ramen. De hoge houten deuren evenmin. Een uithangbord ontbreekt inderdaad, alsof de eigenaar niet op gasten zit te wachten. Wat voor kroeg is dit? Het lijkt meer op een opslagplaats. Aarzelend blijf ik staan.

De lucht verandert. Aan de horizon verschijnt een zwarte rand die langzaam het loodgrijs verdrijft. In de verte klinkt een dof gerommel. De bliksem splijt de hemel en verlicht de aarde enkele seconden. Dikke regendruppels spatten met een noodgang stuk op de straatstenen.

Ik staar naar de houten deur en sjor aan de hendel. Een paar tellen later sta ik binnen.

8

Carmen

Het was een gewone vrijdagnacht, eind september. Even voor drieen werd ik wakker van het geluid van banden op het grind en een autodeur die zacht werd dichtgeslagen. De bewegingsmelder activeerde de buitenverlichting. Ik kwam half overeind.

Traditiegetrouw bleef Vik vrijdags na de uitzending van *Nachtbraken met Vik* met collega's in de studio hangen. Dan dronken ze wat om de week af te sluiten, waarna hij in zijn appartement in Amsterdam bleef overnachten. Dat hij vannacht toch thuiskwam verbaasde me niet echt: morgenochtend zouden we naar Schiphol vertrekken, om twee weken te gaan nazomeren op een Grieks eiland. De koffers stonden al ingepakt bij de voordeur. Kennelijk had Vik geen zin om overhaast op vakantie te gaan en besloten om thuis te overnachten.

Ik trok mijn telefoon uit de oplader en sloeg mijn benen over de rand van het bed. Achteraf realiseer ik me dat ik toen al een lichte ongerustheid voelde. Dat ik behoedzaam was gaan lopen en bijna geruisloos de trap afdaalde.

In huis was het stil. Ik hoorde niet het vertrouwde geluid van de voordeur die in het slot viel, of het koffieapparaat dat zoals gebruikelijk begon te pruttelen, omdat Vik de vreemde gewoonte heeft een espresso te nemen voor het slapengaan. Het leek alsof alle geluid uit het huis was weggezogen.

Ik liep op mijn blote voeten de hal in. 'Vik?'

Viks jas hing niet aan de kapstok. Ook zijn laptoptas ontbrak. Had ik me het geluid van een auto verbeeld?

Ik opende de deur van de hal naar de woonkeuken en liet mijn ogen in het schemerdonker door de ruimte gaan. Maanlicht scheen door de openstaande shutters de ruimte in en reepjes licht tekenden zich af op het visgraatparket. Drie barkrukken stonden netjes op hun plaats aan het witmarmeren kookeiland. Toen pas zag ik de schaduw van een man tegen de zachtgrijs gestucte muur afsteken.

Met een ruk draaide ik me om. Voor me stond een breedgeschouderde man met een bivakmuts. Hij torende boven me uit.

Ik geloof dat ik gilde, maar ik weet het niet zeker. In a split second rende ik naar het alarmkastje aan de muur, trok het afdekkapje van het apparaat en toetste drie keer een '9' in, om de meldkamer te alarmeren.

In drie stappen was hij bij me.

Het volgende moment werd een grote hand tegen mijn gezicht gedrukt. Ik rook het leer van zijn handschoen, die mijn mond en neus met kracht bedekte en mijn kreet smoorde. Ik maaide met mijn armen. Mijn telefoon kletterde op de marmeren vloer, gevolgd door een porseleinen vaas op het kookeiland. Scherven spatten uiteen.

Vervolgens werd ik met kracht opgetild en tegen de grond gesmeten, waarbij mijn achterhoofd tegen het kookeiland knalde. Gedesoriënteerd probeerde ik op te krabbelen, maar ik kreeg de kans niet.

Hij beende naar me toe, schopte me vol in mijn middenrif. De pijn was onbeschrijfelijk. Alle lucht werd uit mijn longen geperst. Happend naar adem klapte ik dubbel.

Hij trok me aan mijn haren omhoog. Ik schreeuwde.

Een koude windvlaag. Aan de rand van mijn gezichtsveld registreerde ik dat de deuren van de keuken naar de tuin werden opengetrokken. Andere mannen stapten binnen. Het waren er zeker vier. Allemaal droegen ze bivakmutsen.

Een van hen trok me ruw omhoog en draaide mijn arm op mijn rug. Een stekende pijn boorde zich door mijn schouder.

Op datzelfde moment klonk het snerpende geluid van mijn ringtone. Mijn telefoon lag achter het keukenblok.

'Dat is het beveiligingsbedrijf,' riep ik. 'Ze zijn onderweg.'

'Godverdetyfus! Kánkerzooi!' brulde de langste kerel, die het eerst binnen was. Hij griste mijn telefoon van de vloer en beende op me af. Toen trok hij iets uit zijn broekband en hurkte naast me neer. Koud metaal werd tegen mijn voorhoofd gezet, terwijl hij me de rinkelende telefoon voorhield. 'Jij gaat ze vertellen dat ze niet moeten komen, dat alles hier in orde is. En dat doe je overtuigend. Eén verkeerd woord en ik knal je hersenpan van je lijf, begrepen?'

Ik haalde diep adem en knikte. Op de een of andere manier slaagde ik erin mijn ademhaling onder controle te krijgen.

Mijn belager nam op en hield de telefoon bij mijn oor.

Een man aan de andere kant van de lijn meldde dat hij van het beveiligingsbedrijf was. 'Wij hebben een melding gekregen, mevrouw Hoogendijk. Wat is er aan de hand?'

Ik voelde de ademhaling van mijn belager, die mijn arm nog steeds op mijn rug gedraaid hield. De andere vier stonden wijdbeens en dreigend om ons heen. Het pistool werd steviger tegen mijn voorhoofd gedrukt.

'Niets hoor, alles is in orde.' Mijn stem klonk schril.

'U heeft een melding gemaakt,' drong de telefonist aan.

Wanhopig probeerde ik me het codewoord te herinneren dat we met het beveiligingsbedrijf hadden afgesproken. Er was een woord waarmee we in een situatie als deze onopvallend hun aandacht konden trekken, zonder direct de belagers te alarmeren. Er kwam niets. Verdomme. Ik schraapte mijn keel om tijd te rekken.

'Mevrouw Hoogendijk?' vroeg de telefonist.

Batterijen.

'Eh, de batterijen van het alarmsysteem waren leeg en ik wilde ze vervangen. Ik heb waarschijnlijk per ongeluk een melding gedaan. Sorry.' Er liep vocht in mijn ogen. Het prikte. Ik rook een ijzerachtige geur.

'Geen enkel probleem. Dus we hoeven geen wagen langs te sturen?'

Een van de belagers kneep hard in mijn schouder. Ik verbeet de pijn. 'Nee, er is niets aan de hand. Het waren de batterijen,' zei ik weer, intens hopend dat het kwartje bij de telefonist gevallen was. Als dat zo was, dan wist hij dat goed te verbergen.

'Kan gebeuren,' zei de telefonist opgewekt. 'Nog een prettige nacht, mevrouw Hoog...'

Mijn belager trok mijn telefoon weg en verbrak de verbinding. Hij nam mijn gezicht tussen zijn vingers en kneep. Zijn ogen stonden opvallend dicht bij elkaar. 'Luister goed, kankerhoer, als dit een geintje is, dan maken we je alsnog af. Waar staat de kluis?'

'Eh, de kluis?' Met enige vertraging drong tot me door waar hij naar zocht: de enige kluis die we hadden kwam uit Kasteel Vorden. Naast een doos met een oud fotoalbum, een familiestamboom en andere papieren lag er bijna tachtigduizend euro aan contanten in, afkomstig uit de erfenis van mijn schoonouders. Toen het kasteel in de verkoop werd gezet en we geen zicht hadden op wie er in- en uitliepen, had Vik besloten de hele kluis mee naar huis te nemen. 'De kluis staat in de kelder.'

'Code van de kluis. Nu!'

'Ik weet het niet.' Ik wist het echt niet.

Opnieuw de koude loop tegen mijn voorhoofd. 'Die kluiscode, nú! Ik knal je overhoop hoor!'

'Ik weet het echt niet,' fluisterde ik. 'Alsjeblieft... Neem gewoon die hele kluis mee. Pak die kluis en ga.' Ik huilde geluidloos. Tranen drupten langs mijn kin.

Hij boorde zijn ogen in de mijne en ademde hoorbaar.

'Snel, naar de kelder,' instrueerde de kerel die me vasthield. Een ander bond mijn handen met tiewraps op mijn rug. Ook mijn voeten werden bij elkaar gebonden.

De andere drie beenden naar de bijkeuken. Kennelijk zat de deur die naar de kelder leidde op slot, want er klonken twee harde trappen, gevolgd door het geluid van brekend hout.

Het duurde niet langer dan een minuut of twee voor ze weer naar boven kwamen. De kluis was loodzwaar en ze hadden twee man nodig om het ding te tillen. 'Kom, wegwezen.' Ze wierpen een korte blik op de tiewraps om mijn polsen en vertrokken.

Een paar minuten nadat mijn belagers vertrokken waren, reed er een politieauto de oprijlaan op.

Stijf van de adrenaline word ik wakker. Ik ben bezweet, mijn hart bonst gejaagd en mijn tong voelt droog. De haartjes op mijn armen staan recht overeind. De rood oplichtende cijfers op de wekkerradio geven aan dat het twee minuten voor drie is.

Naast me ligt Vik. Hij snurkt zachtjes.

Zonder het me bewust te kunnen herinneren weet ik dat ik gedroomd heb over de overval. Vrijwel elke nacht herhaalt die gebeurtenis zich van minuut tot minuut. Vervolgens word ik badend in het zweet wakker, met een van angst bonkend hart, en kan ik de slaap onmogelijk weer vatten.

Ik kom overeind en trek een dik vest aan over mijn nachthemd. Dan loop ik naar beneden. De oude houten trap buigt licht mee onder mijn voeten. In de keuken zet ik de waterkoker aan. Ik trek de luiken open en werp een blik naar buiten.

Maanlicht schijnt door de kale takken van de eikenbomen, die grillige schaduwen op het lichtgrenen keukenblok werpen. Ik trek de panden van mijn vest wat steviger om me heen en druk het gevoel van onbehagen weg.

Op de keukentafel staat de kartonnen doos uit de teruggevonden kluis, met daarin papieren van mijn schoonouders. Ik ga met een kop dampende kamillethee aan tafel zitten en trek de doos naar me toe. Nieuwsgierig ga ik door de inhoud. Bovenop ligt een gestoffeerd, vaalrood boekje met een slotje eraan. Het lijkt een oud dagboek of een poëziealbum. Het sleuteltje ontbreekt helaas. Dan volgt er een trouwfoto van Vik en mij, genomen in Toscane, waar we vier jaar geleden met een handjevol familieleden en vrienden naartoe gevlogen zijn. Viks ouders staan naast hem. Zijn vader draagt een beige pak. Viks moeder een mintgroene zomerjurk en een bijpassende hoed die rondom is afgezet met bloemen, een ensemble dat rechtstreeks uit de garderobekast van Prinses Beatrix had kunnen komen. Ze hebben hun handen ineengevouwen en glimlachen stijfjes in de camera.

Viks ouders waren hartelijke en lieve mensen. Toch voelde ik in hun bijzijn onderhuids een afstand. Als titelloos burgermeisje dat opgroeide in een Utrechtse eengezinswoning, met een luidruchtige half-Spaanse familie, was ik niet bekend met adellijke gebruiken.

Al bij de eerste ontmoeting werden de verschillen pijnlijk duidelijk. Ik wenste Viks ouders 'smakelijk eten'– iets wat mijn eigen ouders erin geramd hadden, omdat zij meenden dat het zo hoorde. Mijn schoonouders corrigeerden me niet, maar knikten me met een onderkoeld glimlachje toe. Pas later, toen Vik me op mijn verzoek inwijdde in hun gebruiken en gewoonten, begreep ik dat de adel er een geheel eigen taal op na houdt. Er bleek een waslijst aan woorden te zijn die voor gewone stervelingen volkomen normaal, maar in adellijke kringen not done zijn. Zo is een toilet gewoon een wc en een gebakje een taartje. Iets is niet grappig, maar geestig. Niet leuk, maar aardig. Eten wordt niet geserveerd, maar opgediend. Je tafelgenoten 'smakelijk eten' wensen wordt als een belediging voor de kok gezien, omdat het impliceert dat het eten ook níét zou kunnen smaken. Anderen wijzen op zo'n verspreking is eveneens not done.

Bij mijn schoonouders moesten conversaties altijd ergens over gaan, bij voorkeur over politiek, kunst of wetenschap, maar het bespreken van emoties werd vakkundig vermeden. Naarmate de jaren verstreken begon ik te zien wie ze waren achter hun façade van etiquette en opgeprikte gewoonten. Ik zag hun hartelijkheid, hun nuchtere humor en ik sloot ze in mijn hart, inclusief hun eigenaardigheden.

Ik leg de trouwfoto opzij. Ernaast ligt een plastic insteekhoesje met daarin een vergeeld krantenartikel. De tekst is geschreven in het Oudhollands.

1 augustus 1903

JONGE VROUW NOG ALTIJD VERMIST. POLITIE TAST IN HET DUISTER

De Vordense Baron Von Eckendorff-Lohmann en zijn schoonfamilie, de familie Van Egmond, verkeeren al sedert een maand in het onzekere, nu den 21-jaarige echtgenote van de baron, Odette Barones Von Eckendorff-Lohmann, spoorloos verdweenen is. Barones Odette is op den vroegen ochtend van 3 juli 1903 weggelopen uit Kasteel Vorden, zonder eenig bericht achter te laten. Gevreesd wordt dat Odette Barones Von Eckendorff-Lohmann-van Egmond in levensgevaar of anderen grooten nood verkeert. Ingewijden beweeren dat de jonge vrouw verward was in de periode voorafgaand aan haar verdwijning. Desondanks sluit de politie niet uit dat de jonge vrouw slachtoffer is geworden van een misdrijf. Haar echtgenoot, haar ouders en haar oudere zuster, Amélie van Egmond, doen opnieuw een oproep aan eenieder die meer weet over het lot van barones Odette, om al wat zij kunnen geven aan informatie, aan den politie te melden.

'Hugo von Eckendorff-Lohmann,' fluister ik voor me uit. Vaag zeggen de namen Hugo en Amélie me iets: ik heb ze weleens zien staan in Viks familiestamboom. Hugo – Viks overgrootvader – was een baron die begin twintigste eeuw met de steenrijke maar titelloze Amélie van Egmond trouwde, de overgrootmoeder van Vik. Ze waren op dat moment beiden al achter in de twintig. Naar verluidt was het een verstandshuwelijk, omdat Hugo's familiekapitaal was opgedroogd en het landgoed gered moest worden.

Bij het artikel is een vervaagde zwart-witfoto van Odette afgebeeld. Een onmiskenbaar knappe vrouw met een gelijkmatig gezicht en opgestoken haar kijkt met een dromerige blik in de camera. Pas als ik het artikel voor een tweede keer doorlees, dringt tot me door wat dit betekent. Kennelijk is Hugo kort getrouwd geweest met deze Odette van Egmond, voordat zij op raadselachtige wijze verdween. Daarna is hij in het huwelijksbootje gestapt met Odettes zus Amélie.

Wat is er met Odette gebeurd? Opnieuw schieten mijn ogen over de tekst. *Ingewijden beweeren dat de jonge vrouw verward was in de periode voorafgaand aan haar verdwijning. Desondanks sluit de politie niet uit dat de jonge vrouw slachtoffer is geworden van een misdrijf.*

Mijn schoonouders praatten graag en veelvuldig over het familieverleden, maar over deze mysterieuze verdwijning heb ik ze nooit gehoord. Vik evenmin. Ik klem mijn koude vingers om de warme theemok. Ik weet niet wat mijn nieuwsgierigheid meer triggert: de mysterieuze verdwijning van Hugo's eerste vrouw, of de vraag waarom Vik er nooit iets over verteld heeft. We zijn zes jaar samen. Je zou denken dat zo'n onderwerp dan wel een keer ter sprake was gekomen. Aan de andere kant: deze verdwijning heeft honderdtwintig jaar geleden plaatsgevonden.

Ik zucht en wrijf in mijn ogen. Mijn telefoon geeft aan dat het even voor vijven is. Als ik dan toch niet meer kan slapen, dan kan ik mezelf net zo goed nuttig maken. Ik giet het laatste beetje kamillethee achterover en schuif mijn stoel naar achteren.

Ik daal de trap af naar de gewelvenkelder; een koele ruimte van witgeverfd steen, en op de tast vind ik een lichtschakelaar. Het is hier nog frisser dan boven.

De ruimte heeft in de vroege middeleeuwen dienstgedaan als een soort lokale rechtbank. Er schijnen hier zelfs mensen ter dood veroordeeld te zijn, heeft Vik me weleens verteld. Ze werden opgehangen boven de slotgracht. Een lugubere gedachte dat de toenmalige kasteelbewoners de lijken voor het raam van de eetzaal aan de galg zagen bungelen. Eind negentiende en begin twintigste eeuw werd de gewelvenkelder in gebruik genomen als pantry voor de butler en als eetzaal voor het personeel. Mijn schoonouders hadden geen inwonend personeel meer en gebruikten de ruimte niet. Na hun overlijden is hier een deel van het antieke meubilair gestald, bedekt met witte lakens. Hier staan ook kartonnen dossierbakken met administratie, familie-fotoalbums, oude schoolrapporten van Vik, diploma's en dergelijke.

De dossierbakken staan tegen de wand opgestapeld. Ik begin bij de bovenste en ga door de inhoud. Oude bouwkundige rapporten, facturen van hoveniers, administratie, briefwisselingen en dergelijke. Ik probeer de volgende doos, en dan nog een. Dan stuit ik op een doos met fotoalbums. De eerste is van Viks jeugd. Vik op een step, mijn toen nog veel jongere schoonouders er trots naast. Vik toen hij een jaar of tien was, met zijn ouders poserend voor de ophaalbrug.

Dan pas vind ik wat ik zoek: de oudere fotoalbums van eerdere generaties. Ik blader erdoorheen. 'Hebbes,' fluister ik voor me uit.

Op de eerste zwart-witfoto staat een man met een scherp gezicht, die ik eind dertig schat. Hij draagt een donker krijtstreeppak, een hooggesloten stropdas met een paisleyprint en hij leunt op een sierlijke wandelstok, die eerder een accessoire lijkt dan noodzaak. Aan de kleding en haardracht te zien moet de foto al in het begin van de twintigste eeuw gemaakt zijn. Met een vaag glimlachje kijkt hij de camera in. Ik trek de foto voorzichtig uit het album en draai hem om. De tekst op de achterzijde is vervaagd en het handschrift ouderwets, maar ik kan er *Hugo von Eckendorff-Lohmann, 1915* uit opmaken.

Op de volgende pagina is een geschilderde, maar levensechte afbeelding van een jonge vrouw geplakt, in kleur. Ze heeft oranjerood haar, een hooggesloten blouse en een smal, vriendelijk gezicht. Voorzichtig peuter ik de afbeelding van het papier. Op de achterzijde staat *Amélie van Egmond, 1908* geschreven.

Plotseling klinkt Viks stem achter me. 'Car? Hier ben je.'

Van schrik veer ik een halve meter omhoog.

'Het is half zes. Wat ben je vroeg,' gaapt hij. Hij heeft zijn trainingsbroek aangetrokken en wrijft door zijn warrige haar. 'Kon je weer niet slapen?'

'Niet echt, nee. Tussen de papieren van je ouders, uit de kluis, zit een krantenartikel over een vermissing. Het gaat om Odette van Egmond, de eerste vrouw van jouw overgrootvader Hugo. Wist jij dit?'

Hij wendt zijn blik af en begint dossierdozen op te stapelen. 'Pas nadat ik het krantenartikel over die vermissing in de kluis vond. Mijn ouders hebben me er niets over verteld.'

'Is het niet vreemd dat je ouders hier niets over gezegd hebben?'

Hij haalt zijn schouders op. 'Geen idee, Car. Misschien is het gewoon onbelangrijk.'

'Als het onbelangrijk was, dan hadden jouw ouders het krantenartikel niet in een insteekhoesje achter slot en grendel bewaard.'

Vik maakt een vage hoofdbeweging. 'Kennelijk wilden ze het onderwerp laten rusten, en dat moeten we respecteren.'

'Sorry, maar dat volg ik niet. Dat jouw ouders geen behoefte hadden om hierover te praten, ontneemt jou niet het recht om uit te zoeken wat er gebeurd is met Odette, toch? Het gaat evengoed om jouw familie.'

Hij zucht, wrijft in zijn ogen. 'Uit respect voor ons erfgoed, en omdat ik mijn ouders er niet meer naar kan vragen, laat ik het rusten. Oké?'

Ik zwijg.

'Het is honderdtwintig jaar geleden, schat. Ik hoef niet te weten wat er met de zus van mijn overgrootmoeder is gebeurd.' Hij buigt voorover en drukt een kus in mijn haar. 'Kom, ik maak een ontbijtje. Cappuccino?'

'Ja, ik kom eraan,' antwoord ik afwezig. Opnieuw pak ik Hugo's foto op. Ik bestudeer zijn scherpe gezicht. 'Hugo von Eckendorff-Lohmann,' fluister ik voor me uit.

9

Guusje

Ik laat de zware deur van het café zonder uithangbord achter me dichtvallen. Een lange, donkere gang strekt zich voor me uit. Wandlampen verspreiden een flauw licht en er hangt een doordringende geur die ik niet kan thuisbrengen. 'Hallo?'

Stilte.

'Hallo? Is daar iemand?' Ik loop een eindje door. De wanden zijn bedekt met een donkere, fluweelachtige stof en her en der hangen manshoge spiegels in pompeuze goudkleurige lijsten. De gang leidt naar een verrassend grote, ronde ruimte met donkerrode vloerbedekking. Tegen de linkerwand staat een grote bar met een blauwmarmeren werkblad en messing details. Verspreid in de ruimte staan bistrosetjes en tegen de wand zijn zitjes gecreëerd met roodfluwelen banken, die van elkaar gescheiden worden door zware, roodfluwelen gordijnen. Tafellampen met kleurige glazen kappen verspreiden een warm licht.

'Wat moet dat? We zijn nog gesloten,' klinkt plots een rauwe, zware stem achter me.

Met een ruk draai ik me om.

Voor me staat een tengere vrouw die ik eind veertig schat. Ze is kleiner dan haar zware stem doet vermoeden, hoogblond en haar huid heeft duidelijk veel zon gevangen. Ze draagt een rode, mouwloze avondjurk met zwarte handschoenen. Om haar heen hangt een geur van nicotine, vermengd met een sterk parfum.

'Neemt u mij niet kwalijk, de deur was open,' begin ik. Ik probeer me de naam te herinneren die de man bij de bioscoop had genoemd. 'Bent u Lucy?'

Ze heft haar kin. 'Wie wil dat weten?'

'Ik ben Guusje Simons en ik hoorde dat jullie op zoek zijn naar een meisje voor in de bediening.'

'Zozo,' reageert ze stoïcijns. Ze steekt een sigarettenpijpje op. Zelfs in de Jordaan roken vrouwen nauwelijks.

'Dus jij zoekt werk als *loksijs*. Heb je dat vaker gedaan?'

'Nee mevrouw. Maar ik weet van aanpakken en ik leer snel.' Het is inmiddels de standaardzin waarmee ik al de gehele dag mijn diensten probeer te verkopen.

Ze laat een schor lachje horen. 'En waarom wil een meissie als jij werken op een plek als deze?' Ze neemt me taxerend in zich op.

'Mijn zusje heeft tbc.' Ik vertel dat Dirkje dringend naar een sanatorium moet, maar dat dit pas mogelijk is als er vooruitbetaald wordt. 'Ik had werk als dienstbode, maar vanochtend werd ik plotseling ontslagen,' flap ik er uit. 'Door een misverstand,' voeg ik er snel aan toe.

Al die tijd heeft de tengere vrouw die kennelijk Lucy heet me met een bedenkelijke blik aangekeken en geen woord gezegd. Plots realiseer ik me dat ik natuurlijk had moeten zeggen niets liever te willen dan in de bediening werken, in plaats van dat ik het geld hard nodig heb. Ik kan mijn tong wel afbijten. Ik zet me schrap voor een afwijzing.

Er verschijnt een vage glimlach rondom Lucy's gerimpelde mond. 'Dus je zit in de penarie?' Ze neemt een hijs van de sigaret en loopt op me af, strijkt een pluk donkerrood haar achter mijn oor en neemt me van top tot teen in zich op, als een slager die zijn vlees keurt.

Onzeker blijf ik staan. Wat wil dit mens van me?

'Hoe oud ben je?'

'Negentien, mevrouw.'

'Doe je jas eens uit,' commandeert ze in plat Amsterdams.

Weifelend doe ik wat ze vraagt.

Opnieuw taxeert ze me van top tot teen.

Ik sta daar maar, met mijn nadruppende jas in mijn handen.

Ze knikt goedkeurend. 'Is je bloem al geplukt, schat?'

Met enige vertraging dringt tot me door in wat voor 'horecagelegenheid' ik beland ben. Abrupt klem ik mijn vochtige jas tegen me aan en doe een stap naar achteren. 'Het spijt me, maar ik geloof dat dit een vergissing is.'

'Ho, wacht eens even, wijfie. Guusje is het toch? Kom, ga even zitten. Het regent pijpenstelen en je bent doorweekt. Kan ik je iets te drinken aanbieden?'

Ze zet haar hand tegen mijn onderrug en in weerwil van mezelf laat ik me naar de bar voeren. Met tegenzin neem ik plaats op een barkruk.

Lucy loopt om de bar heen en zonder iets te vragen schenkt ze me een borrelglaasje jenever in. Zelf neemt ze er ook een. Dan buigt ze naar voren, waardoor haar gerimpelde decolleté op de bar komt te liggen.

Ik doe alsof ik het niet zie.

'Luister eens, wijfie,' vervolgt ze. 'Ik ben al een tijdje op zoek naar een meisje voor in de bediening. Een biertje tappen, de tafels bedienen, asbakken legen, na sluitingstijd de boel weer spic en span maken, dat werk. Een meisje dat bereid is om naast die werkzaamheden ook – laat ik het zo zeggen, *andere* diensten te verrichten als de klanten daarom vragen.' Ze knipoogt. 'Officieel zijn we gewoon een horecagelegenheid, want de gemeente verandert om de haverklap hun beleid. Het ene moment worden bordelen en rendez-voushuizen gedoogd, het andere moment is het inenen weer verboden en dreigen ze met boetes en sluiting. Gallisch word je ervan. Afijn, op dit moment is wat we hier doen officieel verboden en wordt alleen de raamprostitutie in de Pijp gedoogd. En ik heb geen zin om de boel inenen te moeten sluiten omdat wij de heren niet meer aan een goeie wip mogen helpen.' Ze laat een schor lachje horen.

Ik voel me rood worden en richt mijn blik op de bar. In de Jordaan heb ik verschillende types ontmoet, maar ik ken geen vrouwen die zich zo expliciet en plat uiten als deze Lucy.

'Hoor mij nou lullen, neem me niet kwalijk. Kijk, wat ik maar wil zeggen: de meiden die hier werken zijn officieel gewoon in dienst als barmeid. Niemand die ergens sjoege van heeft.'

Ik draai aan het borrelglaasje, waar ik nog geen slok van genomen heb, en vraag me af wat voor meisjes het zijn die voor zulk werk kiezen. Is het simpelweg een gebrek aan normen en waarden? Of is het wanhoop?

'Ik begrijp dat het je afschrikt, maar we zijn een chique tent, hoor. Wat ik hierbinnen krijg, dat zijn nette kerels. Geen ordinaire hoerenlopers zoals je die in de Pijp, bij het Oudekerksplein of op de Oudezijds Voorburgwal ziet.'

Ik neem een muizenslokje uit het borrelglaasje. De drank smaakt smerig. Een warme gloed trekt door mijn slokdarm.

'Onze klanten zijn stuk voor stuk hoge piefen: ambtenaren en zakenmannen die gezelschap zoeken en hier discreet een fijne avond willen hebben, zonder dat moeder de vrouw toekijkt. Ze drinken wat aan de bar of aan een tafeltje. De meisjes die bardienst hebben bedienen ze en als de mannen dat willen, dan hebben we kamertjes waar ze zich kunnen terugtrekken met een meisje. Maar ik zeg altijd: jij bent en blijft baas over je lijf. Wat jij niet wil, dat gebeurt niet. Zo simpel is het.' Ze kijkt me vragend aan.

'Het spijt me mevrouw, maar dit werk is echt niets voor mij.'

'Goed.' Ze heft haar handen, haar handpalmen naar me toegekeerd, alsof ze zich overgeeft. 'Je bent een gezonde jonge meid en je hebt de rondingen op de juiste plek zitten, en met dat donkerrode haar van je ben je een aanvulling op de meiden die ik hier heb lopen. Maar als jij dat niet wil, dan houdt het op.' Lucy zwijgt even en trommelt bedenkelijk met haar vingers tegen haar lippen. 'Stél nou... Kijk, ik weet dat je omhoog zit, met je zieke zusje en zo, en zieke kinderen, daar kan ik slecht tegen. Ik wil jou en je zusje graag helpen, dus ik ben bereid om voor jou een uitzondering te maken en je een baan aan te bieden waarbij je alleen in de bediening werkt.'

Ik kauw nadenkend op mijn wang. Bordeelbezoekers bedienen is niet wat ik in gedachten had, maar ik realiseer me terdege dat ik niet in de positie ben om kieskeurig te zijn.

'Maar dan betaal ik je natuurlijk wel een stuk minder.'

'Hoeveel betaalt u dan voor werk in de bediening?'

'Vijf gulden per week.' Ze drukt met haar roodgelakte nagel haar sigaret uit in de asbak. 'Maar dan begin je direct en blijf je hier minimaal een maand werken. Ik ga geen tijd steken in het inwerken als je volgende week weer gevlogen bent. Is dat afgesproken?'

'Goed, mevrouw.'

'Zeg maar Lucy. En welkom bij Maison Coco,' raspt ze met haar zware, schorre stem. 'Ik zie dat je een koffer bij je hebt. De meeste meiden die hier werken wonen hier ook, dus als je dat wil, is dat mogelijk. De kamerhuur bedraagt een gulden per week. Die hou ik dan van je salaris in.'

'Graag.' Ik realiseer me dat het uitstel van executie is, maar zolang ik hier verblijf hoef ik mijn moeder niet in te lichten over mijn ontslag.

'Goed. Loop maar mee, dan laat ik je je kamer zien.' Heupwiegend gaat ze me voor naar de donkere gang, waar ze een deur opent die naar een steile houten trap leidt. We gaan de trap op, die uitkomt op een smalle overloop met vier deuren aan weerszijden. Het ruikt er muf en er is hier duidelijk geen elektriciteit: gaslampen aan de wand verspreiden een zacht licht. 'Hier wonen de meiden. Ik heb hier zestien meisjes in dienst. In de kamer van Rosa en Kitty hebben we nog een bed over.' Lucy opent een deur naar de eerste kamer.

Zo overdadig als de ruimte beneden is ingericht, zo kaal is het hier. Op de houten vloer ontbreekt vloerbedekking. De wanden zijn voorzien van vaalroze bloemetjesbehang, maar vochtplekken op de muren verraden dat hier weleens lekkage is. Grauw daglicht stroomt binnen door twee smalle schuiframen, waar groezelige, roodfluwelen gordijnen voor hangen. Aan weerszijden van de ruimte staat een bed en tegen de achterwand, onder de twee schuiframen, staat een derde bed. Naast de deur is een commode met een waskom erop. Toch is het niets minder dan ik thuis gewend ben.

'Wat zeg je ervan?'

Ik glimlach en knik. 'Ja, eh... Het is een mooie kamer.'

Op de overloop klinkt gelach en naderende voetstappen. De deur zwaait open. Er stappen twee druk pratende meisjes in een duster binnen. De ene is blond, de ander heeft zwart haar en twee grote bruine poppenogen. Ik weet niet wat ik precies verwacht had, maar ze zien er niet uit zoals ik me een prostituee had voorgesteld. Ze dragen geen make-up en zijn hooguit een paar jaar ouder dan ik.

Hun gesprek verstomt en ze kijken naar me alsof er plotseling een buitenaards wezen in hun kamer staat.

Lucy negeert hun blikken. 'Meisjes, we hebben een nieuweling. Dit is Guusje Simons. Guusje, dit zijn Rosa en Kitty.'

Het blonde meisje begint te grinniken. 'Is dít een temeier?' vraagt ze in plat Amsterdams. 'Weet u zeker dat deze niet bij het klooster moet zijn?'

Ik druk mijn valies tegen me aan en voel mijn wangen kleuren.

'Hou toch goddomme je grote waffel eens, Kitty,' zegt Lucy. 'Guusje is een kelnerinnetje, ze komt alleen in de bediening werken.' Ze stoot mij aan. 'Pak je valies maar uit meissie, en maak het jezelf gemakkelijk. Rosa, jij geeft Guusje dadelijk een rondleiding en je zorgt ervoor dat ze aangekleed wordt en ingewerkt is voor we opengaan.'

'Eh, aangekleed? Wat bedoelt u?'

Lucy trekt haar kin in en haar wenkbrauwen op. 'Ik heb inmiddels wel in de gaten dat je niet veel gewend bent, meisje Simons, maar dáár...–', ze wijst naar mijn vaalblauwe zomerjurk, het afdankertje van de kerk, '... daar gaan de lendenen bij de heren niet bepaald van branden.'

Mij lijkt dat juist een uitkomst.

'Je mag dan wel in de bediening werken, het is wel de bedoeling dat de gasten een beetje opgewarmd worden. Ik wil niet zien dat ze aan het eind van de avond alleen drank afrekenen. Van alleen drank kan ik mijn kachel niet laten branden.' Lucy begint schaterend te lachen, wat eindigt in een rauwe hoestbui. Als die eindelijk onder controle is steekt ze met een rood aangelopen hoofd een nieuwe sigaret op. 'Goed, jij redt je wel, hè?' Heupwiegend maakt ze zich uit de voeten. De deur valt achter haar dicht.

Het meisje met het zwarte haar steekt me haar hand toe. 'Rosa Polak.'

Het blonde meisje doet hetzelfde. 'Kitty. Welkom. En trek je van mijn niks aan meid, ik heb altijd een grote waffel.' Ze trekt mijn rok een stukje omhoog en werpt een blik op mijn degelijke bruinwollen kousen. 'Heb je nylon kousen?'

Ik schud mijn hoofd. In gedachten hoor ik mijn moeder mopperen: *Nylon kousen zijn bedoeld om het been bloot te doen lijken.*

'Geeft niet,' antwoordt Rosa. 'We dragen zelf helemaal geen kousen meer, want nu alles op de bon is zijn nylon kousen bijna nergens meer te krijgen. Ik haal een pakkie voor je.' Ze verdwijnt in de gang en komt een tel later terug met een hoopje zwart fluweel en veren. 'Trek dit maar aan.'

Vragend kijk ik van Rosa naar het pakje dat ze omhooghoudt. Het is niets meer dan een zwartfluwelen korset. Ter hoogte van de billen is een pluim van zwarte veren aangezet. 'Dit? Is dit alles?'

'Dit dragen we allemaal,' meldt Kitty. 'Niet zo preuts hoor meissie, want dan ga je het hier nooit overleven.'

Met stroperige bewegingen begin ik me van mijn kleren te ontdoen, en hijs me in het zwartfluwelen niemendalletje. De stof kruipt tussen mijn billen en ter hoogte van mijn borsten striemen de naden in mijn vlees.

Rosa trekt twee plukken uit mijn opgestoken haar en steekt ook daar een zwarte veer in. Vervolgens draait ze haar lippenstift uit. 'Tuit je lippen eens.'

Ik gehoorzaam. Terwijl Rosa mijn lippen stift, tekent Kitty met kohlpotlood een zwarte streep op mijn blote benen, wat de illusie van een nylonkous moet wekken. Vervolgens dirigeert ze me naar een passpiegel in de hoek van de kamer. 'Kijk eens wat een schoonheid je bent,' prijst ze. 'Wat een wespentaille.'

Rosa fluit.

Ik bekijk mezelf. Twee groenbruine ogen kijken angstig terug. Het zwartfluwelen pakje bedekt niets meer dan mijn borsten, buik en billen. Mijn decolleté springt er bijna uit en ik herken mezelf nauwelijks. Waar ben ik aan begonnen? Er welt een hol, jengelig gevoel in me op, alsof ik elk moment in huilen kan uitbarsten. Ik vecht tegen de neiging het pakje uit te trekken en de benen te nemen. Een gedachte waar ik me onmiddellijk voor schaam. Ik weet waarvoor ik dit doe. Ik ga bier tappen en de vloer aanvegen. Niets meer, niets minder. Over twee weken heb ik genoeg geld bij elkaar verdiend om Dirkjes eerste maand in het sanatorium te bekostigen. Daar gaat ze genezen. Alles gaat goed komen.

10

‘Dit is de deur naar de personeelskeuken. Twee keer per dag eten we hier samen. ’s Avonds een broodmaaltijd en tussen de middag eten we warm. Ik weet niet hoe Lucy het voor elkaar krijgt nu verdomme elke broodkruimel op de bon is, maar tekorten kennen we bij Maison Coco niet. Lucy vindt het belangrijk dat we goed blijven eten, want kerels houden niet van graatmagere meiden, zegt ze altijd.’

Ik hobbel achter Rosa aan door de donkere gang. Ook zij draagt inmiddels een zwart verenpakje. Haar donkere haar is weggestopt onder een blonde pruik en haar gezicht bedekt met een dikke laag make-up. Ze is praktisch onherkenbaar. Druk kletsend voert ze me langs alle ruimtes van Maison Coco. Naast praten, wat met veel handgebaren gepaard gaat, vloekt en schaterlacht ze veelvuldig. Haar opgewekte gekakel leidt me enigszins af van de gedachte aan Dirkje.

In de verte klinken de doffe dreunen van een kerkklok. Het is zes uur, wat betekent dat ik nog wat tijd heb om me de beginselen van het werk eigen te maken, voor Maison Coco om acht uur opengaat. Onwillekeurig moet ik denken aan thuis, waar normaal gesproken iedereen nu aan tafel gaat en waar mijn moeder nu alleen de zorg voor Dirkje en opoe heeft.

Naast de garderobe hangt een levensgrote, goudkleurige spiegel. Ik vang een glimp van mijn spiegelbeeld op. Mijn zwaar opgemaakte gezicht. Onder de korte duster die ik van Rosa leen en die mijn zwartfluwelen niemendalletje nauwelijks bedekt, steken twee dunne witte benen uit. Hoe ga ik thuis in hemelsnaam vertellen dat ik niet meer bij de familie Huijbregts werk, maar in een bordeel bier tap voor wellustige mannen?

'Je ziet het op het eerste gezicht niet, maar achter de garderobe is een verborgen ruimte. Hier mogen alleen vaste gasten komen, en alleen samen met het personeel.' Rosa loopt de garderoberuimte in en schuift een wand met daaraan kapstokken opzij. Daarachter komt een nieuwe deur tevoorschijn. Ze vist een sleutel uit haar decolleté en opent de deur, die weer leidt naar een nieuwe gang met aan weerszijden deuren. Het pand is een stuk groter dan het van buiten lijkt. 'Hierachter liggen de peeskamers. Officieel is prostitutie verboden, dus we houden de deur gesloten voor het geval er controle van gemeente of politie komt.'

'Komt er vaak controle?' vis ik. Ik vraag me af wat er gebeurt als de politie hier plotseling invalt. Zou ik ze ervan kunnen overtuigen dat ik alleen in de bediening werk?

Rosa maakt een wegwerpgebaar. 'Ach, wat is vaak. De politie en de gemeente weten donders goed wat we hier uitvreten, hoor. We krijgen de heren ambtenaren hier gewoon binnen. En dan bedoel ik niet om te controleren of we hier alleen drank serveren. Het is vaste prik: elke eerste vrijdag van de maand komt de politiecommissaris. Zo'n pikkie heeft-ie.' Ze maakt een gebaar tussen duim en wijsvinger. 'Hij heeft niet bepaald vooraan gestaan toen ze werden uitgedeeld.'

Ik schiet in de lach.

'Zo nu en dan zit er een overijverige ambtenaar of smeris tussen. Maar verboden of niet: prostitutie is er altijd geweest en zal er altijd blijven. Er worden gewoon andere manieren gevonden.' Rosa legt uit dat bordelen voor de buitenwereld worden omgedoopt tot pension, kunstgalerie, bierhuis, massagesalon of – hoe toepasselijk – als naaiatelier, maar in werkelijkheid zijn de eigenaren pooiers die peeskamertjes verhuren. 'Amsterdam zit er vol mee.'

Ik kijk haar vanuit mijn ooghoeken aan. 'Hoelang doe je dit werk al?'

'Sinds mijn zeventiende. Ik ben nu eenentwintig.'

'Hoe ben je... Ik bedoel...'

'Hoe het komt dat ik een temeier geworden ben?' Ze glimlacht vreugdeloos. 'Ach, ik ben opgegroeid in Uilenburg. Het is daar natuurlijk niks beter dan in de Jordaan. Mijn vader was een slappe lulhannes die hem al peerde nog voor ik kon praten, ik heb hem nooit gekend. Er moest natuurlijk brood op de plank komen, en daarom ging mijn moeder als temeier werken. Maar ze raakte om de haverklap zwanger van een klant. In d'r eentje kon ze al die koters niet onderhouden, dus toen ik zeventien werd had ik weinig keuze.'

Ik bijt op mijn onderlip. 'Heeft je moeder je gevraagd om dit werk te doen?'

Rosa haalt net iets te nonchalant haar schouders op. 'Ach, ik blijf dit werk niet doen. Van wat ik verdien zet ik wekelijks een paar cent opzij. Als ik genoeg gespaard heb, wil ik een cursus steno gaan doen. En op een dag loopt hier een rijke vent binnen die verliefd op me wordt en die me meeneemt.'

'Is dat weleens gebeurd? Dat een meisje hier met een rijke klant trouwde?'

Ze schatert. 'Welnee. Ik klets maar wat. We krijgen hier rechters, notarissen, makelaars, rijke zakenmannen... Die komen hier voor een goeie wip, maar thuis willen ze een degelijk dametje dat Frans spreekt en de etiquette kent. Die kerels zitten echt niet te wachten op een vrouw waar half Amsterdam op gelegen heeft. Maar ach, we moeten blijven dromen hè, anders is dit werk niet vol te houden. Nou, en dit is het kantoor van de baas.' Ze wijst met een hoofdknik naar een dichte deur. 'Dolf Koopman heet-ie. Onthoud goed dat je hier nooit naar binnen gaat, want dan wordt hij woest. Zijn kantoor is zelfs voor personeel verboden terrein, omdat meneer Koopman hier het geld bewaart dat we verdienen.'

Ik frons mijn wenkbrauwen. 'Is dat geld niet voor jullie dan?'

'Een deel ervan wel. Dertig procent is voor ons, dat krijgen we eenmaal per week uitbetaald, en de rest gaat naar Maison Coco. Afijn, meneer Koopman werkt alleen 's avonds, je zult hem straks wel ontmoeten. Hij is trouwens de man van Lucy.'

'Doet Lucy hetzelfde werk?' informeer ik.

'Of Lucy ook een temeier is, bedoel je? Ze is hier ooit als temeier begonnen en werd het liefje van de baas. Inmiddels is ze bijna vijftig en stuurt ze de meiden aan die hier werken. Ze wordt alleen nog door enkele vaste klanten geboekt.'

Ik vraag me af hoe zo'n huwelijk werkt. Hoe kan een man toestaan dat zijn echtgenote gemeenschap met andere mannen heeft? Het beeld dat ik me van deze Dolf Koopman gevormd heb – een man die zijn vrouw laat prostitueren en die zeventig procent van de inkomsten opeist die deze meiden voor hem bij elkaar verdienen – is vooralsnog niet rooskleurig.

Rosa loopt een eindje door. 'En dit zijn de peeskamers. Hier kunnen we ons met klanten terugtrekken.' Ze toont me vier kleine maar overdadig gedecoreerde ruimtes waar messing en rood fluweel de overhand hebben en waar zowel een hemelbed als een canapé in staat. Op de nachtkastjes liggen diverse attributen waarvan ik me afvraag waar ze voor dienen: handboeien met pluche, zweepjes, vreemde klemmen en flessen met olie.

Rosa volgt mijn blik. 'Tja, veel kerels komen hier niet voor een gewone wip. Die kennen ze thuis ook hebben. De ervaring leert: hoe knapper, jonger en rijker de man, hoe vreemder zijn voorkeuren.'

Op de een of andere manier kan ik moeiteloos voor me zien hoe het er 's avonds in deze kamers aan toegaat. 'Gaat het weleens mis? Ik bedoel: je vertelde dat je moeder regelmatig zwanger werd van een klant.'

Rosa maakt een hoofdknik. 'Soms. We nemen onze voorzorgsmaatregelen wel, maar we hebben hier allemaal weleens een aandoening gehad daar beneden. En de meeste meiden hier zijn al bij de engeltjesmaker geweest.'

'De engeltjesmaker?' Er bekruipt me een vermoeden waar die term op slaat.

Ze glimlacht wrang. 'Een mevrouw die in de Pijp woont en die stiekem zwangerschappen afbreekt. Dat is natuurlijk verboden, maar ze gebruikt er middelen voor die meestal geen kwaad kunnen. Een hete breinaald, een spuit met zeepsop...'

Plotseling krijg ik het koud. Tevergeefs probeer ik het kippenvel van mijn armen te wrijven.

Rosa stoot me aan. 'Kom, we gaan naar de bar. Ik ga je inwerken.'

We laten de peeskamers achter ons en ter plekke neem ik me voor er zoveel mogelijk uit de buurt te blijven.

Achter de bar staat een hoge stellingkast met flessen sterke drank, waarin Rosa me op hoog tempo wegwijs probeert te maken. Bij elke dranksoort hoort weer een ander type glas, en uit alle macht probeer ik te onthouden welke drank uit welke fles geschonken wordt. Het duizelt me.

'Hier staan de whisky's. Die worden in deze glazen geschonken. Niet meer dan een duimbreed whisky per glas inschenken, anders verdienen we er te weinig op. Lucy is daar heel streng in. En als je de tafels bedient, dan zorg je dat er een nieuwe bestelling drank wordt opgenomen nog voordat de glazen helemaal leeg zijn. Hoe meer ze drinken, hoe meer er afgerekend moet worden aan het einde van de avond.'

Rosa doet me voor hoe ik een kopstoot moet tappen en laat mij het proberen. Dat is lastiger dan het lijkt: er zit meer schuim dan bier in het glas.

'We noemen onszelf "de nachtheksen",' zegt ze terwijl ze met één hand op de bar leunt en toekijkt hoe ik een tweede glas bier tap.

'De nachtheksen? Waarom?' Ik probeer het opnieuw en met de spatel strijk ik de schuimkraag van het bier.

'Simpel: omdat we 's nachts werken en echte heksen kunnen zijn. Dronken mannen zijn strontvervelend. Als je hier één ding leert, dan is het wel om van je af te bijten.'

'Lucy vertelde dat hier alleen maar nette mannen komen.'

Rosa lacht schamper. 'Nette kerels? M'n reet. Hier komen mannen die zichzélf heel wat vinden, ja. Nou, ze kennen notaris of dokter wezen, maar ze hebben allemaal een pik en als ze gezopen hebben dan zijn ze vervelend.' Ze maakt een hoofdknik naar het glas bier dat ik getapt heb. 'Kijk eens aan, meisje Simons, je bent een natuurtalent. Jij gaat je wel redden vanavond. Ik rammel van de honger trouwens. Wat jij? Kom, we gaan wat eten voor de eerste gasten komen. Kun je meteen de andere meiden ontmoeten.' Ze steekt haar arm door de mijne en troont me mee naar de gang, waaraan de personeelskeuken grenst.

Uit de keuken klinken vrolijke meisjesstemmen, gevolgd door de zware, schorre lach van Lucy.

Rosa buigt zich naar me toe. 'Pas trouwens een beetje op met Lucy.'

Ik houd mijn pas in. 'Wat bedoel je?'

Ze knippert met haar ogen en haalt net iets te nonchalant haar schouders op, alsof ze plotseling spijt heeft van haar openheid. 'Nou, gewoon, wat ik zeg.'

Ik wil doorvragen, maar Rosa loopt door, de keuken in.

Verbouwereerd volg ik haar. Veel tijd om bij haar opmerking stil te staan heb ik niet. Zodra Lucy mij in de keuken ziet, roept ze: 'Meisjes, daar is onze nieuwe aanwinst!'

Aan een lange houten tafel, die vrijwel de hele ruimte vult, zitten Kitty en veertien andere meisjes die ik nog niet ontmoet heb. Het geroezemoes valt stil. Alle ogen staren me aan. Lucy spreidt haar armen en troont me langs de meisjes. Ze zijn allemaal gehuld in eenzelfde zwartfluwelen verenpakje als ik zelf aanheb en dragen een dikke laag make-up. Ik schud veertien paar handen en vraag me af of ik de meisjes morgen nog herken als ze niet verscholen gaan achter kohlpotlood en rode lippenstift.

Vluchtig neem ik de ruimte in me op. Tegen de achterwand staat een keukenblokje en een gasfornuis. Net als de slaapkamers op de bovenverdieping is ook de keuken kaal: de enige decoratie in de ruimte is een koekoeksklok aan de wand.

Maar over het eten heeft Rosa niets te veel gezegd. De tafel staat vol: witbrood, roggebrood, boter, een kan melk, kaas, spek en repen paling. Het is een schril contrast met thuis, waar we brood zonder beleg eten. Behalve op zondag, wanneer er boter is en er een laagje suiker op mag.

Lucy plant me tussen Rosa en Kitty in op een stoel.

'Is dit werk nieuw voor je?' vraagt het meisje dat tegenover me zit, van wie ik de naam alweer vergeten ben.

'Ik heb niet eerder in de bediening gewerkt, nee.'

'In de bediening?' Ze trekt haar wenkbrauwen op.

'Guusje is aangenomen als kelnerinnetje,' antwoordt Lucy. 'Ze zit in de penarie en heeft het geld nodig. Haar zusje is ziek, dat arme kind heeft de tering. Dus ik zei: wijfie, ik ga je helpen.'

'Zo zijn we hier allemaal begonnen, nietwaar?' mompelt het meisje, zo zacht dat ik me afvraag of ik haar wel goed verstaan heb. 'Je zit in de penarie, en voordat je het weet, lig je met je benen wijd.'

Lucy schraapt haar keel en legt het meisje met haar blik het zwijgen op. Er valt een ijzige stilte waarin alleen het tikken van de koekoeksklok te horen is.

Kitty doorbreekt de stilte. 'Hier meid, eet wat.' Ze schuift me een bordje met daarop een plak brood toe. 'Tast toe.'

Plotseling staat de gedachte aan eten me tegen. Alsof een ijzeren klauw mijn slokdarm afklemt. Met tegenzin neem ik muizenhapjes van het brood dat me onder andere omstandigheden goed had gesmaakt. Ik voel me vreemd. Ontheemd. In één dag lijkt mijn oude leven plotseling mijlenver weg.

11

Er raast een onrustige energie door mijn lijf wanneer ik even voor achten in mijn zwartfluwelen niemendalletje plaatsneem achter de bar. Ongedurig trommel ik met mijn vingers op het blauwe marmer van de bar. Ik voel me naakt en mijn handen voelen klam. Over een paar minuten arriveren de eerste gasten. In mijn zwarte verenpakje en met mijn zwaar opgemaakte gezicht herken ik mezelf nauwelijks, maar het voordeel is dat eventuele bekenden dat ook niet zullen doen.

Ik laat mijn ogen door de roodfluwelen ruimte dwalen. Op het podium installeert zich een band die jazzmuziek gaat spelen: een nieuwe muziekstroming die uit Amerika is overgewaaid, vertelde Rosa. Op enkele meters naast de bar is een kleiner podium geplaatst waar een grote, goudkleurige paal uitsteekt die tot het plafond reikt. Er klimt een meisje op. Ze draagt niets meer dan een broekje met een verenpluim op haar achterwerk. Haar tepels zijn bedekt met een soort kwastjes. Behendig draait ze om de paal heen, hijst zichzelf aan het ding omhoog en laat zich weer zakken, terwijl ze wulpse bewegingen maakt. De kwastjes op haar tepels bungelen mee. Met een mengeling van ontzag en plaatsvervangende schaamte sla ik het tafereel gade.

Het meisje heet Delphine en is Belgisch, zo weet ik inmiddels. Tijdens het eten vertelde Rosa me dat Delphine vier jaar geleden, na een bombardement op Antwerpen, naar Nederland gevlucht is. Ze heeft geen familie meer en Lucy en haar man Dolf zouden zich over haar ontfermd hebben. In mijn achterhoofd hameren de woorden van het andere meisje na. *Je zit in de penarie, en voordat je het weet, lig je met je benen wijd.*

De eerste gasten druppelen binnen. Vanuit de gang klinkt de raspende stem van Lucy, die hen welkom heet en jassen in ontvangst neemt. Nauwlettend hou ik in de gaten wat voor types het zijn. Twee degelijke mannen van middelbare leeftijd, waarvan ik vermoed dat ze ambtenaar of kantoorklerk zijn, drentelen het bargedeelte in en nemen plaats aan een tafeltje. Er volgen drie mannen die ik rond de veertig schat en die overduidelijk peperdure pakken dragen. Ze nemen plaats op de roodfluwelen bank tegen de wand, converseren op gedempte toon met elkaar en werpen af en toe een zijdelingse blik op de paaldansende Delphine. Op het eerste gezicht zijn het inderdaad heren uit de hogere klasse, zoals Lucy zei. Stuk voor stuk verfijnde types waarvan je, als je ze op straat tegen zou komen, niet zou verwachten dat het bordeelbezoekers zijn.

Op het podium begint de jazzband te spelen. Een saxofoon schettert door de ruimte. Heupwiegend, op de maat van de ritmische muziek, loopt Kitty naar de bar. 'Wat sta je daar nou te dralen, Simons? Moet ik die tafels in mijn eentje bedienen?' roept ze om boven de muziek uit te komen, en ze knipoogt. Heupwiegend loopt ze naar een tafeltje waar een man alleen plaatsneemt.

Ik haal diep adem, pak het dienblad van de bar en loop langzaam naar de tafel met de drie heren. Het dienblad houd ik voor me, als een schild waarachter ik me kan verstoppen en waarmee ik mijn naaktheid kan bedekken. 'Goedenavond,' piep ik. Ik dwing mezelf te glimlachen, maar mijn mondhoeken trillen nerveus.

Een van de drie heren kijkt op. 'Zozo, wat hebben we hier? De nieuwe aanwinst van Dolf en Lucy?' Hij leunt achterover, slaat zijn armen over elkaar en laat zijn ogen keurend over mijn lichaam glijden.

De andere twee hebben nu ook in de gaten dat ik aan hun tafeltje sta en kopiëren zijn houding.

'Mijn complimenten. Dat ziet er uitstekend uit,' grijnst de man. Hij glijdt met zijn vinger van mijn knie over mijn bovenbeen naar de rand van het pakje.

Ik heb het gevoel alsof mijn huid ontbreekt. Ik klem mijn vingers om het dienblad en als vanzelf doe ik een stap naar achteren. 'Wat mag het zijn, heren?' vraag ik met een stem die niet op de mijne lijkt.

‘Ze is nog een beetje bleu,’ schampert de man. ‘Dat gaat er zo vanaf hier. En anders helpen we je er wel vanaf. Drie whisky met ijs.’ Hij wendt zich weer tot zijn gezelschap.

Achter de bar schenk ik met trillende handen drie glazen whisky met ijs in. Met lood in mijn schoenen loop ik terug naar het tafeltje.

Tot mijn opluchting zijn de mannen met elkaar in gesprek en negeren ze me. Ik zet de glazen neer, neem mijn positie achter de bar weer in en houd nauwlettend mijn omgeving in de gaten. Een van de heren maakt een obsceen gebaar naar Kitty. Een van de andere meiden wordt de dansvloer op getrokken door de kantoorklerk. Hij begint vreemd te dansen op de ritmische saxofoonmuziek. Naast de bar wordt de paaldansende Delphine door een oudere, kalende man van het podium geholpen en mee naar achteren genomen. Ik wend mijn blik af. Rosa heeft gelijk. Heren of niet: het blijven simpelweg viespeuken. Ik voel me als loslopend wild tussen een meute hongerige roofdieren. Maar wat had ik ook verwacht? Ik draag hetzelfde als de andere meiden. De gasten kunnen onmogelijk raden dat ik enkel in de bediening werk. Zolang ik hier nog werk, kan ik Lucy vragen of ik iets anders mag dragen. Iets wat bedekkender is. Desnoods trek ik morgen mijn eigen kleren weer aan.

Kitty zet een dienblad met lege glazen op de bar en wenkt me. ‘Niet zo angstig kijken, schat. Een beetje aanraken hoort erbij, dat went wel. En als ze vervelend worden, dan roep je een van ons erbij.’

Door hen aangeraakt worden is al vervelend genoeg, maar ik zwijg.

Naast Kitty doemt een jonge man met een pokdalige huid op die nauwelijks ouder lijkt dan ikzelf ben. Hij is nog maar net binnen, maar staat onvast op zijn benen en heeft overduidelijk te diep in het glaasje gekeken. ‘Kitty, mijn lekkere tijger. Kom eens bij me.’ Hij geeft een pets op haar billen.

Kitty pakt zijn pols beet. ‘Ho-ho. Tengels thuis, schat. Kijken doe je met je ogen en aanraken doe je pas nádat je betaald hebt. Er staat trouwens nog een bon van je open. Zorg je ervoor dat die vanavond betaald wordt?’

‘Zeg, tijger, doe niet zo ongezellig. Dat loopt allemaal wel los.’ Hij verplaatst zijn blik naar mij. ‘Wie is dit lekkere snoesje?’

Kitty schudt met haar wijsvinger naar hem. 'Dit snoesje is alleen om naar te kijken. Guusje, bedien jij die heer aan tafel twee maar. Hij vroeg net naar je.'

Ik gris het dienblad van de bar en loop naar tafel twee. De man is alleen binnengekomen en in tegenstelling tot de andere mannen, die naar de serverende meiden lonken of met elkaar in gesprek zijn, lijkt deze heer zijn omgeving eerder analyserend in zich op te nemen. Ik schat hem begin veertig. Hij heeft een smal gezicht met scherpe gelaatstrekken onder schuin gekamd, lichtbruin haar en twee diepliggende ogen. Hij leunt met één hand op een chique wandelstok met een zilveren hondenkop. Zijn bolhoed ligt voor hem op het tafeltje, alsof hij ieder moment kan vertrekken, en het glas cognac dat voor zijn neus staat is nog halfvol. 'Meneer, wat mag het voor u zijn?'

Hij kijkt op en zwijgt.

Ik kijk vertwijfeld om me heen om mezelf ervan te verzekeren dat ik bij de juiste tafel sta. Kitty zei 'de heer aan tafel twee'. Dit is toch echt tafel twee, en bovendien de enige tafel met één heer. 'Ik begreep dat u naar mij gevraagd had, meneer,' zeg ik luid, om boven het geschetter van de saxofonist uit te komen.

De man blijft me aankijken. Niet onvriendelijk, maar starend. Gebiologeerd. Alsof hij met een buitenaards wezen van doen heeft.

Onzeker onder zijn blik wip ik van de ene voet op de andere.

Hij knijpt zijn ogen even geruststellend dicht. 'Ik ben reeds voorzien, juffrouw. Dank u wel.' Hij heft zijn glas cognac en neemt een slok. 'Mag ik u vragen...'

'Ja?' Ik produceer een vluchtige glimlach, in afwachting van wat er komen gaat.

Hij schudt glimlachend zijn hoofd. 'Vergeet het. Excuseert u mij.'

Wat een vreemde vogel.

Ik loop terug naar de bar. Het is druk en vrijwel elk tafeltje is bezet. Aan sommige tafeltjes zitten heren die een soort wit poeder uit een zakje op tafel strooien, en ze snuiven het spul via een rietje in hun neus. Als ik aan Rosa vraag wat het is, vertelt ze me dat het een verboden en peperduur goedje is waar de heren energiek van worden. Het zorgt ervoor dat ze langer bij Maison Coco blijven hangen, waardoor de drankrekening verder opgestuwd wordt.

Naarmate de tijd verstrijkt begin ik langzaam wat te ontspannen. Ik tap bier, bedien de tafels, leeg asbakken en was lege glazen af. Ik negeer blikken en aanrakingen zoveel mogelijk en ik observeer het gedrag van de andere meisjes. Ze knipogen naar de heren, maar geven ze een pets over hun handen wanneer ze aangeraakt worden. Het ene moment zijn ze verleidelijk, het andere moment gedragen ze zich als een strenge moeder. Het lijkt een spel van aantrekken en afstoten waar de gasten van genieten. Ik begin het gedrag voorzichtig te kopiëren, durf mee te bewegen op de muziek en begin me langzaam iets minder ongemakkelijk te voelen.

Aan de bar neemt een forse man op een barkruk plaats. Aan zijn fier uitstekende bierbuik bungelt een gouden zakhorloge en om beide pinken draagt hij opzichtige gouden zegelringen. Hij heeft een donkere blik met daarboven één doorlopende wenkbrauw. Het beetje haar dat hij nog heeft, draagt hij achterovergekamd.

Zijn vorsende blik en zijn donkere wenkbrauwen geven hem iets onberekenends, waardoor hij iets weg heeft van oom Johan.

Ik pak een bierglas en begin het fanatiek op te poetsen.

De tulpen waren net uitgebloeid op de dag waarop oom Johan me voor het eerst sloeg. De school was uit en ik liep met mijn telraam en krijtbord naar huis. Toen ik de achtertuin in liep, zag ik door het ruitje naast de achterdeur dat oom Johan over de keukenlade gebogen stond en het geldkistje opende waarin mijn vaders spaargeld werd bewaard.

Abrupt bleef ik staan.

Hij graaide in het geldkistje en stopte briefgeld in zijn binnenzak.

Met een ruk trok ik de achterdeur open. 'Wat doet u?'

Hij had me duidelijk niet aan horen komen. Als door een wesp gestoken sprong hij op.

Ik keek in het geldkistje. Dat was leeg. 'Wat heeft u met ons geld gedaan?'

Direct herpakte oom Johan zich. Hij rechtte zijn rug. 'God houdt niet van meisjes die nieuwsgierige vragen stellen.'

Ik hief mijn kin. 'God houdt anders ook niet van mensen die stelen.'

'Stélen? Waar bemoei jij je mee, brutale vlerk?'

Woede vlamde door me heen. 'Dat geld is van ons!' Ik stampvoette.

Hij trok het telraam en het krijtbord uit mijn handen en smeet ze door de keuken. Toen boog hij zich naar me toe en bracht zijn hoofd vlak bij het mijne. 'Wás, ja. Je vader is dood. En nu is dat geld van mij. Net als dit huis. Wen er maar aan. Ik laat me door een negenjarige snotneus niet ter verantwoording roepen, heb jij dat heel goed begrepen?' Hij rook uit zijn mond, naar jenever en oude kaas.

Ik dwong mezelf te blijven staan, om niet achteruit te deinzen. 'U bent een dief en een drankorgel. En u stinkt uit uw mond!' Zo brutaal was ik nog nooit geweest tegen een volwassene, maar we waren dan ook nog nooit bestolen. De man maakte me woest. En ondanks zijn dreigende houding geloofde ik niet dat oom Johan me daadwerkelijk een pak rammel zou geven. Mijn eigen vader had zoiets nog nooit gedaan. 'Je kunt de duvel er wel in slaan, maar je krijgt hem er nooit meer uit,' riep mijn vader weleens.

Plotseling zwiepte oom Johans arm door de lucht. Het volgende moment knalde ik met mijn hoofd tegen het keukenblok. Een scherpe pijn vlamde door mijn schedel. Ik zakte door mijn knieën.

Hij trok me aan mijn vlechten omhoog en siste: 'Ik laat me niet de les lezen door een negenjarige snotneus, heb je dat begrepen?' schreeuwde hij terwijl hij nieuwe klappen op me liet neerdalen. Op mijn hoofd, op mijn rug.

Er klonk gestommel op de trap. Mijn moeder rende de keuken in. 'Johan, stop! Hou op!' Ze gilde en trok aan zijn arm, probeerde hem bij me weg te trekken.

Hij gaf haar een harde duw, waardoor ze achterover tuimelde. Hij schopte tegen haar rug.

Ik probeerde op te krabbelen, maar de keuken leek te draaien. Het volgende moment was alles zwart.

Toen ik bijkwam, lag ik op de sofa en zat mijn moeder over me heen gebogen. Haar gezicht was gehavend en nat van de tranen. Ze fluisterde dat het haar zo speet en beloofde dat het nooit meer zou gebeuren. Oom Johan zelf was in geen velden of wegen te bekennen.

Sindsdien sloeg hij me alleen als moeder niet thuis was. Ik vertelde moeder daar niets over, uit angst dat hij haar opnieuw te grazen zou nemen, en mijn blauwe plekken probeerde ik zo goed mogelijk te verbergen onder mijn jurk.

Je wist nooit wanneer de ogen van oom Johan kwaadaardig begonnen te flikkeren en de sfeer omsloeg. De enige zekerheid die je had, was dát het ging gebeuren. Al snel ontdekte ik dat er maar één manier was om de kans op een woede-uitbarsting te minimaliseren: zo geruisloos en onzichtbaar mogelijk zijn. Vóórdat hij 's avonds thuiskwam vinkten we in gedachten een lijst af met zaken die geregeld moesten zijn om hem niet van streek te maken. Zijn pantoffels moesten worden opgewarmd voor de haard. Zijn fles Bols moest klaarstaan. Het huis moest tot in de kleinste hoekjes zijn opgeruimd en er moest ultieme stilte heersen. Lukte dat, dan kwam je waarschijnlijk zonder schrammen de avond door.

Na een woede-uitbarsting was hij meestal een tijdje kalm, alsof hij alle druk die hij in zijn lijf had opgebouwd, had losgelaten. Een enkele keer bood hij zelfs zijn excuses aan. Maar naarmate de tijd verstreek, duurden zijn kalme periodes steeds korter en werden er geen excuses meer gemaakt.

Eenmaal per maand gingen moeder, Dirkje, Faas, Feike en ik naar Amsterdam, om bij opoe op bezoek te gaan. Als opoe me vroeg hoe het thuis ging, dan praatte ik eroverheen of vertelde ik vrolijk dat oom Johan zo aardig voor ons was. Je zou kunnen zeggen dat ik toen al goed heb leren liegen.

Zo plotseling als oom Johan ín ons leven was gekomen, zo plotseling verdween hij ook weer. We zaten aan tafel. Zoals gewoonlijk was iedereen muisstil. Zelfs Faas en Feike, die nog maar drie waren, voelden aan de luchtdruk dat ze geen piep mochten geven.

Oom Johan had net een aardappel in zijn mond geschoven, toen hij plotseling naar zijn borst greep en grauw aanliep. Op zijn voorhoofd klopte een ader. Hij gleed van zijn stoel en begon gorgelende geluiden te maken. Verbaasd keken we toe, maar niemand maakte aanstalten om te hulp te schieten. Wat moesten we ook doen? Ik geloof dat het maar een paar tellen duurde voor het lucht happen stopte en hij onbeweeglijk op de grond bleef liggen. Dirkje werd op pad gestuurd om een dokter te gaan halen en ik moest met mijn broertjes naar de opkamer, waar ik net deed alsof alles maar een spelletje was.

'Dat was dan dat,' zei moeder na de begrafenis. 'Moge God zich over hem ontfermen.' Het was het laatste woord dat er aan oom Johan gewijd werd.

Maar de man beschikte over het twijfelachtige talent ons ook na zijn dood te blijven terroriseren. De roddels die opoe had opgevangen bleken te kloppen: oom Johan had schulden en bleek zelfs de kerk te hebben bestolen. De ene na de andere schuldeiser belde aan. Door de torenhoge schulden die hij achterliet, kon mijn moeder de huur van onze woning in Hoorn niet meer betalen. Niet lang na zijn dood kwam de politie ons hele gezin uit huis zetten. Met een mengeling van vermaak en medelijden in hun ogen keken onze buren toe hoe de politie wat spullen naar buiten droeg, onze voordeur dichttimmerde en ons sommeerde te vertrekken. Mijn moeder negeerde hun blikken, pakte ons met opgeheven hoofd bij de hand en zei: 'Kom jongens, we gaan naar opoe.'

Opoe verkocht het café op de Zeedijk, evenals haar etagewoning boven het café, om Johans schuldeisers af te betalen. Opoes ogen waren betraand op de dag waarop ze de sleutel aan de nieuwe eigenaren overhandigde, maar ze zei: 'Het geeft allemaal niets. Ik ben toch veel te oud om een kroeg te bestieren. En jullie, mijn schoondochter en mijn kleinkinderen, jullie zijn me alles. Ik heb een ander huis voor ons gevonden in de Jordaan. We hebben elkaar tenminste nog.'

'Een jonge klare,' commandeert de man met de wenkbrauwen nors.

'Komt eraan, meneer.' Ik inspecteer de drankkast, probeer te ontcijferen welke fles ik moet hebben en schenk de bestelling voor hem in.

Er gutst wat drank over de rand van het borrelglaasje. Als ik de borrel voor hem neerzet, mompelt hij iets in mijn oor, maar zijn stem sterft weg in het getetter van de saxofoon.

'Excuseert u mij, ik kon u niet goed verstaan.'

Abrupt pakt hij mijn onderarm beet en trekt me over de bar naar zich toe. 'Wat bestelde ik?' brult hij.

Een alcoholwalm dringt mijn neusgaten in. 'U vroeg om jonge jenever, meneer.'

'Waarom geef je me dan *oude* jenever? Achterlijke hoer!' Hij klemt zijn hand pijnlijk om mijn bovenarm.

Perplex staar ik hem aan. Ik wil me excuseren, hem uitleggen dat dit mijn eerste werkdag is, als ik aan de rand van mijn gezichtsveld Rosa en Kitty zie naderen. De 'nachtheksen' zouden eerder hun tong afbijten dan excuses maken aan deze onbeschofte hork. Wie denkt hij wel niet dat hij is? Ik klem mijn vrije hand om zijn pols, zet mijn nagels erin en knijp. 'Lóslaten verdomme.' Ik vloek nooit, maar Maison Coco heeft nu al zijn uitwerking op mijn vocabulaire.

'Wát zeg jij? Heb jij godverredomme een grote bek tegen mijn in me eigen toko? Wie denk jij wel niet dat je voor je hebt, vuile tyfushoer?'

Met enige vertraging dringt het tot me door: dit is Dolf Koopman, de baas van Maison Coco. Ik probeer achteruit te deinzen, maar de greep om mijn bovenarm verstrakt en zijn neus raakt bijna mijn voorhoofd.

Rosa en Kitty stevenen op ons af. 'Het is mijn schuld, meneer Koopman,' zegt Rosa. 'Ik heb Guusje verteld dat ze van zich af moest bijten. Ze wist niet wie u was.'

Kitty vangt mijn blik en uit het zicht van Koopman mimet ze iets naar me. Ook in haar ogen meen ik angst te lezen. 'Ik... Het spijt me, meneer. Dit is mijn eerste werkdag,' breng ik uit.

'Dat sal me goddomme aan m'n reet roeste! Als jij nog een keer zo'n grote bek hebt tegen mijn, dan sla ik je de hele keet door, hoor je dat?' Hij boort zijn ogen in de mijne.

'Ja, meneer Koopman.'

Langzaam laat hij me los.

Zijn vingers branden na op mijn bovenarm.

Hij heft zijn wijsvinger en kijkt me waarschuwend aan – kennelijk is hij nog niet klaar. 'En luister goed, bijgoochem. Mijn vrouw heeft je om de een of andere reden een behoorlijk loon beloofd. Zorg dat je het waard bent. Op basis van wat ik tot nu toe zie, merk ik daar geen ene mallemoer van.'

'Ik ga mijn best doen, meneer Koopman.'

'Dat is je geraden!' Hij gaat weer op zijn barkruk zitten en stopt een sigaar in zijn mond. Met onvaste bewegingen probeert hij een lucifer af te strijken om het ding aan te steken.

Kitty en Rosa werpen me buiten zijn gezichtsveld een blik van verstandhouding toe, maken zich los van de bar en gaan door met hun werk.

Zonder op te kijken voel ik dat Koopman naar me loert. Opgelaten onder zijn vorsende blik begin ik glazen te spoelen en de bar af te nemen. Wat ik in zijn ogen lees, ken ik maar al te goed van oom Johan, en intuïtief voel ik dat Koopman zo onberekenbaar is als een vat explosieven. Bovendien is hij dronken. Een baas die zich bezat tijdens werktijd, ook dat nog. Mijn gedachten glijden naar Dirkje. Mijn hart krimpt ineen. Hoe ellendig en vernederend dit werk ook is: ik moet het in ieder geval twee weken zien uit te zitten. Volgende week vrijdag heb ik voldoende loon bij elkaar om Dirkjes eerste maand in het sanatorium te betalen. Het geeft me in de tussentijd de mogelijkheid om ontslag te nemen en een andere betrekking te zoeken.

Aan de andere kant: ik heb Lucy beloofd hier minimaal een maand te blijven werken. Het staat me tegen om die belofte te verbreken nadat zij me uit de brand heeft geholpen, maar hoe ga ik het hier nog weken volhouden? Vier volle weken deze vernederende blikken en aanrakingen ondergaan, terwijl ik thuis moet liegen over waar ik werk en slaap? Het lijkt me een onmogelijke opgave.

Vanaf het podium kondigt de jazzband een pauze aan. De muzikanten worden afgewisseld door een paar meisjes die een dansact uitvoeren, waarbij ze met hun heupen draaien en hun benen hoog in de lucht zwaaien. De muziek valt stil en gaat over in geroezemoes, gelach en gerinkel van glazen.

De jongeman met het pokdalige gezicht, die zich eerder aan Kitty opdrong, stevent op de bar af. 'Zeg snoes,' lalt hij naar me. Hij vist zijn portefeuille uit het borstzakje van zijn colbert. 'Ik geloof dat jij nog ingewerkt moet worden. Ga jij maar eens even met mij mee naar achteren.'

Abrupt doe ik een stap bij hem vandaan en begin fanatiek een bierglas op te poetsen. 'Het spijt me meneer, maar zoals Kitty al zei: ik werk alleen in de bediening. Voor eh, andere zaken moet u bij de andere meiden zijn.'

Het pokdalige gezicht kijkt van mij naar Dolf Koopman en weer terug en barst plotseling in lachen uit. '"Voor andere zaken moet u bij de andere meiden zijn"', imiteert hij me met een hoog stemmetje. 'Een hoer die niet neuken wil? Hoor je dat, Koopman? Je hebt een hoer aangenomen die niet aan neuken doet!'

Koopman zegt niets, maar kijkt me onbewogen aan. Zijn ogen fonkelen duister.

Ik wil iets luchtigs zeggen in een poging de spanning te verminderen, maar er komt niets in me op.

Koopman giet zijn jenever in zijn keelgat, zet het borrelglaasje met een klap terug op de bar en beent op me af. Hij grijpt mijn onderkaak beet en brengt zijn gezicht vlak bij het mijne. 'Dus jij wil wel geld verdienen, maar je wil niet neuken?' buldert hij.

Het geroezemoes om ons heen verstomt, alsof alle gasten tegelijkertijd hun adem inhouden.

Mijn hart bonst hoog onder mijn borst. 'Nee, meneer Koopman. Ik heb met Lucy afgesproken dat ik alleen in de bediening werk.' Mijn stem klink klein, bibberig.

Plotseling staat de vreemde man die zo-even nog alleen aan tafel twee zat naast de bar. Hij tikt Dolf op zijn schouder, wenkt hem en terwijl hij een portefeuille uit zijn binnenzak trekt, fluistert hij over de bar heen iets in Dolfs oor.

Dolf grijnst. 'Vuile temeier. Meekomen jij. Jij gaat met hem mee.'

'Hé, wat krijgen we nou?' lalt het pokdalige gezicht. 'Ik was eerst!'

Paniek golft door me heen. 'Nee. Nee! Ik ga niet mee! Ik ga níét mee!'

Dolf sluit zijn hand om mijn bovenarm en trekt me achter de bar vandaan.

'Laat me los, verdomme!'

Dolf sleurt me de gang door, op de voet gevolgd door de man van tafel twee. Uit alle macht probeer ik me te verzetten en me los te worstelen, maar hij heeft me vast in een ijzeren greep.

12

Carmen

Het is druk vanochtend in de wachtkamer van de huisarts. Een vrouw van middelbare leeftijd is verdiept in het tijdschrift *Landleven*. Naast een wandrek met folders waarin informatie over verschillende kwalen wordt gegeven, zit een man die om de vijftien seconden luidruchtig zijn neus ophaalt. In de hoek van de ruimte staat een vrolijk opgetuigde kerstboom en er is een speelkeukentje, waar een kleuter met een speelgoedpollepel enthousiast op pannen aan het rammen is. Zijn moeder doet vruchteloze pogingen hem tot kalmte te manen en werpt me een verontschuldigende blik toe.

Het is te koud in de wachtruimte, de kuipstoelen zitten voor geen meter en er hangt een doordringende geur van ontsmettingsmiddel. Maar al had het hier naar wasverzachter geroken en was de wachtkamer voorzien geweest van comfortabele massagestoelen, dan nog zou dat geen verschil hebben gemaakt. Mijn slaapgebrek maakt me nerveus en prikkelbaar en ik erger me aan alles en iedereen.

De moeder van de kleuter blijft geïnteresseerd naar me kijken. Dan lees ik herkenning in haar blik. Om een gesprek te voorkomen pak ik mijn telefoon uit mijn tas en begin quasigeïnteresseerd door Instagram te scrollen.

Mijn broer Paulo en zijn partner Lex – die niet alleen mijn zwager, maar ook mijn manager is – staan met gebruinde en beteuterde gezichten bij de bagageband van Schiphol. *Van chillen op een zonnig strand met een cocktail in de hand, naar eindeloos wachten bij de bagageband. #heimweenaarbonaire*, luidt de caption. Mijn zusje Ines deelt een foto van mijn neefje die zich zelfstandig om kan rollen – sinds ze moeder is, etaleert ze haar babygeluk te pas en te onpas.

Dan wordt mijn aandacht getrokken door een post van Thomas, de reporter van *Showbizz Inside*, waarin ik getagd ben. Hij deelt een serie foto's van Vik en mij die gisterochtend genomen moeten zijn. Vik die onze koffers en een paar verhuisdozen in zijn terreinwagen laadt, gevolgd door foto's waarop we in de auto stappen en door de poort van onze Gooise villa rijden. De fotograaf moet zich aan de overkant van de weg tussen de bomenrij hebben verscholen, want de foto is vaag en duidelijk van een afstandje genomen. Desondanks zijn de wallen onder mijn ogen niet te missen. Ik klik op de begeleidende tekst onder de foto's.

> *Gestolen kluis van presentator en journalist Vik Belinfante en tv-psycholoog Carmen Hoogendijk is gevonden!*
>
> *Bijna drie maanden geleden werd Carmen Hoogendijk, de bekende psychologe en bestsellerauteur van zelfhulpboeken, slachtoffer van een gewelddadige overval in haar Larense villa. Gisteren werd bekend dat de kluis die uit de woning werd ontvreemd, is teruggevonden. Het ziet ernaar uit dat de RTL-presentator en zijn vrouw kunnen fluiten naar hun geld. Wel zijn er gevoelige familie-documenten in de kluis aangetroffen, waarvan de inhoud is gelekt aan* Showbizz Inside.
> *Eerder heeft Belinfante er alles aan gedaan de daders op te sporen en de kluis weer in zijn bezit te krijgen. Nu blijkt dat het hem niet alleen om het gestolen geld gaat. In de kluis is een opmerkelijk document aangetroffen dat duidt op een duistere bladzijde uit Belinfantes familiegeschiedenis. Ingewijden rondom het stel verklaren: 'De eerste echtgenote van Viks grootvader is op mysterieuze wijze om het leven gebracht. Hoewel alle pijlen naar Viks grootvader wijzen, is de toedracht rond de moord nooit opgelost. Ruim een eeuw lang heeft de familie getracht de zaak in de doofpot te stoppen en de aandacht van Viks grootvader af te leiden,*

maar nu de kluisinhoud op straat ligt, dreigt de waarheid alsnog aan het licht te komen.' De situatie legt ook een bom onder de liefdesrelatie van de presentator en de psychologe, die volgens anonieme bronnen...

Geïrriteerd klik ik het totaal uit zijn verband gerukte artikel weg. Wekenlang heb ik alle berichtgeving rondom de overval gemeden als de pest. Zonder te weten waarom klik ik op de reacties onder de post.

Wat een onzinbericht. Elk huisje heeft zijn kruisje. Het is verschrikkelijk wat Carmen Hoogendijk is overkomen. Ik zou me geen dag meer veilig voelen, schrijft iemand.
Overvallen worden in huis is het risico als je zo nodig BN'ertje wilt zijn, schrijft een ander. *Is Gorden ook overkomen.*
Vik Belinfante is een elitaire klojo en een middelmatige talkshowhost die zichzelf te graag hoort praten, reageert iemand die zich 'muurbloempje61' noemt. *Dat hij van een moordenaar afstamt verbaast me niks.*
Ik denk dat Belinfante de overval zelf in scene heeft gezet omdat hij jaloers is op Carmens succes, zegt ene @paulien.bakt.taarten58.

Schijnbaar kent mijn drang naar zelfkastijding geen grenzen, want ik scrol door.

Ze hadden die Carmen-kuthoer-Hoogendijk anaal moeten verkrachten en aan de hoogste boom moeten ophangen.

Ik klik Instagram weg en laat mijn telefoon weer in mijn tas glijden. Ik pak een tijdschrift van de tafel en zonder iets in me op te nemen blader ik erdoorheen.

De minuten tikken weg.

De huisarts steekt haar hoofd om de deur. Ze is hoogblond, van middelbare leeftijd, heeft een indrukwekkende boezem en een strenge uitstraling. Een effect dat nog extra geaccentueerd wordt door een vierkant brilletje met een dik montuur. 'Mevrouw Carmen Hoogendijk?' vraagt ze met een geaffecteerde tongval.

Ik gris mijn handtas van de stoel naast me, knik kort naar de andere wachtenden en geef de huisarts een hand. Dan volg ik haar naar de spreekkamer.

Haar blokhakken tikken gedecideerd op het linoleum.

Als ik heb plaatsgenomen op de stoel tegenover haar bureau, vouwt ze haar handen ineen en knikt kort. 'U bent nieuw hier in mijn huisartsenpraktijk,' stelt ze vast.

'Klopt. Mijn man en ik zijn onlangs vanuit het Gooi naar Vorden verhuisd.'

Kennelijk heeft de huisarts geen tijd voor plichtplegingen, want tot mijn opluchting komt ze direct ter zake. 'Wat kan ik voor u doen, mevrouw Hoogendijk?'

'Ik heb last van slapeloosheid.'

Ze schuift haar montuur wat hoger op haar neusbrug en van achter haar brillenglazen kijkt ze me doordringend aan. 'Heeft u problemen met inslapen of met dóórslapen?'

Het is dat laatste, maar ik besluit te overdrijven. Mijn ervaring vanuit het werkveld is dat huisartsen, om zorgkosten beheersbaar te houden en verslaving tegen te gaan, patiënten met slaapproblemen doorgaans afschepen met het advies om 's avonds na zeven uur het schermgebruik te reduceren en geen koffie meer te drinken. Desnoods schaapjes te tellen. Pas als allerlaatste redmiddel wordt slaapmedicatie voorgeschreven. 'Beide. Ik kan niet inslapen én niet doorslapen. Ik slaap nauwelijks.'

'Aha.' Ze trekt een zuinig mondje en boven haar montuur verschijnt een frons. Ze draait zich naar haar computer en begint met twee wijsvingers te typen. 'Hoelang heeft u hier al last van?'

'Al een maand of drie.'

'Sport u 's avonds laat? Gebruikt u 's avonds cafeïne? Kijkt u tv voor het slapengaan?'

'Nee. En ik heb natuurlijk eerst zelf het nodige geprobeerd. Een kop kamillethee voor het slapengaan, lezen, mediteren, lavendelspray op mijn kussen... Niets helpt.' De halve fles rode wijn en de temazepam die ik de laatste weken 's avonds neem laat ik wijselijk buiten beschouwing.

'Heeft u andere klachten?'

Ik schud mijn hoofd, maar zeg dan: 'Nou ja, ik ben momenteel vrij prikkelbaar. Het niet-slapen begint inmiddels wel zijn tol te eisen.'

'Heeft u zelf een idee wat hier de oorzaak van zou kunnen zijn?'

Ik draai aan mijn trouwring. 'Afgelopen september ben ik 's nachts in huis met geweld overvallen. Ik was alleen thuis.' Ik som de feiten op alsof ik een woordvoerder van de politie ben, die bij *Opsporing Verzocht* verslag uitbrengt van wat een willekeurig slachtoffer is overkomen.

Plotseling trekt er herkenning over haar gezicht. Ze gaat wat rechter op haar stoel zitten. 'Ik kan me voorstellen dat die gebeurtenis nogal wat impact op u heeft gehad.' Ze laat een stilte vallen en peilt mijn reactie.

Ik zwijg.

'Heeft u bij het verwerken hiervan professionele ondersteuning ingeschakeld?'

Gaat dat mens nou echt doen alsof ze niet weet wie ik ben? 'Ik ben zelf GZ-psycholoog,' vervolg ik op de kalme toon die hoort bij de kundige en stabiele professional die ik pretendeer te zijn. 'Er zijn collega's met wie ik hier regelmatig over in gesprek ga. Die stappen zijn dus gezet.'

Dat is niet geheel waar. Kort na de gebeurtenis besloot ik met een collega in gesprek te gaan die ik nog ken uit de tijd dat ik als psycholoog in loondienst was, maar al snel begon ik me aan zijn methoden te ergeren. Bij een andere vakgenoot heb ik met een knuppel tegen een kussen geslagen. Ik heb gemediteerd. Gesport. Homeopathische druppels gebruikt. Op aanraden van mijn zwager en manager Lex heb ik zelfs overwogen met koeien en bomen te knuffelen. Niets hielp. Uiteindelijk realiseerde ik me dat de oplossing voor de hand lag. Zolang ik in hetzelfde huis bleef wonen, werd mijn angst gevoed. Er moesten twee stappen gezet worden. A: ik moest weg van de plek waar het gebeurd was, en B: ik moest een oplossing zien te vinden voor mijn slapeloosheid.

'Voor nu ben ik vooral gebaat bij ondersteuning om 's nachts beter te kunnen slapen. Ondersteuning in de vorm van een slaapmiddel en een tranquillizer,' verduidelijk ik.

Ze knikt langzaam. 'Ik begrijp het. Goed, voor de duur van een paar weken is dat geen probleem. Gezien uw achtergrond hoef ik u niet uit te leggen dat slaapmedicatie voor de langere termijn geen goed idee is.'

Ik knik en glimlach samenzweerderig, als professionals onder elkaar.

Ze draait zich naar haar computer en begint met twee wijsvingers op haar toetsenbord te tikken.

Van opluchting zucht ik onhoorbaar. Wat er ook gebeurt: de komende nachten zal ik slapen.

'Ik verwacht dat de medicatie vanmiddag klaarligt bij uw apotheek.' De huisarts veert op en maakt aanstalten om mij haar spreekkamer uit te begeleiden.

'Ik heb nog een andere vraag,' zeg ik terwijl ik mijn jas weer aantrek. 'Ik ben een paar dagen geleden met mijn man op Kasteel Vorden komen wonen. Bent u bekend met de geschiedenis van het kasteel?'

Ze fronst haar wenkbrauwen. 'In grote lijnen. Niet meer dan de gemiddelde Vordenaar. Ik heb de vorige kasteelbewoners wel gekend. De ouders van uw man, klopt dat?'

Ik knik bevestigend.

'Vanwaar uw vraag?'

'Het is misschien een vreemde vraag. Heeft u ooit iets gehoord over de verdwijning van een barones, genaamd Odette van Egmond? Dat is al in 1903 gebeurd, maar een verdwijning is natuurlijk niet alledaags, zeker niet in een klein dorp. Het heeft destijds de landelijke kranten gehaald. Odette zou verward zijn geweest en is plotseling van de aardbodem verdwenen. In het artikel werd gespeculeerd over moord.'

'1903? Och, hemel, nee. Dat zegt me helemaal niets.' Ze zet nadenkend een vuist tegen haar smalle lippen. 'Als me iets te binnen schiet, dan zal ik contact met u opnemen.'

13

Guusje

Koopman sleurt me in de richting van de garderobe. Ik gil en maai om me heen, maar zijn hand is als een bankschroef om mijn arm geklemd. Hij opent de deur naar de peeskamers en smijt me op een canapé. Voor ik me realiseer wat er gebeurt, verdwijnt Dolf uit de ruimte en ben ik alleen met de cognac drinkende man van tafel twee.

Ik krabbel overeind. 'Ik wil dit niet! Dit is een vergissing. Ik ben geen... Ik werk alleen in de bediening.' Mijn hart bonst paniekerig tegen mijn ribben. 'Alstublieft, dit is een vergissing!'

'Rustig maar, mejuffrouw. Dat is mij volkomen duidelijk.' De man vouwt zijn handen op zijn rug en kijkt gebiologeerd de ruimte rond. Vervolgens laat hij zich op een roodfluwelen fauteuil in de hoek van de ruimte zakken en slaat ontspannen zijn benen over elkaar. 'Ik zag wat daar zojuist gebeurde, en ik besloot in te grijpen. Anders had u hier nu met die snotneus gezeten en ik vrees dat hij andere plannen had.'

'Andere plannen?' herhaal ik.

Hij kijkt me geamuseerd aan, minzaam bijna. 'Ik ben een keurig getrouwde man, en ik ben niet voornemens u aan te raken, als dat is wat u vreest.'

Ik staar hem aan.

'Ik begrijp dat u zich afvraagt wat ik hier dan in hemelsnaam te zoeken heb, als ik geen vrouwelijk gezelschap wens. Ik was in Amsterdam voor zaken en wilde huiswaarts keren, maar onfortuinlijk genoeg reed mijn chauffeur over een glasscherf. Er is enige commotie gaande in de stad, momenteel, dat zal u niet ontgaan zijn.

Afijn, mijn chauffeur is de band van mijn auto aan het vervangen. Daarbij kon ik uiteraard niet in mijn automobiel blijven zitten, en het weer is vanavond dermate guur dat ik besloot ergens naar binnen te gaan om te schuilen.'

Zijn verklaring gaat half langs me heen. Ik knik, en langzaam laat ik mijn opgetrokken schouders zakken.

Hij zet zijn vingertoppen tegen elkaar. 'Aangezien u in de bediening werkt, wilt u zo goed zijn een glas whisky voor me in te schenken? En schenk er ook één voor uzelf in. Daarna gaat u zitten en vertelt u mij waarom een dame als u ervoor kiest om als kelnerinnetje in een bordeel te werken.'

Verbouwereerd loop ik naar de drankkar in de hoek van de ruimte en met trillende handen schenk ik twee glazen whisky in.

Hij walst het vocht rond in zijn glas, kijkt ernaar en nipt ervan.

Ik ga tegenover hem op de canapé zitten en observeer hem. Hij is lang, slank gebouwd en heeft een opvallend spits gezicht met hoge jukbeenderen, dunne lippen en een puntige neus. Dat effect wordt versterkt door zijn strakke zijscheiding, die met brillantine in model gehouden wordt. In combinatie met zijn verfijnde manier van bewegen en zijn geaffecteerde manier van praten heeft hij iets gedistingeerds, maar zijn stem klinkt vriendelijk.

'Houdt u niet van whisky?' Hij maakt een hoofdknik naar het bodempje goudgeel vocht dat ik voor mezelf heb ingeschonken, maar waar ik geen slok van genomen heb.

'Ik heb het nog nooit gedronken,' beken ik. Ik neem een muizenslokje. De drank smaakt naar jodium en de alcohol brandt zich een weg door mijn slokdarm, maar het ontspant me enigszins.

'Vertelt u me nu maar eens hoe u hier verzeild bent geraakt.' Hij leunt ontspannen achterover, alsof we twee goede bekenden zijn die gezellig over ditjes en datjes keuvelen.

Of het door de alcohol komt of door de opluchting dat deze man niet van plan lijkt zich aan me te vergrijpen, kan ik niet bepalen, maar plotseling stromen de woorden als vanzelf mijn mond uit. Ik vertel over Dirkjes tuberculose en de kosten voor haar behandeling. Ik vertel over het ontslag bij de familie Huijbregts en over Lucy, die me werk in de bediening aanbood. Dat ik geen andere keuze heb dan dit werk voorlopig te doorstaan, omdat ontslag nemen betekent dat mijn zusje waarschijnlijk komt te overlijden.

'Wat verschrikkelijk,' antwoordt hij zacht. 'Familie is uiteindelijk het belangrijkste dat er is, nietwaar? Heeft u een goede band met uw zuster?'

Ik knik. 'Dirkje betekent alles voor me.'

'Dirkje mag zich gelukkig prijzen met een zuster als u.' Zonder zijn ogen van me af te wenden neemt hij een slok whisky.

'Ik heb een duidelijke afspraak met de bazin gemaakt, en had er niet op gerekend dat haar man me zou dwingen.' Ik staar naar het whiskyglas in mijn handen. Plotseling realiseer ik me ten volle dat ik hier vastzit, gevangen, als in een nare droom. De tranen komen zonder waarschuwing. Ik probeer ze weg te slikken, maar mijn wanhoop, de zorgen om Dirkje en de begripvolle reactie van deze vriendelijke onbekende maken dat ze blijven stromen. Gegeneerd wend ik mijn blik af.

'Mijn ervaring, juffrouw, is dat nare dingen vaak vanzelf loslopen. Dat men voor problemen die op het eerste gezicht onoverkomelijk lijken, plotseling toch een oplossing vindt.'

Ik knik, maar zijn goedbedoelde optimisme ergert me. Tegenover me zit een heer uit de hogere klasse. Niet alleen is hij in het bezit van een auto, hij kan het zich ook nog eens veroorloven zich te laten rijden door een chauffeur. Mensen als hij komen niet voor het soort problemen te staan waarbij ze geen behandeling voor een zieke geliefde kunnen betalen. Ik wrijf over mijn armen.

Hij veert op en loopt op me af.

Ik verstar.

'Rustig maar.' Hij ontdoet zich van zijn colbert en slaat het om mijn schouders. 'Ik zie dat u het koud heeft. En ik laat een dame niet graag lijden,' zegt hij terwijl hij naast me komt zitten.

Verbouwereerd laat ik het toe.

'Wat is uw naam?'

'Guusje Simons, meneer.'

Hij pakt mijn hand en drukt er een vluchtige kus op. 'Het genoegen is geheel aan mijn kant, mejuffrouw Simons. Mijn naam is Hugo von Eckendorff-Lohmann.'

14

Ik knipper met mijn ogen tegen het grauwe ochtendlicht dat door het smalle schuifraam naar binnen schijnt. Het duurt seconden voor tot me doordringt waar ik ben: niet in de bedstee van ons souterrain in de Jordaan, naast Dirkje, maar in een vreemd bed, op de bovenverdieping van een bordeel. Om me heen het zachte gesnurk van Rosa en de zware ademhaling van Kitty.

Langzaam komen er flarden van vannacht terug. Het is niet meer dan een paar uur geleden, maar de alcohol, die ik niet gewend ben, maakt me duizelig en vertroebelt mijn herinnering. Het rendez-vous met de explosieve Koopman, het gesprek met mijn vreemde maar hoffelijke redder in nood. Hugo von Eckendorff-Lohmann. Behalve zijn chique naam weet ik niets van hem. Op de paar vragen die ik stelde, gaf hij een ontwijkend antwoord. Hij liet enkel los dat hij Dolf Koopman een vermogen had toegestopt om mij de rest van de avond voor zichzelf te hebben, al was hij geenszins van plan me op een onwelvoeglijke manier aan te raken. Tot sluitingstijd heb ik met hem in het peeskamertje gezeten, keuvelend over koetjes en kalfjes, waarna hij met een handkus afscheid nam en Rosa en Kitty me ophaalden en meenamen naar de slaapkamer in de kelder. Ze stelden me honderd vragen. Ging het wel met me? Had die vent me echt niet aangeraakt?

Ik sla mijn benen over de rand van het bed. Mijn slapen bonzen en mijn hoofd voelt als beton. Kitty en Rosa liggen bewegingloos en diep weggedoken onder de dekens. Zachtjes sluip ik naar de garderobekast, waar mijn blauwe zomerjurk hangt. De houten vloer kraakt zacht onder mijn blote voeten. Ik ontdoe me van mijn nachtpon en trek mijn eigen kleren aan. Voor de spiegel die boven de commode hangt neem ik mezelf op. Mijn gezicht is bleek en onder mijn groenbruine ogen prijken wallen. Ik plens wat koud water uit de waskom in mijn gezicht en steek vluchtig mijn donkerrode haar op. Zachtjes trek ik de deur van de slaapkamer achter me dicht en begeef me naar de begane grond. De geur van filterkoffie en sigarettenrook komt me tegemoet.

Ik tref Lucy in de personeelskeuken aan. Ze zit in haar duster aan de eettafel, met een kop koffie en een sigaret op een pijpje, verscholen achter een vaas met een enorme bos roze rozen. Wat me enigszins verbaast, aangezien Lucy me niet het huiselijke type lijkt dat een ruimte graag opluistert met bloemen. Erg lang sta ik daar niet bij stil, want ik schrik van haar aanblik. Haar dikke blonde haar is verdwenen, en dunne sprieten grijs haar plakken tegen haar schedel. Haar hoofdhuid schijnt erdoorheen. Nu pas dringt tot me door dat ik haar eerder met een blonde pruik zag. Onder haar ogen zitten vegen kohlpotlood.

'Jij bent er vroeg bij vandaag,' krast ze.

'Goedemorgen Lucy.' Ik ga tegenover haar aan tafel zitten en probeer uit alle macht niet naar haar vrijwel kale schedel te kijken, die een stuk witter is dan de rest van haar gezicht. Haar hoofdhuid lijkt bijna doorzichtig.

'Als je koffie wilt: het is hier zelfbediening.'

'Ik zou graag met u willen praten over gisteravond.'

'Praten? Nu al? Het is kwart voor tien. Regel nummer één: spreek mij niet aan voor tien uur 's ochtends.' Ze laat een schor lachje horen, gevolgd door een rochelend hoestje. Sigarettenrook dwarrelt via haar neusgaten naar buiten. 'Er zijn trouwens bloempies voor je bezorgd.' Ze maakt een hoofdknik naar de vaas met lichtroze rozen. 'Je bent de eerste hier die dat voor elkaar krijgt. Kennelijk heb je al na één avond de kerels het hoofd op hol gebracht.'

Met gefronste wenkbrauwen pak ik het kaartje dat aan de enorme bos hangt.

Lucy buigt over tafel en grist het kaartje uit mijn handen. 'Voor mejuffrouw Guusje Simons,' leest ze hardop. 'Hartelijk dank voor de aangename avond. Ik heb genoten. Lieve groeten en alle goeds, Hugo von Eckendorff-Lohmann.' Ze schatert. '*Ik heb genoten*,' imiteert ze Hugo met een bekakt accent. 'Zozo. En wij maar denken dat die Guusje zo braaf is.'

Ik ga rechter op mijn stoel zitten. 'Daar wil ik het met u over hebben. Ik ben u dankbaar voor uw hulp, maar ik werk alleen in de bediening. Ik weiger om met klanten naar bed te gaan. Daarover ben ik duidelijk geweest,' zeg ik scherp.

'Ja? En dus?'

'Meneer Koopman dwong mij gisteravond om met die Hugo naar achteren te gaan.'

Lucy neemt een hijs van haar sigaret en haalt nonchalant haar schouders op. 'Die kerel heeft je niet slecht behandeld, toch? Hij stuurt je notabene bloempies.'

Haar stoïcijnse reactie maakt me nijdig. 'Daar gaat het niet om. Uw mán heeft me slecht behandeld. Ik ben geen lichtekooi.'

'Is er iets mis met het werk dat wij hier doen?' vraagt ze plotseling fel. Een askegel valt op het tafelblad. 'Voel jij je te goed voor ons?'

Om te beginnen is het verboden, wil ik antwoorden, maar die reactie slik ik in. 'Ik voel me helemaal niet te goed voor jullie. Maar ik wil dit werk gewoon niet doen.'

'Besef je wel dat als de prostitutie er niet was, er veel meer vrouwen verkracht zouden worden?' Ze kijkt erbij alsof ze hoogstpersoonlijk door Jezus Christus gezonden is om de wereld een stukje beter te maken. 'Wat wij hier doen is nuttig en dankbaar werk.'

Ik ben niet van plan me te laten afleiden door een discussie over het nut van prostitutie. 'Nogmaals: ík wil dit werk niet doen. En uw man probeerde mij daartoe te dwingen.'

'Dat had niet gemoeten,' geeft ze toe. 'Ik zal met meneer Koopman praten.'

'Dank u wel. Want ik heb u beloofd hier minstens een maand te blijven, maar als dit nog een keer gebeurt, zal ik ontslag moeten nemen.'

'Zozo, dan moet mevrouw ontslag nemen.'

'Precies.' Ik probeer overtuiging in mijn stem te leggen, al vermoed ik sterk dat mijn gezichtsuitdrukking mijn onzekerheid verraadt.

'Dus je zusje ligt te creperen aan de tering en jij dreigt met ontslag? Luister eens, wijfie. Ik wil je graag helpen omdat ik een kind nou eenmaal niet kan zien lijden, maar hier begrijp ik geen ene mallemoer van.' Met een driftig gebaar trekt ze de sigaret van het pijpje en drukt de peuk uit in de asbak. 'Zeg op, wat kost die behandeling in dat sanatorium?'

'Tien gulden.'

'Tien gulden – wat? Eenmalig? Per jaar?'

'Per maand.'

Lucy fluit tussen haar tanden. 'Toe maar. Tien gulden per maand. En dat terwijl ik genoeg klanten heb waarbij je dat bedrag met één wip bij elkaar verdiend hebt. Achter de bar duurt het twee, drie weken voor je dat bij elkaar hebt, besef je dat?' Ze tikt driftig met haar rode nagel op het tafelblad. 'Je mag in je handjes knijpen als je zusje er over twee weken nog ís. De tering vreet je longen weg, weet je dat? Er blijft níks van je longen over. Níks.'

Ik klem mijn kiezen op elkaar en wend mijn blik af.

'Hoe oud is je zusje?'

'Dirkje is zeventien,' antwoord ik zacht.

Ze kijkt van me weg. 'Zeventien. Dat is maar twee jaar ouder dan mijn dochter was toen ze overleed.'

'O,' breng ik uit, niet wetende wat ik moet zeggen. Waar ik eerder sterk het vermoeden had dat Lucy op mijn gemoed probeerde te werken met haar ik-kan-kinderen-niet-zien-lijden-troefkaart, bekruipt me nu het gevoel dat ik me misschien vergist heb in haar motieven. 'Wat verschrikkelijk. Was ze ziek?'

Lucy knikt. Ze haalt luidruchtig haar neus op.

Ik durf niet door te vragen. 'Dat spijt me.'

'Mij ook. Want ik kan je dit zeggen, Guusje: als ik de tijd terug kon draaien en iemand mij de kans had geboden om mijn benen te spreiden en zo haar behandeling te betalen, dan had ik goddomme heel Amsterdam wel af willen werken.' Ze veegt met de mouw van haar duster langs haar neus.

Ik staar naar het barokmotief op het bruine tafelkleed. Zonder het expliciet te benoemen weet Lucy haarfijn duidelijk te maken hoe ze over me denkt: als een egoïst. Ze heeft een punt. Ik heb mezelf wijsgemaakt alles op alles te zetten om een behandeling voor Dirkje te bekostigen, maar intussen laat ik met alle risico's van dien na wat in mijn macht ligt: Dirkje nu al de behandeling geven die ze nodig heeft. Ik zie voor me hoe ze gisteren in de bedstee lag. Het glinsterende zweet op haar gloeiende voorhoofd. Ik hoor haar gierende ademhaling.

Plotseling lijkt de mist in mijn hoofd op te trekken en dringt het besef diep tot me door. Ik heb geen keuze. Ik wil geen leven zonder Dirkje. En ik kan er zeker niet mee leven als Dirkje overlijdt terwijl ik dat had kunnen voorkomen.

Lucy buigt naar voren en legt haar hand op de mijne. 'Sorry, ik laat me meeslepen door mijn eigen sores. Het is inmiddels twaalf jaar geleden, maar het blijft pijnlijk. Hoe dan ook: ik mag dit niet van je vragen.'

Ik sluit een tel mijn ogen en zucht. 'Het is goed,' zeg ik zacht. 'Ik doe het.'

15

Ik zit naast Rosa op haar bed. Kitty leunt met haar rug tegen de commode in onze slaapkamer en kijkt me observerend aan. Naast haar staat een vaas met daarin het uitbundige boeket van Hugo.

Sinds mijn gesprek met Lucy is mijn hartslag verhoogd en heb ik hoofdpijn, puur van de zenuwen. Het is even na vijven. Over een paar uur gaat Maison Coco open en komt er een vaste klant die voor vanavond al een meisje gereserveerd heeft. Lucy heeft hem bij mij ingedeeld.

'Lucy zegt dat het een jonge advocaat is die maandelijks een meisje bestelt. Hij schijnt heel voorkomend en netjes te zijn.' Lucy heeft me op het hart gedrukt dat het 'een degelijke vent' is die 'alleen rechttoe-rechtaan-seks' wil. 'Echt knap is-ie niet,' voegde Lucy eraan toe, maar ergens stelt me dat juist gerust. Ik herinner me maar al te goed wat Rosa tegen me zei toen ze me een rondleiding gaf. *Hoe knapper, jonger en rijker de man, hoe extremer z'n eisen zijn.* Het lijkt me beter op voorhand 'ja' te zeggen tegen deze jonge man dan vanavond af te wachten wie er met me mee naar achteren wil, waardoor ik het risico loop te worden uitgekozen door een vieze oude vent of een rijke kerel met vreemde voorkeuren. Deze keuzevrijheid geeft me het gevoel de regie gedeeltelijk in handen te houden, hoewel ik besef dat ik mezelf voor de gek hou. Lucy heeft me hier maar liefst twintig gulden voor beloofd, wat betekent dat Dirkjes eerste twee maanden in het sanatorium betaald zijn.

'Guusje, je hoeft dit niet te doen als je het niet wil. Je mag geld van mij lenen.' Rosa pakt mijn hand en kijkt me doordringend aan. 'Twee gulden kan ik wel missen. Kijk maar wanneer je het teruggeeft.'

Kitty hurkt naast me neer. 'Ik kan ook wel een gulden missen.'

Ik vecht tegen de aandrang om in huilen uit te barsten en daar niet meer mee te stoppen. 'Dat is ontzettend lief van jullie, maar ik heb al tien gulden nodig om Dirkjes eerste maand te bekostigen.'

Rosa en Kitty kijken elkaar kort aan. 'Goed, dan gaan we je voorbereiden op vanavond. Wordt het je eerste keer?'

'Ja,' piep ik.

Rosa knijpt even in mijn hand. 'Het gaat allemaal goed komen. Heus.' Ze slaat met haar handen op haar bovenbenen en staat op. 'Goed. Les één: probeer die man zover te krijgen dat-ie een muts opdoet.'

'Een muts?' Schaapachtig kijk ik haar aan. Ik ben heus niet helemaal van gisteren: hoewel sommige meisjes pas in de huwelijksnacht ontdekken hoe 'de daad' in zijn werk gaat, is men in de Jordaan een stuk opener over dergelijke zaken dan in Hoorn. Daardoor weet ik inmiddels dat mannen een penis hebben, een soort slurfvormig ding, dat stijf kan worden. Als een man die stijve slurf in je stopt, loop je het risico dat er baby's van komen, of dat je een ziekte oploopt.

'Een mutsje voor z'n je-weet-wel.' Kitty glimlacht, maar haar ogen doen niet mee. Ze trekt een la van de commode open en haalt er een kartonnen doosje uit. 'Hier zitten kapotjes in. Dat zijn een soort rubberen mutsjes die je eromheen moet rollen als-ie stijf is. Zo'n kapotje voorkomt dat het daar beneden gaat jeuken, en nog belangrijker: dat je straks met een buik vol benen loopt. Als een man zijn hoogtepunt bereikt, dan spuit hij zaad. Het kapotje vangt dat zaad op, zodat je niet in verwachting kunt raken. Kijk, zo rol je het mutsje eromheen.' Ze instrueert het met behulp van haar wijsvinger.

Ik hoor Kitty's gedetailleerde uitleg aan en probeer me er een voorstelling van te maken.

'Het probleem is wel dat de meeste kerels er geen kapotje omheen willen, want dan voelen ze minder,' vervolgt Rosa. 'Het rubber van zo'n ding is best dik. Bovendien kosten kapotjes twaalf gulden vijftig per dozijn, en Lucy wil dat we die kosten doorberekenen. Kortom: zo'n wip wordt er duurder en minder lekker van. Maar let goed op of-ie er geen rode bulten aan heeft, want dan moet je het echt niet zonder kapotje doen, hoor.'

Ik voel me misselijk worden.

'We hebben hier allemaal al eens gonorroe of syfilis gehad, en da's geen pretje. Afijn. Als-ie geen rubbertje wil, dan moet je dit gebruiken.' Kitty haalt een soort kommetje tevoorschijn. Het ding lijkt gemaakt van rubber, maar voelt een stuk stugger. 'Dit is een pessarium. Je doet er water op, zodat-ie gemakkelijker glijdt, en dan breng je hem in bij jezelf.' Kitty instrueert met handgebaren hoe het ding werkt.

Ik probeer me op haar uitleg te concentreren, maar ik heb moeite om haar woorden tot me te laten doordringen. Koud zweet sijpelt langs mijn ruggengraat.

'Went het ooit? Dit werk?' vraag ik hun allebei.

'Op een bepaalde manier wel.' Kitty haalt haar schouders op. 'Na de eerste keer wordt het steeds makkelijker. Op een gegeven moment wordt het een gewone handeling. Net zoiets als brood smeren. Of fietsen.'

Ik kan het me nauwelijks voorstellen.

'Er komt een moment waarop je je realiseert dat je geen andere keuze hebt. Dat je doet wat je moet doen om te overleven,' zegt Rosa. 'Wij zijn vrouwen, voor ons zal het leven nooit gemakkelijk worden.'

Er wordt kort op de deur geklopt. Delphine, het Vlaamse meisje, draagt een rode doos met een goudkleurige strik naar binnen. 'Guusje? Dit is net voor u bezorgd.'

Met gefronste wenkbrauwen neem ik het pakket in ontvangst.

'Eerst bloemen, en nu een cadeau?' Rosa laat een gilletje horen.

Delphine verdwijnt geruisloos achter de deur.

'Maak open!' spoort Kitty aan.

Zwijgend peuter ik de strik los en open het deksel. Verpakt in ultradun vloeipapier met daarop het logo van Hirsch & Cie, ligt een hoopje roomwitte zijde. Er zit een kaartje bij.

'Lees voor!' roept Rosa.

Ik pak het kaartje uit de doos. 'Om u te bedanken voor de aangename avond wil ik u graag uitnodigen voor een middagje uit. U wordt morgen om half twaalf op de hoek van de Reguliersbreestraat opgehaald door mijn chauffeur. Lieve groeten, Hugo von

Eckendorff-Lohmann. PS. Maakt u zich geen zorgen over uw werk: u bent morgen vrij. Dat is reeds geregeld met uw cheffin.'

Opnieuw laat Rosa een gilletje horen.

Kitty trekt het roomwitte zijden geval uit de doos; een enkellange zomerrok met een grijze krijtstreep en een bijpassend jasje. De mouwtjes zijn afgezet met beige kant en parels. Er zitten bijpassende beige kanten handschoenen, een ultramodern beige bolhoedje en een witte parelketting bij. Het is een zomertoilet zoals een echte dame zou dragen, wat een vermogen moet hebben gekost.

'Jullie mogen de kleren hebben. Ik hoef ze niet,' zeg ik mat.

'Ben je nou helemaal van de pot gerukt?' roept Kitty. 'Prachtige kleren, een dag uit met die Hugo, rondgereden worden in een echte automobiel?'

'Kennen jullie hem?' informeer ik. 'Hij vertelde me dat hij hier nooit eerder geweest is. Dat hij autopech had en hier alleen maar kwam schuilen vanwege het slechte weer.'

Rosa maakt een wegwerpgebaar. 'Ach, hij lult uit zijn nek. Die kakker komt hier elke maand wel een keer, al zo lang als ik hier werk. Hij zit altijd met een glaasje cognac aan hetzelfde tafeltje. Maar hij kijkt alleen, met die vreemde, indringende blik van 'm. Hij is niet lelijk, maar wel een apart figuur. Ik heb nog nooit gezien dat hij met een meisje naar achteren is gegaan. Nou ja, tot gisteravond.'

'Apart of niet: hij schijnt een baron te zijn en zelfs een kasteel te hebben,' zegt Kitty.

'Dat lijkt me sterk,' reageert Rosa. 'Is het je weleens opgevallen dat hij twee verschillende kleuren ogen heeft? Zijn ene oog is bruin en het andere is blauwgroen. Alsof-ie een glazen oog heeft.'

Het gekeuvel van Rosa en Kitty gaat deels langs me heen. Ik stop de japon voorzichtig terug in de doos en haal diep adem. Vanavond zal ik doen wat ik moet doen, om de beschamende herinnering daaraan in de diepste krochten van mijn ziel weg te stoppen. En misschien, heel misschien, kan ik het op termijn zelfs vergeten. Alles gaat goed komen. Dat blijf ik mezelf vertellen.

16

Carmen

Het is even na negenen als ik thuiskom van de huisarts en me met mijn laptop en een cappuccino aan de keukentafel installeer. Naast het grenen keukenblok staan verhuisdozen opgestapeld. Op het aanrecht slingert de lege verpakking van een diepvriesmaaltijd en staan de ontbijtresten van vanochtend. Op het fornuis staat een vuile pan. De keuken is al net zo'n chaos als mijn hoofd. Ik probeer me ervoor af te sluiten en richt mijn blik op het beeldscherm. Over precies twaalf weken verwacht mijn uitgever een afgerond manuscript voor mijn derde zelfhulpboek, dat tussen de zeventig- en tachtigduizend woorden moet tellen. Er staan er welgeteld vijftienduizend op papier. De cursor knippert opdringerig.

De gedachte aan het krantenartikel maalt door mijn hoofd, evenals Viks woorden. *Als mijn ouders hadden gewild dat we dit wisten, dan hadden ze er wel over gesproken.*

Ik zet mijn vingers tegen mijn slapen en probeer me te focussen op het onderwerp: de kracht van gedachten. Geloof niet alles wat je denkt. Ik voel me een fraudeur. Hoe kan ik mijn lezers mijn visie en tips meegeven als ik er niet in slaag mijn eigen gedachten onder controle te krijgen? De lege Word-pagina lijkt naar me te grijnzen.

Ik laat mijn blik door de ruimte dwalen. De rotzooi in de keuken is een treffende weerspiegeling van mijn leven op dit moment. Zuchtend schuif ik mijn stoel naar achteren en veer op. Ik gooi de lege verpakking weg, zet de ontbijtborden in de vaatwasser en haal een doekje over het aanrecht.

Onwillekeurig hamert de gedachte aan de Instagrampost van

Showbizz Inside door mijn hoofd. *Viks grootvader is een koelbloedige moordenaar.*

Het bericht van het juicekanaal is totaal uit zijn verband gerukt. In het krantenartikel uit de kluis wordt alleen over de verdwijning van Odette gesproken. Of heeft die aanstellerige Thomas met zijn gebleekte gebit en zijn toxische relaties iets ontdekt dat wij niet weten?

Ik trek een paar vellen keukenpapier van de rol en veeg de vette resten uit de pan.

Odettes verdwijning is honderdtwintig jaar later natuurlijk uit het collectieve geheugen verdwenen, maar destijds heeft het bericht het nieuws gehaald. Vlug was ik de pan af en kruip weer achter mijn laptop. Klik op het interneticoontje en typ *Odette van Egmond, vermissing 1903* in de zoekbalk.

Het levert geen relevante hits op, afgezien van een digitaal krantenarchief waarin alle kranten van augustus 1903 zijn opgenomen. Ik klik het aan en scrol door de vergeelde pagina's. Na een minuut of tien heb ik beet.

8 augustus 1903

Ontzielde lichaam jonge barones aangetroffen

Gisterenmiddag is het levenlooze lichaam van Odette Barones Von Eckendorff-Lohmann van Egmond aangetroffen in de buurt van de Hissinkbeek in het Vordense Bos. Volgens ingewijden heeft haar echtgenoot het ontzielde lichaam van de jonge juffrouw gevonden, hetgeen de politie noch wil bevestigen, noch wil ontkrachten. Wel heeft de politie bevestigd de echtgenoot van de barones enkele uren later te hebben aangehouden op verdenking van moord dan wel doodslag. De politie weigert vooralsnog verdere informatie te verstrekken en doet onderzoek naar de toedracht.

'Shit, dus toch,' mompel ik. Ik klik het artikel weg en probeer een nieuwe zoekopdracht. *Odette Barones Von Eckendorff-Lohmann overleden.* Behalve het artikel rondom het aantreffen van Odettes lichaam en Hugo's arrestatie levert het geen nieuwe hits op. Dezelfde zoekopdracht in andere woordcombinaties biedt geen enkel resultaat.

Ik leun achterover en leg een hand tegen mijn voorhoofd. Erg lang kan Hugo niet hebben vastgezeten; een jaar na dato is hij met Amélie getrouwd, en moet hij alweer op vrije voeten zijn geweest. Kennelijk was er onvoldoende bewijs om hem voor de moord te veroordelen. Maar waarom hebben mijn schoonouders het artikel over haar vermissing dan in een kluis bewaard? Als het belangrijk genoeg voor ze was om het artikel achter slot en grendel te bewaren, waarom zwegen ze er dan over?

Ik diep mijn telefoon op uit mijn broekzak en zoek Viks nummer in mijn contactenlijst. De kiestoon klinkt.

Net voor ik verwacht te worden doorgeschakeld naar zijn voicemail, klinkt Viks gejaagde stem. 'Car, met mij. Kan het even snel? Ik sta op het punt de redactievergadering in te gaan.'

'Heb je de Instagrampost van *Showbizz Inside* gezien?' vraag ik.

'Ja, klinkklare onzin natuurlijk.' Hij valt even stil. 'Sjezus, Car. Je gaat me toch niet vertellen dat je me daarvoor belt? Ik ben aan het werk.'

Ik negeer zijn chagrijn. 'Het is niet helemaal uit de lucht gegrepen. Die journalisten kunnen ook googelen. Ik stuitte net op een krantenartikel uit 1903, dat gewoon op internet te vinden is.' Vlug lees ik het artikel voor. 'Jouw overgrootvader is opgepakt op verdenking van doodslag of moord.'

'Ja, en dus?' Er klinkt geen verbazing door in zijn stem.

Ik frons mijn wenkbrauwen. 'Wist jij dit?'

Opnieuw een korte stilte. 'Toen ik het artikel over de vermissing vond in de kluis van mijn ouders, ben ik zelf ook gaan googelen en toen kwam ik dit tegen. Ik heb de beheerder van de website verzocht het artikel eraf te halen, maar dat werd geweigerd. De moord is allang verjaard en nieuws is een openbaar goed. Dat kon ik als presentator van een actualiteitenprogramma natuurlijk moeilijk betwisten.'

Ik geloof dat mijn mond openvalt. 'Ik begrijp ook niet dat je dat verzoek überhaupt hebt ingediend. En waarom heb je mij dit vanochtend niet verteld? Je zei dat je niets wist.'

'Ik zei dat mijn ouders me hier niets over verteld hebben. Want dat hebben ze ook niet. Wat wil je dat ik doe?'

'Om te beginnen zou je kunnen stoppen met het vertellen van halve waarheden,' bijt ik hem toe.

'Alsjeblieft zeg, maak hier nou geen drama van. Ik... wacht even. Ja?'

Op de achtergrond klinken gedempte stemmen.

'Car? Ik moet door, redactievergadering. Luister, meer dan dit weet ik echt niet. En hoe meer aandacht we hieraan schenken, des te meer olie gooien we op het vuur. Dus laat het rusten. Dan storten die roddeljournalisten zich morgen weer op de relatie-issues van André Hazes en Monique of de aambeien van Barbie.' De verbinding wordt verbroken.

'Laat het rusten? Ik dacht het niet,' zeg ik hardop tegen mezelf. Ik trommel met mijn vingers op het tafelblad.

Automatisch moet ik denken aan Joke van Bree, de voormalige gids van Kasteel Vorden. Jarenlang hebben mijn schoonouders het kasteel en het landgoed opengesteld voor toeristen en dagjesmensen. Het lijkt me vreselijk om dagelijks horden wildvreemde mensen in je huis toe te laten, maar voor hen was het een manier om de torenhoge onderhoudskosten te dekken. De rondleidingen verzorgden ze deels zelf. Kort nadat Vik geboren werd nam mijn schoonmoeder Joke aan, die hen daarbij ondersteunde. Ik sprak haar weleens vluchtig, zoals op de verjaardagen en de uitvaart van mijn schoonouders. Joke is een vrouw van begin zeventig met geblondeerd haar en een schrille stem, die snel en veelvuldig praat. 'Joke heeft spraakwater gedronken,' verzuchtte mijn schoonmoeder weleens. 'Zij weet altijd alles van iedereen.' Als iemand op de hoogte moet zijn van deze geschiedenis, dan is het Joke.

Ik klik het Google-icoontje aan en googel op Joke's naam. Het duurt niet lang voor ik haar gevonden heb: tegenwoordig beschildert ze dakpannen, en geeft daar workshops in, bij haar thuis. Ik bel het nummer dat op de website vermeld wordt.

Als ik vijf minuten later ophang, weet ik dat ik vanmiddag al welkom ben.

Mijn navigatie leidt me naar een verbouwde woonboerderij in een bosrijk buitengebied, even buiten Vorden. Ik parkeer mijn auto in het gras naast het erf. Dat is uitbundig gedecoreerd met kerststerren, tuinkabouters en kerstverlichting. Naast de deur ligt een beschilderde dakpan met de tekst 'Welkom bij de familie Van Bree'.

Een bel is er niet. Ik geef een roffel met de deurklopper.

Alsof ze op me heeft staan wachten wordt de deur direct opengetrokken. Joke draagt zwarte lakpumps onder een rode wollen jurk. Haar geblondeerde haar draagt ze in een quasinonchalante wrong en haar lippen zijn donkerrood omlijnd.

'Dag Joke, wat fijn dat u al zo snel tijd voor mij had.'

'Meid, maar natúúrlijk! Jij bent altijd welkom,' roept ze, alsof we dagelijks bij elkaar over de vloer komen. Ze stapt opzij en maakt een weids armgebaar. 'Kom erin! Lieve meid, ik heb zoveel aan je gedacht, de afgelopen weken. Hoe gaat het met je? Zo na die overval en zo? Ja, ik heb dat natuurlijk allemaal in de media gehoord.' Ze wrijft over mijn rug.

Als je iets traumatisch hebt meegemaakt, voelen anderen de onbedwingbare behoefte je bemoedigend aan te raken. Ik veeg mijn voeten op de kokosmat en glimlach. 'Het gaat goed met me, dank u.'

'Het scheelt natuurlijk dat je zelf psycholoog bent. Dan kun je dit soort trauma's vast beter verwerken,' stelt ze vast.

Ik maak een vage hoofdbeweging. Het is een misvatting dat psychologen zelf probleemloos door het leven fladderen. 'Vik en ik zijn gisteren op Kasteel Vorden komen wonen. Ik heb wat vragen over de geschiedenis van het kasteel en ik dacht: daar kan Joke mij vast meer over vertellen.'

Joke's glimlach wordt breder. 'Maar natuurlijk! Ik zeg weleens gekscherend tegen mijn man, ik zeg: ik ben een wandelende encyclopedie als het op de geschiedenis van Kasteel Vorden aankomt.' Ze laat een giecheltje horen.

In de woonboerderij ruikt het naar wasverzachter en versgebakken koekjes. Ik volg haar over de plavuizenvloer naar de woonkeuken. Die is, op wat schilderspullen op de eettafel na, keurig opgeruimd en blinkend schoon. Het rvs-keukenblok glimt alsof het vijf minuten geleden is opgepoetst. In de hoek van de ruimte staat een kerstboom met glanzende groen-rode ballen. 'Ga zitten meid, en let niet op de rommel hoor. Nu ik geen gids meer ben, moet ik mijn dagen zien te vullen, hè?' Ze wijst naar het knutselspul op de eettafel. 'Een mens moet bezig blijven. Koffie?' Joke parkeert me aan de tafel. Terwijl ze aan het kookeiland scharrelt, ratelt ze over haar nieuwste hobby. 'Elke dinsdag zit ik met een club vrouwen uit de omgeving bij elkaar. We beschilderen dakpannen – de móóiste creaties maken we – en die verkopen we dan op braderieën. Ik vind het heerlijk hoor, maar ik zeg je eerlijk: het geven van rondleidingen mis ik vreselijk.' Ze geeft me een kop koffie met een kerstkransje en komt tegenover me zitten. 'Je schoonmoeder mis ik ook vreselijk. Het was zo'n lieverd. Ze vertelde me álles, wist je dat? We hadden een heel bijzondere vriendschap.'

Ik glimlach. 'Mijn schoonmoeder was ook erg gesteld op u,' lieg ik. 'Waar ik benieuwd naar ben: hebben mijn schoonouders u weleens verteld over Odette van Egmond? Ze was de eerste vrouw van de baron die in het begin van de twintigste eeuw op Kasteel Vorden woonde.'

'Hugo Baron von Eckendorff-Lohmann bedoel je?'

Ik knik.

'Ik ken alle voorouders van je man van naam,' zegt Joke trots. 'Maar de baron is maar eenmaal getrouwd geweest. Met Amélie van Egmond.'

'Voor zover ik begrepen heb, raakte Hugo's eerste vrouw, Odette, in juli 1903 vermist. Een maand later is haar lichaam gevonden door Hugo.'

Ze schudt gedecideerd haar hoofd. 'Dat klopt niet. Ik zal je vertellen wat ik weet.'

17

Guusje

Mijn hartslag is verdubbeld wanneer ik even voor negenen in een van de peeskamertjes op mijn klant wacht. Vanuit het bargedeelte klinken de gesmoorde klanken van drukke pianomuziek en het gelach van gasten. Ik voel me te onrustig om op het hemelbed of op de canapé plaats te nemen, en als een gekooide tijger ijsbeer ik door de ruimte.

Het wordt negen uur.

Vijf over negen.

Waar blijft die vent?

Al tweemaal heb ik gecontroleerd of de kapotjes en het pessarium in het laatje van het nachtkastje liggen en ik bedwing de neiging om dat voor een derde keer te doen. Bij de drankkar schenk ik met trillende handen een borrelglaasje whisky in en sla het smerige, goudgele goedje in één keer achterover. De alcohol brandt en tintelt zich een weg door mijn slokdarm, maar heeft nauwelijks een ontspannende werking.

Ik schrik op door een stem achter me. 'G-g-goedenavond juffrouw.' Tussen de roodfluwelen gordijnen die voor de deuropening hangen, staat een lange, magere man met zwart haar en een bleek gezicht. Ik schat hem eind twintig. Hij draagt een rond, hoornen brilletje op een neus die iets te groot is voor zijn gezicht, maar hij heeft een vriendelijke uitstraling.

Beschaamd moffel ik het whiskyglas weg en schraap mijn keel. 'Goedenavond. Kom verder.' Wat moet ik zeggen? Moet ik een gesprekje met hem aanknopen? Moet ik de leiding nemen of het aan hem overlaten? Ik wil maar één ding: dit zo snel mogelijk achter de rug hebben.

Hij hangt zijn mantel aan de kapstok en glimlacht. 'I-i-i-is dit de eerste keer voor je?'

Een stotteraar. Mijn handen grijpen in elkaar en ik sla mijn ogen neer. 'Ja, meneer. Dat klopt.' Heeft Lucy hem dat verteld?

'O-o-o-omdat ik net zag hoe snel je die whisky opdronk, vandaar,' verduidelijkt hij. 'I-i-i-ik ben zelf ook altijd een beetje zenuwachtig,' bekent hij.

Op de een of andere manier lucht me dat op. 'Dan zijn we samen zenuwachtig,' stel ik vast. 'Misschien kunt u mij hierdoorheen helpen.'

Hij glimlacht trots, gaat wat rechterop staan en knikt. 'Zeg maar "je". Ik ben trouwens Abraham Goudsmit. Aangenaam.' Hij geeft me een hand. 'Met de meeste meisjes maak ik eerst een praatje. En dan drinken we een glaasje. Dat ontspant.'

'Dan doen we dat nu ook. Wat wil je drinken, Abraham?'

'Een cognac graag.' Hij loopt naar de fauteuil.

Nu pas zie ik dat hij een beetje mank loopt.

'Mijn andere g-g-gebrek. Naast het stotteren is mijn linkerbeen een stukje korter dan mijn rechterbeen.' Hij glimlacht triest. 'Ach, het zorgt er wel voor dat ik niet naar de grens hoef. Al verwacht ik niet dat de moffen Nederland nog zullen binnenvallen, jij?'

'Nee.' Ik glimlach obligaat en bij de drankkast schenk ik zijn bestelling in.

'We zijn natuurlijk ook nuttig voor die Duitsers, om goederen en etenswaren door te sluizen,' vervolgt hij. 'Maar ik ben blij dat Nederland neutraal is. Ik heb een paar Franse vriendjes die me weleens schrijven, en de toestand in die loopgraven schijnt verschrikkelijk te zijn.'

Hij schraapt om de zoveel tellen zijn keel, maar ik ben te nerveus om me daaraan te ergeren. Ik ga tegenover hem zitten en probeer mee te gaan in zijn gekeuvel over de Grote Oorlog. Ik knik geïnteresseerd, stel vragen over zijn Franse vrienden in de loopgraven en vervolgens over zijn werk, maar na een minuut of tien valt het gesprek volledig stil. Ik wil het moment dat komen gaat zo lang mogelijk uitstellen en zoek wanhopig naar een nieuw gespreksonderwerp. Er komt niets in me op.

Hij kijkt me glimlachend aan, zet zijn glas weg, hinkelt op me af, buigt zich over me heen en kust me. Zijn tanden tikken tegen de mijne en zijn tong voelt nat en ruw. Ik sluit mijn ogen en probeer me te concentreren op de handeling, niet op Abraham als persoon.

'Z-zullen we naar het bed…?'

Ik knik.

Hij begint zich uit te kleden.

Met trillende handen sjor ik aan de knoopjes van mijn zwarte niemendalletje. Wat nogal een klus is, aangezien ze op mijn rug zitten.

'Zal ik je daarmee helpen?' In zijn hemd en onderbroek, een wit model dat tot zijn enkels reikt, staat Simon voor me. Zijn armen hangen slungelig langs zijn lichaam en op zijn smalle schouders waaieren puistjes uit.

Ik probeer er niet naar te kijken en draai mijn rug naar hem toe.

Terwijl hij de knoopjes opent, kust hij mijn hals en schouders. 'I-ik doe niets dat j-jij niet wilt,' fluistert hij in mijn oor. 'Als je wilt dat ik stop, dan stop ik.'

Zonder mijn pakje bij me uit te doen kruipt hij in het hemelbed. Hij legt zijn bril op het nachtkastje en trekt zijn hemd en onderbroek uit.

Ik wend mijn blik af en ga naast hem liggen. Ik vermijd het om naar hem te kijken en onder de deken stroop ik het pakje van mijn lijf. Dan buig ik naar het nachtlampje toe, maar hij legt zijn hand op mijn arm. 'Ik d-doe het a-altijd graag met de lampen aan. V-vind je dat goed?'

Ik knik flauwtjes.

Hij buigt over me heen en glijdt met zijn handen over mijn lichaam, langs plekken die nog nooit door iemand zijn aangeraakt. Als een lappenpop blijf ik liggen. Ik richt mijn blik naar het plafond en probeer me af te sluiten voor wat er gebeurt, te verdwijnen naar een plek in mezelf en enkel te denken aan de twintig gulden die ik vanavond in ontvangst ga nemen, maar het lukt me niet.

Hij buigt zich over me heen. Ik voel iets hards en vochtigs langs mijn buik glijden. Ik onderdruk de afschuw die in me opwelt, sluit mijn ogen een tel en probeer me te concentreren op mijn ademhaling.

Gepruts daar beneden.

'Wacht even,' roep ik plotseling. 'Zou je een kapotje om willen doen?'

Stilte.

'Abraham?'

Zijn gewicht drukt zwaar op me. Hij sabbelt aan zijn vingers en opnieuw wrijft hij tussen mijn benen. 'Abraham?'

Het daaropvolgende moment dringt hij zich in me.

Ik voel een brandende pijn tussen mijn benen. 'Abraham, stop. Stop alsjeblieft even. Ik wil dat je een kapotje omdoet.'

Abraham negeert me en stoot door.

Ik verbijt de pijn en klem mijn kiezen op elkaar. 'Abraham, alsjeblieft. Toe, stop!'

'Ssst, stil,' kreunt hij terwijl hij het tempo opvoert en steeds zwaarder gaat ademen.

'Je zei dat je zou stoppen. Ik wil dat je een kapotje omdoet.'

'Kop dicht!' Abraham begint driftig te pompen. Dan fluistert hij: 'Lieverd, je maakt me zo gelukkig, weet je dat?'

Ik betwijfel of ik dat goed heb verstaan.

'Weet je hoe gelukkig je me maakt, schat? Vertel me dat je van me houdt!'

'Wat?'

'Toe, zeg je dat je van me houdt!' hijgt hij.

'Ik hou van je,' breng ik uit.

'Zeg: schat!'

Is hij wel helemaal lekker? 'Ik hou van je, schat.'

'Harder!'

'Ik hou van je, schat,' roep ik.

Het duurt niet lang voor hij een verkrampt gezicht trekt en geluiden begint te produceren die me aan een gewond dier in doodsnood doen denken. Slechts seconden daarna rolt hij van me af. 'Dank je wel. Dat was goddelijk. Dank je wel hiervoor,' verzucht hij. Een natte kus half naast mijn mond. 'Heb jij ook genoten?'

Ik zwijg.

Hij buigt over me heen en in vol ornaat torent hij boven me uit, met zijn half slappe geslachtsdeel. Vol verbazing staart hij naar het laken. 'L-lieverd, je hebt gebloed! Gaat het wel? Heb ik je p-pijn gedaan?'

Ik pers mijn lippen op elkaar en schud mijn hoofd. Ik wil dat hij weggaat. Ik heb zin om te janken, hard en met lange uithalen. Ik heb zin om hem op zijn verbaasde gezicht te slaan.

Als Abraham eindelijk vertrokken is, strompel ik naar de waskom. De kracht lijkt uit mijn benen te zijn weggevloeid. Ik ruik naar hem, en in de kamer hangt een weeïge geur, een mengeling van zweet en zaad, die me misselijk maakt. Ik voel me beschaamd en vies en zou mijn huid van mijn lichaam willen stropen. Van top tot teen zeep ik me in. Ik was elke centimeter van mijn lichaam. Als ik daarmee klaar ben, begin ik opnieuw. Pas als mijn huid schraal is en mijn vingertoppen ribbelig, trek ik mijn zwarte pakje aan.

Vanuit het bargedeelte klinkt muziek en luid gelach. Ik sprint de trap op naar de bovenverdieping. In de slaapkamer gris ik mijn kleren bij elkaar en prop ze in mijn valies. Als mijn valies ingepakt bij de deur staat, haast ik me weer naar beneden.

In het bargedeelte is de nacht nog in volle gang. Een pianist pingelt wat en op het podium voeren drie schaars geklede zangeresjes een act op. Ze zingen, zwaaien hun benen hoog in de lucht en draaien wulps met hun heupen. Vrijwel elk tafeltje is bezet en verschillende meisjes staan met gasten op de dansvloer. Dolf zit met een glaasje jenever op zijn vaste plek aan de bar en kijkt stuurs voor zich uit. Ik negeer hem en speur de ruimte af, op zoek naar Lucy.

Ik vind haar zittend op een tafeltje bij drie heren die luid joelend en lachend champagne in haar decolleté gieten en het eruit likken. Zelf joelt en lacht ze even hard mee. Ik aarzel even maar besluit toch om ze te onderbreken. 'Lucy, kan ik je even spreken?'

Haar lach verstomt. 'Wat mot je? Je ziet toch dat ik druk ben?'

'Het spijt me, maar de klant is weg.'

'Ja? En dus?'

Een van de heren sabbelt aan haar oorlel.

Ik kijk haar doordringend aan. 'Je hebt me twintig gulden beloofd.'

'Hoepel op zeg, het is zondag. Dinsdag is betaaldag. Dinsdag krijg je je geld en geen dag eerder.'

'Maar dat was niet de afspraak! Als mijn zusje...'

'Wat nou, "als"? Als mijn moeder een pik had gehad, dan was ze mijn vader geweest. En nou opgehoepeld.' Ze draait zich weer naar de heren toe en tovert een glimlach op haar veel te bruine gezicht.

Even blijf ik verbouwereerd staan. Dan draai ik me om en been de trap op, naar de slaapkamer. 'Verdomme!' roep ik. Woedend ruk ik Hugo's boeket uit de vaas op de commode en druk de bloemen in de prullenbak. De bloemkoppen knakken.

Wat moet ik doen? Ik kan weggaan. Gewoon mijn spullen pakken en weggaan.

Nee, dat kan niet. Als ik nu wegga is alles voor niets geweest. Dan kan ik Dirkje evengoed niet helpen.

Maar wat als ik blijf? Wie garandeert me dat Lucy nu wel haar belofte nakomt en ik dinsdag alsnog mijn geld krijg?

'Verdomme!' roep ik weer. Ik been door de kamer, laat me op mijn bed zakken, sta weer op. Uiteindelijk poets ik mijn tanden, en zonder de make-up van mijn gezicht te halen laat ik me onder de deken glijden. Ik draai me op mijn zij en trek de deken op tot aan mijn kin. Van beneden klinken de gesmoorde klanken van pianomuziek, joelende meisjes en lachende gasten.

Ik voel me verscheurd. Ik mis de geborgenheid van thuis – ik mis zelfs het nachtelijke geklepper vanuit de steeg naast ons huis, waar dronken arbeiders vanuit de kroeg hun weg naar huis vervolgen. Tegelijkertijd durf ik mijn moeder niet meer onder ogen te komen, in de wetenschap wat ik voor haar verborgen houd. Mijn kussensloop wordt vochtig en mijn neus loopt vol. Ik voel me vies en kapot vanbinnen. Alsof er iets verwoest is dat nooit meer zal helen. Ik huil tot ik geen tranen meer overheb.

Als Rosa en Kitty de slaapkamer in komen en zachtjes vragen of ik al slaap en hoe het vanavond gegaan is, blijf ik roerloos en met gesloten ogen liggen. Ik vraag me af of ik ooit kan vergeten wat ik vanavond heb gedaan.

18

Ergens ver weg klinkt een zware, galmende stem. Het geluid zwelt aan en verstoort het aangename niemandsland waarin ik me bevind: die luttele seconden tussen slapen en waken, waarin alles vredig en goed lijkt. 'Vrouwen, word wakker. God verafschuwt hoererij! Maar God is ook liefde. Ook voor uw ziel is er redding mogelijk.'

Ik open mijn ogen. Mijn oogleden voelen zwaar. Het duurt seconden voor ik me realiseer dat ik in mijn bed bij Maison Coco lig en dat de stemmen van buiten komen. Dan klinkt er gezang. Er worden psalmen ingezet. De klanken echoën door de steeg waar Maison Coco aan grenst en worden door het openstaande raam naar binnen gevoerd.

'Godverdomme, koppen dicht!' kreunt Kitty. Ze smijt een kussen naar het raam.

'Kerkgangers,' kreunt Rosa. 'Ze staan er wel vaker. Ze weten wat we hier uitspoken en proberen onze ziel te redden.'

Ik kom half overeind en trek het opengeschoven raam dicht. De stemmen sterven weg. Ik vrees dat er voor mijn ziel geen redden meer aan is. De huid tussen mijn benen voelt beurs en branderig. Direct dienen beelden, geluiden en geuren van gisteravond zich aan. Het verkrampte gezicht van Abraham Goudsmit. Zijn aanvankelijke vriendelijkheid, gevolgd door de weigering een kapotje om te doen. Zijn gekreun. De weeïge geur van zaad, die nog steeds aan me kleeft. De krassende stem van Lucy, die me de beloofde twintig gulden weigerde te geven.

Aan de garderobekast hangt het peperdure zomertoilet van Hirsch & Cie dat Von Eckendorff me heeft toegestuurd. Naast de deur staat mijn ingepakte valies, de stille getuige van een plan dat faalde. Het is alsof het ding naar me grijnst.

Ik sla mijn benen over de rand van het bed. Bij de commode plens ik wat water uit de waskom in mijn gezicht. Ik kijk in de spiegel. Twee bruingroene ogen kijken nijdig en strijdlustig terug. Gisteravond heb ik mezelf opnieuw buitenspel laten zetten. Maar het is genoeg. Ik heb er negentien jaar op kunnen oefenen, en ik laat me niet langer afserveren. Dirkje rekent op me.

Ik draai me om naar Rosa en Kitty. 'Jullie hebben toch een sleutel van Koopmans kantoor? Ik heb jullie hulp nodig.'

Het is even voor half twaalf als ik met mijn valies en met Rosa en Kitty in mijn kielzog de slaapkamerdeur sluit en de trap naar de begane grond afdaal. Het ivoorwitte zomertoilet van Hirsch & Cie dat Hugo me heeft toegestuurd ruist langs mijn benen. Nog nooit heb ik iets als dit gedragen. Vanbuiten lijk ik plotseling een keurige jonge juffrouw uit de hogere klasse. Een jongedame van goede komaf, die een dagje uitgaat. Vanbinnen voel ik me precies wat ik ben: een lichtekooi. Een leugenares.

Vlug schuif ik mijn ingepakte valies weg achter de garderobe, waar hij aan het zicht onttrokken wordt.

Vanuit de personeelskeuken klinken de stemmen van andere meisjes, gevolgd door de schorre lach van Lucy.

'Hier,' fluistert Rosa terwijl ze haar sleutelbos uit de zak van haar jurk vist. Ze peutert er een sleutel tussenuit. 'Dit is de sleutel van Koopmans kantoor. Wij leiden Lucy zo lang mogelijk af. Maar schiet alsjeblieft op.'

Ik neem de sleutel van haar aan.

'Als je klaar bent, dan neem je direct de benen, hoor je?' fluistert Kitty.

Ik knik en omhels hen beiden. 'Dank jullie wel. Voor alles.'

Zodra Rosa en Kitty in de personeelskeuken verdwijnen en ik hoor dat ze Lucy begroeten, open ik vlug de deur achter de garderobe, die toegang biedt tot de peeskamers en het kantoor van Dolf Koopman.

Ik leg mijn oor tegen de deur van Dolfs kantoor, maar hoor niets anders dan het suizen van bloed in mijn oren. Voor de zekerheid klop ik even.

Geen gehoor.

Ik steek de sleutel in het slot. De deur hapert even, maar gaat open. Een zware sigarenwalm komt me tegemoet. Ik knip de verlichting aan en kijk om me heen. Dolf zorgt goed voor zichzelf: in tegenstelling tot de andere personeelsruimtes is zijn kantoor net zo overdadig ingericht als de ruimtes die voor gasten toegankelijk zijn. Voor de ramen hangen dikke, fluweelrode gordijnen en op de vloer ligt een tijgervel. De kop van de tijger zit er nog aan, het beest laat agressief zijn tanden zien. In de hoek staat een drankkar van messing met een kristallen whiskykaraf en glazen. In het midden van de ruimte staat een notenhouten bureau met daarop een borstbeeld van een vrouw, in Griekse stijl. Op het bureau ligt een stapeltje ongeopende post.

Vlug trek ik de bureaulades open. In de bovenste la liggen sigaren, een vulpen en een fles sterke drank. Ik trek de tweede la open. Een kartonnen dossiermapje. Ik blader er vluchtig doorheen: het is een boekhoudkundig dossier met de verdiensten van de afgelopen maanden. Dan valt mijn oog op een notitieboekje. Ik sla het open. In een slordig, springerig handschrift zijn aantekeningen gemaakt over gasten van Maison Coco. Hun namen, hun beroepen, in sommige gevallen staat er een werkgever vermeld. Een politiecommissaris, een huisarts, een notaris, zakenmannen. Notities over de tijdstippen waarop ze Maison Coco bezocht hebben, met welke meisjes ze naar achteren zijn gegaan. Bij sommige heren worden details vermeld over hun voorkeuren. Waarom noteert Koopman dit? Dan valt mijn oog op een recentere notitie: *Huijbregts, rechter, Prinsengracht*. Mijn hartslag versnelt. Ik klem mijn vingers om het papier. Achter de notitie staan diverse data met namen van meisjes, waaruit ik opmaak dat meneer Huijbregts op die data met meisjes van Maison Coco naar bed moet zijn geweest. De laatste datum is 1 juni 1917, amper drie weken geleden. Ook Rosa en Kitty staan ertussen, gevolgd door een slecht leesbare krabbel waaruit ik *sado masochisme* opmaak. Wat dat inhoudt is me onduidelijk. Ik leg het boekje terug.

In de derde en laatste lade vind ik wat ik zoek: het geldkistje waar Rosa over sprak. Het sleuteltje zit gewoon in het kistje – kennelijk gaat Dolf ervan uit dat zijn terroristische schrikbewind iedereen ervan weerhoudt hem te bestelen.

Ik klap het kistje open. Er liggen stapeltjes briefgeld in. Even is er twijfel en voel ik mijn hervonden kracht wegebben. Lucy heeft beloofd me morgen mijn twintig gulden te geven. Waarom zou ik het stelen als ze me morgen mijn verschuldigde loon geeft?

Onwillekeurig hameren de woorden van Rosa na. *Pas een beetje op met Lucy. Ze is niet te vertrouwen.* Als vanzelf verschijnt het beeld van de zieke Dirkje op mijn netvlies. Ik heb gisteravond gedaan wat ik moest doen om haar de behandeling te geven die ze nodig heeft en er is geen tijd om nog langer te wachten. Ik graai in het kistje en haal er twintig gulden uit. Ik stop het geld in de binnenzak van mijn rok, en bedwing de neiging om er meer uit te halen. Vlug klap ik het geldkistje dicht, zet het terug waar ik het gevonden heb en schuif de la dicht.

Ik schrik op als er plotseling een schaduw in de deuropening opdoemt. Instinctief deins ik achteruit.

'Wat doe jij hier?' Dolfs gestalte vult de deuropening. Zijn ogen vernauwen zich. Aan zijn fier uitstekende bierbuik bungelt zijn gouden zakhorloge.

Ik maak een vage hoofdbeweging naar de ongeopende enveloppen die al op Koopmans bureau lagen. 'Post op uw bureau leggen. Verzoek van Lucy.' Tot mijn eigen verbazing klinkt mijn stem ijzig kalm.

Met zijn priemende kraalogen bekijkt hij me van top tot teen en grijnst. 'Zozo, het hoertje is chic gekleed. Von Eckendorff heeft kosten noch moeite gespaard. Je bent ineens een heel kakmadammetje, hè?'

Ik zwijg en wil hem passeren, maar hij doet een stap opzij en verspert mijn doorgang. 'Al geef je een aap een gouden ring, het is en blijft een lelijk ding. Ken je die uitdrukking?'

Ik werp een nadrukkelijke blik op het gouden zakhorloge dat aan zijn bierbuik bungelt, maar weet mijn woorden in te slikken. Ik pers er een lieflijk glimlachje uit. 'Ik zou graag willen passeren. Meneer Von Eckendorff wacht op me.'

'"Meneer Von Eckendorff wacht op me"', imiteert hij me met een hoog stemmetje. 'Haal je maar niks in je bolle harses. Hij heeft je gewoon betaald voor vandaag. Von Eckendorff neemt je mee uit, maar ome Dolf verdient er goed aan.' Hij tikt even met zijn vinger op het puntje van mijn neus, begint een opgewekt deuntje te fluiten en gaat achter zijn bureau zitten.

Ogenschijnlijk kalm wandel ik zijn kantoor uit. Als ik uit het zicht verdwenen ben, versnel ik mijn pas. Vlug loop ik langs de garderobe en glip de gang in. Daar is niemand te bekennen. Ik gris mijn valies achter de kapstokken vandaan en been naar de voordeur.

Dan klinkt er vanuit Koopmans kantoor een schreeuw. 'Hé! Godverdomme! Vuile teringhoer! Terugkomen jij!'

Op datzelfde moment komt Lucy tevoorschijn uit de keuken. Ze draagt haar duster. Haar pruik ontbreekt en plukken grijs haar plakken tegen haar schedel. Haar pinnige bruine ogen boren zich in de mijne. Een ogenblik blijven we beiden als bevroren staan.

Dan been ik naar de voordeur. Ik laat de deur van Maison Coco met een klap achter me dichtvallen en hol de steeg door, naar de straatkant.

Achter me wordt de deur opnieuw opengetrokken. De krassende stem van Lucy schettert door de steeg. 'Hé! Ondankbaar serpent! Staan blijven jij!'

19

Hoestend en rochelend volgt Lucy me, de steeg door. Haar voetstappen resoneren tegen de hoge muren.

Ik ren naar de Reguliersbreestraat, waar de steeg op uitkomt, en sla de hoek om.

Lucy's voetstappen sterven weg. Pas bij het Rembrandtplein kijk ik over mijn schouder. Hijgend blijf ik staan. Fietsers, voetgangers, de paardentram, twee soldaten in bruine uniformen, maar Lucy zie ik niet meer. Heb ik haar afgeschud? Een meter of tien verderop, bij een overdekte automobiel, staat een gedrongen mannetje van middelbare leeftijd. Hij draagt een donkerblauw uniform en een soort plat hoofddeksel, waar een rond windbrilletje aan vastzit. Op het dak van de automobiel zie ik een bord met het woord 'taxi'. Dit moet de taxichauffeur zijn die Hugo von Eckendorff gestuurd heeft.

Ik loop op hem af, probeer mijn ademhaling onder controle te krijgen en glimlach. 'Meneer? Neemt u mij niet kwalijk. Ik ben Guusje Simons...'

Net als ik wil uitleggen dat ik door een taxi zou worden opgehaald, doemt aan de rand van mijn gezichtsveld Lucy op. Ze spurt het Rembrandtplein op en is een meter of veertig van me verwijderd.

'Dan moet u bij mij zijn, juffrouw. De heer Baron Von Eckendorff-Lohmann verwacht u. Neemt u plaats.'

Ik verplaats mijn blik van de naderende Lucy naar het openstaande portier en de uitgestoken hand van de taxichauffeur. 'Dank u wel.' Ik neem zijn hand aan, klim de treeplank van de automobiel op en laat me op het zachte leer van de achterbank zakken.

De chauffeur klimt op de bok en maakt een hoofdknik naar Lucy, die op ons afstevent en een meter of dertig van ons verwijderd is. Ze schreeuwt iets onverstaanbaars en kan ternauwernood opzij springen voor de paardentram. 'De Heer heeft vreemde kostgangers,' constateert de chauffeur in plat Amsterdams.

'Zeker,' bevestig ik. Ik hou me vast aan het portier als de taxi pruttelend in beweging komt. Ik klem mijn valies tegen me aan. Langzaam verdwijnt Lucy uit het zicht. Dan laat ik mijn ingehouden adem ontsnappen.

Nog nooit heb ik in een automobiel gezeten. Ramen ontbreken, maar op de achterbank ligt een wollen deken. Die heb ik niet nodig: de temperatuur is aangenaam zomers en de hemel strakblauw. 'Waar brengt u mij naartoe?' vraag ik luid om boven het motorgeronk van de auto uit te komen.

'Meneer Von Eckendorff-Lohmann heeft me gevraagd dat nog niet te verklappen, juffie,' roept de chauffeur vanaf de bok.

'Ik zou het toch wel graag willen weten,' zeg ik.

'Ik kan u wel vertellen dat u in Amsterdam blijft. Aan het einde van de middag wordt u teruggebracht.'

Zo lang wil ik niet wachten. 'Zou u een korte tussenstop willen maken in de Jordaan? Ik moet even iets afgeven,' verklaar ik.

'De heer Von Eckendorff wacht op u, juffrouw,' zegt de taxichauffeur aarzelend.

'Het duurt niet lang. Ik hoef alleen maar iets af te geven,' dring ik aan.

'Goed dan, juffie.'

Ik richt mijn blik uit het raam, waar de Amsterdamse binnenstad aan me voorbijglijdt. Inwendig glimlach ik. Ik heb het geld voor Dirkjes sanatoriumopname en ik ben aan Lucy en Dolf ontkomen.

Even schiet de gedachte door me heen dat ze aangifte bij de politie kunnen doen, maar die gedachte verwerp ik meteen weer. Dolf is niet van gisteren. Aangifte doen terwijl je een illegaal bordeel runt en het gestolen geld op illegale wijze bij elkaar hebt verdiend is wel het domste wat je kunt doen.

De taxichauffeur rijdt de Palmstraat in. Slecht op zijn gemak kijkt hij vanaf de bok om zich heen. Een graatmagere hond snuffelt tussen de hoopjes afval die langs de stoeprand liggen opgestapeld. In de deuropening van hun alkoofwoning zitten een paar buurvrouwen.

'Ik ben zo terug, meneer.' Met mijn valies stap ik uit. De twintig gulden uit Dolfs geldkistje knisperen in de zak van mijn crèmekleurige krijtstreeprok.

De buurvrouwen bekijken me van top tot teen met opgetrokken wenkbrauwen. 'Wat krijgen we nou? Wie ben jij en waar ga je met onze Guusje naartoe?'

'Lang verhaal,' roep ik. En een verhaal dat ik nooit ga vertellen. Ik hol de steeg in, groet tante Wim die in de deuropening zit en sprint het trapje af naar ons appartement in het souterrain.

Mijn moeder staat over Dirkje heen gebogen en dept haar voorhoofd. Naast het keukenraam zit opoe, die met een lege blik voor zich uit staart.

Mijn moeder kijkt op. Ze staart me met open mond aan. 'Wat heb jij nou aan? Kind, hoe kom je daaraan?'

Ik zet mijn valies naast het keukenblokje. 'Dat leg ik later uit, ik moet meteen weer weg. Ik heb het geld voor Dirkjes behandeling. Althans, voor de eerste twee maanden.' Ik vis de twintig gulden uit de zak van mijn rok en geef ze aan mijn moeder.

'Och kind, dank je wel! Hebben de Huijbregtsjes je een voorschot gegeven?'

Ik maak een vage hoofdbeweging en buig me over Dirkje heen. 'Hoe gaat het met haar?'

Op Dirkjes voorhoofd parelen zweetdruppels. Haar ogen zijn gesloten, haar wangen vuurrood. Ze ademt raspend. Mijn moeder begint te huilen. Ze trekt een zakdoek uit haar schortzak. 'Ze is nauwelijks bij. Af en toe opent ze haar ogen en kijkt ze me even aan, maar het is net alsof ze me niet herkent. En ze riep om vader. Denk je dat ze hem ziet? Denk je dat...' De woorden blijven steken in haar keel.

Ik ga op mijn hurken voor mijn moeder zitten en neem haar handen in de mijne. 'Ze heeft koorts, moeder. Ze is aan het ijlen. Geen rare dingen denken. We hebben nu het geld voor haar opname. Het komt goed,' zeg ik terwijl ik daar allerminst zeker van ben.

Mijn moeder knikt snotterend.

Vanaf de straat klinkt de claxon van een automobiel.

‘Het spijt me moeder, ik moet gaan. Ik wilde alleen het geld afgeven. Vanavond kom ik terug.’

‘Wat is er allemaal aan de hand? Hoe kom je aan die chique kleren?’

‘Ik leg het later uit,’ beloof ik. Ik werp nog een blik op Dirkje en druk een kus op mijn moeders wang.

Vlug loop ik terug naar de Palmstraat en stap weer in de taxi, die met draaiende motor op me staat te wachten. ‘Neem me niet kwalijk,’ zeg ik tegen de taxichauffeur terwijl ik plaatsneem op de achterbank.

De automobiel komt in beweging.

Ik slik de brok weg die zich in mijn keel gevormd heeft en klem mijn kaken op elkaar. Het laatste waar ik nu behoefte aan heb is een uitje met een wildvreemde vent die mijn vader had kunnen zijn, maar hij heeft me uit een benarde positie gered, en hem persoonlijk bedanken voor zijn hulp is wel het minste wat ik kan doen. Bovendien biedt het me de kans om uit te vogelen of Von Eckendorff rijke kennissen heeft die een dienstbode kunnen gebruiken. De kosten voor de eerste twee maanden van Dirkjes sanatoriumopname zijn dan gedekt, de komende tijd zal ik elke maand tien gulden moeten ophoesten. Ik zal een nieuwe betrekking moeten vinden, en wel zo snel mogelijk.

Een kleine tien minuten later rijden we de plantage in: een charmante buurt vol wandelpaden en theetuinen, die hoofdzakelijk door de hogere klasse worden bezocht. Ik ben er slechts een enkele keer doorheen gelopen. De taxi stopt voor de ingang van Artis.

Ik herken hem direct. Von Eckendorff staat voor het hoge, smeedijzeren toegangshek. Hij draagt een zomers krijtstreeppak en een beige stropdas met een paisleymotief, en leunt nonchalant op zijn chique wandelstok.

De taxichauffeur opent het portier en helpt me uitstappen.

Als Von Eckendorff me opmerkt worden zijn ogen als een vacuüm naar me toe getrokken. Hij neemt met een elegant gebaar zijn hoed af. Rond zijn smalle lippen verschijnt een glimlachje. Hij loopt op me af, pakt mijn hand en drukt er een handkus op, zonder met zijn lippen mijn handschoen te raken. 'Mejuffrouw Simons. Het genoegen is geheel aan mijn zijde,' zegt hij geaffecteerd.

Nu pas, bij daglicht, merk ik op wat Rosa vertelde en wat ik in de schaars verlichte peeskamer van Coco Maison niet zag: Von Eckendorff heeft twee verschillende kleuren ogen. Het ene is blauw en zijn andere oog is bruin.

'U ziet er wonderschoon uit, als ik dat mag zeggen.'

'Dank u wel.' Ik pers er een glimlachje uit, maar voel me lichtelijk ongemakkelijk onder zijn fixerende blik, evenals onder zijn overdadige aandacht en cadeaus. Ik haal diep adem. 'Hartelijk dank voor de uitnodiging, meneer Von Eckendorff, maar eigenlijk heb ik vanochtend ontslag genomen bij Maison Coco.'

'Dat is een zeer verstandige keuze, juffrouw Simons. Het doet me deugd dat te horen.'

'Dank u wel voor de bloemen en voor dit ensemble.' Ik kijk omlaag, naar het chique zomertoilet van Hirsch & Cie. 'Ik zal het naar u opsturen als u het terug wilt hebben...'

Hij glimlacht. Lachrimpeltjes waaieren uit naar zijn slapen. 'Dat is zeer attent van u, maar ik draag het zelf niet.'

Ik lach ongemakkelijk met hem mee.

'Houdt u het alstublieft, het is een geschenk en het is u gegund. Bovendien hangt mijn uitnodiging aan u niet af van uw dienstverband. Ik wilde u graag bedanken voor de aangename avond en hoopte dat u mij zou willen vergezellen bij een bezoek aan Artis.'

Ik glimlach. 'Het is aan mij om u te bedanken. U hebt me gered uit een zeer benarde positie.'

'Ik heb gedaan wat elke heer in een dergelijke situatie zou doen.' Hij houdt zijn hoofd schuin. 'U heeft ontslag genomen, zegt u. Heeft u al ander werk, juffrouw Simons?'

'Nee, mijnheer. Nog niet.'

'Om eerlijk te zijn had ik dit dierentuinbezoekje ook willen aanwenden om u een voorstel te doen. Een zakelijk voorstel, in zekere zin.' Hij kijkt om zich heen. Aan weerszijden passeren bezoekers.

In zekere zin? Wat wil deze man van me? Plotseling voel ik me ongemakkelijk worden.

'Laten we een wandeling maken, dan bespreken we wat ik in gedachten heb. Dat communiceert prettiger dan staand bij de ingang.' Hij houdt me zijn arm voor.

Aarzelend steek ik mijn arm in de zijne.

'Als Amsterdamse komt u hier vast regelmatig,' concludeert hij als hij bij de kassa twee toegangskaartjes heeft afgerekend. We lopen een pad in dat naar het roofdierenverblijf leidt. Heren in kostuums en dames met hoeden en parasols flaneren over het gravel van de slingerpaden, die worden omgeven door paarse rododendrons en priëlen met seringen.

'Nee mijnheer, eigenlijk kom ik hier nooit.' Tot een jaar of tien geleden was het de arbeidersklasse niet eens toegestaan de dierentuin te bezoeken. Dat is inmiddels veranderd, al heb ik evengoed het gevoel hier niet thuis te horen. Bovendien is een toegangskaartje simpelweg te duur voor ons. Het is wel duidelijk dat Von Eckendorff zich dat niet eens kan voorstellen.

'Zonde. Ik zou u met liefde vaker meenemen.'

Ik glimlach flauwtjes.

We houden halt voor het leeuwenverblijf. Door de kooi ijsbeert een leeuw met indrukwekkende oranje manen, die glanzen in de zomerzon. Het dier is in het echt beduidend groter dan ik me had voorgesteld. Het heeft iets ontzagwekkends en tegelijkertijd zieligs, om dat krachtige dier achter tralies te zien.

'Zijn het geen magische dieren?' Gebiologeerd kijkt hij naar een leeuwin, die in de hoek van de kooi ligt de soezen in de zomerzon.

'Jazeker, meneer Von Eckendorff.'

'Wist u dat leeuwen 's nachts jagen, en dan bij voorkeur tijdens een storm? Dat komt omdat wind en regen het voor hun prooi lastiger maken om ze aan te horen komen. Het zijn uiterst intelligente dieren.' Hij praat door over de leeuw – kennelijk heeft hij er verstand van.

Ik knik beleefd. Onder andere omstandigheden zou ik met volle teugen hebben genoten van een uitstapje als dit. Nu voel ik me ongedurig. 'Mag ik u vragen wat uw voorstel is?' informeer ik als hij uitgesproken is en voorstelt om door te lopen.

'Laten we even gaan zitten.' We passeren een brasserie met een groot terras. Verschillende tafels worden bezet door dagjesmensen

– heren in kostuums, dames in pastelkleurig kant, kinderen in matrozenpakjes – die op gedempte toon met elkaar converseren.

Er snelt ons een ober met smetteloos witte handschoenen tegemoet.

'Wij wensen te lunchen. Een rustige plaats, alstublieft,' instrueert hij. Er zit iets commanderends in zijn toon, alsof hij gewend is orders uit te delen.

De ober gaat ons voor en begeleidt ons naar een tafeltje in de hoek van het terras. Het chique zomertoilet ruist langs mijn benen en maakt dat ik als vanzelf anders ga bewegen: bedachtzamer, eleganter. Niemand lijkt in het bijzonder acht op me te slaan. Het ongemak ebt weg en even voel ik een spoortje triomf. Ik heb het volste recht hier te zijn, net als ieder ander.

Von Eckendorff trekt met een hoffelijk gebaar een stoel voor me naar achteren en ik neem plaats. Op het kraakheldere damasten tafellaken ligt een indrukwekkend arsenaal aan zilveren bestek.

Nu ik zit worden mijn eigen vale rijglaarsjes zichtbaar onder de rok. Het geeft een vreemd, lomp effect.

Von Eckendorffs ogen worden ernaartoe getrokken.

Ik kruis mijn voeten en drapeer de rok er subtiel overheen.

'Ik hoop dat u mij niet te vrijpostig vindt door u cadeaus te sturen en u mee uit te nemen,' merkt hij op als hij tegenover me heeft plaatsgenomen.

Ik zwijg even als de ober ons de menukaarten overhandigt, wat me de gelegenheid geeft een antwoord te formuleren. Ik moet denken aan wat Rosa zei. *Autopech? Die kakker komt hier al sinds ik me herinner.* Hem op zijn leugen wijzen voelt ongemakkelijker dan erin mee te gaan. 'Ik vind u niet te vrijpostig. Maar uw uitnodiging verbaasde me wel. Omdat u gehuwd bent en normaal gesproken geen bezoeker van Maison Coco bent,' voeg ik er voorzichtig aan toe. Hij maakt een ondefinieerbaar hoofdknikje. 'Dat begrijp ik. Ik zal eerlijk zijn: toen ik u zag, intrigeerde u mij direct. U doet mij sterk denken aan iemand die ik vroeger heb gekend en die veel voor mij betekend heeft.' Er ligt plotseling iets droevigs in zijn blik.

'Is… Was diegene familie van u?'

'Nee. Geen familie. Houdt u van Entre deux mers?'

Ik heb geen idee wat Entre deux mers is. 'Ehm, ik denk het wel,' antwoord ik. 'Ik ben niet zo moeilijk als het op eten aankomt.'

Von Eckendorff kijkt me geamuseerd aan. 'Entre deux mers is een witte wijn. Het betekent letterlijk: tussen twee zeeën.'

Ik mompel iets bevestigends. Om mezelf een houding te geven klap ik de menukaart open.

'Staat u mij toe, juffrouw Simons.' Voor ik de gerechten kan bekijken neemt hij de menukaart van me over en wenkt de ober, die direct toesnelt. 'Een fles Entre deux mers, alstublieft. De jongedame en ik starten met een consommé van kip, gevolgd door de salade niçoise.' Als de ober zich uit de voeten heeft gemaakt vervolgt hij: 'Zullen we zo vrij zijn om elkaar te tutoyeren? Die beleefdheden... Ik zou het prettig vinden als je me gewoon Hugo wilt noemen.'

Het komt me vreemd voor om deze gedistingeerde man bij zijn voornaam aan te spreken, maar ik knik.

'Bij Maison Coco vertelde je dat je bezig bent om een sanatoriumopname voor je zusje te regelen. Hoe gaat het nu met haar?'

'Erg slecht, helaas. Maar ik heb inmiddels voldoende geld verdiend om haar opname in het sanatorium te bekostigen. Voor de eerste twee maanden, in ieder geval.'

Terwijl ik opkijk zie ik dat Hugo in stilte conclusies trekt over hoe ik dat geld zo snel bij elkaar heb verdiend. Emoties trekken over zijn gezicht. Teleurstelling. Nauwelijks verholen afgrijzen. Hij leunt naar achteren en kucht kort in zijn vuist. 'Juist. Jij regelt de zaakjes dus wel voor jezelf.'

Ik voel mijn wangen kleuren en richt mijn blik op het damasten tafellaken. 'Hoe bedoelt u dat?'

Hij buigt naar voren en legt zijn hand even op de mijne. 'Guusje, ik veroordeel je niet. Werkelijk niet. Ik begrijp waarom je deze keuze hebt moeten maken. Ik vind het verschrikkelijk, maar ik begrijp het.' Hij heeft slanke handen. Krachtig, maar een beetje knokig, met donkere haartjes op zijn vingers. Schone, goed verzorgde nagels. Om zijn pink draagt hij een donkere zegelring. 'Mede daarom wil ik je een voorstel doen.' Hij trekt een envelop uit de binnenzak van zijn colbert en schuift die over tafel naar me toe.

Ik open de envelop. Er zit een vervoersbewijs voor de stoomtrein in: een enkele reis van Amsterdam naar Vorden, in de eerste klasse. Ik kijk hem vragend aan.

'Een van mijn dienstbodes is onlangs overleden. Ze kreeg een hartinfarct terwijl ze de ramen aan het lappen was. Triest natuurlijk. Enfin, ik wil deze positie niet te lang onvervuld laten. Mijn echtgenote gaat normaliter over ons personeel, maar ik zou je willen vragen of jij interesse hebt in deze betrekking.'

Een van mijn dienstbodes.

'Het gaat om een inwonende betrekking. Naast salaris krijg je kost en inwoning. Een eigen kamer in de personeelsvleugel.'

Salaris én kost en inwoning? De personeelsvleugel? Wat doet deze man in vredesnaam dat hij de beschikking heeft over een *vleugel*? Dan herinner ik me wat Kitty zei: *Hij schijnt een baron te zijn en zelfs een kasteel te hebben.*

Hugo zwijgt even als de ober onze wijn inschenkt en het voorgerecht neerzet. De consommé van kip blijkt gewoon kippensoep te zijn. Als de ober zich uit de voeten heeft gemaakt vervolgt hij: 'Je moet wel bereid zijn om te verhuizen naar het oosten van het land.'

Ik lepel door de bouillon. 'Waarom biedt u mij deze functie aan? Betrekkingen als deze zijn zeer gewild.'

'Je. Zeg alsjeblieft "je". En ik denk dat je dat wel weet, Guusje.' Hij laat een korte stilte vallen en vervolgt dan: 'Ik ben op je gesteld geraakt. Meer dan gesteld. Als ik eerlijk ben, wil ik je graag in mijn buurt hebben.'

Ongemakkelijk schuif ik heen en weer op mijn stoel, niet wetend wat ik hierop moet antwoorden. Hugo's lichtbruine haar wordt dun bovenop en is grijzig bij de slapen. Ik schat hem minstens vijftien – misschien wel twintig jaar ouder dan ik. Met een beetje fantasie had hij mijn vader kunnen zijn. Ik draai aan het steeltje van het wijnglas, waarin bubbels vrolijk omhoog dwarrelen. 'Je bent een getrouwde man,' antwoord ik zacht.

'Ik ben een ongelukkig getrouwde man. Mijn hart zit al heel lang op slot. Ik zal je niet met details vermoeien, maar mijn echtgenote lijdt aan hysterie. De afgelopen jaren is het een komen en gaan geweest van artsen die gespecialiseerd zijn in het behandelen van de geest. Alle denkbare hulp heb ik voor haar ingeschakeld. Helaas heeft dat niet mogen baten. Ze heeft haar betere en mindere periodes, maar je kunt je misschien voorstellen dat haar krankzinnigheid zijn weerslag heeft op ons huwelijk. Een huwelijk waarin ik opgesloten zit.' Hij knippert met zijn ogen, richt zijn blik naar een punt in de verte, zonder echt iets te zien. Dan verschijnt er een glimlach om zijn lippen. 'Om eerlijk te zijn had ik niet verwacht ooit nog iets voor een vrouw te kunnen voelen. Tot ik jou zag. Je doet iets met me dat ik niet voor mogelijk had gehouden.'

Gedachten buitelen over elkaar heen. Na de bloemen, het pakje van Hirsch & Cie en een uitnodiging voor een uitje had ik iets verwacht, maar een liefdesverklaring en een aanbod voor werk hoorden daar niet bij. In gedachten hoor ik Dirkje schamper lachen.

'Dit overvalt me, Hugo. Het is nogal snel,' zeg ik voorzichtig. 'We kennen elkaar pas een paar dagen. Je hebt me slechts eenmaal eerder gezien.'

'Dat klopt. Gevoelens zijn soms niet rationeel te staven. Maar ik vraag je enkel om voor me te werken, ik vraag je niet ten huwelijk. Althans, nu nog niet.' Hij grijnst. 'Jij hebt werk nodig, ik een dienstbode. We zouden elkaar ermee helpen.' Hij draait aan het steeltje van zijn wijnglas, walst het vocht rond in zijn glas en kijkt ernaar. Dan vervolgt hij zachter: 'En ja, ik wil je graag bij me hebben. Al begrijp ik uiteraard dat je mijn gevoelens niet beantwoordt. Jij bent een beeldschone jongedame van negentien, ik ben een getrouwde man van vierenveertig. Daarom vraag ik niets van je. Ik bied je enkel werk aan. Ik zie je als protegee, niet als minnares. Maar ik wil eerlijk tegen je zijn over de gevoelens die ik voor je koester.'

Ik weet niet wat een protegee is, maar ik kan er wel naar raden. Er jaagt een nerveuze tinteling door mijn bloedbaan. Ik neem een hap soep om een antwoord uit te stellen. Werk ligt niet voor het oprapen en Dirkjes opname in het sanatorium kan wel een jaar in beslag nemen. Zolang het duurt zal ik elke maand tien gulden moeten ophoesten. Hugo's aanbod lost dat probleem op. Bovendien biedt het me de kans om weg te komen uit de Jordaan, en om zelfs op een heus *kasteel* te gaan wonen. Wat houdt me tegen?

In mijn achterhoofd fluistert een wantrouwig stemmetje dat dit aanbod te mooi lijkt om waar te zijn.

Hugo legt zijn hand op de mijne. Ik laat het toe. Het voelt vreemd en vertrouwd tegelijkertijd.

'Vergeef me mijn vrijpostigheid, maar eergisteravond, in dat kamertje bij Maison Coco vertelde je me het een en ander over je jeugd in Hoorn. Hoe jong je was toen je je vader verloor. Hoe jouw stiefvader jullie sloeg, vernederde en elke dag een plak van jullie afschaafde. Wat je deelde over je jeugd heeft indruk op me gemaakt.'

Ik frons mijn wenkbrauwen. Ik kan me niet herinneren hem iets over Hoorn of oom Johan te hebben verteld. Zelfs thuis praten we zelden over die tijd. Dat moet de whisky zijn geweest. Wat heb ik hem in hemelsnaam nog meer verteld?

Hij kijkt me met een schuin hoofd aan. 'Ik vind het mooi dat je me in vertrouwen hebt genomen, Guusje. Ik kan me voorstellen dat het door jouw ervaring niet gemakkelijk is om vertrouwen in anderen te stellen. Zeker als je vervolgens terechtkomt op een plek als Maison Coco, waar er opnieuw misbruik van je gemaakt wordt.'

Ik schuif ongemakkelijk op mijn stoel. 'Nou, ik...'

Hij heft zijn hand. 'Waarschijnlijk vraag je je af wat ik in je zie. En misschien denk je dat ik de zoveelste getrouwde viespeuk ben die zijn echtgenote bedriegt, of gewoon een rijke kerel die zich verveelt.' Hij glimlacht vreugdeloos. 'Als ik naar jou kijk, Guusje, écht naar je kijk, voorbij ons klasseverschil, dan zie ik een mooie, intelligente jonge vrouw die zich is gaan aanpassen aan anderen, als een manier om te overleven in deze harde wereld. Ik zie iemand die zorgzaam is, maar die zich niet graag volledig openstelt, omdat ze geleerd heeft uiteindelijk alleen op zichzelf te kunnen vertrouwen.'

Zoals hij daar zit: alsof hij alles en iedereen in één oogopslag kan doorgronden. Hij zegt het zonder ook maar een spoortje ironie. Ik staar naar mijn nagels, niet wetende hoe ik hierop moet reageren.

'Ik hoop dat je mij wilt vertrouwen en mijn aanbod wilt zien als een oplossing.' Hij tikt met zijn slanke wijsvinger op het treinkaartje. 'Als je wilt kun je morgen al naar Kasteel Vorden komen. Doe je het?'

20

In de stationshal is het druk. Dames en heren in reiskostuum, bedienden die met bagage zeulen, treinpersoneel in blauw-gele uniformen: alles beweegt zich langs elkaar heen. Heel Amsterdam lijkt vanochtend per stoomtrein te willen reizen.

Ik meld me op het perron bij de kruier, die mijn valies op een kar met andere koffers plaatst. Ondanks het vroege tijdstip is het drukkend warm. Mijn jurk plakt aan mijn rug en ik wapper mezelf met mijn reispapieren wat koelte toe. Slechts één keer eerder heb ik een treinreis gemaakt: toen mijn moeder, Dirkje, Faas, Feike en ik van Hoorn naar Amsterdam verhuisden. Hoewel ik de zorgen over Dirkje nauwelijks van me af kan zetten voel ik toch een opgewonden kriebel in mijn maag bij de gedachte dat ik vandaag een treinreis ga maken.

De kruier controleert mijn vervoersbewijs voor de eerste klasse. Dan gaat hij me voor naar een luxe eersteklaswagon met notenhouten paneelwanden, en zwijgend wijst hij me mijn zitplaats. Ik neem plaats op de roodfluwelen treinbank.

Aan de andere kant van het gangpad zit een dame met een uitbundige hoed. Ze werpt me een afkeurende blik toe, alsof ik met modderschoenen over haar pas geboende marmeren vloer loop. Ik negeer het en kijk uit het raam.

Toen ik vanochtend van huis vertrok was Dirkjes situatie onveranderd. Ze gloeide van de koorts, hoestte en was niet bij bewustzijn. Met de twintig gulden is Dirkjes opname in gang gezet; de huisarts heeft geregeld dat ze morgen met een ambulance naar een sanatorium op de Veluwe wordt gebracht.

Aan mijn moeder heb ik verklaard dat het geld een goedmakertje was van de familie Huijbregts. Ze zouden mij ontslagen hebben en een goedkopere, Belgische dienstbode hebben aangenomen. Naast die twintig gulden zouden ze een nieuwe betrekking op Kasteel Vorden voor me geregeld hebben.

Mijn moeder stond zwijgend bij het keukenblok, met haar rug naar me toe. Even vreesde ik dat ze mijn leugen doorzag, maar toen zei ze: 'Het is jammer dat de Huijbregtsjes zo'n goede kracht hebben laten gaan, maar toch vind ik het vreselijk attent dat ze je zoveel geld hebben toegestopt en zo'n goede betrekking voor je geregeld hebben. Bij een baron nog wel! Wat ben ik die mensen dankbaar.' Ik kon op het nippertje voorkomen dat ze naar Huijbregts toe ging om ze persoonlijk te bedanken. 'Nu wonen mijn beide dochters ineens niet meer thuis. Ik ga jullie missen, maar ik ben zo opgelucht dat Dirkje opgenomen wordt. En ik ben vreselijk trots op jou, als dienstbode op een echt kasteel! Beloof je dat je me elke week schrijft?'

De stoomfluit gilt en langzaam zet de locomotief zich in beweging. Het sissen van de stoom gaat over in het staccato gebonk van wielen op de spoorrails. We verruilen de stad voor uitgestrekte weilanden, akkers en boomgaarden en het landschap trekt in een steeds hoger tempo aan me voorbij.

Er wandelt een lange, ietwat slungelige jongeman met donker haar de wagon in, die me glimlachend toeknikt en tegenover me gaat zitten. Hij neemt zijn bril af en begint de glazen met zijn zakdoek op te poetsen. De jongeman doet me denken aan Abraham Goudsmit. De herinnering aan Abrahams verkrampte gezicht verschijnt op mijn netvlies. Zijn smalle schouders vol puistjes, zijn zeehondengeluiden. Ik haal diep adem en knipper met mijn ogen om de beelden te verjagen. Ik heb gedaan wat ik moest doen. Voorlopig is Dirkje niet buiten levensgevaar, maar met haar sanatoriumopname wordt morgen de eerste stap gezet. Er gloort hoop.

Na een overstap op de stations in Arnhem en Zutphen is het bijna vier uur in de middag als de trein vaart mindert en station Vorden binnenrijdt. Met veel geknars en gefluit komt het voertuig tot stilstand langs het perron.

Met mijn valies wandel ik door de kleine stationshal naar de voorzijde van het stationsgebouw. Het plein ligt er verlaten bij. De rust hier staat in schril contrast met de drukte in Amsterdam. Onder de lindebomen verderop staat een koetsier met een open rijtuig, waar twee paarden voor gespannen zijn.

'Bent u juffrouw Simons?' klinkt een stem achter me.

Ik draai me om. Voor me staat een lange, breedgeschouderde man in een donkerblauw chauffeursuniform. Zijn gezicht wordt deels aan het zicht onttrokken door een windbrilletje. Hij neemt zijn pet af, schuift zijn brilletje naar zijn voorhoofd en schudt mijn hand. 'Ik ben Koen de Jager, chauffeur van de heer Baron Von Eckendorff-Lohmann.' Ik schat hem een jaar of vijf ouder dan ik. Hij heeft een gelijkmatig gezicht en rechte, witte tanden. Naast zijn bruine ogen waaieren zachte lachrimpeltjes uit.

'Guusje Simons.' Mijn stem klinkt krakerig. Ik schraap mijn keel.

'Welkom in Vorden, juffrouw Simons. U hebt een lange reis achter de rug, is het niet?' De chauffeur neemt mijn valies van me over en voert me mee naar de donkere automobiel, die langs het trottoir geparkeerd staat.

Na wat korte beleefdheden over de treinreis en het zomerse weer te hebben uitgewisseld, bevestigt de chauffeur mijn valies met een soepele zwaai op het dak van de automobiel. Hij helpt me de treeplank naar de achterbank op en aan de voorzijde van de auto geeft hij een slinger aan de starthendel. De motor begint te ronken. Hij klimt op de bok en begint te rijden.

Ik leun achterover tegen het zachte leer van de achterbank. Een zacht zomerbriesje waait weldadig naar binnen. We rijden door een schilderachtig dorpje, dat voorzien is van smalle straatjes en lage huisjes met rode dakpannen en kruisramen. Een dorpspleintje met een smeedijzeren bankje wordt omgeven door hoge groene bomen, een kerk, een dorpscafé en een klein hotel. Ter plekke neem ik me voor mijn eerste vrije dag te gebruiken om het dorp te verkennen.

Vrijwel direct nadat we de dorpskern verlaten hebben, rijst er voor ons een imposant kasteel op, geflankeerd door een slotgracht met daaromheen statige eikenbomen en charmante bijgebouwen. Aan weerszijden van de lange oprijlaan liggen uitgestrekte weilanden met felgele paardenbloemen. Het geheel ziet er idyllisch en sprookjesachtig uit. Mijn maag kriebelt. Ik kan me nauwelijks voorstellen dat ik hier ga wónen. Even bekruipt me een gevoel van spijt dat mijn moeder, Dirkje, Faas en Feike dit niet kunnen zien.

Grind knerpt onder de wielen van de automobiel. De chauffeur draait om het kasteel heen en brengt de auto tot stilstand aan de achterzijde, voor een bijgebouw dat vermoedelijk een koetshuis is.

Over de slotgracht ligt een brede ophaalbrug, die toegang geeft tot een charmante binnenplaats met een waterput en een smeedijzeren bankje. De waterput wordt omringd door uitbundig bloeiende seringen die een zoete geur verspreiden. De groene kruinen van de omliggende eikenbomen weerspiegelen in de slotgracht. Het kasteel staat er mooi en sereen bij in de namiddagzon. De hoge kruisvensters zijn in zachtgele gevelbanden gevat en voorzien van zwart-geel geverfde luiken.

De chauffeur opent het portier, reikt me zijn hand en helpt me uitstappen.

Zou Hugo zich ergens achter die hoge ramen bevinden? Door de schittering van de namiddagzon is het onmogelijk om naar binnen te kijken. Nu pas realiseer ik me dat ik gehoopt had hem hier te ontmoeten, maar besef ook meteen hoe onnozel dat is. Hoe zou hij zijn interesse moeten verklaren aan zijn vrouw? Toch vind ik zijn afwezigheid teleurstellender dan ik verwacht had.

Over de ophaalbrug komt een kleine, forsgebouwde dame op me afstevenen. Ze draagt een zwart dienstbodenuniform met een wit schort en haar grijsbruine haar is in een streng knotje gebonden. 'Juffrouw Simons?' Ze knijpt haar oogleden samen en neemt me in zich op alsof ze met een buitenaards wezen van doen heeft.

'Ik ben Guusje Simons,' zeg ik luchtig, en glimlach overdreven vriendelijk.

'Ongelooflijk,' zegt ze hoofdschuddend. 'U lijkt sprekend op... Laat maar,' herpakt ze zich. 'Ik ben mevrouw Willems, het hoofd van de huishouding. Loopt u mee?' Het klinkt als een bevel, niet als een verzoek.

Na Hugo's opmerking dat ik hem doe denken aan iemand die hij gekend heeft, hoor ik al voor de tweede keer in twee dagen dat ik op iemand lijk. Het maakt me nieuwsgierig, maar doorvragen lijkt me ongepast en ik besluit mijn vragen in te slikken.

'Ik zal uw bagage naar binnen dragen,' meldt de chauffeur terwijl hij op de treeplank van de auto klimt en met een soepele zwaai mijn valies van het dak haalt.

'Dank u wel, maar dat is niet nodig.'

Chauffeur Koen overhandigt me mijn valies. 'Succes met haar,' zegt hij op gedempte toon als hij me mijn valies overhandigt. Hij werpt me een knipoog toe.

Ik bedank Koen en hobbel achter mevrouw Willems aan, die met een kordate tred over de ophaalbrug naar de zijingang van het kasteel beent. Ze vist een sleutelbos uit haar borstzakje en opent een lage, halfronde deur. 'Dit is de bediendeningang. Je bent dienstbode, dus je neemt te allen tijde de bediendeningang, nooit de hoofdingang. Begrepen?'

'Ja mevrouw Willems.'

'Goed zo. Pas op voor het afstapje.'

Binnen is het weldadig koel. Ik volg mevrouw Willems een smalle, bakstenen wenteltrap op. De ruimte is zo smal dat mevrouw Willems de stenen wanden aan weerszijden bijna met haar brede schouders raakt.

'Ik ga je een korte rondleiding door het kasteel geven,' kondigt ze aan. Haar stem resoneert tegen de stenen wanden. 'Na de rondleiding is het etenstijd. Het personeel eet altijd om half zes, want daarna dienen we het diner voor de baron en de barones op. Met ingang van morgen werk je van 's ochtends zes tot 's avonds acht. Op zondagen ben je vrij. 's Ochtends is er dan een gezamenlijk kerkbezoek in het dorp en de rest van de zondag mag je naar believen invullen.'

'Ja, mevrouw Willems.'

'Jij hebt vandaag een lange treinreis achter de rug, daarom ben je vanavond nog vrij. Je kunt je terugtrekken op je kamer of een wandeling over het landgoed maken.'

'Ik zou vanavond graag het dorp willen verkennen.'

Ze fronst haar borstelige wenkbrauwen. 'Het dorp in? Ik betwijfel of er vanavond iemand met je mee kan. We hebben allemaal onze werkzaamheden.'

'Dat hoeft ook niet,' glimlach ik.

'Wil je als jongedame alléén het dorp in? Zónder chaperonne?' vraagt ze op een toon alsof ik heb voorgesteld om met blote voeten in een slangenkuil te stappen.

Het dringt tot me door dat de tijden hier vermoedelijk niet zo snel veranderd zijn als in Amsterdam. Waar het in de hoofdstad inmiddels niet meer ongebruikelijk is om als jongedame zonder begeleiding op pad te gaan, wordt dat hier kennelijk nog ongepast gevonden. Ik glimlach verontschuldigend.

'Deze trap leidt naar de woonvleugel van de baron en de barones,' meldt mevrouw Willems, ten teken dat het onderwerp wat haar betreft is afgesloten. 'Normaal gesproken bevinden dienstbodes zich alleen in de personeelsvleugel, tenzij er werkzaamheden zijn in de woonvleugel van de baron en de barones. Als je je in de woonvleugel van de baron of de barones begeeft, dan heb je daar dus te allen tijde een gegronde reden voor.' Ze draait zich even om en kijkt me waarschuwend aan. Dan opent ze een zware houten deur. 'Dit is de rode salon. Wanneer ze geen gasten hebben, gebruiken de baron en de barones voor het diner hier hun aperitief.'

De rode salon doet zijn naam eer aan. Op de wanden is een donkerrood behang aangebracht, voorzien van een chic, goudkleurig patroontje. Her en der hangen schilderijen met middeleeuwse figuren die in goudkleurige lijsten zijn gevangen. Voor de hoge ramen hangen donkerbruine luiken en warmrode gordijnen en op de vloeren liggen dikke, donkerrode tapijten die licht meeveren onder mijn voeten. De ramen geven uitzicht op de slotgracht en op uitgestrekte weilanden.

Boven de schouw hangt een schilderij in een pompeuze gouden lijst, waarop een duidelijk jongere Hugo is geportretteerd. Hij zal hier niet veel ouder zijn geweest dan vijfentwintig. Niets in deze jonge Hugo die hier zo stoer en zelfverzekerd voor de schilder poseert, straalt de melancholie uit die hij mij heeft getoond. Hier is een jonge man afgebeeld, die vol vertrouwen naar de toekomst kijkt. Ernaast hangt een schilderij waarop een jonge vrouw met een smal gezicht en hoog opgestoken, oranjerood haar is afgebeeld. Ze draagt een lichtblauwe japon met een hooggesloten kraagje.

'Dat is de barones,' verklaart mevrouw Willems desgevraagd.

Ze heeft een vriendelijke, kalme blik. Niets aan het schilderij verraadt hysterie, maar de schilder zal ongetwijfeld zijn best hebben gedaan om haar zo voordelig mogelijk te portretteren.

Ik zou het werk van dichterbij willen bekijken, maar achter me kucht mevrouw Willems nadrukkelijk in haar vuist. Ik volg haar naar de volgende ruimte.

Ondanks haar korte beentjes verplaatst mevrouw Willems zich in een duizelingwekkend tempo door de ruimtes, waarin ik vrees te zullen verdwalen. Ze troont me mee langs de familie-eetzaal, diverse zitkamers en de 'roze salon', die – uiteraard – geheel in roze is uitgevoerd en waar de barones haar visites ontvangt. Elke ruimte is voorzien van imposant hoge plafonds en ingericht met dikke tapijten, eeuwenoude schilderijen, sierlijk houtsnijwerk, fleurig porselein en gouden kroonluchters. Zowel Hugo als zijn echtgenote zijn in geen velden of wegen te bekennen. Hoewel ik het jammer vind Hugo niet te zien, lucht het me ergens ook op. Plotseling vraag ik me af hoe ik op hem moet reageren in het bijzijn van mevrouw Willems. Ik heb geen idee wat hij het personeel verteld heeft over hoe en waar hij mij ontmoet heeft, maar de waarheid kan het niet zijn.

'Hoelang werkt u hier al?' informeer ik.

'Al vijfendertig jaar. Van al het personeel ben ik het langst in dienst. Ik heb de baron nog als klein jongetje gekend.' Mevrouw Willems glimlacht even. Alsof ze zich daarvoor schaamt, laat ze haar mondhoeken direct weer zakken. 'Dit is de groene salon,' meldt ze terwijl we een kamer binnenlopen die – je raadt het al – voorzien is van groen behang en dito gordijnen. In het midden van de ruimte staat een notenhouten bureau en tegen de wanden staan secretaires waarop jachttrofeeën in de vorm van opgezette dieren prijken.

'Deze ruimte wordt door de baron gebruikt als kantoorruimte. De baron is een zeer verdienstelijk jager. Deze dieren heeft hij zelf geschoten en opgezet,' meldt mevrouw Willems. Ik meen trots in haar blik te bespeuren.

Mijn ogen worden getrokken naar een dode steenmarter op Hugo's bureau, die op een houten plaat is bevestigd en enthousiast zijn tanden laat zien. Dode dieren op een standaard zetten: ik vind het een lugubere vrijetijdsbesteding, maar ik glimlach. 'Wat doet...' ik kan Hugo's naam ternauwernood inslikken, 'de heer Von Eckendorff eigenlijk voor werk?'

'De baron is van ádel,' antwoordt mevrouw Willems, alsof ik een domme vraag heb gesteld. 'Uiteraard werkt hij niet. Dat zou uiterst ongepast zijn voor iemand van zijn stand.'

'Natuurlijk.'

Ik schrik op van een stem achter me. 'Een goedemiddag, dames.'

Met een ruk draai ik me om. In de deuropening staat Hugo.

21

Carmen

'Ik ben natuurlijk járen gids geweest op Kasteel Vorden, dus ik kan je alles over de toenmalige baron en barones vertellen.' Joke zoekt mijn blik over tafel en laat een korte stilte vallen, alsof ze op het punt staat een spannende onthulling te doen. 'De baron, Hugo von Eckendorff-Lohmann, trouwde in 1904 met Amélie van Egmond. Amélie was niet van adel, maar ze was wel de dochter van een vermogend zakenman. Het vermogen van de Von Eckendorff-Lohmanns was door de eeuwen heen aardig opgedroogd. Voor de baron was het huwelijk vooral een zakelijke transactie, hoewel we weten dat Amélie wél uit romantische overwegingen met Hugo getrouwd is. Afijn. Het werd niet zo'n gelukkig huwelijk, en ze zijn lang kinderloos gebleven. Pas in 1918 is hun enige dochter Esmée geboren, de oma van jouw Vik. Hugo en Amélie waren toen al halverwege de veertig. Net als zoveel anderen van zijn stand was Hugo een fervent jager. Wist je dat hij Prins Hendrik, de man van Koningin Wilhelmina, goed gekend heeft? Hendrik kwam weleens op Kasteel Vorden voor een jachtpartijtje.'

In de minuten die volgen word ik getrakteerd op een uitgebreide uiteenzetting over Hugo's hobby's, kennissenkring en levensloop. De naam Odette valt niet. Ik buig naar voren en probeer haar aan te sporen zich te beperken tot de hoofdzaak. 'En Odette? Weet u ook iets van Hugo's eerste vrouw?'

Ze schudt haar hoofd. 'Ik ken de geruchten, hoor. Hij zou met Amélies zus getrouwd zijn geweest en boze tongen beweerden dat hij die zus zou hebben laten verdwijnen. Ik heb daar weleens met je schoonmoeder over gesproken. Mensen beweren zoveel, eigenlijk is het gewoon lachwekkend. Hugo is niet eerder getrouwd geweest. Het huwelijk met Amélie was zijn eerste huwelijk.'

'Toch niet,' zeg ik voorzichtig. Ik diep mijn telefoon op uit mijn tas en laat haar een screenshot van het krantenartikel zien dat ik gevonden heb. 'Hugo was wel met Odette getrouwd, en na haar overlijden trouwde hij met haar zus.'

Ze schuift haar bril naar het puntje van haar neus. Haar ogen schieten over het artikel. Tussen haar wenkbrauwen verschijnt een frons. 'Dit wist ik niet,' zegt ze dan. Ze trekt een zuinig mondje. 'Dit wisten je schoonouders ook niet, zij gingen er ook van uit dat het kletskoek was. Daarover logen ze niet tegen mij. Afijn. Tegenwoordig vinden we zoiets raar, maar in die tijd gebeurde het wel vaker, dat men hertrouwde met een broer of zus van een overleden huwelijkspartner.'

Ik knik en laat mijn telefoon weer in mijn tas glijden. 'U zegt dat er geruchten gingen dat Hugo iets met de dood van Odette te maken had?'

'Ik heb de baron uiteraard nooit persoonlijk gekend. Begin jaren tachtig ben ik als gids op het kasteel komen werken en toen was baron Hugo al jaren dood. Jouw man was toen nog een baby, wist je dat? Ik ken Vik al van kleins af aan. Een schattig jochie was het, en een echte ondeugd. Afijn, wat ik zeggen wilde: naar ik begreep was Hugo een sympathieke man die erg geliefd was, ook onder zijn personeel. Er waren wel figuren die kwaad over hem spraken, maar ja, die types zijn er altijd. Hoge bomen vangen veel wind, zeg ik altijd maar. Ook na de Tweede Wereldoorlog werd gefluisterd dat hij banden met de nazi's zou hebben, omdat er een tijd Duitsers ingekwartierd zijn geweest op Kasteel Vorden. Allemaal klinkklare onzin.'

'Kent u anderen die mij iets over de geschiedenis van Kasteel Vorden kunnen vertellen?'

'Ánderen? Ik was bijna veertig jaar in dienst van de familie. Bijna vier decennia heb ik er rondleidingen gegeven, ik ken het kasteel vanbinnen en vanbuiten. Er is niemand die zoveel over het kasteel en zijn bewoners weet als ik.' Haar ogen glimmen.

Ik ga verzitten en probeer de vraag anders te formuleren. 'Kent u andere mensen die gedurende de jaren in dienst zijn geweest van Kasteel Vorden?'

'Jazeker, ik ken vrijwel iedereen in Vorden. Maar ja, van het vroegere personeel is iedereen natuurlijk al lang dood. In de tijd van Hugo en Amélie waren er dienstboden, lakeien, butlers, keukenhulpjes, noem maar op, maar met elke generatie werd het personeelsbestand kleiner. Je schoonouders hebben heel veel zelf gedaan, hè? Behalve mij hadden ze een tuinman en een huishoudster, maar die zijn ook allebei al jaren dood. Nou ja, mevrouw Teunissen leeft nog, maar haar verhalen zou ik niet serieus nemen.'

'Mevrouw Teunissen? Was zij in dienst van Kasteel Vorden?'

'Nee, maar haar moeder wel. Elly Teunissen schijnt er als dienstbode te hebben gewerkt in die tijd. Toen heette ze trouwens nog Elly Driessen, haar meisjesnaam. Afijn, volgens mevrouw Teunissen is er van alles voorgevallen tussen haar moeder en baron Hugo. Elly Driessen zou daarna uit dienst zijn gegaan.'

'Zoals wat?'

Joke maakt een wegwerpgebaar. 'Geen idee. Ach, mevrouw Teunissen kletst uit haar nek. Want kletsen kan ze als de beste. Kijk, je hebt mensen die kunnen luisteren, zoals ik, en je hebt mensen die zichzelf graag horen praten. Nou, zo iemand is mevrouw Teunissen. Altijd de aandacht opeisen. Je kent ze wel, die types.'

Ik knik begrijpend. 'Woont mevrouw Teunissen ook in Vorden?' vraag ik luchtig.

'In een verzorgingstehuis in Zutphen,' antwoordt Joke met tegenzin. 'Wil je nog koffie?'

'Nee, dank u wel. Het was fijn om u even te spreken, maar ik moet gaan.' Ik schuif mijn stoel naar achteren.

'Gaan jullie het kasteel weer openstellen voor publiek?' vraagt Joke als ik mijn jas aantrek. 'Want dan moeten jullie mij inschakelen, hoor.'

Ik pak mijn tas van de stoel en schud mijn hoofd. 'Nee, wij voelen er niets voor om hordes mensen in onze privéruimten toe te laten.'

Joke trekt een teleurgesteld gezicht. 'Ach, ik begrijp het ook wel. Jullie zijn bekende Nederlanders hè, dan trek je toch ander publiek aan. En na wat jij onlangs hebt meegemaakt, kan ik me voorstellen dat je voorzichtig bent. Meid, wat een ellende. Ik zou geen nacht meer slapen, weet je dat? Maar je moet maar zo denken: het had veel erger kunnen aflopen,' ratelt ze. 'Nou, als je je bedenkt over die rondleidingen, dan hoor ik het graag. O, nu schiet me toch nog iets te binnen over baron Hugo,' zegt ze terwijl ze met me meeloopt naar de deur. 'Iets... opmerkelijks.'

Ik draai me naar haar om. 'Wat dan?'

'Van de baron is bekend dat hij een bijzondere hobby had: het opzetten van dieren. Hij had een uitgebreide verzameling nertsen, steenmarters, vossen en zelfs een bruine beer. Jouw schoonouders hadden die beer in de vestibule staan. Die moet je niet wegdoen, hoor! Dit soort objecten zijn onderdeel van de geschiedenis. Ik hoop dat het nuttig was. Kom nog eens langs, meid. En zeg maar tegen Vik dat ik het énig zou vinden als hij ook meekomt. Ik vind het toch zo'n lieverd. Dag hoor!'

Ik zwaai nog even en been terug naar mijn auto. Als ik me op de stoel laat zakken en het portier dichttrek, valt er een weldadige stilte over me heen. Ik zucht. Mijn oren suizen. De ontmoeting met Joke heeft me van mijn laatste restje energie beroofd. Tegelijkertijd heeft het mijn nieuwsgierigheid nog verder aangewakkerd. Waarom hebben mijn schoonouders tegenover Joke beweerd dat Hugo nooit met Odette getrouwd is geweest, terwijl ze het bewijs in hun kluis bewaarden?

Ik graai in mijn tas en diep mijn telefoon op. Mevrouw Teunissen schijnt in een verzorgingstehuis in de nabijgelegen stad Zutphen te wonen, vertelde Joke. Ik open Google. Vrijwel direct heb ik het telefoonnummer gevonden.

In mijn oor klinkt een kiestoon, gevolgd door een vriendelijke vrouwenstem die vraagt waarmee ze me kan helpen.

'Goedemiddag, u spreekt met Carmen Hoogendijk.' Ik leg uit dat ik mevrouw Teunissen graag zou willen bezoeken. In stilte bid ik dat mevrouw Teunissen me te woord wil staan en helder genoeg is om me een en ander te vertellen. Ze is tot nu toe de enige link die ik heb.

'In principe kunt u een bezoek aan een van onze bewoners gewoon afstemmen met de bewoners zelf of de familie. Als tehuis gaan wij daar niet over.'

Ik vertel dat ik mevrouw Teunissen en haar familie niet persoonlijk ken. 'Ik heb wat vragen over vroeger. Mevrouw Teunissen is een oude kennis van mijn schoonouders,' verklaar ik. 'Het gaat over Kasteel Vorden.'

'Oké,' klinkt het aarzelend. 'Ik loop even naar mevrouw Teunissen toe. Heeft u een momentje?' In mijn oor klinkt een licht hysterisch wachtmuziekje.

Het duurt lang, zeker een minuut of tien, voor de stem van de medewerker weer klinkt. 'Mevrouw Hoogendijk? Het spijt me. Mevrouw Teunissen wil u niet ontvangen. Ze vroeg me u expliciet te vertellen dat ze absoluut niets met Kasteel Vorden, zijn bewoners en de familie te maken wil hebben.'

22

Guusje

'Hartelijk welkom op Kasteel Vorden, juffrouw Simons.' Hugo neemt me kort in zich op, met een vriendelijke maar zakelijke blik. Alsof ik gewoon een willekeurige nieuwe werkneemster ben.

Automatisch ga ik wat rechterop staan. 'Dank u wel, meneer Von Eckendorff.' Mijn stem klinkt een octaaf hoger dan gebruikelijk.

Hij wandelt op zijn gemak de ruimte in en richt zich tot mevrouw Willems. 'Heeft juffrouw Simons u verteld hoe wij met elkaar in contact zijn gekomen?'

'Nee, mijnheer.'

'Niet?' vraagt Hugo en hij trekt lichtjes zijn wenkbrauwen op.

In verwarring gebracht staar ik hem aan.

'Juffrouw Simons werkte als dienstbode in het huis van een kennis uit Amsterdam. Hij moest haar om financiële redenen helaas ontslaan, en nu mevrouw Boon is weggevallen kon ik haar hier een positie aanbieden,' licht hij toe op de zakelijke toon van een werkgever. 'Ik hoop dat u het naar uw zin zult hebben bij ons, juffrouw Simons. Heeft u een goede treinreis gehad?'

'Zeker, meneer Von Eckendorff.' Ik voel de blik van mevrouw Willems op me rusten.

'Fijn. Mevrouw Willems, ik zou mijn aperitief graag hier in mijn kantoor willen gebruiken,' instrueert Hugo terwijl hij plaatsneemt op zijn bureaustoel. 'Ik heb nog wat correspondentie af te handelen. Jullie mogen de deur sluiten.'

'Zoals u wilt.' Na een gedienstig knicksje maakt mevrouw Willems zich geruisloos uit de voeten. Zonder Hugo aan te kijken volg ik haar en sluit de deur van de groene salon achter me.

'Let erop, juffrouw Simons, dat de aanspreekvorm "mijnheer" is. Kiest u ervoor om de naam van mijnheer te gebruiken, dan is het "mijnheer Baron Von Eckendorff-Lohmann". En wanneer u hem aanschrijft, gebruikt u "hoogwelgeboren heer". En de barones wordt aangesproken met mevrouw. We hechten hier waarde aan het gebruik van de juiste omgangsvormen.'

Ik voel mijn wangen kleuren, en knik. 'Natuurlijk, mevrouw Willems.'

'Zoals in zoveel huizen hebben de baron en barones de afgelopen decennia versoberd en is het personeel ingekrompen, maar er werkt hier nog steeds een dertigtal personeelsleden,' meldt mevrouw Willems terwijl ze in stevig tempo haar weg vervolgt. 'Keukenhulpen, een hoofdbutler, lakeien, kameniers, tuinmannen en vier dienstbodes, waar jij er nu een van bent. Het merendeel woont hier ook, zij hebben een kamer in de kelder. Ik zal je je kamer wijzen.'

Een onopvallende deur in de familie-eetzaal geeft toegang tot de bediendentrap, die weer naar een lage kelderruimte leidt waar het personeel woont en werkt. Ik hobbel achter mevrouw Willems aan naar beneden.

'Behalve de leidinggevenden deelt iedereen hier een kamer met een ander personeelslid, maar de heer Baron Von Eckendorff-Lohmann heeft ons uitdrukkelijk verzocht je een kamer alleen voor jouzelf te geven.' Halverwege de trap draait ze zich even naar me om en laat een stilte vallen. In haar blik lees ik iets verwijtends. Ik heb het gevoel dat ze een uitleg verwacht, maar ik heb geen enkele verklaring voor Hugo's opmerkelijke verzoek.

'We hebben het een en ander moeten regelen om dat mogelijk te maken. De kamer die je krijgt werd bewoond door mevrouw Boon, de dienstbode die ons helaas ontvallen is. Haar kamergenote deelt nu een kamer met twee andere dienstbodes. Ik hoop dus dat je begrijpt wat een voorrecht dat is,' gaat ze door.

'Ja, mevrouw Willems.'

Ze knikt kort, alsof ze wil zeggen: als je dat maar weet.

Ik volg haar door een smalle gang met aan weerszijden houten deuren. Mijn kamer blijkt helemaal aan het einde te liggen, een eindje van de andere kamers af, en is gesitueerd in een soort nisje. Mevrouw Willems opent de deur. 'Dit is je kamer.'

De beige geverfde stenen wanden zijn vrijwel kaal, maar boven de deur hangt een houten kruisje. Tegenover het bed staat een kleine garderobekast en naast de deur zijn een bureau met een stoel en een commode met daarop een waskom en een spiegel geplaatst. Hoewel de ruimte kaal en spartaans is, is het meer dan ik ooit gehad heb. Mijn eigen kamer. Het gewelvenplafond is laag, maar twee in de stenen wanden verzonken kruisramen werpen voldoende daglicht naar binnen. De kamer geeft uitzicht op de binnenplaats en de slotgracht.

Achter me trekt mevrouw Willems de garderobekast open. Ze houdt een zwarte jurk van gesteven katoen en een wit schort omhoog. 'Dit is je dienstersuniform. Het is van wijlen mevrouw Boon geweest, maar het uniform is nog vrij nieuw en van goede kwaliteit, dus dit volstaat voorlopig.' Ze hangt het uniform terug in de kast. 'Jij bent iets slanker dan zij was, maar als je het een beetje vermaakt zal het je wel passen.'

Naast de commode staat een houten krat. Er ligt een onaf breiwerkje in, een bijbel, een ingelijst borduurwerkje, een paar bruine wollen kousen en wat schrijfgerei.

Mevrouw Willems volgt mijn blik. 'De persoonlijke spullen van mevrouw Boon. Behalve een alleenstaande nicht had ze geen familie. Ik zal zorgen dat haar bezittingen binnenkort naar haar nicht worden gestuurd.'

Plotseling voel ik me hier een indringer, alsof mevrouw Boon ieder moment haar kamer kan binnenwandelen.

'Laat je valies hier maar staan, we gaan naar de eetzaal.'

Ik volg mevrouw Willems naar de eetzaal voor het personeel, waar het naar groentesoep en versgebakken brood ruikt. In het midden van de eetzaal staat een lange houten tafel waar zo'n dertig personeelsleden aan zitten: dienstboden in uniform, lakeien in wit livrei, werkmannen in overall. Gesprekken vallen stil, bestek wordt neergelegd en dertig paar ogen kijken me belangstellend aan.

'Mensen, graag even uw aandacht,' roept mevrouw Willems ten overvloede, en ze klapt kort in haar handen. 'Dit is mejuffrouw Guusje Simons, onze nieuwe dienstbode. Guusje komt wijlen mevrouw Boon vervangen.'

Ik ga de rij af en geef iedereen een hand, stel me voor en voel me een beetje opgelaten omdat ik steeds hetzelfde herhaal. Ik eindig bij een niet al te lange, tengere man van middelbare leeftijd, die aan het hoofd van de tafel zit. Hij draagt een rokkostuum en een klein rond brilletje. Het dunne haar aan weerszijden van zijn hoofd heeft hij zo gemodelleerd dat het zijn vrijwel kale schedel bedekt. Verbaasd staart hij me aan.

Ik geef hem een handdruk, die hij aarzelend beantwoordt. Hij vangt de blik van mevrouw Willems, die naast me staat. Er valt een korte stilte waarin de twee van alles tegen elkaar lijken te zeggen, zonder dat er een woord gesproken wordt. Dan herpakt hij zich. 'Welkom, juffrouw Simons. Ik ben meneer Kapteijns, hoofdbutler.' Evenals mevrouw Willems spreekt hij met de langgerekte, nadrukkelijke klinkers die zo kenmerkend zijn voor deze streek. Zijn gebrek aan lengte compenseert meneer Kapteijns met zijn stem, die opvallend zwaar is in verhouding tot zijn tengere gestalte. 'Waar mevrouw Willems leiding geeft aan de huishouding, geef ik leiding aan het bedienend personeel. Gaat u maar naast chauffeur Koen zitten, jullie hebben elkaar immers al ontmoet.' Hij wijst naar een lege stoel halverwege de tafel.

Ik knik naar de chauffeur en ga zitten.

Mevrouw Willems schenkt me een kom groentesoep in en schuift me een plankje brood toe, en gaat dan aan het andere hoofdeinde van de tafel zitten.

Tegenover me zit een meisje in een zwart-wit dienstbodenuniform, dat zich voorstelde als Elly. Ze neemt mij met een taxerende blik in zich op. Onder haar dienstbodenkapje prijkt glanzend blond haar. Ze is een klassieke schoonheid, maar in haar blik ligt iets venijnigs.

'Waar heb je hiervoor gewerkt?' vraagt Elly.

'Ik werkte als dienstbode bij een familie in Amsterdam.'

Naast Elly zitten twee meisjes die eveneens een dienstbodenuniform dragen. Een heeft zichzelf voorgesteld als Agnes. De ander heeft net iets te lange voortanden, waardoor ze haar mond niet helemaal kan sluiten. Volgens mij is zij Gerda, maar ik weet het niet zeker.

'Was dat ook een adellijke familie?' vraagt zij.

Ik vraag me af wat dat ertoe doet, maar antwoord vriendelijk: 'Nee, meneer is rechter.'

Elly, Agnes en het meisje met het knaagdiergezicht dat waarschijnlijk Gerda heet glimlachen minzaam, alsof ik een paar treden daal in hun achting.

'Ik ben hier vijf jaar geleden als dienstbode begonnen, maar inmiddels ben ik kamenier,' meldt Elly. 'Ik help de barones met haar persoonlijke verzorging, zoals wassen, kappen en aan- en uitkleden.'

Ik laat Elly's woorden een tel op me inwerken. Als Hugo's vrouw hulp nodig heeft bij haar persoonlijke verzorging is ze nog hulpbehoevender dan hij heeft laten doorschemeren. 'O. Jeetje,' antwoord ik, omdat ik niet goed weet wat ik zeggen moet. 'Daar schrik ik van.'

De lepel van mevrouw Willems blijft bewegingloos boven haar groentesoep hangen. 'Wat bedoel je daarmee, juffrouw Simons?'

Ik heb het gevoel alsof ik een examen moet afleggen. 'Meneer Von Eckendorff heeft mij het een en ander verteld over de...' ik probeer mijn antwoord tactisch te formuleren, '*gezondheidsproblemen* van zijn vrouw. Maar ik wist niet dat het zo erg is dat ze hulp nodig heeft bij het aan- en uitkleden. Wat naar.'

'Gezóndheidsproblemen?' Mevrouw Willems legt haar soeplepel neer en kijkt me aan alsof ze het in Keulen hoort donderen.

Elly's pinnige bruine ogen glanzen geamuseerd. Gerda grinnikt. Ook om ons heen klinkt besmuikt gegniffel.

'Mejuffrouw Símons!' buldert hoofdbutler Kapteijns vanaf het andere eind van de tafel. 'Hier moet ik toch echt ingrijpen. De heer *Baron* Von Eckendorff-Lohmann kan zoiets onbehoorlijks onmogelijk tegen u gezegd hebben.' Hij spreekt het woord 'baron' nadrukkelijk uit en kijkt me over zijn brillenglazen doordringend aan. 'Waar haalt u deze nonsens vandaan? De barones is kerngezond en ik sta niet toe dat u dergelijke lasterpraatjes de wereld in brengt, is dat duidelijk?'

Ik voel mijn wangen branden en richt mijn blik op het tafelblad. 'Natuurlijk, meneer Kapteijns. Ik heb het verkeerd begrepen. Het spijt me.'

Koen buigt zich naar me toe. 'De baron en de barones worden geholpen met aan- en uitkleden omdat ze van adel zijn. Dat is nou eenmaal een gebruik. Daar heeft de baron een valet voor, en de barones een kamenier.'

'Dank voor deze toelichting, Koen,' sneert meneer Kapteijns sarcastisch. 'Juffrouw Simons, de heer Baron Von Eckendorff-Lohmann is zo goed geweest u een betrekking aan te bieden, maar als ik merk dat u op enigerlei wijze misbruik maakt van die goedheid, dan ben ik genoodzaakt in te grijpen en de baron hierover in te lichten. De gevolgen zijn dan voor uzelf. En nu houdt iedereen zijn mond dicht, want ik wil in stilte mijn maaltijd nuttigen.'

Er valt een doodse stilte waarbij alleen het getik van bestek en het geslurp van soep klinkt.

Ik zou ter plekke in een gat in de grond willen verdwijnen.

23

Een oranje avondzon schijnt tussen de eikenbomen door en werpt een glinstering op het water van de slotgracht. Er fladdert een citroenvlindertje voorbij. In het weiland dat aan de lange oprijlaan grenst, staat een bruine pony te grazen. Hij zwiept loom met zijn staart. Er heerst een bedrukkende stilte. Ik hoor niets anders dan getjirp van krekels in het hoge gras, en als ik me inspan, kan ik zelfs de kaken van de pony horen malen. Als hij me opmerkt, komt hij langzaam naar het prikkeldraad gelopen. Ik aai het beest over zijn snuit, trek een graspol uit de grond en bied hem die aan. Ik zou moeten genieten van de mooie omgeving, maar ik voel me somber. De moeizame eerste kennismaking met het personeel heeft meer invloed op mijn humeur dan ik zou willen, en ik mis Dirkje. Ik mis haar schaterlach. Is mis mijn moeder en mijn broertjes. Ik mis zelfs opoe, die de laatste maanden niets anders deed dan voor zich uit staren, in zichzelf mompelen en zichzelf onder plassen.

Stel je niet aan. Even flink zijn nu, fluister ik voor me uit. Ik heb werk en Dirkje wordt opgenomen in sanatorium Sonnevanck. Ze gaat beter worden. Daarvan probeer ik mezelf constant te overtuigen, met wisselend succes.

Ik kriebel de pony achter zijn oren. Hij sluit tevreden zijn ogen.

Over de oprijlaan komt op hoog tempo een donkere automobiel aanrijden. Grind knerpt onder de banden. Ik doe een stap opzij om het voertuig te laten passeren. De auto komt tot stilstand voor de ophaalbrug naar de hoofdingang van het kasteel. Twee geüniformeerde veldwachters stappen uit en benen over de ophaalbrug naar de imposante voordeur. Ze nemen hun pet af en laten de deurklepper met een roffel op het hout terechtkomen. Een van hen draait zich om en even kruist zijn blik de mijne. Hij knikt me kort toe.

Even schiet door me heen dat de veldwachters hier voor mij zijn – een onwaarschijnlijke mogelijkheid die ik direct weer verwerp.

De voordeur gaat krakend open en mevrouw Willems verschijnt in de deuropening. 'Heren?'

'Goedenavond mevrouw, politie Vorden. Wij zijn op zoek naar Baron Von Eckendorff-Lohmann.'

Mevrouw Willems laat de heren binnen, werpt nog een blik op mij en sluit dan de deur.

Ik besluit naar mijn kamer te gaan. Morgenochtend om vijf uur word ik gewekt.

Bij het koetshuis wast chauffeur Koen in het laatste avondlicht de automobiel. Hij kijkt op en glimlacht, maar gaat onverstoord door met zijn karwei. Via de bediendeningang loop ik het kasteel in en trek me terug op mijn slaapkamer. Ik sluit de luiken en steek een kaars aan – elektriciteit is in de personeelsvleugel nog niet aangelegd, zo vertelde mevrouw Willems me vandaag. Een indringende geur van schapenvet, afkomstig van de talgkaars, vult de ruimte. Het zijn dezelfde goedkope kaarsen die we thuis gebruikten, al was er de laatste tijd geen geld meer voor kaarsen en gingen we na zonsondergang noodgedwongen slapen.

Ik was me grondig bij de waskom. Als ik ook mijn tanden heb gepoetst en mijn haar heb ingevlochten, laat ik me onder de deken glijden. Terwijl ik zo lig, staar ik naar de flakkerende vlam van de kaars en zak ik langzaam weg in een onrustige slaap.

Aan de rand van mijn bewustzijn klinkt getik. Zacht geklop. Ik kom half overeind en wrijf in mijn ogen.

Opnieuw zacht getik. Met enige vertraging dringt tot me door dat er iemand op mijn slaapkamerdeur klopt. Slaapdronken sla ik mijn benen over de rand van het bed. De kaars, die nog steeds brandt, werpt een flakkerend licht tegen de stenen wanden. In het flauwe schijnsel is op de wekker te zien dat het tien voor twee is.

Ik sla mijn duster om en verbaasd trek ik de deur open. 'Hugo?'

'Mag ik binnenkomen?' vraagt hij met gedempte stem.

Vluchtig werp ik een blik de donkere gang in, vrezend dat ook ander personeel gewekt is, maar alles blijft stil. Ik trek de panden van mijn duster wat dichter om me heen en doe een stap naar achteren. 'Wat doet u hier?'

Hij negeert mijn vraag en stapt langs me heen naar binnen.

Zachtjes sluit ik de deur achter hem. Hij kijkt even om zich heen, alsof hij deze ruimte in zijn eigen huis voor het eerst ziet. Dan draait hij zich naar me toe en neemt me in zich op. Absorbeert me met zijn ogen. Zelfs in het schemerdonker zijn Hugo's irissen duidelijk verschillend van kleur.

Ik sla mijn armen om me heen en ben me onaangenaam bewust van mezelf en hoe ik eruit moet zien in mijn nachthemd en duster. Mijn donkerrode haar hangt in een lange vlecht over mijn schouder.

'Je bent prachtig. Het mooiste wat ik in lange tijd heb gezien,' fluistert hij en hij aait even langs mijn wang.

Ik glimlach, in een poging mijn ongemak te maskeren.

Abrupt trekt hij zijn hand terug, alsof ik in brand sta. 'Mijn excuses. Er is vanavond iets vervelends voorgevallen,' vervolgt hij op de zakelijke toon van een werkgever. Hij schraapt zijn keel en zet zijn vingertoppen tegen elkaar. 'Ik heb getracht ze ervan te overtuigen dat een en ander op een misverstand berust.'

Roddels gaan kennelijk snel. Ik zucht en wrijf met mijn vingers over mijn gesloten ogen. 'Het spijt me, Hugo. Ik dacht niet na. Ik was niet bekend met jullie gebruiken, maar ik zal voortaan beter nadenken voor ik er iets uitflap.'

Hij knijpt zijn ogen tot spleetjes. 'Wat bedoel je?'

'Dat jullie een kamenier hebben om te helpen met kappen en aankleden.'

Hij schudt zijn hoofd en dirigeert me naar mijn bed. 'Ga even zitten, Guusje. De politie is hier vanavond geweest. Ze waren op zoek naar jou.'

Daar zullen we het hebben. Mijn hart begint sneller te kloppen en mijn mond voelt droog. Langzaam laat ik me op het bed zakken.

Hugo komt naast me zitten, kijkt me onderzoekend aan. 'Die souteneur van Maison Coco, die Dolf Koopman, heeft aangifte tegen je gedaan. Hij beschuldigt jou ervan geld te hebben ontvreemd.'

'Hè? Maar...'

Hugo steekt afwerend zijn hand op. 'De heer Koopman is via je voormalige collegae achter het adres van je ouderlijk huis gekomen. Hij heeft je moeder opgezocht en het geld opgeëist. Je moeder heeft hem het geld gegeven. En dat niet alleen. Ze heeft hem ook jouw nieuwe adres gegeven. Koopman heeft vervolgens de politie ingeschakeld.'

Ik voel me van onder tot boven ijskoud worden. Gedachten en gevoelens flitsen door me heen: ontreddering. Angst. Het besef treft me als een stomp in mijn maag: het geld voor Dirkjes opname is weg, en daarmee haar kans op genezing. En dat niet alleen. Mijn moeder weet het. Zonder al te veel fantasie zie ik voor me hoe Dolf Koopman dreigend en schreeuwend in ons souterrain in de Jordaan staat. Hoe hij er een sadistisch genoegen in schept mijn moeder te vertellen dat ik als temeier heb gewerkt. Hoezeer hij geniet van de afschuw op haar gezicht, wanneer ze begint te beseffen dat hij de waarheid spreekt. Pas als ik vocht op mijn wangen voel realiseer ik me dat ik huil. Tranen druppelen van mijn kin op mijn schoot. Vloeibare schaamte. Ik veeg ze weg met de mouw van mijn duster, maar ze blijven komen.

Hugo pakt mijn handen en kijkt me doordringend aan. 'Luister, Guusje. Koopman bleek bereid die aangifte te laten vallen, mits hij schadeloos zou worden gesteld. Hij heeft van jouw moeder twintig gulden teruggekregen, maar hij beweert dat jij honderd gulden van hem ontvreemd hebt.'

'Honderd gulden?' Van nijd spring ik op. 'Ik heb twíntig gulden meegenomen. Niet gestolen, maar méégenomen. Het was exact het bedrag dat Maison Coco me schuldig was!'

Hoe heb ik Dolf zo kunnen onderschatten? Natuurlijk doet hij aangifte: hij waant zich onaantastbaar. Menig politiecommissaris is immers klant bij Maison Coco, prostitutieverbod of niet. Het zou me niet verbazen als Dolf zelfs de politie afperst wanneer het hem uitkomt. Hij is er brutaal genoeg voor, en het verklaart de notities die ik in zijn bureaulade vond. 'Verdomme. En Dirkje dan?'

Hugo veert op. 'Ssst.' Hij pakt mijn gezicht beet en dwingt me hem aan te kijken. 'Ik geloof je, Guusje. Jij bent geen dievegge. Ik zie dat. Ik vergis me zelden in een mens. Ik heb het opgelost. Ik heb een cheque van tachtig gulden voor Koopman uitgeschreven, en hij heeft zijn aangifte ingetrokken.'

Even kijk ik hem sprakeloos aan. 'O, Hugo...' Ik sluit een moment mijn ogen. 'Hoe kan ik u in hemelsnaam ooit tachtig gulden terugbetalen? Elke cent die ik hier ga verdienen heb ik nodig om Dirkjes opname in het sanatorium te betalen.' Ik heb sterk het gevoel alsof het lot een wreed spelletje met me speelt. Telkens als ik één stap vooruit doe, word ik twee stappen teruggeworpen.

'Ten eerste: we zouden tutoyeren, buiten het bijzijn van anderen.' Hij glimlacht. 'Ten tweede: maak je over dat geld nou maar geen zorgen. Een advocaat inschakelen was uiteindelijk duurder geweest. Als dit de prijs is die ik betalen moet om jou uit handen van de politie te houden, dan heb ik dat bedrag met liefde betaald.' Hij zwijgt even, veegt met zijn duim een traan over mijn wang weg. 'Hoewel het niet nodig was geweest als jouw moeder de politie niet had ingelicht over je verblijfadres.'

Ik boor mijn nagels in mijn handpalm. 'Ze zal geen keuze hebben gehad.'

'Dat betwijfel ik. Ieder mens heeft een keuze. Altijd. Koopmans mededelingen over jouw werkzaamheden zullen niet licht bij haar gevallen zijn. Dat is begrijpelijk, maar je moeder heeft er vervolgens in haar boosheid voor gekozen de politie te helpen bij hun zoektocht naar jou, en daarmee heeft ze nagelaten jou in bescherming te nemen. Om eerlijk te zijn heb ik moeite om daar begrip voor op te brengen.'

Ik sla mijn armen om me heen en zoek naar woorden.

'Ik zou me kunnen voorstellen dat je je verraden voelt,' gaat hij door.

'Ik weet niet precies hoe het gegaan is,' zeg ik zacht.

Even vernauwen zijn ogen zich. 'Dat weet je wel,' zegt hij kalm. 'Dat heb ik je net verteld.'

'We zijn er niet bij geweest, Hugo.'

'Ik zie geen reden om aan te nemen dat de politie een onjuiste voorstelling van zaken schetst. Jij wel?'

Ik sla mijn ogen neer. 'Mijn moeder is teleurgesteld in me. Ze is boos en verdrietig. "We zijn arm, maar wel fatsoenlijk," zegt ze altijd. Wat ik gedaan heb is in haar ogen schandelijk.' En dat vind ik zelf ook.

Hij kijkt me aan en glimlacht, alsof hij dingen over mij en mijn familie weet die ik zelf nog niet doorheb. 'Weet je, Guusje? Ik begin steeds beter te begrijpen waarom jij bepaalde keuzes hebt gemaakt.'

Mijn natuurlijke reflex is om terug te glimlachen, maar dat doe ik niet. 'Wat bedoel je daar precies mee?'

Hij zwijgt even en werpt een blik op zijn goed verzorgde nagels. 'Laat maar. Ik ken je moeder niet. Ik wil jou in bescherming nemen, dat is alles. Vergeet wat ik gezegd heb. Maar onthoud één ding: ik ben er voor je. Ik wil dat je dat weet.' Hij kijkt me peinzend aan. 'In welk sanatorium wordt jouw zusje eigenlijk ondergebracht?'

'Ze zou morgen naar een sanatorium op de Veluwe worden gebracht. Maar dat zal nu niet doorgaan, want bij aanvang van de opname moet er voor minimaal een maand vooruitbetaald worden. Nu Dolf Koopman mijn moeder heeft gedwongen die twintig gulden terug te geven...' Ik kan de gevolgen niet hardop uitspreken. Ik adem diep en trillerig in. Het heeft geen kalmerend effect. 'Hugo, ik moet u... eh, *je* iets vragen. Nu Dolf die twintig gulden heeft opgeëist... Zou ik een voorschot op mijn loon kunnen krijgen? Ik ga extra uren werken als dat kan en zodra het voorschot is terugbetaald, ga ik...'

'Kom,' zegt Hugo kalm. 'Ga even zitten.'

Ik laat me door hem terug naar het bed dirigeren.

Hij komt naast me zitten en neemt mijn handen in de zijne. 'Zo'n opname is prijzig.'

'Daarom ben ik je dankbaar dat je me een betrekking hebt aangeboden.' Ik kijk naar zijn handen die de mijne omsluiten. Naar zijn lange, benige vingers en zijn schone, goed verzorgde nagels. Ik zou mijn handen moeten terugtrekken, maar ze blijven bewegingloos in de zijne liggen.

'Guusje, ik weet een sanatorium dat goed staat aangeschreven, niet ver van hier. Een sanatorium met uitstekende artsen, waar uitstekende zorg wordt geleverd en waar het genezingspercentage hoog is. Als je zusje daar wordt ondergebracht is de kans groter dat ze hier doorheen komt. Laat mij dit regelen. Geld is geen bezwaar.

Ik zal morgen het sanatorium bellen en ik zal ervoor zorgen dat Dirkje de beste kamer en de beste artsen krijgt.'

Ik frons licht mijn wenkbrauwen. 'Nee Hugo, dat kan niet.'

'Ik kán je helpen en ik wíl je graag helpen. Laat me dit voor je zusje doen.'

Ik leg mijn handen in mijn schoot en probeer mijn verwarde gedachten om te zetten in een overtuigend argument. Het lukt me niet. 'Je hebt al zoveel voor me gedaan. Het is te veel. Ik wil er gewoon voor werken.'

Hij kijkt me met een schuin hoofd aan en glimlacht minzaam. 'Je bent vertederend, weet je dat? Laten we reëel zijn: met het salaris dat je hier verdient is zo'n sanatorium niet te bekostigen. Het is mooi dat je sterk probeert te zijn, maar je hoeft niet alles alleen op te lossen, meisje. Ik ben er nu.'

Meisje. Dat is precies wat ik in zijn ogen ben: een negentienjarig meisje dat van de ene sloot in de andere loopt. Een naïef kind dat niet weet hoe het allemaal werkt in de wereld.

'Als je het niet voor jezelf doet, doe het dan voor je zusje. Het geld is voor mij geen bezwaar en op deze manier is Dirkje verzekerd van de allerbeste zorg.'

Ik leg een hand tegen mijn voorhoofd en probeer in mijn kluwen van gedachten helder te krijgen wat ik wil. Het enige dat ik écht wil is dat Dirkje beter wordt. Het is aantrekkelijk om me te wentelen in Hugo's geruststellende aanwezigheid. Om deze man, die zoveel rust en zelfverzekerdheid uitstraalt, alles te laten oplossen.

Maar wat verwacht hij van me als ik ook dit nog van hem aanneem?

Welke keuze heb ik?

Ik bijt op mijn onderlip en knik.

Hij glimlacht. 'Ik ga morgen het sanatorium bellen en zal ervoor zorgen dat de opname van je zusje geregeld wordt.'

Ik kijk naar hem op en besef tot in het diepst van mijn ziel hoe dankbaar ik deze man ben. 'Uw goedheid... Ik weet niet hoe ik u ooit kan bedanken hiervoor.'

Hij neemt mijn kin tussen duim en wijsvinger en haakt zijn ogen in de mijne. Zijn irissen schieten heen en weer over mijn gezicht.

Ik klem mijn kiezen op elkaar, hoor mijn gejaagde ademhaling.

Hij drukt zachtjes zijn lippen op de mijne. Zijn vlassige snor kriebelt tegen mijn neus.

Een moment blijf ik als versteend zitten. Dan komt er een vreemd soort berusting over me. In mijn achterhoofd galmen Rosa's woorden na. *Er komt een moment waarop je je erbij neerlegt en doet wat nodig is om te overleven.* Ik open mijn mond een beetje.

Zijn tong cirkelt langzaam om de mijne. Zijn hand dwaalt langs mijn ruggengraat.

Ik zal doen wat nodig is. Ik zal doen wat ik moet doen om Dirkje de behandeling te geven die ze nodig heeft. Hij maakt zich van me los en kijkt me doordringend aan, alsof hij me leest, doorgrondt en recht in mijn ziel kijkt. Dan knikt hij kort. Een bijna onzichtbaar maar tevreden knikje.

'Probeer nog wat te slapen, Guusje. Ik ga morgen de opname regelen. En ik verheug me erop je gauw weer te zien.' Hij drukt een kus op mijn voorhoofd en veert op. Hij loopt mijn kamer uit en sluit geruisloos de deur achter zich.

24

Met een emmer warm water, boenwas en een plumeau onder mijn arm geklemd, volg ik mevrouw Willems naar de balzaal: een statige ruimte naast de hoofdingang, die voorzien is van hoge plafonds, een schouw met sierlijk houtsnijwerk en gouden kroonluchters. Een uitbundige ochtendzon schijnt door de hoge vensters de balzaal in en licht ronddwarrelende stofdeeltjes op. Het stralende zomerweer staat in schril contrast met mijn gemoedstoestand.

Dat geldt ook voor mevrouw Willems, die haar communicatie met mij strikt beperkt tot het hoogst noodzakelijke: het afvuren van werkinstructies. 'Je gaat alle oppervlakken in de balzaal grondig afstoffen. Daarna ga je de parketvloer boenen. Je werkt dus van bóven naar benéden.' Haar hele houding straalt afkeuring uit. Ik vermoed dat er door de komst van de politie gisteravond definitief een grens is overschreden. Ook tijdens het ontbijt beperkte ze zich tot een afgemeten 'goedemorgen'. Chauffeur Koen was er niet en het andere personeel was evenmin erg spraakzaam, waardoor ik in stilte mijn kom havermout leeg at. Niet dat ik veel behoefte had aan een gesprek. Mijn hoofd suist van slaapgebrek. Na Hugo's vertrek vannacht heb ik geen oog meer dichtgedaan. De gedachte aan mijn moeder die achter mijn werk bij Maison Coco is gekomen, martelde me onafgebroken, evenals de schaamte.

'Elk hoekje van de parketvloer wordt grondig gepoetst, geen plekje wordt overgeslagen. Ik ga je werk straks controleren, en onder geen beding wil ik strepen zien. Is dat duidelijk?'

'Ja mevrouw Willems.' Ik doe mijn best om nederig te klinken.

'Als je hier klaar bent, ga je naar de woonvleugel van de baron en de barones, waar je gaat afstoffen en de bedden verschonen. Vervolgens ga je naar de eetzaal, waar je het zilver oppoetst. Duidelijk?'

'Ja mevrouw Willems,' echo ik weer.

'Hup, aan het werk dan maar.' Ze draait zich om en beent naar de deur. Dan bedenkt ze zich en draait zich om. 'Juffrouw Simons, jouw komst heeft al voor heel wat onrust gezorgd. Personeel dat voor jou naar een andere kamer moest verhuizen. De roddels die je verspreidt. Maar het bezoekje van de politie, gisteravond, dat was de druppel.'

Ik sla mijn ogen neer. 'Het spijt me, mevrouw Willems. Die aangifte was een misverstand.'

Ze steekt haar hand op. 'Ik hoef het niet te weten en ik wil het ook niet weten. Wat er ook aan de hand is: de baron heeft het opgelost en ik heb ervoor gezorgd dat het personeel niet weet dat de politie hier voor jou was. Om de rust te bewaren wil ik dat graag zo houden.'

'Dank u wel, mevrouw Willems. Dat waardeer ik.'

Even lijkt de blik in haar ogen te verzachten, maar meteen dwingt ze haar wenkbrauwen terug in een fronsende stand. 'Het moge duidelijk zijn dat ik dat niet voor jou heb gedaan, juffrouw Simons. We hebben hier altijd erg prettig kunnen werken en dat willen we zo houden.'

'Ik zal mijn best doen om geen onrust meer te veroorzaken, mevrouw Willems.'

'Daar ga ik van uit, juffrouw Simons.' Ze stevent op haar korte beentjes de ruimte uit en laat de hoge deur achter zich dichtvallen.

Ik sla de mouwen van mijn dienstbodenuniform terug en begin met het afstoffen van de schouw. Het zwarte uniform van mijn overleden voorganger is me minstens twee maten te groot; het stugge katoen lubbert om mijn lichaam en wordt enigszins op zijn plek gehouden door het witte schort dat om mijn middel is vastgeknoopt. Ik probeer er niet aan te denken dat ik in het uniform van een dode dienstbode rondloop – ik neem maar aan dat ze niet in dit uniform is overleden. Evenmin probeer ik te denken aan vannacht. Toch glijden mijn gedachten naar Hugo. Naar de stilzwijgende afspraak die we vannacht gemaakt hebben. Ik realiseer me maar al te goed dat het verachtelijk is.

Ik probeer in mijn kluwen van gedachten en gevoelens te ontdekken of ik soms iets voor Hugo voel, maar ik kom niet verder dan dankbaarheid. Sympathie. Vertrouwen, vanwege zijn geruststellende aanwezigheid en de vanzelfsprekendheid waarmee hij mijn problemen oplost. Ik laat me op mijn hurken zakken, spreidt de boenwas uit over de parketvloer en begin te boenen. Waarom is een getrouwde man van zijn leeftijd en klasse, een telg uit een adellijk geslacht die geld in overvloed heeft en zich beweegt in een wereld van jachtpartijen en debutantenbals, geïnteresseerd in een meisje zoals ik?

Onwillekeurig moet ik denken aan Hugo's eerdere woorden. *Je doet me denken aan iemand uit mijn verleden. Iemand die me dierbaar was.* Aan zijn plotselinge gesloten houding, toen ik doorvroeg. Aan het verbaasde gezicht van mevrouw Willems, toen ik mij aan haar voorstelde. Ook de blik van verstandhouding die hoofdbutler Kapteijns later in de eetzaal met mevrouw Willems wisselde, ontging me niet. Zou Hugo's interesse te maken hebben met deze mysterieuze vrouw uit zijn verleden, op wie ik zoveel schijn te lijken? De rest van het personeel keek nergens van op, maar vertelde mevrouw Willems niet dat zij en meneer Kapteijns het langst in dienst zijn? Wie ze ook geweest is: deze geheimzinnige vrouw moet dus al enige tijd uit beeld zijn.

Als de balzaal is afgestoft en de parketvloer glimt, loop ik met de emmer naar het kleine binnenplaatsje bij de personeelsingang, waar ik het vuile water in een put gooi. Zwaluwen vliegen kwetterend over en de zomerzon brandt aangenaam. Op de binnenplaats, net voor de ophaalbrug, staat een smeedijzeren bankje. Ik bedwing de neiging om erop neer te strijken en een korte pauze te houden.

Even verderop klinkt gegiechel.

Ik richt me op. Bij het koetshuis, dat een meter of twintig vanaf de binnenplaats ligt en deels aan het zicht onttrokken wordt door een beukenhaag, staat Elly, de knappe, blonde dienstbode. Ze draait zich in mijn richting en zwaait uitbundig, alsof ze een oude vriendin begroet.

Ik kijk even om me heen om me ervan te verzekeren dat ze zich tot mij richt, maar ik ben toch echt de enige op de binnenplaats.

'Joehoe, Guusje!'

Ik onderdruk een zucht en met de lege emmer loop ik over de ophaalbrug naar het koetshuis.

Elly staat naast Hugo's glimmende zwarte automobiel. Onder de auto steken twee lange benen uit, afkomstig van chauffeur Koen, die onder het voertuig aan het sleutelen is. Als hij me opmerkt, kruipt hij onder de auto vandaan en veegt zijn handen af aan een oude lap. 'Goedemorgen Guusje.' Er zit een zwarte veeg op zijn wang.

'Dag,' zeg ik. Dan kijk ik Elly aan – ze riep me immers.

'Koen, gekkie, je bent helemaal vies. Kom eens hier,' roept ze flemerig. Ze vist een zakdoek uit haar witte schort en veegt langs zijn gezicht. Dan bergt ze haar zakdoek op en werpt een blik op mij, terwijl ze overdreven met haar lange wimpers knippert. 'Kun je al een beetje wennen bij ons, Guusje?' vraagt ze mierzoet.

'Ja hoor, prima,' antwoord ik.

'Fijn, fijn. Ik vertelde Koen net dat de politie hier gisteravond was. Gerda en Agnes, de twee andere dienstboden waar ik vanwege jouw komst nu een kamer mee deel, vertelden me dat de baron gisteravond twee politieagenten op bezoek heeft gehad.'

Ik zwijg.

'Weet jij dat de politie hier gisteravond geweest is?' Ze kijkt me onderzoekend aan.

'Ik heb ze gezien, ja.'

'Weet je wat Gerda en Agnes me ook hebben verteld?' Ze buigt zich naar me toe en pauzeert even, alsof ze op het punt staat een sensationele onthulling te doen. 'Dat de politie hier kwam omdat er aangifte is gedaan tegen iemand van het personeel.' Om haar mond speelt een gretige glimlach.

Ik kan niet goed bepalen of ze iets doorheeft en me uit de tent probeert te lokken, of echt niets weet en gewoon nieuwsgierig is.

'Gerda en Agnes zouden bij de krant moeten gaan werken,' zegt Koen. Hij strijkt met een nonchalant gebaar een pluk donker haar naar achteren en steekt een sigaret op. 'Er is niemand gearresteerd. Niets aan de hand, dus. Sorry dames, ik moet even door.' Buiten Elly's gezichtsveld knipoogt hij naar me.

'Ik ook,' zeg ik. Ik draai me om en loop terug naar de ophaalbrug.

'Ik loop met je mee.' Elly haakt haar arm in de mijne alsof we vriendinnen zijn. 'Dus jij kent de baron persoonlijk? Omdat je gisteren vertelde dat hij je over de barones heeft verteld,' verduidelijkt ze.

Zonder opzij te kijken voel ik dat ze mijn gezichtsuitdrukking nauwlettend bestudeert. Ik besluit bij het verhaal te blijven dat Hugo mevrouw Willems op de mouw speldde. 'Ik werkte als dienstbode voor een familie in Amsterdam. Meneer is een goede kennis van de baron. De familie moest mij om financiële redenen ontslaan, en toen de baron dat hoorde heeft hij mij vanwege het overlijden van mevrouw Boon een betrekking aangeboden.' Het kletsverhaal rolt soepel over mijn lippen. Ik verbaas me erover hoe snel het went om leugens te verkondigen.

'Och ja, die arme mevrouw Boon. De een zijn dood is de ander zijn brood, zeg ik altijd maar. Ze was mijn kamergenote, hè? Ik mag het misschien niet zeggen, want over de doden niets dan goeds en zo, maar eigenlijk was ze een akelig mens. En ze snurkte vreselijk, ik deed 's nachts geen oog dicht. Ik zal eerlijk zijn: ik vond het niet leuk dat ik door jouw komst naar een andere kamer moest verhuizen, en ik begrijp nog steeds niet waarom jij een kamer helemaal voor jezelf hebt, maar nu ben ik blij dat je er bent.' Dan houdt Elly halt voor de personeelsingang. 'Volgende week vrijdag is er de jaarlijkse kermis in het dorp. Het is er altijd een drukte van belang. Er komen muzikanten en er is een draaimolen, een schiettent, een vlooientheater en een rarekiek. Ken je dat? Dan kun je door een gat kijken en mooie plaatjes zien. De baron en de barones geven het personeel elk jaar een vrije avond om de kermis te bezoeken en we krijgen er vijftig cent voor. We gaan er allemaal naartoe. Ga je met ons mee?'

'Eh, ja, dat lijkt me leuk.' Tot mijn eigen verbazing meen ik dat.

'Wat enig,' roept ze uit.

Misschien moet ik mijn eerste indruk over Elly bijstellen. Of we vriendinnen gaan worden betwijfel ik, maar ze is niet onvriendelijk.

'Heb je je trouwens al voorgesteld aan de barones?'

'Nee. Is dat gebruikelijk?' vraag ik verbaasd. Ik heb de indruk dat de afstand die er doorgaans is tussen bewoners van stand en hun bedienend personeel hier nog groter is dan in Amsterdam. We worden immers zelfs geacht een andere ingang te gebruiken.

'Natuurlijk is dat gebruikelijk, gekkie. Je even voorstellen is wel zo netjes, nietwaar? De barones drinkt nu thee in het theehuis in de tuin. Als ik jou was, zou ik er meteen even naartoe gaan. Nou, ik ga weer aan het werk. Dag hoor!' Ze glimlacht vriendelijk en verdwijnt door de personeelsingang.

Aarzelend blijf ik staan. Wat moet ik in hemelsnaam zeggen tegen de vrouw wier man me vannacht een bezoekje heeft gebracht? *Ik ben Guusje Simons en ik heb gisteravond met uw man gekust, die mij de liefde verklaard heeft?* Onwillekeurig moet ik denken aan mevrouw Huijbregts, die altijd haarfijn leek aan te voelen wat meneer Huijbregts in zijn schild voerde met het andere geslacht. Meneer Huijbregts, die kennelijk klant is bij Maison Coco en een voorliefde voor 'sado masochisme' heeft – wat dat ook mag inhouden.

Voel je het als vrouw niet haarfijn aan wanneer je echtgenoot ontrouw is?

Hoe krankzinnig is de barones precies?

Ik herinner me dat ik gisteravond, toen ik een wandeling over het landgoed maakte, langs het theehuis ben gelopen: een wit huisje met een lichtblauw koepeldak.

Ik loop terug langs het koetshuis en passeer chauffeur Koen, die weer onder Hugo's automobiel ligt.

Het theehuis wordt omringd door uitbundig bloeiende lila seringen en witte rozen en lijkt te stralen in de ochtendzon. Ik strijk met mijn klamme handen langs mijn schort en open de deur.

In het theehuis zitten vijf dames aan een ronde tafel, die is volgestouwd met taartjes, vruchten, vazen met kleurrijke zomerbloemen en een Delfts blauw theeservies. De dames zijn alle vijf gehuld in onberispelijke, pastelkleurige zomerjurken. Ze dragen parelkettingen met bijpassende oorbellen en kokette hoedjes op hun hoog opgestoken haar.

Achter de tafel staat hoofdbutler Kapteijns in een kaarsrechte houding. Hij heeft een wit servet over zijn arm geslagen en kijkt me vanuit zijn ooghoeken even verbaasd als nors aan.

De dames daarentegen kijken nauwelijks op als ik binnenkom en vervolgen ongestoord hun gesprekken. 'Door de Grote Oorlog is er veel minder aandacht voor vrouwenrechten. We zouden een congres kunnen organiseren om aandacht te vragen voor de kwestie,' zegt een blonde dame die het dichtst bij de deur zit met een geaffecteerd accent. 'Is dat niet iets voor jou, Amélie?' Ze bestrijkt een cakeje met een laagje witte room.

Een dame met oranjerood haar en een smal gezicht, die kennelijk Amélie heet, nipt van haar thee en zegt: 'Ik zou namens Arbeid Adelt een voordracht kunnen geven.'

Tal van sproetjes waaieren uit over haar gezicht. Ze is iets ouder dan op het schilderij in de rode salon, maar ze is het onmiskenbaar: de barones. Kennelijk heeft Hugo een voorliefde voor roodharige vrouwen, schiet het door me heen. Hoewel mijn haar beduidend donkerder van kleur is dan het haar van de barones, is de overeenkomst opvallend.

Ik loop naar haar toe en twijfel of ik haar een hand moet geven of een knicksje moet maken. Een hand is waarschijnlijk te frivool en te amicaal. Ik schraap mijn keel en glimlach, maar mijn mondhoeken trillen nerveus. 'Mevrouw?' Ik buig mijn hoofd en ga lichtjes door mijn knieën. 'Ik ben Guusje Simons, de nieuwe dienstbode.'

Nu pas lijkt de barones me op te merken. Ze draait haar hoofd naar me toe en kijkt me verbijsterd aan, alsof ze een geest heeft gezien. Ze opent haar mond en sluit hem weer.

Er valt een geladen stilte.

Meneer Kapteijns ademt hoorbaar.

Ik zoek naar woorden. 'Ik kom me even aan u voorstellen,' zeg ik ten overvloede, en ik voel het bloed naar mijn wangen stijgen. De andere dames kijken zowel verbaasd als geamuseerd van mij naar de barones en weer terug.

'Lieve hemel. Dit is buitengewoon brutaal,' fluistert een oudere dame naar haar tafelgenote op links. 'Vroeger werd die dienstertjes tenminste geleerd om onzichtbaar te zijn. Het wordt steeds gekker tegenwoordig.'

Mijn wangen branden van gêne. Ik vervloek mezelf om mijn eigen naïviteit.

‘Wat heeft dit te betekenen, juffrouw Simons?’ Meneer Kapteijns zet een paar stappen in mijn richting.

De barones pakt het servet van haar schoot, dept haar smalle lippen en legt haar hand even geruststellend op de onderarm van meneer Kapteijns. ‘Meneer Kapteijns, het geeft niet. Integendeel. Alleraardigst dat u uzelf komt voorstellen, juffrouw Simons. Hartelijk welkom. Ik hoop dat u het bij ons naar uw zin zult hebben.’ Ze glimlacht. Op haar gezicht bespeur ik geen spoortje sarcasme.

‘Dank u wel, barones.’ Ik schraap mijn keel. ‘Nog een prettige voortzetting,’ zeg ik dommig. Opnieuw maak ik een onhandig knicksje. Dan draai ik me om en maak me uit de voeten.

25

De duisternis is nog niet gevallen als ik de luiken voor mijn slaapkamerramen dicht doe en daarmee het laatste daglicht en de wereld buitensluit. De gaslampen op mijn bureau en nachtkastje verspreiden een zacht licht. In het dorp heb ik het roomwitte ensemble van Hirsch & Cie dat Hugo me gaf naar Rosa en Kitty gestuurd, als dank voor hun hulp. Daarna heb ik me teruggetrokken op mijn slaapkamer. Ik ben zo vrij geweest om door de mand met persoonlijke eigendommen van mevrouw Boon te gaan. Daarin vond ik briefpapier en een vulpen. Met het schrijfgerei ben ik aan het bureau gaan zitten. Behalve 'Lieve moeder,' staat er nog niets op het papier. Even overweeg ik mijn brief luchtig te beginnen en te vertellen hoe leuk ik het hier heb en hoe aardig mijn nieuwe collega's zijn, maar dat zou de zoveelste leugen zijn, evenals schrijven dat het me spijt dat ik voor Maison Coco heb gewerkt. De schaamte is constant aanwezig, als een doffe ondertoon, maar wroeging voel ik niet. Als ik niet voor Maison Coco was gaan werken, had ik Hugo niet ontmoet en zou Dirkje nu niet de hulp krijgen die ze nodig heeft.

Er klinkt een korte roffel op de deur.

Ik veer op en trek de deur open.

Om Hugo's smalle lippen verschijnt een glimlachje.

Ik werp een vluchtige blik de gang in.

Niemand te bekennen.

'Kom, snel.' Zachtjes sluit ik de deur. Ik draai me naar hem om en stel meteen de vraag die ik al de hele dag wil stellen. 'Is het gelukt om een plek voor Dirkje in het sanatorium te regelen?'

'Natuurlijk. Het is allemaal geregeld.' Hij loopt op me af, pakt mijn kin vast en laat zijn ogen over mijn gezicht glijden. 'Je bent prachtig, weet je dat?' Hij drukt zijn lippen op de mijne.

Ik laat het even toe en probeer me dan van hem los te weken. 'Wat fijn, dank je wel! Hoe, wanneer...'

'Je zusje wordt morgenochtend in Amsterdam opgehaald en naar sanatorium Herfstzon gebracht.'

'O Hugo, dank je wel. Ik ben je zo dankbaar dat je dit allemaal voor ons doet. Dus Dirkje mag in Herfstzon blijven totdat ze hersteld is?' vraag ik, om mezelf ervan te verzekeren dat het echt zo is.

Hij glimlacht. 'Je zusje blijft in Herfstzon zolang de artsen denken dat zij behandeld moet worden. En zolang ik voor haar behandeling betaal.'

Ik vraag me af of ik me de waarschuwende ondertoon in zijn laatste woorden inbeeld of niet. 'Wanneer kan ik haar opzoeken?'

Hij laat me los en doet een stap naar achteren, plant één hand in zijn zij en wrijft met duim en wijsvinger over zijn voorhoofd. 'Opzoeken? Dat lijkt me lastig, Guusje. Herfstzon ligt in een gezonde, bosrijke omgeving, op een kilometer of vijftien buiten Vorden. Het is een afgelegen plek, je kunt daar niet zomaar naartoe gaan. Bovendien worden de patiënten er geacht volledige bedrust te houden en is tbc besmettelijk. Ik betwijfel of de artsen toelaten dat er zomaar familieleden in- en uitlopen.'

Ik bijt op mijn onderlip en probeer tevergeefs mijn teleurstelling weg te slikken. 'Dat betekent dat Dirkje daar minstens een half jaar, misschien wel langer, helemaal alleen is. Op een plek waar ze niemand kent.'

Hij glimlacht, alsof hij capituleert, en strijkt een donkerrode krul achter mijn oor. 'Goed, liefje. Ik kan jou ook niets weigeren. Ik kan je niets beloven, maar ik zal eens kijken of er voor jou wat te regelen valt.' Hij strijkt met zijn duim langs mijn wang en brengt zijn hoofd dicht bij het mijne.

'Ik heb de barones vandaag ontmoet,' zeg ik snel. Ik vertel hoe ik onder valse voorwendselen door Elly naar de barones gestuurd ben. 'Het was vreselijk gênant. Maar de barones was ontzettend aardig.' Ik bestudeer nauwlettend zijn gezichtsuitdrukking, maar hij blijft me onbewogen aankijken, alsof hij wacht op de clou.

'Ze maakte geen labiele of krankzinnige indruk,' vervolg ik omzichtig.

Er glijdt een schaduw over zijn gezicht. 'Dat is nou precies het probleem.'

'Wat bedoel je?'

Plotseling lijkt hij vermoeid. Hij zucht en strijkt met zijn hand over zijn gezicht. 'Als Amélie ergens in uitblinkt, dan is het wel om in gezelschap haar gekte te verbergen. Dat is zowel een vloek als een zegen. Het lastige is dat ze dat toneelstuk ook opvoert bij de artsen die haar onderzoeken. Ze is ontzettend manipulatief en in staat om zelfs de meest ervaren psychiaters om de tuin te leiden, waardoor ze niet altijd de zorg krijgt die ze nodig heeft.' Hij loopt naar de commode, plant zijn handen erop en laat zijn hoofd tussen zijn schouders hangen. Verslagen vervolgt hij: 'Ze is niet altijd zo geweest. In de beginjaren waren we gelukkig. Maar toen een zwangerschap uitbleef, veranderde dat. Het verdriet om haar onvermogen mij een erfgenaam te schenken, heeft haar tot wanhoop gedreven. Ze verloor zichzelf in vrijwilligerswerk en het afleggen van visites aan vriendinnen, terwijl ze eigenlijk rust had moeten nemen. Daardoor is het alleen maar erger geworden. Ze ziet dingen die er niet zijn, hoort dingen die er niet zijn en ze verdraait gebeurtenissen achteraf. Haar kijk op de werkelijkheid is weg.'

'Jeetje,' zeg ik, omdat ik niet goed weet wat ik anders moet zeggen.

'Afijn, ik wil jou daar niet mee vermoeien, meisje. Mocht Amélie je aanspreken, hou haar dan maar een beetje op afstand. Goed? Ik beloof je dat ze ons geen strobreed in de weg zal leggen.'

Ik wil hem vragen wat hij daarmee bedoelt, maar hij pakt mijn kin vast, drukt zijn lippen op de mijne en smoort mijn vragen. Zijn tong glijdt langs mijn lippen, zoekt toegang.

Ik laat hem begaan. Zijn tong beweegt snel en glad langs de mijne. Zijn handen dwalen langs mijn rug en zijn ademhaling versnelt. Hij duwt zijn onderlichaam tegen het mijne. Ik voel zijn opwinding door de stof van zijn pantalon tegen mijn onderbuik prikken.

Ik onderdruk de neiging me van hem los te weken. Uit alle macht probeer ik me te focussen op de sympathie die ik voor hem voel. Het lukt me niet. Verstijfd blijf ik staan. Hij trekt me naar mijn bed en duwt me zachtjes achterover. Buigt zich over me heen. Ik voel zijn warme adem in mijn gezicht. Zijn hand verdwijnt onder mijn dienstbodenuniform.

Ik begrijp niet hoe mensen hier plezier aan kunnen beleven. Even dringt de gedachte aan Abraham de stotteraar zich aan me op. Er trekt een rilling langs mijn ruggengraat. Hoe meer ik meewerk, hoe sneller dit voorbij is.

Als Hugo's vingers tussen mijn benen graaien, mijn broekje bereiken en intieme plekken betasten, verandert er iets. Het is alsof er in mijn hoofd een schakelaar omgaat. Mijn verstand neemt het over. Ik weet wat er gebeurt. Werktuigelijk knoop ik zijn overhemd open. Ik ben me bewust van elke handeling. Ik voel zijn handen over mijn lichaam glijden. Ik weet dat zijn vingers een tepel omklemmen. Ik weet dat hij mijn hals likt, mijn sleutelbeen. Ik zie de koortsachtige blik in zijn half geloken ogen. Ik registreer zijn hijgende ademhaling. Ik weet dat hij zijn gulp opent. Ik voel hoe hij zich in me perst. Ik registreer de pijn. Toch speelt dit alles zich buiten mij om af. Alsof ik buiten mijn lichaam treed en de surreële situatie op afstand aanschouw.

Hugo begint te stoten. Steeds ietsje sneller. Het houten spijlenbed beukt tegen de stenen wand. Ik plaats mijn handen tegen de wand om tegendruk te geven, en in stilte bid ik dat er niemand door de gang loopt. Er verschijnen zweetdruppels op zijn voorhoofd. Tot mijn opluchting duurt het niet lang voor hij zijn hoofd in zijn nek gooit, een verkrampt gezicht trekt en kreunend een hoogtepunt bereikt. Dan laat hij zich op me zakken en legt zijn hoofd op mijn borst. Ik zie dat hij een beginnende kale plek op zijn achterhoofd heeft. De plek glimt in het schijnsel van de gaslamp op mijn nachtkastje.

'Dat was prachtig, lieveling.' Hij wikkelt een rode krul om zijn wijsvinger en kijkt ernaar. 'Ik wist vanaf het moment dat wij elkaar zagen dat jij vroeg of laat hetzelfde voor mij zou gaan voelen. Dat onzinnige barrières zoals leeftijd en klasse zouden wegvallen. Wat wij hebben is zeldzaam, weet je dat?'

Ik zwijg.

Hij richt zich op, leunt op zijn elleboog en boort zijn ogen indringend in de mijne. 'Je weet dat ik niet kan scheiden van Amélie.

Dit, onze liefde, moet tussen ons blijven. Maar wat ik je wel beloof is mijn trouw. Zolang jij bij me blijft en mij trouw blijft, is alles goed.'

26

Carmen

In de Albert Heijn is het hectisch. Een zee van bontkragen en winkelwagens verdringt elkaar bij de schappen, die gevuld zijn met kant-en-klare lekkernijen. Kerstmuziek schalt door de speakers. Op de automatische piloot gooi ik een zakje sla en een bakje kerstomaatjes in het winkelwagentje. Ik heb me laten verleiden om een kerstdiner voor de familie te geven: mijn ouders, mijn zusje Ines en haar vriend, mijn broer Paulo en mijn zwager – en tevens manager – Lex. Koken voor anderen is iets dat ik in theorie leuk vind, maar als het eenmaal zover is en ik het idee in praktijk moet brengen, zakt de moed me al snel in de schoenen. Op culinair vlak heb ik mijn moeders Spaanse genen niet geërfd. Bovendien ben ik stervensdruk, nu de deadline voor mijn derde boek nadert.

Bij de tapasafdeling gooi ik een bakje knoflookolijven in de kar. Ik zou er verstandig aan doen mijn tijd te besteden aan schrijven in plaats van de geschiedenis van Kasteel Vorden te ontleden, maar mijn nieuwsgierigheid is getriggerd. Waarom wil mevrouw Teunissen me niet spreken? Gids Joke liet doorschemeren dat er iets is voorgevallen toen de moeder van mevrouw Teunissen in dienst was van Kasteel Vorden. Er is duidelijk meer aan de hand dan Joke me wist te vertellen.

'Dag mevrouw Hoogendijk,' klinkt het naast me.

Ik kijk op. Naast me staat mijn nieuwe huisarts, waar ik vanochtend nog geweest ben.

'Wat toevallig dat ik u hier tref. Ik heb nog eens over uw vraag van vanochtend nagedacht.' Ze laat haar stem een octaaf dalen. 'De geschiedenis van Kasteel Vorden en de verdwijning van de toenmalige barones,' verduidelijkt ze. 'Zelf kan ik u er weinig over vertellen, maar u zou eens in gesprek kunnen gaan met meneer Kapteijns. Hij woont al zijn hele leven in Vorden en sinds zijn pensionering is hij amateurhistoricus. Hij heeft een indrukwekkend archief over vrijwel alles wat met de omgeving van Vorden te maken heeft. Als huisarts mag ik u zijn adres helaas niet geven, in verband met privacy, maar hij is een bekende in het dorp en zal niet moeilijk te vinden zijn.'

Het is even na vijven als ik in de vestibule mijn mantel ophang en met twee volle boodschappentassen de keuken in loop.

Vik staat met beide handen tegen het grenen aanrecht geleund, zijn rug naar me toe.

'Hé Vik.'

Stilte. Roerloos blijft hij staan. Zijn hele wezen straalt spanning uit.

Ik ga naast hem staan en vang zijn blik. 'Alles goed?'

'Zeg jij het maar.'

Ik frons mijn wenkbrauwen. 'Misschien kun je gewoon even zeggen wat je dwarszit. Ik heb geen zin in raadspelletjes.' Ik begin de boodschappen uit de tassen in de koelkast te pakken.

Met een ruk draait hij zich om. 'Dan zal ik jou haarfijn uitleggen waar ík geen zin in heb. Ik heb je gezegd de kwestie Odette van Egmond te laten rusten. Tot mijn verbazing krijg ik vanmiddag een e-mail van de gids, die Joke, dat ze het zo "enig" vindt...' hij tekent aanhalingstekens in de lucht, 'dat jij aan het graven bent in míjn familiegeschiedenis.' Hij prikt met zijn wijsvinger tegen zijn borst.

'*Jouw* familiegeschiedenis? Ik ben je vrouw, hoor, niet je personeel. En als jij me niet wilt vertellen wat er speelt, dan zoek ik het zelf wel uit. Waarom zei je vanochtend dat je niets wist, terwijl je nota bene zelf hebt ontdekt dat Hugo heeft vastgezeten voor de moord op Odette?'

'Omdat ik niets meer weet dan dat wat er online te vinden is. En omdat ik het wil laten rusten. Mijn ouders zullen gezwegen hebben om een reden. Een reden waar ik ze niet meer naar kan vragen.'

Ik leun tegen het aanrecht, sla mijn armen over elkaar. 'Ja, natuurlijk. Vermoedelijk is die reden schaamte. Plaatsvervangende schaamte voor wat Hugo in zijn schild voerde. De angst om te moeten erkennen dat hun familiegeschiedenis in werkelijkheid niet zo rooskleurig was als ze zouden willen.'

'Alsjeblieft zeg, bewaar dat gepsychologiseer maar voor je cliënten.' Zijn ogen fonkelen. 'Weet je wat jouw probleem is? Dat je geen respect hebt voor de keuze van mijn ouders. Je hebt nooit begrip of respect gehad voor ons erfgoed. Mijn ouders wilden hierover zwijgen. Waarom kun je dat niet gewoon accepteren?'

Ik voel mijn bloeddruk stijgen. 'Krijgen we het "respect voor ons erfgoed"-riedeltje weer? Dat verhaal kennen we nou wel,' bijt ik hem toe, terwijl ik een glas wijn inschenk.

Ik weet dat Vik ergens gelijk heeft. Sommige gewoonten en tradities heb ik nooit goed begrepen. Viks ouders leefden uiterst sober en ontvingen zeven dagen per week vreemden in hun huis om de torenhoge onderhoudskosten te dekken. Een privéleven hadden ze niet, alles wat ze deden en nalieten stond in dienst van 'het in stand houden van het erfgoed'. Gaandeweg ben ik dat gaan begrijpen: ze zagen het als hun levenswerk. Wat ik niet begrijp, is dat ze uit alle macht een opgepoetste versie van hun familiegeschiedenis in stand wilden houden. 'Odette is om het leven gekomen. Hoogstwaarschijnlijk is ze vermoord. Jouw ouders hebben er actief aan meegewerkt om dat in de doofpot te stoppen. In ieder geval wisten ze dat Hugo werd verdacht van de moord op Odette. Daarover hebben ze bewust gelogen tegen die Joke, terwijl ze het bewijs in hun kluis bewaarden. Wie een kaartje kocht voor een rondleiding, stapte in de zelfgecreëerde schijnwereld van Kasteel Vorden.' Ik overdrijf, dat weet ik, maar ik kan het niet laten. 'Wat heeft het voor zin om terug te kijken op je familiegeschiedenis als je niet alle puzzelstukjes compleet hebt? Of om met trots te kijken naar de mooie kanten, maar de schaduwzijde bewust te negeren?'

'*So what?* Ik hoef niet te weten wat mijn overgrootvader zijn eerste vrouw zou hebben aangedaan. Het is honderdtwintig jaar geleden! En wat denk jij dat die *fucking* Joke doet nu jij haar aan een kruisverhoor hebt onderworpen? Ik kan het voor je uittekenen. Dat sensatiebeluste mens is een wandelende roddelfabriek. Ze stapt naar de media en gaat een sappig verhaal verkopen.'

Ik zucht, en wrijf over mijn gesloten ogen. 'Welnee, dat doet ze echt niet. Die vrouw was dol op je ouders en ze is dol op alles wat met Kasteel Vorden te maken heeft. Bovendien: het verhaal ís al doorgesijpeld naar de media.'

'Precies, en ik wil de schade beperken! Snap dat dan! Hoe meer jij graaft, des te meer voedingsbodem je die riooljournalisten geeft!'

Ik zwijg. Geërgerd pak ik een snijplank en een mes uit de la. Ik begin kerstomaatjes in parten te snijden en gooi ze in een slakom.

'Wat doe je?'

'Hoe ziet dit eruit? Mijn familie komt straks eten, weet je nog?'

'Sjezus christus, ook dat nog.' Hij zet een hand in zijn zij en wrijft geërgerd door zijn haar. 'Ik kreeg vanmiddag een telefoontje van *RTL Boulevard*. Dat bericht van *Showbizz Inside* is vanochtend viral gegaan, en daar wil *RTL Boulevard* op inspringen. Ze willen er vanavond een item van een paar minuten aan wijden. Ik heb ze afgepoeierd, gezegd dat we geen commentaar geven. Als we er geen aandacht aan besteden, gaat het morgen weer over de nieuwe scharrel van Fred van Leer.'

'Dat hoop je.' Ik sprenkel wat olijfolie over de salade.

'Nee, dat wéét ik. Echt, Car, dat gegraaf van jou gooit alleen maar olie op het vuur. We hebben genoeg op ons bordje gehad de laatste tijd. Vooral jij. Ik wil rust. Voor jou, voor mij.' Hij draait zijn rug naar me toe en richt zijn blik uit het keukenraam, alsof daar buiten iets interessants te zien valt.

Ik zucht, sla mijn armen om zijn middel en leg mijn hoofd tegen zijn gespannen rug. 'Ik begrijp je wel. Echt. Jij vreest dat een reactie alles verergert, maar zwíjgen zorgt juist voor meer speculatie. Bovendien ligt het verhaal toch al op straat. Daar veranderen we niets meer aan. Laten wij dan uitzoeken hoe het écht zit. Soms wordt de soep heter gegeten dan ze wordt opgediend. Als dat zo is, kun je je verdedigen met de waarheid, in plaats van zwijgen en hopen dat het overwaait. En laten we vooral niet vergeten dat niemand anders dan Hugo zelf verantwoordelijk is voor wat hij heeft gedaan. Zijn daden zeggen niets over jou, over jouw ouders of je oma.'

Langzaam ontspant hij. Hij draait zich om en slaat zijn armen om me heen. 'Oké. Misschien heb je gelijk.'

'Natuurlijk heb ik dat.' Ik zwijg even. 'Niet boos worden nu, maar ik heb een afspraak gemaakt met een amateurhistoricus,' zeg ik voorzichtig.

Hij maakt zich van me los, fronst zijn wenkbrauwen.

Ik vertel over het vreemde telefoontje naar mevrouw Teunissen, die te kennen gaf niets met Kasteel Vorden en de familie te maken te willen hebben. 'Joke zei dat de moeder van die mevrouw Teunissen, ene Elly Driessen, in de tijd van Hugo als dienstbode op het kasteel werkte. Er schijnt iets te zijn voorgevallen tussen haar en Hugo en daarna is Elly uit dienst gegaan.' Ik vertel hoe ik na dat telefoontje de huisarts tegenkwam, die me op de amateurhistoricus attendeerde. 'Hij heeft me beloofd in zijn archieven te duiken en zijn bevindingen na de kerstdagen met me te delen, in ruil voor een lunch bij een hotel-restaurant in de Dorpsstraat. Of hij me meer kan vertellen dan Joke betwijfel ik, maar het is het proberen waard.'

Hij wrijft met vlakke hand over zijn gezicht en zucht. 'Goed dan. Als jij dit zo nodig wil uitzoeken, dan moet je dat maar doen.'

27

Guusje

Ik ben al wakker als om vijf uur het doordringende gerinkel van mijn wekker klinkt. Ik heb het gevoel nauwelijks te hebben geslapen, terwijl ik bij vlagen toch even weggedut moet zijn. Na Hugo's vertrek gisteravond heb ik me meteen uitgebreid gewassen, maar het lijkt alsof zijn geur in mijn poriën is gekropen, want ik ruik hem nog steeds. Ik laat mijn waskom vol water lopen, pak een blok zeep en begin me opnieuw grondig in te zepen.

Als ik mijn dienstersuniform heb aangetrokken, begeef ik me naar de eetzaal. Ik schep havermout in een kom. Omdat ik geen zin heb om een gesprek te voeren, ga ik aan het uiteinde van de tafel zitten, een eindje bij de rest vandaan. Het besef treft me ten volle: ik ben nog steeds een lichtekooi. Ik werk niet meer voor Maison Coco, maar feitelijk is er weinig veranderd. Ik sta nu enkel in dienst van Hugo. Ik neem een hap havermout en dwing mezelf de smakeloze massa door te slikken.

Tegenover me zit Elly. 'Heb je wel goed geslapen, Guusje? Je ziet er moe uit.' Ze grijnst vals.

Ik neem de moeite niet om te antwoorden.

Meneer Kapteijns loopt met een gezicht dat op zeven dagen onweer staat de eetzaal in. Hij neemt plaats aan het hoofd van de tafel en vraagt om een ogenblik stilte. Als hij de groep heeft rondgekeken en zich verzekerd weet van ieders aandacht, steekt hij van wal. 'Zoals jullie weten wordt er op diverse kastelen en landgoederen ingekrompen. Een groot personeelsbestand is niet meer van deze tijd, en ook Kasteel Vorden heeft lang niet meer zoveel personeel in dienst als vijftien jaar geleden. Gisteravond hebben de baron en de barones aan mij kenbaar gemaakt afscheid te nemen van twee lakeien...'

Gerda met het knaagdierengezicht kijkt paniekerig de groep rond. 'Och, goeie grutten! Zijn wij nu ook aan de beurt? Worden we nu allemaal ontslagen?'

Naast haar zit chauffeur Koen, die Gerda met één opgetrokken wenkbrauw aankijkt.

Meneer Kapteijns zucht theatraal. 'Ik zou het zeer op prijs stellen, juffrouw Roelvink, als u uw mond houdt totdat ik uitgesproken ben. Dat communiceert een stuk efficiënter, nietwaar? Ik heb geen reden om aan te nemen dat er meer ontslagen zullen volgen. Niemand hoeft zich zorgen te maken. Hun ontslag betekent echter niet dat hun werk niet meer gedaan hoeft te worden. We zullen allen dus een stapje extra moeten zetten.' Meneer Kapteijns informeert ons over een nieuwe taakverdeling.

Zijn geleuter vervaagt tot achtergrondruis. De huid tussen mijn benen schrijnt en in mijn hoofd hangt een dikke mist. Mijn gedachten dwalen af naar Dirkje, wier ziekte ik vele malen zorgelijker vind dan ontslagrondes en inkrimpingsplannen op Kasteel Vorden. Bij de gedachte dat ze afgezonderd wordt in een sanatorium, ziek en helemaal alleen, krimpt mijn hart ineen. In stilte bid ik dat het Hugo lukt om een bezoekregeling te treffen.

Ik schrik op als ik mijn naam hoor. 'En u, juffrouw Simons, u dient vanochtend het ontbijt op aan de baron en de barones. Ze gebruiken hun ontbijt in de rode salon.'

Met tegenzin loop ik met een leeg dienblad de trap op naar de rode salon. De deur staat op een kier. Achter de deur klinkt de stem van Hugo.

'Ik wil het niet hebben, Amélie,' zegt hij op autoritaire toon. 'Je weet hoe ik erover denk. Je blijft thuis en daarmee uit.'

Een moment blijf ik roerloos staan.

'Maar ik heb beloofd om de voordracht op me te nemen,' protesteert Amélie. Haar stem klinkt zwakjes.

Een schamper lachje. 'En waarom zou Arbeid Adelt willen dat uitgerekend jíj de voordracht verzorgt? Dat is volslagen belachelijk.

Het lijkt me toch dat daar geschiktere kandidaten voor te vinden zijn. Je hebt geen dag in je leven gewerkt! Wat heb jij nou te melden?'

Onverstaanbaar gefluister.

'Dat feministische geklets heeft een buitengewoon slechte invloed op je houding en gedrag, en het heen en weer reizen heeft zijn weerslag op je zenuwstelsel. Als je zo nodig iets ondernemen wilt, dan ga je maar sokken en wanten breien voor Belgische vluchtelingen. Dat kun je tenminste binnenshuis doen.'

Het gezicht van de barones wordt naar de deur getrokken. 'Goedemorgen juffrouw Simons,' zegt ze opgewekt. Ik meen opluchting in haar stem te bespeuren.

Ik duw de deur verder open en maak een klein knicksje. 'Goedemorgen baron, barones.' Zonder Hugo of zijn vrouw aan te kijken begin ik de borden en de kopjes op het dienblad te verzamelen.

'Heeft u het naar uw zin bij ons, juffrouw Simons?' De barones dept haar smalle lippen met haar servet.

'Jazeker, mevrouw.'

'Wilt u zo goed zijn om aan de keuken door te geven dat de barones en ik onze koffie graag hier in de rode salon blieven?' Hugo's stem klinkt zakelijk en neutraal.

'Ik geef het door, mijnheer,' antwoord ik.

'Aan uw accent te horen komt u niet uit deze omgeving,' merkt de barones op.

'Ik kom uit Amsterdam, mevrouw.'

'Hemeltjelief. Hoe bent u dan helemaal in Vorden verzeild geraakt?'

Ik kuch in mijn hand om tijd te rekken. Het kletsverhaal over Hugo die een kennis van de familie Huijbregts zou zijn kan ik onmogelijk opnieuw opdissen: ik neem aan dat de barones wel weet met wie haar man omgaat. 'Ik zocht werk en begreep dat hier een positie vrij was,' antwoord ik vaag. 'En mijn zusje heeft tbc. Ze wordt vandaag naar sanatorium Herfstzon gebracht, even buiten Vorden. Ik vond het prettig om bij haar in de buurt te zijn.'

Ik werp een korte blik op Hugo, die met een neutrale blik door de krant bladert. Bij zijn kaken spant een spiertje.

'Wat fijn. Dan kunt u uw zusje zo nu en dan een bezoekje brengen.'

'Ik geloof dat dat niet zomaar kan, mevrouw.'

'Waarom zou dat niet kunnen?' vraagt Amélie verbaasd.

Ik durf Hugo nauwelijks aan te kijken. 'Omdat artsen niet willen dat bezoekers er zomaar in- en uitlopen,' echo ik Hugo na.

'Niet te pas en te onpas, nee. Maar er zijn wel degelijk bezoektijden. Een van mijn vriendinnen doet vrijwilligerswerk in Herfstzon. Elke vrijdagmiddag van drie tot vijf mogen patiënten er bezoek ontvangen.'

'En hoe moet dat meisje daar dan komen, Amélie?' vraagt Hugo kalm, zonder zijn blik van de krant los te maken.

'Daar hebben we een chauffeur voor,' roept de barones. 'Ik sta erop dat u voortaan op vrijdagmiddag naar Herfstzon gaat. Onze chauffeur brengt en haalt u. Als u zorgt dat u vrijdags uw taken op tijd klaar heeft, dan regel ik met mevrouw Willems dat u vrij bent en met onze chauffeur dat hij u brengt en haalt.'

Hugo legt zijn krant neer en kijkt me glimlachend aan. Zijn ogen doen niet mee. 'Dat is dan geregeld, juffrouw Simons. Wel jammer dat ik mijn chauffeur vrijdag zelf nodig heb, maar vooruit, daar vind ik wel iets op. Over drie dagen ziet u uw zuster weer.'

De barones houdt woord. Nog diezelfde ochtend komt mevrouw Willems bij me terwijl ik in de wasruimte de tafellakens aan het persen ben. 'Als je vrijdag op tijd je taken af hebt, dan ben je 's middags vrij om je zusje te bezoeken.'

'Dank u wel, mevrouw Willems.'

Ze knikt kort en draait zich om, maar op de drempel blijft ze even staan. 'Wat vervelend dat je zusje ziek is, juffrouw Simons. Sterkte.'

Tegen mijn verwachting in blijft Hugo enkele nachten weg. 's Nachts slaap ik heel licht en let ik op elk geluid, maar er wordt niet aan mijn deur geklopt. Ook in het kasteel kom ik hem niet tegen, alsof hij me ontloopt. Zonder dat ik kan verklaren waarom, bekruipt me het gevoel dat ik iets verkeerds gezegd of gedaan heb. En hoewel dat me zorgen baart, heeft mijn opwinding over het feit dat ik Dirkje over enkele dagen weer zie, de overhand. Ik voer mijn taken met uiterste discipline en precisie uit. Het laatste wat ik wil is mijn bezoek aan Dirkje vrijdag in de waagschaal stellen, omdat er nog huishoudelijke taken liggen.

In de nacht voor mijn bezoek aan Dirkje klinkt er toch een korte roffel op mijn slaapkamerdeur. Het is even voor tweeën. Hoewel ik op tijd naar bed ben gegaan omdat ik morgen al om vijf uur aan mijn werkzaamheden begin zodat ik om half drie vrij kan zijn, ben ik op slag wakker en direct alert. Ik sla mijn benen over de rand van het bed en schuifel over de koude stenen vloer naar de deur.

Hugo draagt een zijden duster met paisleyprint over zijn pyjama. 'Dag schoonheid.' Hij glimlacht vaag. Zijn ogen fonkelen in het flauwe schijnsel van de gaslampen. Hij stapt over de drempel en spreidt zijn armen.

Behoedzaam stap ik in zijn armen. 'Ik dacht dat je misschien boos op me was.'

'Hoe kom je daar nou bij, meisje?' Hij legt zijn hand in mijn nek en glijdt met zijn duim langs mijn hals.

Omdat je wegbleef, wil ik zeggen, maar die woorden slik ik in. Het laatste wat ik wil is hem de indruk geven dat ik uitkijk naar zijn nachtelijke bezoekjes en hij dit als een aanmoediging opvat.

Hij zet zijn wijsvinger tegen mijn kin en dwingt me hem aan te kijken. 'Als ik boos op je zou zijn, dan had ik toch niet geregeld dat je je zusje kon zien?'

Ik frons licht mijn wenkbrauwen en kijk hem vragend aan. 'Hoe bedoel je?'

Hij houdt me een eindje van zich af. 'Ik geloof dat ik je niet begrijp. Wat bedoel jíj?'

Intuïtief zoek ik naar woorden die hem niet voor het hoofd stoten. 'Dat jouw vrouw heeft geregeld dat ik morgenmiddag eerder vrij ben en Dirkje mag bezoeken,' zeg ik voorzichtig.

Hij trekt zijn wenkbrauwen op en glimlacht minzaam. 'Mijn echtgenote regelt helemaal niets meer wat ons personeel betreft. Natuurlijk is dat haar taak als vrouw, en ze wekt nog altijd graag de indruk dat ze het personeel aanstuurt, maar dat overzicht heeft ze niet meer.'

‘Overzicht? Wat bedoel je daarmee?’

Hij ademt hoorbaar en kijkt me doordringend aan. Dan tikt hij even op het puntje van mijn neus. ‘Ik hoop wel dat je Amélie doorziet en dat je je niet door haar in de luren laat leggen. Ze kan buitengewoon vriendelijk zijn, heus, maar ze is ook manipulatief. Afijn. Ik ben hier niet om het over Amélie te hebben. Hou haar maar een beetje op afstand, schoonheid.’ Hij begint mijn wang te kussen en daalt af naar mijn hals en sleutelbeen. ‘Ik verlang naar je.’

28

Sanatorium Herfstzon ligt als een ultramodern, glazen blok in een bosrijk landschap. Voor het gebouw strekt zich een tuin uit ter grootte van een park. Chauffeur Koen parkeert de automobiel onder de hoge eikenbomen en opent mijn portier.

Mijn handen voelen klam en er jaagt een nerveuze tinteling door mijn middenrif. Er is bijna een week verstreken sinds ik uit Amsterdam vertrok en Dirkje voor het laatst gezien heb. Vorige week was ze nauwelijks aanspreekbaar. Ik heb geen idee hoe het nu met haar gaat en de afgelopen dagen heb ik me voorbereid op het ergste.

Ik word opgehaald door een arts in een lange witte jas, dito haarkleur en een geaffecteerd accent, die zich voorstelt als dokter Van der Steen. Er bungelt een stethoscoop om zijn hals.

'Hoe gaat het met Dirkje?' informeer ik.

'Toen ze een paar dagen geleden bij ons binnenkwam was haar situatie ernstig, maar we merken een lichte verbetering. Zal ik u een korte rondleiding door het gebouw en de tuinen geven?'

Liever ga ik direct naar Dirkje, maar dokter Van der Steen wacht mijn antwoord niet af. Hij troont me mee en steekt van wal.

Over de locatie heeft Hugo in ieder geval niets te veel gezegd. Sanatorium Herfstzon is een spiksplinternieuw gebouw dat aan alle moderne eisen voldoet en dat zelfs een binnenzwembad heeft, voor patiënten die zich in de laatste fase van hun kuur bevinden en weer voorzichtig mogen gaan bewegen. Onder de bomen in de tuin staan rijen met bedden opgesteld, waarin kinderen les in taal en rekenen krijgen, zodat ze ondanks hun opname niet te ver achter raken op school. De patiënten worden geacht plat in bed te blijven liggen. ('Je schouders moeten het matras raken.') Patiënten die aan de beterende hand zijn, mogen op een gegeven moment rechtop in bed zitten. Maanden of zelfs langer in bed liggen lijkt me vreselijk, maar volgens dokter Van der Steen is volledige bedrust de enige genezingsmethode. 'Wanneer je te veel beweegt, krijgt de tuberculosebacterie kans om te groeien en je dood te maken,' zegt hij op een toontje alsof hij een klein kind tegenover zich heeft. Ik vermoed dat het beroepsdeformatie is, aangezien hij kinderen en jongeren tot en met zeventien jaar behandelt – de leeftijdscategorie waar Dirkje nog net binnen valt. Van der Steen ratelt door over het belang van rust, reinheid en regelmaat.

Ik hoor zijn verhaal aan en wip onrustig van de ene voet op de andere.

'U zult uw zusje nu wel graag willen zien, is het niet? Kom maar mee.'

'Graag. U zei dat het beter gaat met Dirkje. Betekent dit dat ze bij bewustzijn is?'

'Ze slaapt veel, maar dat is gebruikelijk in deze fase van de ziekte. Uw zuster is aanspreekbaar. We zorgen goed voor haar, juffrouw Simons.'

'Dus Dirkje is buiten levensgevaar?'

De arts maakt een vage hoofdbeweging. 'Op dit moment wel. We zijn vooralsnog voorzichtig optimistisch gestemd.'

Opluchting overspoelt me. We lopen door een grote slaapzaal met rijen bedden, waar tbc-patiënten van vijftien jaar en ouder liggen. Ik kijk om me heen, maar zie Dirkje nergens.

'Uw werkgever stond erop dat uw zusje een eigen kamer zou krijgen,' zegt dokter Van der Steen. Hij kijkt me kort aan.

Ik wend mijn blik af en volg hem naar de vleugel met privékamers. Hij opent een deur met een naambordje met daarop *Dirkje Simons*.

Dirkje ligt in het midden van de kamer, in een wit, smal spijlenbed, dat desondanks te groot voor haar lijkt. Ze slaapt. Hoewel ik haar slechts een week niet gezien heb, lijkt ze kilo's te zijn afgevallen. Haar gezicht is nog steeds bleek. Haar donkerrode krullen plakken niet meer tegen haar voorhoofd, maar liggen als een waaier op haar kussen. Hoop flitst door me heen. De kamer is ruim. Op het nachtkastje staat een beker water met een rietje erin. Naast de deur is een klein keukenblokje geplaatst. Her en der staan grote varens die de ruimte opfleuren, en op de wand tegenover haar bed is een kleurrijke muurschildering aangebracht in art-decostijl, waarin ik Maria met kindeke Jezus denk te herkennen. Het kamerbrede raam geeft toegang tot een terras en zicht op de tuin en de bossen. De afgelopen dagen was mijn sympathie voor Hugo weggeëbd, maar nu voel ik dankbaarheid tot in mijn haarwortels. Mijn hoofd en hart zijn een moeras van verwarrende, tegenstrijdige gevoelens.

'Goed, ik laat jullie,' zegt de arts met gedempte stem. 'Zoals u weet is tbc besmettelijk, dus ik wil benadrukken dat lichamelijk contact zoveel mogelijk vermeden dient te worden. Het bezoekuur duurt tot vijf uur. Als u iets gebruiken wilt, dan staat het u vrij iets voor uzelf in te schenken.'

Ik moet me inhouden om Dirkje niet om haar hals te vliegen en tegen me aan te drukken. Ik schuif een kruk bij en ga naast haar bed zitten. Als de deur achter de arts dichtvalt, opent ze haar ogen.

'Hé,' fluistert ze. Ze glimlacht vaag.

'Hé,' fluister ik terug. Mijn zicht wordt wazig. De contouren van de kamer vervagen. Ik buig over haar heen, druk een kus op haar voorhoofd en druk mijn neus in haar haren. Ik snuif haar vertrouwde geur op: zoete amandelen.

'Pas op, ik ben besmettelijk,' fluistert ze.

Ik lach door mijn tranen heen en maak me van haar los. 'Dat kan me niets schelen. Wil je me nooit meer zo laten schrikken?'

'Je kent me toch? Dat kan ik niet beloven.' Ze probeert overeind te komen.

'Liggen blijven,' sommeer ik. 'Orders van de dokter. Je schouders moeten het matras raken.'

'Ze kunnen me wat. Ik blijf niet maanden op mijn rug liggen.' Haar stem klinkt hees en in haar ademhaling klinkt nog steeds een nare piep door.

'Je zult wel moeten,' zeg ik streng.

Kennelijk heeft Dirkje geen energie om ertegen in te gaan, want ze laat zich weer in haar kussen zakken.

'Herinner je je nog iets van de dagen toen je thuis in de bedstee lag?'

Ze schudt haar hoofd. 'Nauwelijks. Ik geloof dat ik me herinner dat moeder aan het huilen was. Verder heb ik vooral veel gedroomd. Eindeloze, vreemde dromen. Opoe die met Faas en Feike aan het tollen was. Vader die me ophaalde om samen naar de Zuiderzee te kijken. De zon scheen heel fel en na een tijdje roeide hij weg in een bootje. Ik wilde met hem mee, maar hij zei dat dat niet kon en dat ik op de kade moest blijven. En toen werd ik wakker, en plotseling lag ik in deze vreemde kamer. Er stond een man over me heen gebogen met een witte jas en spierwit haar. Eerst dacht ik dat hij een engel was, maar hij rook uit zijn mond, naar koffie. En toen dacht ik: in de hemel hebben ze vast geen koffie.' Ze glimlacht. 'Hij vertelde dat hij de dokter is en dat ik in een sanatorium lig. Ik schijn hier met een ambulance naartoe te zijn gebracht. Voor het eerst in mijn leven heb ik in een auto gezeten en ik kan het me niet eens herinneren.' Ze rolt met haar ogen. Ik zie iets van haar oude strijdlust terug. Hoop flitst door me heen.

Dan fronst ze haar wenkbrauwen. 'Waar betalen we dit eigenlijk van?' vraagt ze.

'Dat is allemaal geregeld. Wat een mooi uitzicht heb je hier trouwens,' roep ik opgewekt en werp een quasigeïnteresseerde blik door het raam naar buiten.

Ze trekt één wenkbrauw op. 'Geregeld? Hoe dan?'

Met haar opmerkingsvermogen is kennelijk niets mis. 'Maak je daar nou maar geen zorgen over.'

'Guus... Vertel.'

Ik peuter aan een velletje naast mijn duimnagel en zucht. 'Goed. De dag nadat we die aardappels gestolen hebben, ben ik ontslagen bij de familie Huijbregts.' Ik schets kort de gebeurtenissen: het aardappeloproer, de huisarts die langskwam en een opname in een sanatorium aanraadde. Mijn werk voor Maison Coco verzwijg ik. 'Een week later vond ik ander werk als dienstbode op een kasteel. Toen de kasteelheer hoorde dat jij ziek bent, stond hij erop jouw behandeling te betalen.'

'Zomaar?' Ze kijkt me taxerend aan.

Ik heb het gevoel alsof ze dwars door me heen kijkt. 'Ja, zomaar.' Ik probeer neutraal te kijken. 'Nou ja, ik werk er natuurlijk wel extra uren voor, zonder daarvoor betaald te krijgen.'

Ze knijpt krachteloos in mijn hand. 'Dank je wel. Dank je wel dat je dit voor me geregeld hebt.'
'Zorg jij eerst maar dat je beter wordt.'
Ze gaapt achter haar vuist en ik zie dat ze moeite heeft haar ogen open te houden. 'Probeer maar wat te slapen. Ik ben hier nog wel even.'

Om klokslag vijf uur stapt dokter Van der Steen Dirkjes kamer binnen en deelt mee dat het bezoekuur verstreken is. Dirkje slaapt nog. Ik geef haar een kus en fluister dat ik volgende week terugkom.
Buiten zit chauffeur Koen nonchalant op de motorkap van de automobiel, één hand op zijn knie, een grassprietje in zijn mond. Hij kletst geanimeerd met een blonde verpleegster, die wel iets weg heeft van Elly. Ze giechelt in ieder geval al net zo aanstellerig.
Als hij me opmerkt, laat hij zich glimlachend van de motorkap glijden.
'Hoelang verwacht u dat Dirkjes herstel duurt?' vraag ik aan dokter Van der Steen, die met me mee naar buiten gelopen is.
'Dat is lastig te zeggen,' beantwoordt dokter Van der Steen mijn vraag. 'De herstelperiode verschilt per patiënt. Gemiddeld verblijven patiënten hier zo'n drie jaar.'
Abrupt blijf ik staan. 'Drie jáár?' Wanhoop overspoelt me.
'Probeer goede moed te houden. Bedrust, reinheid en regelmaat,' benadrukt de arts weer. 'Uw zuster is bij ons in goede handen. Ze zal steeds meer bewegingsvrijheid hebben. Maar hoe beter Dirkje zich aan de voorschriften van het sanatorium houdt, hoe sneller ze zal herstellen.'

29

Aan de hemel drijven grijze wolken traag voorbij. Het is drukkend warm. Koen stuurt de auto door het bosrijke landschap. Hij draait een smal zandpad op, dat wordt geflankeerd door knoestige eiken. Vanaf de bok vertelt hij enthousiast over de omgeving. 'Naast Kasteel Vorden heeft Vorden nog zeven andere kastelen. Maar Kasteel Vorden is het oudste kasteel van de acht en is waarschijnlijk al gebouwd in de twaalfde eeuw.'

Ik richt mijn blik op het voorbijtrekkende landschap. Mijn gedachten zijn mijlenver weg en mijn hervonden vreugde over Dirkjes voorzichtige verbetering wordt overschaduwd door het vooruitzicht dat ze mogelijk nog drie jaar in sanatorium Herfstzon moet verblijven. Hoe ga ik in hemelsnaam nog drie jaar deze regeling met Hugo volhouden?

Plotseling klinkt er een pruttelend geluid. De motor valt stil en de automobiel komt schokkend tot stilstand. Een vreemde, branderige geur dringt mijn neus in.

Koen vloekt binnensmonds. Hij stapt uit en aan de voorzijde van de auto probeert hij het voertuig weer aan te slingeren. Er gebeurt niets. Na een paar vruchteloze pogingen trekt hij het jasje van zijn uniform uit, stroopt de mouwen van zijn overhemd op en trekt de motorkap open. Er komen rookwolkjes tevoorschijn. Zuchtend sluit hij de kap.

'Het spijt me, juffrouw Simons. We kunnen niet verder rijden. Om de motor weer aan de praat te krijgen heb ik mijn gereedschap nodig, en dat ligt in het koetshuis. Het is nog een kilometer of zeven lopen naar het kasteel. U kunt in de auto wachten tot ik terug ben, maar dat duurt nog zeker drie uur en ik laat u liever niet alleen achter.'

Ik bijt op mijn onderlip. 'Is er geen dorp in de buurt waar we gereedschap kunnen lenen om de auto te repareren?'

Hij schudt zijn hoofd. 'Niet dichterbij dan Vorden.'

'Nou, dan gaan we lopend verder.' Ik glimlach monter en klim de automobiel uit.

'Als we het bos doorkruisen kunnen we een stuk afsnijden.'

Ik werp een bedenkelijke blik op het dichtbegroeide struikgewas.

'Ik ken het hier, het is te doen. Niet ver hier vandaan ligt een wandelpad.'

'Goed.' Ik volg Koen het bos in. We banen ons een weg door het struikgewas. En inderdaad, een meter of vijftig verderop gaat de begroeiing over in een kronkelig zandpad. Het pad is smal en ik ploeg door het dorre bladerdek achter Koen aan. De broeierige warmte ligt als een zware deken over het aardoppervlak en mijn jurk plakt onaangenaam tegen mijn rug.

Koen werpt een blik over zijn schouder. 'Gaat het, Guusje?'

'Het gaat prima,' roep ik overdreven opgewekt. Om de een of andere reden wil ik niet dat hij denkt dat ik een verwend stadsmeisje ben.

Opnieuw kijkt hij over zijn schouder. 'Klopt het dat jij de baron al kende voor je op Kasteel Vorden kwam werken?'

Ik mompel iets bevestigends. 'En jij? Hoelang werk jij al voor de baron?' informeer ik snel, om nieuwe vragen voor te zijn.

'Al zeven jaar. Ik ben nu vijfentwintig. Ik had van tevoren nooit gedacht dat ik zo lang zou blijven, maar ik doe wat ik leuk vind: autorijden, sleutelen en ik heb alle vrijheid van de wereld.'

'Moet jij niet het leger in?' Het is iets wat ik me plotseling afvraag. Alle Nederlandse mannen tot vijfendertig jaar zijn immers gemobiliseerd en zitten aan de grensstreek, voor het geval aan Nederland alsnog de oorlog wordt verklaard. De enige uitzonderingen gelden voor mannen die om medische redenen niet opgeroepen kunnen worden, of die omwille van hun functie niet kunnen gaan.

'Ik ben tot vorig jaar aan de grens geweest. Maar we zaten daar maar te duimendraaien. Er gebeurde niets en ik was er klaar mee. Ik wil me nuttig maken. Als de moffen Nederland de oorlog hadden verklaard, dan had ik mijn verantwoordelijkheid genomen en was ik in dienst gebleven. Maar de baron bood aan om iets voor me te regelen, zodat ik uit dienst kon en mijn werk als zijn chauffeur weer kon oppakken.'

Ik laat Koens woorden een tel op me inwerken. Kennelijk is Hugo invloedrijk – in ieder geval reikt zijn invloed zo ver dat hij zelfs mannen onder hun dienstplicht kan laten uitkomen.

'De baron is een goede werkgever. Hij doet veel voor zijn personeel.'

Ik zwijg. Dorre takken knappen onder mijn rijglaarsjes.

'Heeft hij óók de opname van je zusje geregeld?' Hij kijkt me kort over zijn schouder aan en richt zijn blik dan weer op het zandpad voor zich. 'Neem me niet kwalijk, dat is een vrijpostige vraag. Herfstzon is een luxueus sanatorium waar vooral de kouwe kak opgenomen wordt. Ik dacht...'

'Jij dacht: dat kan die arme dienstbode zich niet veroorloven.' Ik glimlach en manoeuvreer het gesprek een andere richting op. 'Kom je niet uit deze omgeving?' informeer ik. Vaag meen ik een tongval in zijn uitspraak te horen die ik niet helemaal kan thuisbrengen. Koens 'g' klinkt wat zachter en hij spreekt niet zoals de meeste mensen uit deze streek dat doen.

'Dat heb je goed gehoord. Ik ben opgegroeid in Zuid-Limburg.'

'Komen je ouders daar vandaan?'

Ik kijk naar zijn rug. Hij maakt een vage hoofdbeweging. 'Dat weet ik niet. Ik ken mijn ouders niet. Ik ben opgegroeid in een katholiek weeshuis in Maastricht. Het enige wat me daar verteld is, is dat ik als baby voor de poort van het weeshuis te vondeling ben gelegd.'

Even val ik stil. 'Jeetje, het spijt me dat te horen,' zeg ik. 'Hoe was het om daar op te groeien?'

Het smalle pad maakt een scherpe bocht en gaat over in een breder wandelpad. Ik ga naast Koen lopen en observeer tersluiks zijn gezichtsuitdrukking. Hij krabt in zijn nek, trekt een moeilijk gezicht.

'Het was een hard bestaan. Het weeshuis werd geleid door een groep regenten: mannen in zwarte jurken, die we "vader" moesten noemen. We hadden er geen naam, maar een weesnummer. Ik was nummer achttien. Het leven stond er in het teken van tucht: hard werken, braaf je weesgegroetjes opdreunen. Lijfstraffen waren eerder regel dan uitzondering. Maar een pak slaag was niet het ergste. De heilkamer, daar wilde je echt niet terechtkomen. De heilkamer was een kale, vochtige kamer in de kelder, met een klein tralieraam. Er was geen bed, geen enkele vorm van vermaak, geen wc. Alleen een houten emmer, en er kroop ongedierte. Soms zat je er een dag, soms weken.' Hij zwijgt even en staart voor zich uit, alsof de herinneringen zich opnieuw voor zijn ogen ontvouwen. 'Alles was erop gericht om vrome, katholieke jongetjes van ons te maken. Maar hoe ouder ik werd, hoe slechter ik dat keurslijf verdroeg en hoe recalcitranter ik werd. Na de zoveelste lijfstraf besloot ik die regent terug te slaan. Dat leverde me niets op, behalve meer blauwe plekken en een langer verblijf in de heilkamer. Al gaf zijn bloedneus me wel even voldoening.' Hij grijnst.

'Wat verschrikkelijk,' zeg ik.

Hij schudt zijn hoofd. 'Het heeft me gevormd tot wie ik nu ben. Ik heb erdoor geleerd om mezelf te kunnen redden. Ik had daar tot mijn achttiende moeten blijven, maar op mijn veertiende had ik er schoon genoeg van. Het was geen vooropgezet plan om te vertrekken, maar een van de regenten had de toegangspoort open laten staan en ik zag mijn kans schoon. Sindsdien heb ik op verschillende plekken gewoond. Ik ben het land doorgetrokken. Als ik ergens werk kon krijgen, dan bleef ik daar een tijdje, tot een nieuwe plek me weer trok.'

'Heb je nooit de behoefte gehad ergens te blijven? Om een thuis te creëren?'

'Thuis is wat je er zelf van maakt. En ach, inmiddels ben ik al zeven jaar in dienst van de baron. Ik heb een mooie kamer in het bijgebouw, een goed loon... Ik heb niets te klagen.'

'Is Kasteel Vorden je thuis?'

Hij haalt nonchalant een hand door zijn donkerbruine haar. 'Voor nu. Ik ga waar de wind me brengt. En ik weet het: de meeste mensen van mijn leeftijd zijn getrouwd, stichten een gezin. Maar...' Hij haalt zijn schouders op.

'Maar jij bent niet zo conventioneel als de meeste mensen,' vul ik aan.

'Ik denk het niet, nee. Ik wil de vrijheid hebben om te gaan en staan waar ik wil, anders word ik onrustig. Dat kan ik een gezin niet aandoen.' Hij glimlacht en kijkt opzij. Zijn ogen dwalen over mijn gezicht. 'En wat wil jij met je leven, Guusje? Wat zijn jouw dromen?'

'Die vraag is me nog nooit gesteld.' In feite is die toekomst al in grote lijnen uitgestippeld. Er was geen geld om door te leren – voor zover vrouwen die mogelijkheid al hebben – en dus moest er gewerkt worden. Het was voor de hand liggend om als dienstbode in betrekking te gaan, tot er zich een man aandient en ik verantwoordelijk word voor mijn eigen huishouden. Ik heb mezelf nooit de luxe gepermitteerd om te dromen over meer. Maar is trouwen en een gezin stichten werkelijk alles wat ik wil?

'Zo moeilijk is die vraag toch niet?'

'Als ik de mogelijkheid had gehad, dan had ik best een opleiding willen doen. Ik had graag verpleegster willen worden, denk ik.' Het is iets dat ik nog nooit hardop uitgesproken heb.

'Je bent jong. Dat kan toch nog steeds? Zo'n opleiding kost geld, maar waar een wil is, is een weg.'

Ik haal mijn schouders op. 'Eerst moet Dirkje maar eens beter worden.'

'Ik begrijp het,' zegt hij. 'Ik hoop in ieder geval voor je dat jouw toekomstige echtgenoot je de ruimte geeft om je dromen te volgen. Heb je al een verloofde?'

'Nee.' Ik glimlach. Ik ben me maar al te goed bewust van Koens fysieke aantrekkingskracht. Zijn goedgevormde, atletische lichaam. Zijn bruine ogen – met groene schakeringen in zijn irissen – die me steeds geïnteresseerd in zich opnemen. Het gemak waarmee hij praat. Zijn witte tanden, zijn warme glimlach. Het verwart me.

'Of een geheime aanbidder?' Hij grijnst.

Ik voel mijn glimlach verflauwen. Je moest eens weten, denk ik.

In de verte klinkt een dof gerommel. Plotseling scheurt de hemel open. De regen raast tegen de boomkruinen die zich boven onze hoofden sluiten. Desondanks is mijn zomerjurk in enkele seconden doorweekt en plakt mijn haar in plukken aan mijn voorhoofd. De koele regen voelt weldadig op mijn verhitte huid.

'Ik heb een goed moment uitgekozen om mijn gereedschap te vergeten.' Koen glimlacht verontschuldigend en verheft zijn stem om boven het geraas van de regen uit te komen. Regen drupt van zijn neus naar beneden. 'Neem mijn jas maar.' Hij reikt me het colbertje van zijn uniform aan. Zijn donkerbruine haar lijkt zwart nu het nat is. Zijn witte overhemd is doorweekt en plakt tegen zijn rug. Zijn huid schijnt er lichtjes doorheen.

'Dank je, maar dat is niet nodig. Nat zijn we toch al.' Ik baan me een weg over het drabbige zandpad en probeer de grootste plassen te ontwijken.

Hij trekt een bedenkelijk gezicht. 'Zullen we een plek zoeken om te schuilen? Ik geloof dat hier in de buurt een verlaten jachthuisje staat.'

Even twijfel ik. Mijn jurk is zwaar van de regen en mijn voeten knellen in de rijglaarsjes, die niet gemaakt zijn voor lange afstanden. 'Ik denk dat we beter door kunnen lopen,' zeg ik.

We vervolgen onze weg over het modderige zandpad, waarin mijn rijglaarsjes deels wegzakken. Het vochtige bladerdek is glibberig.

'Voorzichtig, hier is het pad wat lastiger begaanbaar.' Koen steekt me zijn hand toe en zonder iets te zeggen beantwoord ik het gebaar. Met mijn hand in de zijne vervolgen we onze tocht naar huis. Het voelt zowel vreemd als vertrouwd.

30

Het is even na negenen als we eindelijk bij Kasteel Vorden aankomen. Mijn voeten branden in mijn rijglaarsjes en mijn natte jurk plakt tegen mijn lichaam.

Als we onszelf door de dienstingang naar binnen laten, stevent mevrouw Willems op ons af. 'Daar zijn jullie dan! Waar hebben jullie in hemelsnaam uitgehangen?' Ze heeft haar duster en nachtpon al aan en is eerst geïrriteerd door onze late komst. Na een kort verslag over het bezoek aan Dirkje en de autopech troont ze ons op haar korte beentjes mee naar de keuken, waar ze ons een handdoek brengt, ons aan tafel parkeert en een kom opgewarmde groentesoep met brood voorschuift. Op het kasteel hadden ze ons voor etenstijd terug verwacht, vertelt mevrouw Willems. Toen we rond acht uur nog niet waren teruggekeerd had ze sanatorium Herfstzon gebeld, waar bevestigd werd dat wij daar om vijf uur waren vertrokken. Haar irritatie blijkt vooral ongerustheid te zijn. Na wat wikken en wegen besloten zij en meneer Kapteijns Hugo in te lichten over onze 'vermissing'. Ze verzochten Hugo om de politie te bellen, om te informeren of er soms ongelukken gebeurd waren. Toen bleek dat er geen alarmerende meldingen waren binnengekomen, had Hugo haar ervan verzekerd dat Koen en ik vast ergens opgehouden waren.

Terwijl mevrouw Willems verslag uitbrengt, kijkt Koen me af en toe tersluiks aan. Ik ben me maar al te bewust van zijn knie, die af en toe de mijne raakt. Ik trek mijn been niet weg.

'Ik ga naar mijn slaapkamer,' meld ik als we uitgegeten zijn.

'Ik ook.' Mevrouw Willems pakt onze soepkommen bij elkaar en sommeert Koen om zijn slaapkamer in het bijgebouw op te zoeken, waarna zij helemaal met me meeloopt naar mijn kamer in het nisje aan het einde van de gang – alsof ze zich ervan wil vergewissen dat ik daadwerkelijk mijn eigen bed opzoek.

'Welterusten, juffrouw Simons.'

'Welterusten, mevrouw Willems.'

Ze draait zich om en verdwijnt een eindje verderop in de gang achter de deur van haar eigen slaapkamer. Terwijl ik haar nakijk, valt me op dat mevrouw Willems in haar nachtpon en duster, en met haar grijze vlecht in plaats van een strenge knot, meer weg heeft van een lieve grootmoeder dan van het zogenaamd strenge Hoofd Huishouding.

Ik steek de sleutel in mijn slaapkamerdeur. Achter me merk ik beweging op. Met een ruk draai ik me om. In het nisje tegenover mijn kamer, net uit het zicht van de andere slaapkamers, staat een donker silhouet. Hugo stapt naar voren. In het schijnsel van de gaslamp aan de wand legt hij zijn vingers tegen zijn lippen. Snel richt ik een blik op de slaapkamerdeur waarachter mevrouw Willems zojuist is verdwenen. Alles blijft rustig. Ik schiet geruisloos mijn kamer in en sluit snel de deur achter Hugo. Dan laat ik mijn ingehouden adem ontsnappen.

'Je liet me schrikken.'

Hugo reageert niet. Met zijn handen op zijn rug gevouwen wandelt hij door mijn slaapkamer, zonder me aan te kijken.

Ik schraap mijn keel. 'Herfstzon is een prachtig sanatorium,' zeg ik. 'Dirkje heeft een mooie kamer, helemaal voor zichzelf. Ze is nog erg ziek, maar ze is weer bij bewustzijn. Dank je wel dat je dit allemaal geregeld hebt, ook namens Dirkje. Het is echt te veel. Ik kan je niet zeggen hoe dankbaar we zijn voor al je hulp.'

Hij knikt, maar zwijgt. Hij kijkt met samengeknepen ogen naar het gewelvenplafond, alsof daar iets interessants te zien is.

'Wist je dat Herfstzon zelfs een zwembad heeft, voor patiënten die in de laatste fase van de ziekte zitten?' Mijn stem klinkt hoog. 'En kinderen krijgen er les, zodat ze niet te ver achter raken op school.'

Stilte.

'De terugweg verliep niet geheel volgens plan,' ga ik door. Ik weet niet waarom ik het gevoel heb iets verkeerds te hebben gedaan. Ongemakkelijk wip ik van de ene voet op de andere. Hij maakt zijn blik los van het plafond. Met zijn handen op zijn rug gevouwen wandelt hij naar mijn bureau en pakt een envelop op waarin een brief aan mijn moeder zit – ik ben nog niet in de gelegenheid geweest hem te posten. Met gefronste wenkbrauwen kijkt hij ernaar.

De vanzelfsprekendheid waarmee hij door mijn persoonlijke eigendommen gaat, evenals het zwijgen en het gemak waarmee hij mijn slaapkamer binnenwandelt en mijn aandacht opeist, storen me plotseling. 'Het spijt me Hugo, maar het lijkt me niet verstandig dat je me opwacht in de personeelsgang. Het had niet veel gescheeld, of mevrouw Willems had je gezien. Dan hadden we iets uit te leggen gehad.'

'Ik heb helemaal niets uit te leggen aan mijn personeel,' bromt hij. Hij gooit de envelop terug op mijn bureau en draait zich met een ruk naar me om. Hij heft zijn kin. 'Luister eens. Ik heb je toestemming gegeven om je zusje te bezoeken, niet om de hele avond weg te blijven.'

Toestemming? 'Hugo, we hadden autopech. Koen kon de auto niet...'

'Kóén?' Zijn ogen flikkeren. 'Jullie tutoyeren elkaar?'

'We zijn collega's, Hugo. Koen... de chauffeur kon de auto niet direct repareren, dus we moesten verder lopen. Hij wilde me niet alleen bij de auto achterlaten. Maar toen begon het te stormen en de weg was moeilijk begaanbaar. En Koen wist een sluiproute.' Ik ratel van puur ongemak.

Hugo gaat voor me staan. Hij ademt snuivend. 'Dus Koen wilde je daar niet alleen achterlaten. Kortom: Koen hing de hoffelijke heer uit?'

Verbijsterd staar ik hem aan.

Hij pakt mijn arm beet. 'Je bent met míj. Wíj zijn samen. Ik doe alles voor je. Zie je dat dan niet? Is je gepast gedragen dan te veel gevraagd?'

'Hugo, je knijpt me. Je doet me pijn.'

'Lieg dan niet tegen me.' Hij klemt zijn vingers nog steviger om mijn arm.

'Liegen? Ik... Waar heb je het over?'

Hij laat me los. Draait zich om en ijsbeert door de kamer.

Ik haal adem en sluit een moment mijn ogen. Ik probeer mijn woorden zorgvuldig te kiezen en dwing mezelf een kalmerende toon aan te slaan. 'Hugo, het spijt me. We hadden autopech. Koen, eh, de chauffeur zal dat bevestigen. Ik weet echt niet wat je bedoelt, maar als ik iets verkeerds gezegd of gedaan heb, dan spijt me dat.'

Hij loopt naar het raam en laat zijn wijsvinger over de nerven van het slaapkamerluik gaan. Dan draait hij zich weer naar me toe. Om zijn smalle lippen verschijnt een glimlachje. 'Het is al goed, meisje. Ik was ongerust,' vervolgt hij met een stem die plotseling stukken zachter en warmer klinkt, alsof hij degene is die míj moet kalmeren. 'Ik heb me zelfs genoodzaakt gezien bij de politie te informeren of daar meldingen van ongelukken gemaakt waren.' Hij houdt zijn hoofd schuin en kijkt me onderzoekend aan. 'Begrijp je dan dat ik ervan schrik als ik hoor dat je alleen met een andere man bent geweest?'

Ik boor mijn nagels in mijn handpalm. Ik weet me geen raad met zoveel onredelijkheid.

'Voortaan ga je met de taxikoets uit het dorp naar Herfstzon. Ik wil niet meer hebben dat je alleen bent met Koen. En nu houden we erover op, zand erover. Ik weet dat het niet je intentie was om me te kwetsen.' Voor ik kan reageren kust hij me. Zijn tong glijdt langs mijn lippen. Dan pakt hij me bij mijn schouders, duwt me achterover op het bed en komt op me liggen. Ik voel zijn erectie tegen mijn schaambeen duwen. Plotseling is hij overal tegelijk. Boven mijn hoofd houdt hij mijn polsen vast en met zijn knie werkt hij mijn benen uit elkaar. 'Maar laat dit niet opnieuw gebeuren,' hijgt hij.

Ik richt mijn blik naar het plafond en dwing mezelf om niet te gaan huilen van frustratie en vernedering. *Voor Dirkje*, denk ik als hij mijn jurk opstroopt, zijn gulp open sjort en bij me naar binnen dringt. Ik doe het voor Dirkje.

31

Carmen

In de keuken ruikt het naar rozemarijn, afkomstig van de krieltjes die staan te sudderen in de oven. Op de keukentafel staan schalen met salades, gegrilde vijgen met parmaham en geitenkaas. Het is even na zevenen als mijn ouders, mijn broer Paulo, mijn zus Ines met mijn neefje Dex en mijn beide zwagers de keuken binnendruppelen. Ik omhels ze een voor een.

Mijn moeder heeft een stapel tupperwarebakjes in handen.

'Tja schat, je kent je moeder,' zegt mijn vader terwijl hij zijn armen om me heen slaat. 'Ze heeft twee dagen staan kokkerellen, ik kon haar niet tegenhouden.'

'Jullie zitten midden in een verhuizing,' roept mijn moeder. Ze drukt een kus op mijn wang. 'We kunnen toch niet verwachten dat jullie nu een uitgebreid kerstdiner op tafel zetten?' Het is wat mijn moeder het liefste doet: koken voor anderen. Eten is haar liefdestaal Mijn ouders zijn uiterlijk elkaars tegenpolen: mijn vader is een grote Hollandse vent van bijna twee meter. Hij is twintig kilo te zwaar, wat hij voornamelijk aan mijn moeders culinaire kwaliteiten wijt. Mijn Spaanse moeder is tenger en nog geen één meter zestig.

Mijn vader klopt Vik enthousiast op zijn schouder. 'Wat goed om jou weer te zien, jongen. En wat leuk om jouw ouderlijk huis eens van binnen te zien. Goh, wat een kast, zeg.'

Vik reageert binnensmonds. Onze ruzie van eerder vanavond is nog niet uit zijn systeem. Ik weet uit ervaring dat hij nog minstens een dag korzelig blijft doen.

'Wat een gedoe hè, Vik, in de media, over die opa van je,' roept Ines terwijl ze Dex uit zijn kinderwagen haalt.

Ik klem mijn kiezen op elkaar. Mijn zus heeft zich erin bekwaamd om de verkeerde dingen op de verkeerde momenten te zeggen.

Paulo schraapt zijn keel. 'Ik zou wel een rondleiding door het kasteel willen.'

Als Vik en ik iedereen een rondleiding door het kasteel hebben gegeven, trekken we ons terug aan de keukentafel, waar we een fles wijn opentrekken. Terwijl ik tapas eet, doe ik mijn uiterste best om interesse te tonen in gesprekken over mijn neefjes laatste ontwikkelingen en de nieuwe zonnepanelen van mijn ouders, maar mijn gedachten drijven constant af naar Hugo, Odette en Amélie.

'Car, hoor je me wel?' roept mijn zwager Lex.

'Hmm?' Ik kijk hem aan.

'Heb je het kasteel al energetisch laten reinigen?'

'Hoe bedoel je?' Ik prik een stuk quiche aan mijn vork.

'Djiezus, Car, wat denk je zelf? Dit is een kastéél. Het stíkt hier van de geesten. Al die mensen die hier in de afgelopen eeuwen gestorven zijn hebben allemaal energieën achtergelaten. Je moet het hier laten reinigen hoor, want die negatieve energie is niet goed voor je, zeker niet nu je zo uit balans bent.'

'Dank voor de tip, maar ik heb geen ghostbusters nodig.' Ik knipoog.

'Daar kun je nou wel lacherig over doen, maar er is hier wel iemand vermóórd, hè? Reken er maar op dat de geest van Odette hier rondspookt.'

'Gets, doe niet zo creepy,' reageer ik.

'Ho even, Lex,' zegt mijn vader. 'Feitelijk weten we helemaal niet óf Odette wel vermoord is. Dat klopt toch?' Mijn vader kijkt vragend van Vik naar mij.

Ik knik. 'Wat we zeker weten is dat Odette een maand vermist was en dat de politie "een misdrijf niet uitsloot", zo stond het destijds in de krant. Viks overgrootvader heeft haar lichaam een maand later in een nabijgelegen sloot gevonden. Daarna is hij opgepakt en verhoord, maar vervolgens ook weer vrijgelaten.'

Mijn vader steekt een plak serranoham in zijn mond en knikt. 'De media maken er een sensationeel verhaal van, want daar zijn ze goed in, maar in Nederland zijn we onschuldig tot het tegendeel is bewezen.' Mijn vader is al zes jaar met pensioen, maar hij praat en denkt nog altijd als de politieman die hij ooit was.

Ik verschuif de quiche op mijn bord. 'Werd er in die tijd al een proces-verbaal opgemaakt bij een politieverhoor?' vraag ik aan mijn vader.

'Jazeker.'

Ik wil vragen of een proces-verbaal na zoveel jaar ter inzage is, maar aan de overkant van de tafel schraapt Vik zijn keel. 'Hoe gaat het met de konijnen, Hans?' vraagt hij aan mijn vader, die zich sinds zijn pensioneren heeft gestort op zijn andere grote liefde: het fokken van dwergkonijnen. De afleidingsmanoeuvre werkt, want in het daarop volgende kwartier worden we getrakteerd op een geanimeerd betoog over het wel en wee bij de konijnenfokvereniging.

Toch duurt het niet lang voor het gespreksonderwerp zich weer verplaatst naar Hugo, Odette en de storm in de media.

'Ik begrijp dat het niet leuk voor je is, dat je familie op deze manier in de publiciteit komt,' hoor ik mijn moeder tegen Vik zeggen. 'Het overlijden van je ouders is nog zo recent. En jullie hebben al zoveel op jullie bordje gehad, de laatste tijd.'

Lex, die naast me zit, stoot mij aan. 'Car, ik heb het vaker gezegd, maar echt. De media gissen omdat jullie zwijgen, en de vondst van die kluisinhoud gooit alleen maar olie op het vuur. Jullie moeten met een reactie komen. Dat zeg ik niet alleen als jouw manager, maar ook als zwager en vriend. By the way, je bent al maanden onzichtbaar. Schuif ergens aan, anders ben je straks uitgespeeld. Bovendien komt je nieuwe boek eraan. Reden te meer om de publiciteit op te zoeken. Ga bij Humberto zitten. Die kennen jullie goed.'

Ik reageer ingehouden, maar weet dat Lex gelijk heeft. Tersluiks werp ik een blik op Vik, die aan de overkant van de tafel met de steel van zijn wijnglas speelt. Hij walst het vocht rond in zijn glas en kijkt er bedenkelijk naar.

'Er is onder dit dak kennelijk van alles voorgevallen waar we geen weet van hebben. Carmen is bij Joke geweest, de vroegere gids van het kasteel, om uit te vogelen wat zij weet. Ik was not amused, want ik had en heb geen enkele behoefte om in die geschiedenis te duiken, laat staan om slapende honden als Joke wakker te maken.

Maar Car heeft wel een punt. Nu die showbizzkanalen ermee aan de haal gaan, is er geen ontkomen meer aan. Als wij zelf niet uitzoeken wat zich hier heeft afgespeeld, dan doen de media dat wel.'

Paulo besmeert een stukje stokbrood met aioli. 'Hoe willen jullie dit ruim honderd jaar na dato nog boven water krijgen dan?'

'Er is iemand die meer weet over wat er hier gebeurd is, maar zij wil ons niet te woord staan.' Ik vertel over het vreemde telefoontje naar mevrouw Teunissen, de dochter van dienstbode Elly Driessen.

'Dat moeten we respecteren,' zegt Vik.

'Zo snel geef ik me niet gewonnen,' reageer ik. 'Ik bel haar over een paar dagen nog eens. Misschien bedenkt ze zich wel. En na de kerstdagen heb ik een afspraak met een lokale amateurhistoricus. Hopelijk komen we op die manier iets te weten.'

'Je had journalist moeten worden in plaats van psycholoog,' merkt Vik droogjes op.

Mijn vader schenkt zijn wijnglas bij. 'Als het de politie destijds niet is gelukt om te achterhalen óf Odette is vermoord en zo ja door wie, dan moet je erop rekenen dat je dit nu ook niet meer gaat achterhalen.'

'Ik denk het wel,' zeg ik. En ik meen het. Ik ben vastbesloten dit mysterie tot op de bodem uit te zoeken.

32

Guusje

Een waterig ochtendzonnetje piept door de kruisvensters de eetzaal in en werpt vierkante schaduwen op het tafelblad. Werktuigelijk smeer ik een laagje roomboter op een boterham. Mijn gedachten zijn traag en stroperig en mijn hoofd voelt zwaar van vermoeidheid. Hugo is vannacht pas tegen half drie vertrokken, maar niet voordat hij zich voor een tweede keer aan me had opgedrongen. Onwillekeurig wrijf ik langs mijn bovenarm, waar zijn vingers twee kleine blauwe plekken hebben achtergelaten.

'Goedemorgen,' klinkt het naast me. 'Mag ik naast je komen zitten?'

Ik kijk op.

Koen glimlacht.

Ik knik.

'Lekker geslapen?' vraagt hij terwijl hij zich naast me op een stoel laat zakken en een hap brood neemt.

'Ja, heerlijk,' lieg ik.

'Goedemorgen dames en heren,' buldert meneer Kapteijns vanaf het hoofd van de eettafel. 'Zijn we allemaal compleet? Dan wil ik wil graag even uw aandacht. Er heeft vannacht een zeer onfortuinlijk incident plaatsgevonden. Het gaat om juffrouw Driessen.' Meneer Kapteijns, die niet aan voornamen doet, doelt daarmee op dienstbode Elly. 'Juffrouw Driessen heeft vannacht een ernstig ongeluk in de keuken gehad. Als gevolg daarvan is ze naar het ziekenhuis overgebracht. Ze is buiten levensgevaar, maar haar situatie is ernstig. Zo ernstig zelfs dat onduidelijk is óf, en zo ja, wannéér juffrouw Driessen weer aan het werk kan.'

Koen en ik wisselen een blik.

Er stijgt geroezemoes op. Gerda en Agnes, Elly's kamergenoten en vriendinnen, kijken elkaar geschokt aan. 'Goeie grutjes! Maar wat is er dan gebeurd, meneer Kapteijns?' vraagt Gerda huilerig.

Meneer Kapteijns wisselt een korte blik met mevrouw Willems, die hem toeknikt. Hij plaatst zijn vingertoppen tegen elkaar en vervolgt: 'Voor zover we weten is juffrouw Driessen vannacht rond half drie wakker geworden en heeft ze een kop thee voor zichzelf willen zetten in de keuken. Vermoedelijk is ze gestruikeld toen ze een fluitketel met heet water vasthield, want ze heeft het kokend hete water over zich heen gekregen.'

Ik klem mijn vingers om mijn mes en voel de haartjes in mijn nek en op mijn armen overeind komen. Om half drie vertrok Hugo uit mijn kamer.

'Hoe kan zoiets nou gebeuren?' vraagt Agnes.

'Hoe erg zijn haar brandwonden?' vraagt Gerda. 'Heeft Elly ook brandwonden in haar gezicht?'

Agnes kijkt geërgerd opzij. 'Gerda! Wat is dat nou voor een vraag?'

In Gerda's nek verschijnen rode vlekken. 'Nou, dat mag ik toch vragen? Dat zou vreselijk zijn.'

'De details van deze onfortuinlijke gebeurtenis zijn mij onbekend,' bromt meneer Kapteijns. 'Afijn, het belangrijkste is nu dat juffrouw Driessen zo goed mogelijk herstelt en dat de werkzaamheden hier hervat worden.'

'De heer Baron Von Eckendorff-Lohmann heeft juffrouw Driessen gelukkig gevonden,' vult mevrouw Willems aan. Zonder dat ik haar aankijk, voel ik haar blik kort op me rusten.

'Maar wat deed mijnheer vannacht dan hier in de personeelsvleugel?' waagt Agnes te vragen.

Ik voel mijn wangen kleuren.

'Waar de baron op welk moment is, is aan hem,' bromt meneer Kapteijns. 'Nogmaals: de details zijn onbekend. En daarmee basta. Ik verzoek jullie dringend je te concentreren op jullie werk, zoals juffrouw Driessen op haar gezondheid doet.' Hij fronst zijn borstelige wenkbrauwen en kijkt een voor een de groep rond. 'Zodra er nieuws is over haar situatie, dan horen jullie dat. We zullen haar bloemen en een ansichtkaart sturen en haar laten weten dat we voor haar bidden. Het laatste wat ik erover kwijt wil, is een mededeling van werkinhoudelijke aard. Juffrouw Driessen was de kamenier van de barones, en die taak zal voorlopig door iemand anders vervuld moeten worden.'

Er valt een gespannen stilte.

Gerda en Agnes gaan direct rechter op hun stoel zitten en kijken vol verwachting naar meneer Kapteijns. Die kijkt de groep rond en laat zijn blik dan op mij rusten. 'De barones heeft mij verzocht of juffrouw Simons die taak voorlopig wil waarnemen. Juffrouw Simons, u helpt de barones bij het kappen en kleden totdat juffrouw Driessen hersteld is.'

Verbouwereerd kijk ik hem aan. 'Ik?'

'Ja juffrouw Simons, u. Is dat soms een probleem?'

'Nee, meneer Kapteijns.'

'Dat lijkt mij ook. En nu wil ik in stilte mijn maaltijd nuttigen.' Meneer Kapteijns schuift een stuk brood in zijn mond en begint er fanatiek op te kauwen, ten teken dat het gesprek is afgelopen.

De vinnige blikken die Gerda en Agnes me vanaf de andere kant van de tafel toewerpen, ontgaan me niet.

33

Ik heb me met een stapel strijkwerk in het washok in de kelder geïnstalleerd, als om kwart over acht het doordringende gerinkel van een belletje klinkt. Op het beltableau aan de wand, waarvan er in elke personeelsruimte één is bevestigd, begint een rood lampje te knipperen. Het betekent dat de barones wakker is en op haar slaapkamer om assistentie vraagt.

Zuchtend zet ik de strijkbout weg. Via de bediendentrap loop ik naar de eerste verdieping. Hoe ga ik aan Hugo, die me meermaals op het hart heeft gedrukt om zijn vrouw op afstand te houden, uitleggen dat ik voorlopig haar kamenier ben? Welke reactie brengt dit bij hem teweeg? Als ik over de overloop van de woonvleugel loop, daagt plotseling het besef dat Hugo misschien ook in de slaapkamer is.

Ik haal diep adem en klop op de slaapkamerdeur.

'Binnen.'

Ik open de deur en laat mijn ogen door de ruimte glijden. De kamer is in zachte pasteltinten ingericht en oogt daardoor minder pompeus dan de rest van het kasteel. Het hemelbed, dat voorzien is van mintgroene gordijnen en dito satijn, is leeg. De barones staat in de hoek van de kamer naast een antieke, notenhouten commode met een waskom. Ze draagt een zachtblauwe duster die aansluit bij de kleur van haar ogen. Tot mijn opluchting is Hugo nergens te bekennen.

'Mevrouw.' Ik maak een licht knicksje.

'Komt u verder, juffrouw Simons. Wat een vreselijke gebeurtenis, nietwaar? Die arme juffrouw Driessen.'

Ik knik.

'Mijn man, die in de slaapkamer hiernaast slaapt, is een lichte slaper en maakt 's nachts weleens een ronde door het kasteel als hij de slaap niet vatten kan. Dat deed hij vannacht ook, en toen hij langs de bediendentrap liep, hoorde hij een gil. Gelukkig heeft hij juffrouw Driessen direct gevonden.'

'Gelukkig maar.' Ik probeer neutraal te kijken. 'Mevrouw, als ik zo vrij mag zijn...'

'Zegt u het maar, juffrouw Simons.' Ik sla mijn ogen neer. Het zal wel tegen de etiquette indruisen, maar toch waag ik het erop. 'Het is een eer dat u mij hiervoor gevraagd hebt, maar ik heb geen ervaring met dit werk. Misschien kan Agnes u beter helpen. Of Gerda.'

De barones glimlacht samenzweerderig. 'Zal ik u eens iets verklappen? Ik denk niet dat u hier veel ervaring voor nodig heeft. Toen mijnheer en ik huwden heb ik ontzettend aan dit gebruik moeten wennen. Bij ons thuis hadden we natuurlijk wel personeel, maar een kamenier en een valet, dat kende ik niet. Het kwam me onzinnig voor om me te laten helpen met aan- en uitkleden.'

Ik glimlach met haar mee.

'Ik heb eens voorzichtig voorgesteld om met dit gebruik te breken, maar mijn schoonmoeder, de douairière, maakte me al snel duidelijk dat gewoontes er zijn om in stand te houden. Ze is er al enkele jaren niet meer, maar mijn schoonmoeder was zo iemand tegen wie je niet ingaat. Enfin. Wilt u me helpen met aankleden?' Ze maakt een handgebaar naar een kledingrek dat achter een kamerscherm is geplaatst, waaraan een omvangrijke collectie japonnen hangt. Het is een wolk van zijde en kant in zowel felle als pastelkleuren.

Als ik de barones in haar korset heb geregen en haar duster is vervangen door een lilakleurige zomerjapon met witkanten stiksels, neemt ze plaats aan haar kaptafel.

'Hoe wilt u uw haren opgestoken hebben?' Ik haal een borstel door haar oranjerode haar. Plotseling valt mijn oog op een ovaalvormig lijstje op de kaptafel van de barones. Mijn bewegingen bevriezen. In het lijstje zit een geschilderde maar levensechte afbeelding van een jonge vrouw met donkerrood haar, met parels in haar oren. Haar gezicht is smaller dan het mijne en haar ogen staan iets verder uit elkaar, maar net als ik heeft ze een beetje een wipneus, boven een volle mond. Zelfs haar gezichtsuitdrukking lijkt op de mijne. Vol verbijstering neem ik de afbeelding in me op.

De barones volgt mijn blik. Ze pakt het lijstje op en strijkt er met haar wijsvinger langs. 'Jij doet me ontzettend aan haar denken. Niet alleen lijk je sprekend op haar, maar ook je bewegingen, je manier van doen... Toen ik je voor het eerst zag, schrok ik ervan.' Ze pakt een geborduurde zakdoek, pinkt een traan uit haar ooghoek en zucht trillerig. 'Dit is Odette, mijn zuster. Ze was twee jaar ouder dan ik. Ze... Ze is er niet meer.'

'Wat verschrikkelijk. Dat spijt me voor u.'

De barones vangt mijn blik in de spiegel. 'Ik mis haar nog iedere dag. Je hebt zelf een zuster, dus je zult je er iets bij kunnen voorstellen.'

Ik knik. 'Wat voor iemand was uw zuster?'

De barones kijkt naar de foto en glimlacht. 'Ze was vriendelijk. Intelligent. Slimmer dan ik. Er ontging haar weinig. Ze was buitengewoon sociaal en erg ongedwongen. Ik kende eigenlijk niemand die niet dol op haar was. Pas nadat ze er niet meer was, heb ik begrepen dat ze problemen had.' Ze kijkt met een afwezige blik in de spiegel, zonder echt iets te zien. 'Ik had er voor haar moeten zijn. Ik had meer moeten vragen, meer interesse moeten tonen. Maar een mens realiseert zich pas wat hij had wanneer hij het verliest.' Ze glimlacht vreugdeloos. 'Plotseling verdween ze. Achteraf heb ik me dikwijls afgevraagd of het anders was gelopen met Odette als zij en Hugo niet... Niet dat Hugo er iets aan kan doen, uiteraard niet. Alleen...' Ze kijkt me kort aan en perst dan haar smalle lippen op elkaar, alsof ze zich plotseling realiseert dat ze haar hart uitstort bij een bediende. 'Och hemel, ik laat me gaan. Neemt u mij niet kwalijk, juffrouw Simons. Dit geeft geen pas.'

Ik wuif haar verontschuldigingen weg. De vragen branden op mijn lippen, maar ze stellen zou uiterst ongepast zijn. Terwijl ik doorga met het opsteken van haar haren, kletst ze verder over haar vrijwilligerswerk voor verenigingen die zich inzetten voor vrouwenrechten. 'Steeds meer mensen zien gelukkig in dat er kiesrecht voor iedereen, en dus ook voor vrouwen moet komen.'

Haar gekeuvel dringt slechts gedeeltelijk tot me door. *Plotseling verdween ze.* Wat bedoelde Amélie daarmee? Opnieuw dreunen Hugo's eerdere woorden na. *Je lijkt sprekend op iemand die me dierbaar was.* Was Odette soms meer dan zijn schoonzus? Zijn woorden impliceerden van wel.

Ik wrijf langs de blauwe plekken op mijn bovenarm. Gisteravond zag ik plotseling een glimp van een andere kant van Hugo's karakter. Heel even maar, alsof er in zijn hoofd een schakelaar werd omgezet.

Resoluut probeer ik de verdenkingen die in mijn hoofd ontspruiten van me af te duwen, maar één ding is duidelijk: achter die twee verschillende kleuren ogen gaan twee gezichten schuil. Er trekt een rilling langs mijn ruggengraat. Met wie heb ik me in godsnaam ingelaten?

34

Er zijn bijna drie weken verstreken sinds ik op Kasteel Vorden aankwam. De nachtelijke bezoekjes van Hugo – hij heeft de afgelopen weken geen nacht overgeslagen – zijn uitputtend en mijn werkdagen lang, maar het vooruitzicht om Dirkje vrijdagsmiddags te zien geven de doffe dagen meer glans.

Vanmiddag ben ik voor de tweede maal bij haar geweest. Ten opzichte van vorige week leek ze er niets beter aan toe te zijn. Ze hoest veel en als ze ademhaalt, klinkt er nog steeds een nare piep in door. Bovendien was ze zo moe dat ze regelmatig even wegdutte. Het baart me zorgen, maar dokter Van der Steen heeft me verzekerd dat dit normaal is in dit stadium van de ziekte. Ik probeer mezelf voor te houden dat 'stabiel' ook 'geen verslechtering' betekent.

Paardenhoeven tikken staccato tegen de klinkers van de oprijlaan. Het taxirijtuig slaat een flauwe bocht om en aan het einde van de oprijlaan doemt Kasteel Vorden op. Het bouwwerk lijkt te zinderen in de hete namiddagzon.

In de zak van mijn jurk knispert de brief die ik vanmiddag namens Dirkje voor moeder, Feike, Faas en opoe heb geschreven. Ik heb haar beloofd de brief vandaag nog te posten. Hoewel ik mijn moeder sinds mijn aankomst op Kasteel Vorden wekelijks geschreven heb, zijn mijn drie brieven tot nu toe onbeantwoord gebleven. Ik kan niet anders dan concluderen dat mijn moeder nog boos is over de manier waarop ik twintig gulden voor Dirkjes opname bij elkaar heb verdiend. Dat neem ik haar niet kwalijk, toch schuurt het. Ergens had ik verwacht dat mijn moeder enig begrip voor mijn keuze zou kunnen opbrengen.

'Hooooo!' Het rijtuig komt tot stilstand voor de ophaalbrug. De koetsier van de taxikoets uit het dorp, die mij voortaan op vrijdagmiddag naar sanatorium Herfstzon brengt en weer ophaalt, is een vriendelijke, kalende man van middelbare leeftijd, die minstens honderdveertig kilo weegt en doordringend naar oud zweet ruikt. Het zou me niet verbazen als Hugo deze koetsier op zijn uiterlijke verschijningsvorm geselecteerd heeft.

Met een tik tegen zijn pet neemt hij afscheid. 'Tot volgende week, juffrouw Simons!'

Ik bedank de koetsier en stap uit.

Ik wil naar binnen lopen, als ik achter me mijn naam hoor. 'Guusje!' Koen komt uit het koetshuis gelopen. Hoewel Hugo me gesommeerd heeft voortaan per taxi naar het sanatorium te gaan, kan hij niet voorkomen dat ik Koen in de eetzaal zie, of hem tegenkom op de binnenplaats. Onze blikken kruisen elkaar regelmatig en in de eetzaal zitten we steevast naast elkaar. Het levert af en toe een plagerige opmerking van een collega op, maar verder lijkt niemand er echt bij stil te staan.

'Er is dit weekeinde kermis in het dorp,' zegt Koen als hij voor me staat. Hij veegt zijn zwarte handen af aan een oude lap.

Ik vang zijn geur op: een zweem van olie en frisse zeep.

'Ik weet het.' In de eetzaal gaat het al de hele week nergens anders over. Ik geloof dat de kermis hier het hoogtepunt van het jaar is. Zelfs de door meneer Kapteijns ingestelde avondklok van tien uur geldt vanavond niet. Koen glimlacht en krabt in zijn nek.

'Ga je vanavond met me mee?'

Een afspraakje, Koen en ik? Mijn maag kriebelt bij de gedachte om met Koen naar de kermis te gaan, maar mijn opwinding wordt direct overschaduwd door de gedachte aan Hugo.

'We gaan allemaal,' voegt Koen er haastig aan toe. 'Het personeel is vanavond vrij.'

'O,' zeg ik. Ik kan het gevoel van teleurstelling dat in me opwelt nauwelijks onderdrukken. Tegelijkertijd realiseer ik me dat Hugo me moeilijk kan betichten van ongepast gedrag als iedereen naar de kermis gaat, en Koen en ik gewoon onderdeel zijn van de groep. 'Ja, dat lijkt me leuk.'

Koen grijnst. 'Fijn. Ik ga me even opfrissen. Zie ik je over een kwartiertje weer op de binnenplaats?' Hij raakt even met zijn vingertoppen mijn bovenarm aan en loopt dan met grote passen naar het bijgebouw naast het koetshuis, waar hij zijn kamer heeft.

Ik blijf even staan, en onbewust wordt mijn blik naar de achtergevel van het kasteel getrokken. Mijn glimlach verflauwt. Achter het raam van de groene salon, die door Hugo als kantoorruimte wordt gebruikt, staat een gestalte. Hij wordt deels aan het zicht onttrokken door de weerspiegeling van het zonlicht op de ruiten, maar zijn contouren zijn onmiskenbaar. Hugo staat daar, zijn armen op zijn rug gevouwen, en hij kijkt naar me. Zonder dat ik ze kan zien voel ik zijn ogen prikken.

Een moment blijf ik als bevroren staan. Dan wend ik mijn blik af. Ik been over de binnenplaats naar de dienstingang. Het onaangename gevoel van stille dreiging probeer ik van me af te duwen. Hugo kan onmogelijk gehoord hebben wat we bespraken, evenmin kan hij me verbieden met collega's te praten.

Er raast een zenuwachtige energie door mijn lijf als ik door de personeelsgang naar mijn slaapkamer loop. Daar trek ik mijn lichtblauwe zomerjurk uit mijn garderobekast en leg hem op bed. Bij de waskom was ik me vluchtig. Ik trek de spelden uit mijn haar, borstel het, steek het opnieuw op en stap in mijn jurk. Dan trek ik het laatje van mijn nachtkastje open. Daarin ligt een rode lippenstift die ik van Rosa heb gekregen. Even twijfel ik of lippenstift niet te frivool is voor een dienstbode. Behalve de barones heb ik hier nog niemand make-up zien dragen. Ik wil niet uit de toon vallen en evenmin wil ik Koen de indruk geven dat ik me speciaal voor hem opdirk. Toch draai ik de lippenstift uit en voor de spiegel breng ik subtiel een dun laagje op mijn getuite lippen aan.

Buiten klinken vrolijke stemmen en gelach. Ik werp een blik uit mijn slaapkamerraam en zie Koen de binnenplaats op lopen. Hij leunt tegen de waterput, waar ook de dienstboden Gerda en Agnes, een keukenhulp, een stalknecht en twee lakeien zich hebben verzameld. Koen draagt een donkerbruin pak met een groenbruin-geruite pet. Zijn jasje heeft hij over zijn arm geslagen en de mouwen van zijn overhemd zijn opgerold, waardoor zijn gebruinde armen zichtbaar zijn. De stalknecht zegt iets tegen Koen, waarna hij schaterlacht. Er trekt een onverwacht gevoel van ontroering door me heen. Ik gris mijn tasje van het bed, draai mijn kamerdeur op slot en loop naar buiten.

Koen loopt op me af, terwijl de rest in een geanimeerd gesprek is verwikkeld. 'Je ziet er prachtig uit,' fluistert hij in mijn oor.

Ik heb sterk het gevoel dat ik kleur. 'Dank je wel,' zeg ik zo neutraal mogelijk. Bewust ga ik naast Gerda en Agnes staan.

'Laten we gaan, jongens,' roept Gerda. De groep komt in beweging. Het is aangenaam warm en de namiddagzon werpt een oranjeroze gloed over Hugo's landgoed. Als we het kasteel aan de voorzijde passeren, langs de ophaalbrug die naar de imposante voordeur leidt, en langs de ramen van de roze salon waar Hugo nu waarschijnlijk met Amélie een aperitiefje drinkt, vermijd ik het om naar binnen te kijken.

'Weten jullie hoe het met Elly gaat?' vraag ik.

'Zeker, want haar moeder houdt ons op de hoogte,' antwoordt Gerda. Er klinkt trots door in haar stem.

'Het gaat niet goed met Elly,' vult Agnes aan. 'Ze ligt nog steeds in het ziekenhuis en ze heeft zoveel pijn dat ze nauwelijks kan praten.'

'Ze heeft overal brandwonden. Op haar borst, in haar gezicht... Waarschijnlijk komt het nooit meer goed,' jammert Gerda.

'Wat verschrikkelijk.' Ik probeer me voor te stellen hoe het mogelijk is om met een fluitketel te vallen en theewater over je gezicht en borst heen te krijgen. Een fluitketel heeft immers een smalle opening. Onwillekeurig huiver ik.

'Het ongeluk verbaast mij niets, hoor,' roept Gerda. 'Er gebeuren hier de vreemdste dingen. Ik heb altijd al gezegd: de dood hangt over Kasteel Vorden.'

Ik frons lichtjes. 'Wat bedoel je daarmee?'

Ze buigt zich naar me toe en laat haar stem een octaaf dalen. 'Het is niet de eerste keer dat er nare dingen gebeuren op Kasteel Vorden. Neem maar van mij aan: wij werken in een spookhuis. De Duivel waart hier rond.'

Ik trek mijn wenkbrauwen op.

'Gerda doelt op wat er is gebeurd met de eerste echtgenote van de baron,' licht Agnes toe. 'Voordat de baron met de barones trouwde, was hij gehuwd met haar zuster. Dat is al vijftien of twintig jaar geleden hoor, wij werkten hier toen nog niet. Maar goed, die zuster was een beetje van lotje getikt.' Agnes maakt een draaiende beweging met haar wijsvinger naast haar slaap. 'Een paar weken voordat zij en de baron zouden trouwen, kreeg ze een ongeluk en is ze overleden. Boze tongen beweren dat de baron daar iets mee te maken heeft.'

De haartjes in mijn nek en op mijn armen gaan overeind staan.

'Ik geloof daar niets van, hoor,' vervolgt Agnes. 'De baron is alleraardigst, ook voor ons. Hij voelt zich voor niemand te goed, en dat kun je van de meeste anderen uit zijn klasse niet zeggen.'

'Ik weet het zo net nog niet,' roept Gerda. 'Een jaar na haar overlijden zijn de baron en de barones getrouwd. Dat doe je toch niet als je rouwt om je echtgenote en je zuster? De baron en de barones zijn beiden al in de veertig en hebben nog steeds geen erfgenaam. Misschien is hun kinderloosheid wel een straf van God. Ik ken meer mensen die wat op hun kerfstok hadden en die ook geen kinderen kregen. Daar zie ik dan toch de hand van de Heer in.' Gerda knikt erbij, alsof ze het roerend eens is met zichzelf.

Mijn mond voelt droog. Ik weet niet wat ik ervan moet denken. De suggestie dat Hugo iets met de dood van die Odette te maken heeft, lijkt gebaseerd op roddelpraat. Ik besluit me weer bij Koen te voegen.

Het dorp grenst vrijwel direct aan het landgoed, en als we de openbare weg naderen zien we uit alle richtingen mensen komen aanlopen. Meisjes met zwierige rokken, mannen op klompen, jonge ouders met kinderen. Er staan rijtuigen en koetsen langs de weg geparkeerd en er klinkt pompende fanfaremuziek. Iedereen lijkt zich in de Dorpsstraat te hebben verzameld. Er hangt een geur van sigarettenrook, verschaald bier en versgebakken wafels, de kroegen zijn vol en er hangt een sfeer van hooggespannen verwachtingen.

Op het dorpsplein staat een traditionele zweefmolen, een schiettent en een soort draaimolen: een stoomcarrousel met schitterende houten paarden. Even verderop staat een man met een rarekiek. 'Wil je kijken?' vraagt Koen. Hij haalt een muntstuk uit zijn zak en we nemen plaats achter een kast met een rond gat, waar afbeeldingen van verre stranden, exotische dieren en sprookjesfiguren worden afgespeeld.

Als we uitgekeken zijn op de plaatjes, zien we dat de rest al doorgelopen is. 'Jammer,' zeg ik weinig overtuigend.

'Ontzettend jammer,' beaamt Koen en hij knipoogt.

We maken een rondje in de zweefmolen, en daarna nog een, kijken even bij het vlooientheater en stoppen bij de schiettent, waar Koen een zuurstok en een kralenarmbandje voor me schiet.

'Ik lust wel wat,' zegt hij als we even later een herberg passeren. We zoeken een tafeltje in de avondzon. Bij de ober bestellen we een kroes bier en wat kleine hapjes. Niet veel later staat de tafel vol met kippenvleugeltjes, gegrilde groenten, vruchten en aardappelkroketjes. Terwijl we eten en drinken raakt Koens knie onder tafel de mijne. Ik trek mijn been niet terug. We praten, lachen. Als er stiltes vallen duren ze kort, en voelen ze niet ongemakkelijk maar natuurlijk. De avond glijdt voorbij in een aangename roes. De gedachte aan Hugo is er wel, als een zeurende ondertoon, maar ik slaag erin die naar de achtergrond te duwen en te genieten van het moment. Als ik naar Koen kijk, zijn ontspannen houding, het gemak waarmee hij praat en zijn lach, overvalt me het besef dat ik me op dit moment oprecht gelukkig voel. Ter plekke wens ik een knop waarmee ik de tijd kan stilzetten.

De zon is al lang ondergegaan en de kermis vrijwel leeggestroomd, als Koen en ik tegen kwart voor twaalf besluiten om terug te lopen naar het kasteel. De rest hebben we al een poos niet meer gezien.

Het is een heldere nacht. Sterren waaieren uit aan de donkerblauwe hemel en de maan werpt een zachtgele gloed over het landgoed. Het rumoer uit het dorp sterft langzaam weg. Krekels tsjirpen in het hoge gras van het weiland naast de oprijlaan. We lopen langzaam en zwijgen, alsof we zijn gevangen in een elektrisch geladen stilte. Een stilte die we beiden niet willen doorbreken, omdat ieder woord, iedere blik, ieder gebaar ons dichter bij het einde van de avond brengt. In mijn linkerhand heb ik de zuurstok die Koen voor me geschoten heeft, om mijn pols het kralenarmbandje. Mijn rechterhand raakt af en toe die van Koen.

We lopen om het kasteel heen en tersluiks werp ik een blik op de hoge vensters. De gedachte aan Hugo, die mogelijk uit het raam kijkt en ons ziet, duw ik resoluut van me af. Het is donker en de afstand tussen de ramen en de oprijlaan wordt vergroot door de omliggende slotgracht. Wie van binnen naar buiten kijkt, zal niets meer zien dan twee donkere silhouetten, die aan iedereen kunnen toebehoren.

We passeren het bijgebouw waar Koen zijn kamer heeft. Hij loopt met me op tot aan de dienstingang van het kasteel. Er speelt een nerveus glimlachje rond mijn mond. 'Nou, dan ga ik maar naar binnen. Dank je wel voor de fijne avond.' Ik probeer luchtig te klinken, maar de spanning is op mijn stem geslagen.

Koen staat zo dichtbij dat ik zijn warmte op me voel afstralen. Hij buigt naar me toe.

Mijn hartslag versnelt en ik voel me licht in mijn hoofd worden.

Hij blijft me aankijken.

Ik adem zijn adem.

Langzaam drukt hij zijn lippen op de mijne.

Even blijven we zo staan, gevangen in een vacuüm.

Koen maakt zich van me los. 'Ik vind je leuk. Meer dan leuk. Ik wil je graag beter leren kennen, Guusje.'

Mijn glimlach verflauwt. Ik zoek naar woorden. Hoe kan ik hem uitleggen dat ik dat ook wil, dat ik niets liever wil dan dat, maar dat ik vastzit in een idiote regeling die het onmogelijk maakt om hem beter te leren kennen? Achter het koetshuis klinken naderende voetstappen en stemmen. Gelach. Ik herken de stem van de stalknecht, gevolgd door het gegiechel van Gerda en Agnes. 'Slaap lekker, tot morgen!'

Koen plooit zijn mond in een glimlachje. 'Zie ik je gauw weer?'

Ik knik. 'Heel graag,' hoor ik mezelf antwoorden.

Hij glimlacht tevreden, drukt een korte maar innige kus op mijn mond, draait zich om en verdwijnt in de richting van de bijgebouwen.

Met de zuurstok die Koen geschoten heeft onder mijn arm geklemd, glip ik door de dienstingang naar binnen. Ik heb het gevoel te zweven als ik door de personeelsvleugel naar mijn slaapkamer loop. Koens woorden klinken na. *Ik wil je graag beter leren kennen, Guusje.* Kan ik het risico nemen hem te zien zonder Hugo's medeweten en daarmee Dirkjes behandeling op het spel te zetten? Ik kan nauwelijks helder nadenken.

Ik graai in mijn tasje en steek de sleutel in mijn kamerdeur.

In mijn slaapkamer is het aardedonker. Ik kan het me niet meer herinneren, maar kennelijk heb ik voor mijn vertrek de luiken gesloten. Op de tast vind ik de gaslamp op mijn secretaire en steek hem aan. Een zacht, oranje schijnsel verlicht de slaapkamer. Ik leg de zuurstok en het kralenarmbandje op mijn bureau en begin me neuriënd uit te kleden.

Plotseling schrik ik op. Achter me klinkt een stem. ‘Waar heb jij uitgehangen, godverdomme?’

Met een ruk draai ik me om. Mijn hart begint als een bezetene te bonzen.

35

Hugo staat naast mijn garderobekast. Zonder zijn blik van me af te wenden komt hij op me afgelopen, zijn handen op zijn rug gevouwen. Er glinstert iets duisters in zijn diepliggende ogen. Ik doe een stap naar achteren, en bots tegen het bureau aan. Zijn gezicht is zo dicht bij het mijne dat ik de gesprongen adertjes in zijn ogen kan tellen.

'Waar heb jij uitgehangen?' herhaalt hij met opeengeklemde kaken.

Ik staar hem aan. Ik weet niet wat ik aan moet met zijn plotselinge woede en wil de afstand tussen ons vergroten, maar hij heeft me letterlijk in een hoek gedreven. Ik sta klem tussen het bureau en de muur.

'Ik was op de kermis met de andere personeelsleden,' antwoord ik. Mijn stem klinkt onvast, trillerig.

'Precies, met de andere personeelsleden. En met de chauffeur, niet te vergeten.' Hij ademt snuivend. Zijn rechterooglid trilt vervaarlijk.

'We waren met z'n achten.' Mijn stem klinkt hoog. 'Ik dacht dat het geen probleem zou zijn als we met de hele groep zouden gaan.'

'Aha.' Hij heft zijn kin. 'Je dacht dat dat geen probleem zou zijn.' Hij fluistert bijna. 'Je dacht dat het geen probleem zou zijn om mij te kwetsen. Om mij een rotgevoel te bezorgen. Ik ben tenslotte enkel maar je melkkoe.'

Ik leg een hand op zijn arm en glimlach. Een instinctieve reactie, een reflex, in een poging hem te kalmeren.

'Sta je me nou goddomme uit te lachen?' buldert hij plotseling in mijn gezicht. Speeksel spettert tegen mijn voorhoofd. 'Sta je de spot met me te drijven?'

'N-natuurlijk niet!'

Hij klemt zijn vingers om mijn kaken en knijpt.

'Auw, Hugo, je doet me pijn!'

Hij knijpt harder. 'Ik heb je gered. Alles heb ik voor je gedaan. Alles! Is een simpel verzoek inwilligen dan te veel gevraagd? Zonder mij was je zus al morsdood geweest en had jij niets gehad. Niets, hoor je?'

'Hugo, hou op. Je maakt me bang.' Hij schreeuwt, maar ik realiseer me dat de kans klein is dat iemand ons hoort. Mijn kamer ligt een eindje van de andere personeelskamers af. De stenen muren zijn dik, evenals de houten deur, waardoor elk geluid gedempt doorkomt.

'Maar krijg ik daarvoor de dankbaarheid die ik verdien? Nee! In plaats daarvan hang jij de hoer uit op de kermis!' Speeksel spettert tegen mijn voorhoofd. 'Ik begin zo langzamerhand te vermoeden dat dat is wat je bent. Een hoer. Een leugenachtige hoer!'

Perplex staar ik hem aan.

'Onthoud één ding goed,' gromt hij met opeengeklemde kaken. 'Jij bent van mij. Eén telefoontje naar het sanatorium en je zus wordt daar ontslagen. Ze zetten haar op straat, tbc of niet, en dan ziet ze maar hoe ze thuiskomt. Zo simpel is het.'

Mijn aanvankelijke schrik en verbazing maken plaats voor ontsteltenis. Ik ruk mijn hoofd los uit zijn greep. Woede vlamt onder mijn borst. 'Je bent niet goed bij je hoofd.' De woorden zijn eruit voor ik er erg in heb.

Roerloos blijft hij staan. De kille woede die in zijn ogen besloten ligt, doet me van mijn kruin tot aan mijn tenen huiveren. Plotseling heft hij zijn vlakke hand. Een hete pijn vlamt door mijn schedel. Ik tol op mijn benen. Hij pakt me bij mijn schouders en duwt me op het bed. Werpt zich boven op me.

'Hugo, nee! Alsjeblieft!'

'Schreeuw niet!' sist hij. Hij duwt zijn hand op mijn gezicht en met kracht bedekt hij mijn mond en neus. De lucht wordt uit mijn longen geperst. Ik trappel wild, maai met mijn armen en probeer tussen zijn vingers door zuurstof naar binnen te zuigen, maar hij houdt me in een ijzeren greep. Zijn gewicht voelt als een blok beton en de geluiden die ik uitbreng klinken gesmoord. Fysiek is hij me zonder twijfel de baas. Instinctief besluit ik mijn verzet te staken, en roerloos blijf ik liggen.

Langzaam haalt hij zijn hand van mijn mond.

Ik hap naar adem.

Hij heeft een koortsachtige blik in zijn diepliggende ogen. 'Jij...,' fluistert hij. Met opeengeperste lippen sjort hij zijn gulp open, schuift mijn jurk omhoog en trekt mijn broekje naar beneden. Hij perst zich in me en zonder zijn blik van me af te wenden begint hij te stoten. 'Jij... bent... van... mij,' hijgt hij. Het houten bed stoot tegen de stenen wand.

Ik doe geen moeite het geluid te dempen. Ik richt mijn blik naar de muur en probeer te verdwijnen naar een plek in mezelf. Te denken aan niets. Hij neemt mijn lichaam, maar over mijn gedachten heeft hij geen controle. Ik ben van mijzelf.

'Kijk me aan.' Hij pakt mijn kaken beet en draait mijn gezicht naar hem toe.

Ik knijp mijn ogen dicht.

Hij drukt zijn duim op mijn strottenhoofd. 'Kijk naar me!'

Meteen sper ik mijn ogen open. Hij verlicht de druk op mijn strottenhoofd en met een verkrampt gezicht pompt hij door. Zijn hete adem slaat in mijn gezicht. Mijn ogen worden vochtig. Tranen druppen langs mijn wangen, mijn hals. Zijn contouren vervagen, tot zijn verkrampte gezicht niets meer is dan een wazige vlek.

Het lijkt eindeloos te duren voor hij van me af rolt. Hij stapt in zijn pantalon en met beheerste gebaren begint hij zijn overhemd dicht te knopen. Zo woedend als hij zo-even was, zo kalm oogt hij nu. Hij begint een vrolijk deuntje te neuriën.

Ik draai me om, mijn gezicht naar de muur en trek de deken over me heen.

Hij beent om het bed, hurkt bij me neer, pakt mijn haren beet en dwingt me om hem aan te kijken. Er speelt een sinister glimlachje om zijn smalle lippen. 'Is het je nu duidelijk? Ik bepaal hier de regels. Als ik zeg "spring", dan spring jij. Waag het niet om nog eens tegen me in te gaan, want ik twijfel geen seconde om de behandeling van je zus stop te zetten.' Hij laat me los en veert op. Voor de spiegel die boven de commode hangt schikt hij zijn stropdas. 'En maak niet de fout om te denken dat het sanatorium haar niet aan haar lot zal overlaten wanneer ik met mijn vingers knip,' gaat hij door op dezelfde montere toon. 'Herfstzon heeft afgelopen week nog een gulle donatie ontvangen. Wie denk je dat die gulle gever was?' In de deuropening werpt hij me een kushandje toe. Dan verdwijnt hij.

36

Carmen

Het is even na twaalven als mijn familie vertrokken is. De resten van het kerstdiner zijn opgeruimd en de vaatwasser draait. Ik zou een slaappil kunnen nemen en naar bed gaan, maar daar voel ik me te onrustig voor. Met een glas rode wijn installeer ik me in de bibliotheek: een ruimte die bij daglicht zicht geeft op de slotgracht en de omliggende weilanden. Langs de wanden staan plafondhoge boekenkasten met een omvangrijke collectie aan romans, biografieën en encyclopedieën: een goedgevulde boekenkast was de enige luxe die mijn schoonouders zich permitteerden. Links naast de deur staat een notenhouten bureau. In het midden van de ruimte ligt een vaal vloerkleed met daarop een antieke chesterfield sofa. Mijn schoonouders hebben de ruimte intact gelaten om de sfeer uit begin twintigste eeuw te behouden.

Het is hier fris. Ik sluit de luiken en por de haard op. Dan ga ik achter het bureau zitten. Ik realiseer me dat Hugo, Amélie en Odette hier ook zo gezeten moeten hebben.

Voor de zoveelste keer graai ik door de kartonnen doos met papieren van mijn schoonouders, en opnieuw trekt het gestoffeerde rode boek met het slotje mijn aandacht. Het sleuteltje ontbreekt en de enige manier om te lezen wat erin staat is door het slotje kapot te knippen. Ik trek de bureaulade open, rommel door de inhoud en vind een schaar. Ik voel me een cultuurbarbaar die een museumstuk vernielt, maar het is niet anders. Ik knip het stoffen reepje door dat de beide kaften met elkaar verbindt en blader door het boekje.

Het papier is vergeeld en voelt broos aan. Op de eerste pagina is met een sierlijk, ouderwets handschrift 'Voor mijn innig geliefd kind' geschreven. De inkt is op sommige plaatsen vervaagd, maar ik meen er 'oktober 1917' uit te kunnen opmaken. Het boekje stamt dus uit de Eerste Wereldoorlog.

Ik blader door de pagina's.

Vandaag kreeg ik een plotselinge flauwte. Mevrouw Willems, het hoofd van de huishouding, vond mij en liet direct de huisarts halen. Dokter Swaab stelde vast dat ik in verwachting ben! Lieve kind, ons geduld is zeer beproefd, maar we zijn dolgelukkig dat we na dertien jaar huwelijk alsnog gezegend worden met een erfgenaam. Hugo en ik kunnen niet wachten tot we jou eindelijk in onze armen kunnen sluiten.

Dit moet geschreven zijn door Amélie, als een soort zwangerschapsdagboek. Amélie was in verwachting van Esmée, de moeder van Viks vader. Bij Esmée stopte ook de adellijke titel, omdat deze niet via de vrouwelijke lijn kan worden doorgegeven. Ik heb het altijd een idiote regel gevonden.

En dan: *Vandaag ben ik alweer vier maanden van je in verwachting. De ochtendmisselijkheid is reeds verdwenen. Ik heb weer eetlust! Ik heb trek in de vreemdste dingen: augurk, haring, zilveruitjes...*

Ik glimlach en blader door. *Ik weet bijna zeker dat je een jongetje bent. Een moeder voelt zoiets.*

Hier en daar lees ik iets, maar het is me al snel duidelijk dat het boekje vol staat met zwangerschapskwaaltjes en toekomstdromen. Niets over Hugo of de mysterieuze dood van Odette, jaren eerder.

Online is niets meer te vinden over Hugo's geschiedenis en de enige die iets schijnt te weten over Hugo, mevrouw Teunissen, wil me niet te woord staan. Ik trommel met mijn vingers op het bureau. Mijn schoonouders hebben bewust alles intact gelaten. Bovendien waren ze *hoarders* die zelden iets weggooiden. De enige manier om boven water te krijgen of Hugo iets met de dood van Odette te maken heeft, is door elke ruimte en elke hoek van dit kasteel uit te kammen. Ik weet niet precies wat ik zoek, maar aangezien er de afgelopen decennia zoveel is bewaard op Kasteel Vorden is het niet ondenkbaar dat er ergens een document rondslingert dat een aanwijzing moet opleveren. Ik trek de bureaulades open en ga door de inhoud. Pennen, paperclips, enveloppen en briefpapier met het familiewapen, maar geen persoonlijke papieren.

Dan ga ik in kleermakerszit voor de kast zitten. Ik trek elke la open, speur door de inhoud. Achter een van de kastdeuren vind ik stapels met kartonnen dossierbakken, waarin vanaf het jaar 1900 de administratie is bijgehouden.

Wie bewaart zoiets? Mijn maag kriebelt. Ik trek de dozen een voor een naar me toe en ga door de inhoud. Oude facturen, salarisuitbetalingen aan het personeel, arbeidsovereenkomsten, briefwisselingen en dergelijke. Ik werk elke dossierbak door. Elk papier bekijk ik, alles lees ik door. Wat ik gelezen heb, leg ik apart.

Met de stapel doorgelezen papieren groeit ook de teleurstelling. Ik vind geen briefwisselingen van Odette, geen krantenartikelen over haar verdwijning of Hugo's arrestatie. De meest onbeduidende dingen zijn bewaard gebleven – ik vind zelfs een factuur van een warenhuis dat in 1917 een bontjas heeft geleverd aan Amélie – maar er is niets dat een aanwijzing oplevert. De naam Odette van Egmond lijkt grondig te zijn gewist.

Ik ben bij de een-na-laatste doos aanbeland als Vik zijn hoofd om de deur steekt. 'Nog iets kunnen vinden?'

'Misschien,' zeg ik optimistischer dan ik me voel. Dit is zoeken naar een speld in een hooiberg.

'Het is kwart over één. Ga je mee naar bed?'

'Ik kom zo.' Vermoeid trek ik de laatste dossierbak uit de kast. Op het deksel staat in een sierlijk, ouderwets handschrift iets geschreven. De tekst is vervaagd. Ik knijp met mijn ogen en denk er 'vertrouwelijk' uit te kunnen opmaken.

In de doos ligt een stapeltje vergeelde papieren met de getypte tekst: 'proces-verbaal, woensdag 5 augustus 1903'. Ik klem mijn vingers om het papier.

Mijn ogen schieten over de tekst, die een samenvatting van Hugo's verhoor blijkt te zijn. Op de maandagochtend van 3 augustus, omstreeks 10 uur in de ochtend, maakte Hugo een wandeling door het Vordense Bos, zo verklaart hij. Hij stak de brug over de Hissinkbeek over, een sloot die door het Vordense Bos loopt, en per toeval zag hij het ontzielde lichaam van zijn echtgenote drijven. Odette was op dat moment al een maand vermist.

Met gefronste wenkbrauwen lees ik verder.

Hugo verklaart dat Odette niet kon zwemmen, en dat hij gelooft dat ze in verwarde toestand het water is in gelopen om zich van het leven te beroven.

'Waarom denkt u dat?' vraagt de dienstdoende agent die Hugo ondervraagt.

'Voor haar verdwijning heeft Odette aan haar zuster Amélie verteld dat ze niet meer wilde leven,' antwoordt Hugo. 'Dat heb ik na haar verdwijning ook al verklaard.'

'De sloot is op dat punt ondiep,' meent de dienstdoende agent. Zou het niet tegennatuurlijk zijn om jezelf onder water te laten zakken terwijl je op kunt krabbelen? Bovendien verklaart dat niet de wond op haar achterhoofd.' Volgens de agent lijkt het erop alsof er iets met kracht tegen Odettes hoofd is geslagen.

Hugo zegt dat het water in de sloot op 3 augustus wellicht gedaald was door het warme zomerweer, maar hij gelooft dat dat rondom Odettes verdwijning in juli niet het geval was. Het had al dagen flink geregend en het water in de sloot stond hoog. Odette was niet lang, slechts één meter zestig, en had gemakkelijk kunnen wegzakken in de modder. De hoofdwond is ook verklaarbaar, want Odette was nou eenmaal klungelig, zo meent Hugo, en vermoedelijk heeft ze voor haar dood haar hoofd gestoten.

Tot mijn verbazing vraagt de agent niet door op deze onwaarschijnlijke verklaring, maar neemt hij Hugo mee naar Odettes verdwijning, een maand eerder. Hij vraagt wanneer Hugo Odette voor het laatst gezien heeft. Volgens het proces-verbaal maakt Hugo een geagiteerde indruk, want deze vraag heeft hij al meermaals beantwoord. De agent verontschuldigt zich daarvoor en verklaart dat dat standaardprocedure is, waarna Hugo zegt: 'Ik begrijp niet waarom u mij ondervraagt.'

'Wilt u niet dat de dood van uw echtgenote wordt opgehelderd?' vraagt de agent.

'Er valt niets op te helderen. Mijn echtgenote heeft zichzelf van het leven beroofd. De familie rouwt, wij willen rust. Odette was al enige tijd verward. Dat weet u.'

'Ik weet dat u dat verklaard heeft, ja. Kunt u een specifiek voorbeeld geven waaruit blijkt dat zij verward was?' vraagt de agent, waarna Hugo een ontwijkend antwoord geeft. 'Ik vind de vraag zeer ongepast. U vraagt mij expliciet naar onze privésituatie.'

De agent dringt aan, waarna Hugo uiteindelijk verklaart: 'Odette vergat veel. En ze verdacht anderen van vreemde dingen. En nogmaals, aan haar zuster Amélie vertelde ze dat ze niet meer wilde leven.'

'U zegt dat ze anderen verdacht van "vreemde dingen". Wat voor vreemde dingen?'

'Ze raakte veel kwijt. Dan weer een lippenstift of parfum, dan weer een nachtpon. Soms was ze post kwijt. Dan beschuldigde ze mij ervan haar spullen te hebben ontvreemd.'

'Hoe reageerde u daarop?' vraagt de agent.

'Ik probeerde haar tot rede te brengen. Waarom zou ik een lippenstift ontvreemden? Of haar nachtpon?'

'Uw echtgenote heeft aan uw schoonmoeder verklaard dat u haar post ontvreemd zou hebben. U zou haar hebben willen isoleren van de buitenwereld.'

'Nonsens,' antwoordt Hugo. 'Haar zuster Amélie logeerde al enige tijd op Kasteel Vorden, juist om Odette wat afleiding te geven. Waarom zou ik dat toestaan als ik Odette zou willen isoleren? Waarom zou ik zoiets willen?'

'Toch heeft uw echtgenote aan haar moeder verklaard dat u excessief jaloers zou zijn en dat u uw echtgenote aan zichzelf wilde laten twijfelen, door spullen te ontvreemden en haar tegen haar omgeving op te zetten. U wilde haar krankzinnig maken.'

Hugo antwoordt met een wedervraag. 'Welk doel kan ik daarbij hebben? Waarom zou ik mijn echtgenote krankzinnig willen maken? Wilt u mij dat uitleggen?'

Dat kan de politieagent niet, waarna Hugo zegt: 'Vertelt u mij eens waarom u een rouwende weduwnaar ondervraagt.'

'Het is een formaliteit,' zegt de agent.

Volgens het verslag verheft Hugo zijn stem. 'Wat denkt u dat uw superieuren ervan vinden als ze horen dat u mij als een verdachte behandelt? Ik ben een rouwende echtgenoot en een gerespecteerd lid van deze gemeenschap!'

De agent lijkt steeds verder in een hoek te worden gedreven waar hij niet in wil staan, terwijl Hugo beetje voor beetje de leiding van het gesprek overneemt. Uiteindelijk sommeert Hugo het onderzoek te stoppen. Odette heeft zichzelf van het leven beroofd door het water in te lopen, is zijn verklaring. Onderaan het proces-verbaal staat een datumstempel: op 1 oktober 1903 is het onderzoek naar de dood van Odette van Egmond afgesloten. Uitkomst van het onderzoek: de barones heeft zichzelf van het leven beroofd.

Ik zet mijn vingers tegen mijn slapen en zucht. Het is onmogelijk om een conclusie te trekken alleen gebaseerd op dit proces-verbaal. Toch doen Hugo's gedrag, zijn manipulatieve antwoorden en de beschuldiging over het vervreemden van spullen me sterk denken aan het gedrag van een *gaslighter*. De term stamt uit de oude Hollywoodfilm *Gaslight*, waarin een man zijn echtgenote laat denken dat ze langzaam krankzinnig wordt, door de gaslampen steeds een beetje zachter te draaien. Als de echtgenote vraagt wat er met de verlichting aan de hand is, zegt hij niet te zien wat zij ziet. Hij doet alsof zijn neus bloedt: volgens hem zijn de lampen gewoon aan. Hij laat haar twijfelen aan zichzelf, zodat ze steeds meer het gevoel krijgt niet meer op haar eigen waarneming te kunnen vertrouwen – alleen op die van hem. Zo maakt hij haar langzaam maar zeker steeds meer afhankelijk van hem.

Ik doe het deksel weer op de dossierbak en plaats het ding terug in de kast. Opnieuw laat ik mijn ogen over het proces-verbaal gaan. 'Wat heb jij uitgespookt, Hugo?' fluister ik voor me uit.

37

Guusje

Het eerste grauwe daglicht schijnt door de kieren van de luiken mijn slaapkamer in. De hele nacht heb ik naar het plafond gestaard, gevangen in een eindeloze maalstroom van inktzwarte angstgedachten. Telkens stelde ik mezelf dezelfde vraag, met telkens dezelfde uitkomst. Ik zit klem. Muurvast in Hugo's wurggreep, overgeleverd aan zijn gekte en willekeur. Verlaat ik Hugo, dan teken ik Dirkjes doodvonnis. Ik heb geen andere keuze dan dit monster de macht over mijn leven te geven, totdat Dirkje voldoende hersteld is om het sanatorium te verlaten.

Langzaam sla ik mijn benen over de rand van het bed. Met houterige bewegingen ontdoe ik me van mijn nachtpon en zeep me in bij de waskom. Mijn schaambeen voelt beurs, mijn spieren voelen stram en het kost me moeite het ene been voor het andere te zetten. Ik weet werkelijk niet hoe ik de andere personeelsleden onder ogen moet komen, in het bijzonder Koen, en besluit het ontbijt over te slaan. Pas tegen kwart voor zes, als ik zeker weet dat het personeel aan het werk is, kom ik mijn slaapkamer uit en begeef ik me naar de eetzaal, waar ik een blik op de takenlijst werp die mevrouw Willems dagelijks voor het personeel van de huishouding ophangt.

Werktuigelijk voer ik mijn taken uit. Ik stof de bibliotheek en haal een plumeau door de roze salon. Ik schud kussens op en klop vloerkleden uit. Rond half negen slaag ik erin de barones te helpen met aankleden en kappen, zonder echt een gesprek te voeren. Terwijl zij keuvelt over het aanstaande bezoek van een of andere bevriende gravin, waar ze ontzettend naar uitkijkt, mompel ik af en toe wat, om aannemelijk te maken dat ik luister. Daarna trek ik me terug in het washok in de personeelsvleugel, waar ik me tot mijn opluchting zonder gezelschap op het strijkwerk kan storten.

Ik ben bij het strijken van het tweede tafellaken aanbeland als mevrouw Willems in de deuropening verschijnt. Met gefronste wenkbrauwen neemt ze me in zich op. 'Juffrouw Simons, daar ben je. Ik miste je bij het ontbijt. Gaat het wel goed met je?'

'Ja hoor.' Ik knik monter.

'Je ziet een beetje pips. Heb je het gisteravond laat gemaakt op de kermis?'

Ik pers er een glimlachje uit, alsof ik me betrapt voel.

'Mooi is dat,' zegt ze streng, maar als ik opkijk, zie ik dat ze glimlacht. 'Vooruit, ik zie het vandaag door de vingers. Fijn dat je je vermaakt hebt, meiske. Als je taken er maar niet onder lijden.'

'Mevrouw Willems, mag ik iets vragen?'

Op de drempel draait ze zich om en knikt.

Ik schraap mijn keel. 'De barones vertelde me dat ik veel op haar zuster lijk.'

Ze haakt haar handen in elkaar en zwijgt.

Ik weet niet goed waar ik naartoe wil met dit gesprek. Het enige dat ik weten wil is op welke manier Hugo met haar verdwijning in verband heeft gestaan, maar die vraag kan ik natuurlijk onmogelijk rechtstreeks stellen. 'De barones vertelde me ook dat haar zus er niet meer is.'

'Wij praten hier niet graag over die vervelende geschiedenis.'

'Dat begrijp ik. Maar ik schrok nogal, toen de barones me een beeltenis van haar zus liet zien,' zeg ik.

Mevrouw Willems knikt langzaam. 'Ik moet zeggen dat toen ik je voor het eerst ontmoette, ik ook nogal opkeek van de gelijkenis. Afijn. Wat juffrouw Odette is overkomen… Het is voor de baron een vreselijke periode geweest.'

'Voor de baron?'

Mevrouw Willems zucht en strijkt een onzichtbare plooi in haar witte schort glad. 'Voordat de baron trouwde met de barones, was hij gehuwd met haar zus. Niet lang na hun trouwen verdween juffrouw Odette spoorloos. Een maand lang was ze zoek. De baron en natuurlijk de familie Van Egmond waren vreselijk ongerust. Ook in het dorp was iedereen in rep en roer. We hadden hier nog nooit zoiets meegemaakt. De meeste dorpelingen waren gewoon ongerust, maar er zijn altijd een paar onruststokers die graag roddels verspreiden. De meest afschuwelijke verhalen deden de ronde. Zo zou mejuffrouw Odette verward zijn en al langer tekenen van krankzinnigheid vertonen.' Mevrouw Willems schudt haar hoofd en maakt een afwerend gebaar, alsof ze zich letterlijk van de geruchten wil distantiëren. 'Het meest schrijnende is dat de baron haar uiteindelijk zelf gevonden heeft. Hij vond het levenloze lichaam van juffrouw Odette in een nabijgelegen sloot. Ze had al enige tijd in het water gelegen.'

Een ijskoude huivering verspreidt zich door mijn lichaam. 'Wat verschrikkelijk.'

'Dat kun je wel stellen, ja.' Mevrouw Willems friemelt aan haar schort. Even lijkt ze meer te willen vertellen, maar ze zwijgt.

'Was het een ongeluk?' dring ik aan.

Ze haalt haar schouders op. 'Juffrouw Odette kon niet zwemmen. Hoe ze in het water terecht is gekomen zal wel nooit opgehelderd worden, vrees ik.'

'Heeft de politie er dan geen onderzoek naar gedaan?' probeer ik.

Ze zucht. 'Jawel, maar het politieonderzoek leverde weinig op en voor de baron was het pijnlijk dat zaken steeds weer opgerakeld werden. Hij wilde rust. Bovendien meende hij dat juffrouw Odette zichzelf van het leven had beroofd.'

Koortsachtig zoek ik naar vragen die ik kan stellen om meer informatie uit mevrouw Willems te trekken, zonder wantrouwen over mijn interesse op te roepen. 'Denkt u dat ook?' vraag ik voorzichtig.

Mevrouw Willems kucht in haar vuist. 'We laten het onderwerp rusten. Het is een vreselijk trieste periode geweest, maar uiteindelijk heeft de baron het geluk bij de zuster van Odette gevonden. Dat is het belangrijkste, nietwaar? Juffrouw Odette krijgen we niet meer terug, en de baron en de barones verdienen rust.'

Ik knik.

'Afijn. Het is inmiddels alweer vijftien jaar geleden en de meeste personeelsleden komen niet uit het dorp. Dat is een bewuste keuze, zoals je zult begrijpen. De meeste personeelsleden weten dit niet, en om onrust te voorkomen willen meneer Kapteijns en ik dat graag zo houden.' Ze kijkt me waarschuwend aan.

'Natuurlijk, mevrouw Willems. Ik begrijp het.'

'Aan het werk dan maar, juffrouw Simons. En denk erom, ook goed langs de hoeken strijken.' Ze maakt een hoofdknik naar het tafellaken en verdwijnt in de gang.

Werktuigelijk haal ik de strijkbout over het tafellaken, terwijl gedachten en verdenkingen om voorrang vechten. De woorden van mevrouw Willems klinken na. *De baron en de barones verdienen rust.* Ik realiseer me maar al te goed dat Hugo door velen als een aimabele man wordt gezien. Innemend, gul en behulpzaam. Zelfverzekerd en beheerst. Precies zoals hij zich aan de oppervlakte presenteert. Wie zijn er getuige geweest van de momenten waarop de duisternis in hem de overhand krijgt? De kille woede die zich openbaart als hij zich afgewezen voelt?

Ik zet de strijkbout weg en loop naar het in de stenen wand verzonken raam, dat uitkijkt over de binnenplaats. Ik leun tegen de wand en leg mijn voorhoofd tegen de ruit. In de weerspiegeling van het glas vang ik een glimp van mijn spiegelbeeld op. Hugo's obsessie gaat niet om mij. Niet écht. Hij ziet in mij een soort wederopstanding van Odette, zijn uitverkorene. Zoveel is duidelijk. Ik zou willen geloven dat het een paranoïde angstgedachte is, maar daarvoor is de mogelijkheid dat Hugo met Odettes dood te maken heeft te voor de hand liggend. De gedachte aan wat hij mij en anderen kan aandoen als hij dwarsgezeten wordt, beangstigt me zo dat ik moeite heb met ademen. Alsof iemand me bij de keel grijpt.

Een zwarte raaf scheert over de binnenplaats en strijkt neer op de rand van de waterput. De vogel lijkt me recht aan te kijken, waarschuwend, alsof hij dwars door me heen kijkt met zijn donkere kraalogen.

De haartjes in mijn nek gaan overeind staan.

Bijna een minuut lang blijft de raaf bewegingsloos op de waterput zitten. Dan vliegt hij klapwiekend weg.

38

De kerkklokken galmen. Het personeel van Kasteel Vorden trekt in een lange stoet over de oprijlaan van het landgoed in de richting van het dorp. Ik sjok achter de rij aan. Ik heb nauwelijks geslapen en ben doodmoe. Ik was liever in bed blijven liggen, maar mevrouw Willems en meneer Kapteijns hebben bepaald dat een gezamenlijk kerkbezoek een verplicht onderdeel van onze zondagochtend is.

Gerda en Agnes zijn in een gesprek verwikkeld over Elly, die uit het ziekenhuis ontslagen is en bij haar moeder verblijft. Ze wenst voorlopig geen bezoek. Zelfs niet van Gerda en Agnes. 'Ik dacht dat we vriendinnen waren,' moppert Agnes.

'Als ik eerlijk ben, heb ik haar altijd al een rare gevonden. Zo zie je maar,' zegt Gerda.

Voor hen loopt Koen. Hij heeft zijn chauffeursuniform verruild voor een zondags kostuum dat hem bijzonder goed staat en is in gesprek met de stalknecht. Er zijn twee dagen verstreken sinds onze kus. Het is me gelukt om Koen sindsdien te ontlopen.

Hugo is vannacht weggebleven. Desondanks heb ik nauwelijks geslapen. Constant lag ik ingespannen te luisteren, alert op geluiden die erop wezen dat hij voor mijn slaapkamerdeur stond, vrezend dat ik hem niet zou horen en hij dat opnieuw als een afwijzing zou opvatten – met alle gevolgen van dien.

We steken de weg over die aan het landgoed grenst en lopen het dorp in. Mannen, vrouwen en kinderen, in hun zondagse goed gekleed en met een bijbel in de handen, komen van alle kanten toegestroomd.

Voor me werpt Koen een korte blik over zijn schouder. Er verschijnt een glimlach op zijn gezicht. 'Guusje!'

Er schiet een bitterzoet steekje door mijn middenrif.

Hij komt naast me lopen. 'Wacht even.' Hij stopt een moment om de afstand tussen ons en Gerda en Agnes te vergroten, die voor ons lopen. Als ze buiten gehoorsafstand zijn, vraagt hij: 'Hoe gaat het met je?'

'Goed, hoor,' antwoord ik mat.

'Ik heb je gisteren niet gezien. Je was niet in de eetzaal, ik zag je niet op de binnenplaats...'

'Nee.'

Hij krabt aan zijn nek. 'Ik mag vanmiddag de automobiel gebruiken en ben van plan om een ritje te gaan maken. Heb je zin om mee te gaan?'

Gerda en Agnes, die al een eindje doorgelopen zijn, kijken geïnteresseerd achterom.

'Sorry, maar ik kan vanmiddag niet,' zeg ik terwijl ik weer in beweging kom en de rest volg. 'Ik moet een brief naar huis schrijven.'

We naderen de kerk. De dominee staat bij de ingang en schudt handen.

'Dat duurt toch niet de hele middag?'

'Jawel,' antwoord ik op kribbige toon.

Koen trekt zijn wenkbrauwen op. 'Is er iets?'

'Wat zou er moeten zijn?'

'Geen idee, maar je doet stug. Afstandelijk. Raar.'

Ik bijt op mijn onderlip en vermijd om hem aan te kijken. 'Ik kan je niet meer zien, Koen. Het spijt me.'

'Hè? Maar waarom dan niet?'

Ik haal diep adem. 'Daarom niet. Ik heb een aangename avond gehad, vrijdag, maar daar blijft het bij. Ik vind je aardig, maar niet meer dan dat.'

Hij heft zijn kin en fronst zijn wenkbrauwen. 'Daar heb ik vrijdag anders niets van gemerkt.'

'O nee? Een beetje bescheidenheid zou je sieren,' bijt ik hem toe. 'Je bent behoorlijk vol van jezelf, wist je dat?'

'Nou ja... Waar slaat dat nou op?' Koen blijft verbouwereerd staan.

'Ik heb gewoon geen gevoelens voor je, Koen. Punt.' De woorden rollen mijn mond uit. Zonder om te kijken loop ik door, de kerk in. Ik beantwoord vluchtig de uitgestoken hand van de dominee en laat me naast mevrouw Willems op de harde houten kerkbank zakken, op de hoek bij het gangpad, zodat er niemand naast me kan komen zitten. Vanuit mijn ooghoeken zie ik hoe Koen met een stuurs gezicht de kerk in loopt, en aan de andere kant van het gangpad naast de stalknecht gaat zitten.

De serene stem van de dominee galmt door de kerk. Hij spreekt een gebed uit en begint te preken over hel en verdoemenis.

Ik heb moeite om me op zijn woorden te concentreren. Nog nooit ben ik zo bot en hatelijk tegen iemand geweest, zelfs niet tegen mensen die het verdienden. Mijn keel voelt pijnlijk dik en achter mijn oogleden prikken tranen. Ik heb geen keuze. Toch haat ik mezelf erom.

Het is even na enen, net na lunchtijd. Er raast een onrustige energie door mijn lijf. In een vruchteloze poging om die het zwijgen op te leggen, ben ik op bed gaan liggen met een roman van Jane Austen, die ik uit de kasteelbibliotheek heb geleend. De zon schijnt stralend naar binnen. Vanaf de binnenplaats, die aan mijn slaapkamer grenst, klinken de gesmoorde klanken van andere personeelsleden die van de vrije zondagmiddag en de zomerzon genieten. Hun vrolijke stemmen en hun gelach drukken nog zwaarder op mijn stemming. Ik voel me eenzamer dan ooit. Afwezig blader ik door het boek, niet wetend wat ik aan moet met de lege middag die zich voor me uitstrekt. Of met mezelf. De wetenschap dat ik Koen gekwetst heb en dat hij boos op me is, voelt ondraaglijk. Ik wil niets liever dan hem uitleggen waarom ik hem op afstand hou, en precies dat is onmogelijk.

Ik richt me op en werp een blik uit het raam. Op het smeedijzeren bankje voor de ophaalbrug zitten Gerda en Agnes, met tussen hen in een dambord. Ik knijp mijn ogen halfdicht en richt mijn blik op het koetshuis. Voor het koetshuis staat Hugo's donkere automobiel te glanzen in het zonlicht, klaar om weg te rijden. Koen zelf zie ik niet. Ik trommel bedenkelijk met mijn vingers op de stenen vensterbank. De kans dat Hugo vanmiddag bij me aanklopt, is nihil: in de vier weken dat ik hier nu ben is hij enkel 's nachts bij me geweest. Bovendien heb ik opgevangen dat hij en de barones vanmiddag visite krijgen van een of andere graaf en gravin.

Vlug trek ik mijn witte kousen aan, strijk mijn blauwe zomerjurk glad en schiet in mijn rijglaarsjes. In de spiegel boven de commode duw ik snel een weerbarstige donkerrode krul onder mijn speldje. Dan sluit ik de slaapkamerdeur achter me en loop naar buiten. Ik knik kort naar Gerda en Agnes en terwijl ik de binnenplaats en de ophaalbrug oversteek, kijk ik nauwlettend om me heen of ik Hugo niet toevallig buiten zie. Pas als ik er zeker van ben dat de kust veilig is, en ook Gerda en Agnes vol concentratie over hun dambord gebogen zijn, glip ik het koetshuis in.

Binnen ruikt het naar olie en is het vrij donker, een effect dat versterkt wordt door het felle zonlicht buiten. Ik knipper met mijn ogen om mijn zicht scherp te stellen. Langs de wand staat een lange werkbank. Achterin staat een keurig gepoetste koets – ongetwijfeld Hugo's vervoersmiddel voordat de automobiel zijn intrede deed. Achter in het koetshuis is een houten deur in de wand verzonken, die naar een kleinere ruimte lijkt te leiden. Dan pas valt mijn blik op Koen, die gehurkt naast de werkbank zit en overeind komt. Hij heeft zijn pet op, kennelijk staat hij op het punt staat om weg te gaan.

Hij kijkt me vragend aan en zwijgt.

'Koen, ik eh…' Ik blijf op een afstandje staan en haak mijn vingers in elkaar. 'Ik wil mijn excuses aanbieden.' Mijn stem klinkt ergerlijk schor. Ik schraap mijn keel.

Hij zet één arm tegen de werkbank en trekt een wenkbrauw op.

'Het spijt me van vanochtend,' zeg ik.

'Wat spijt je dan precies? Dat je zo duidelijk was over je gevoelens voor mij, die je niet hebt? Of dat je me een verwaande kwast hebt genoemd?'

'Ik heb je geen verwaande kwast genoemd.'

'Samenvattend kwam het daar wel op neer.'

'Ja, ik vrees dat je gelijk hebt. Ik meende het niet. Dat je verwaand bent, bedoel ik.'

'Juist.' Koen buigt zich over de werkbank en zwijgend begint hij gereedschap te sorteren.

Ik sta daar maar, niet wetend wat ik met mezelf aan moet. 'Ik heb me vreselijk gedragen. Het spijt me.'

Hij maakt zich los van de werkbank, loopt naar me toe. Hij gaat voor me staan, zo dichtbij dat ik zijn geur kan ruiken. Een frisse zeep, vermengd met een zweem van hout en olie. 'Guusje, ik geloof simpelweg niet dat ik me inbeeld wat er is tussen ons. En als je dat verwaand vindt, dan is dat maar zo.'

Ik realiseer me dat ik hem aanstaar en dat ik iets moet zeggen. Ik had me stellig voorgenomen mijn excuses aan te bieden voor mijn gedrag, maar bij mijn verklaring te blijven dat ik zijn gevoelens niet beantwoord. Nu ik tegenover hem sta, krijg ik de woorden niet over mijn lippen.

'Er is iets anders aan de hand. Er speelt iets. Iets wat je me niet wilt vertellen.'

Kennelijk kan hij niet alleen autorijden, maar ook gedachten lezen. Ik zucht, ga met mijn rug tegen de werkbank aan staan en sla mijn armen over elkaar. 'Het is gewoon... Mijn zusje is ziek. Zodra Dirkje weer beter is, keer ik met haar terug naar Amsterdam. Mijn leven is daar. Jouw leven is hier,' zeg ik bij gebrek aan een betere verklaring. 'Ik vind je leuk, maar...' *Maar wat?*

Hij trekt zijn mondhoeken op in een geamuseerde grijns. 'Je vindt me leuk.'

'Ja, dat zeg ik. Maar het kan niet.'

Hij brengt zijn hoofd naar me toe. Zijn lippen raken bijna de mijne.

Rondom het koetshuis klinken voetstappen die gedecideerd naderbij komen.

Abrupt maak ik me van hem los.

Koen kijkt me even bevreemd aan en loopt dan naar de dubbele deur, waarvan de rechterhelft op een kier staat.

'Koen, goedemiddag,' klinkt Hugo's geaffecteerde stem van buiten. 'Kan ik je even spreken?'

'Natuurlijk mijnheer.'

Zo snel en geruisloos mogelijk trippel ik op mijn tenen naar de kleine ruimte achterin en trek de houten deur achter me dicht. De deur kraakt. Ik bijt op mijn onderlip. Heeft hij me gezien? Gehoord? Ik leg mijn klamme hand tegen mijn mond.

'Morgenmiddag om twee uur heb ik een afspraak op de herensociëteit en ik wil graag dat je me daarnaartoe brengt. Om kwart over een wens ik te vertrekken.' Hugo's stem klinkt luchtig en neutraal.

Langzaam blaas ik mijn ingehouden adem uit.

'Uiteraard, mijnheer,' antwoordt Koen. 'En bedankt dat ik vanmiddag de auto mag gebruiken.'

'Maar natuurlijk, jongen,' zegt Hugo, die vandaag kennelijk zijn aimabele kant weer heeft opgediept. 'Je hebt er mooi weer bij. Veel plezier vanmiddag, geniet ervan.'

Geërgerd klem ik mijn kiezen op elkaar. Zonder dat ik hem kan zien, kan ik uittekenen hoe hij daar staat: met een van zijn vele paisleyprint-stropdassen, leunend op zijn wandelstok. Zijn beheerste, zelfverzekerde houding. Zijn smalle lippen opgekruld in een vage, alwetende glimlach. Een gezichtsuitdrukking die door anderen – inclusief Koen – ten onrechte als charismatisch en hartelijk wordt uitgelegd.

'Prettige middag, mijnheer.'

Er klinkt een groet, gevolgd door wegstervende voetstappen.

'Hij is weg, hoor,' zegt Koen met gedempte stem.

Ik kom uit het hok tevoorschijn.

Koen kijkt me glimlachend maar hoofdschuddend aan. 'Wat was dat nou?'

Ik voel mijn wangen kleuren. 'Sorry, maar ik vind het niet prettig als iemand me hier ziet.' Ik schraap mijn keel. 'Dat ik hier als jongedame alleen ben, zonder chaperonne, daar krijgen we maar geroddel van.' Ik hoor hoe stichtelijk ik klink en voel me nog roder worden.

Koen schiet in de lach, maar zegt dan: 'Misschien heb je wel een punt. Wacht, blijf even staan.' Hij loopt met grote passen naar buiten, slingert de automobiel aan en rijdt hem achteruit het koetshuis in. De ronkende motor resoneert tegen de wanden van de smalle ruimte. Koen springt van de bok en trekt een deken van de achterbank. 'Ga maar op de bodem voor de achterbank liggen.'

Ik frons licht mijn wenkbrauwen. 'Waarom?'

'Je wilt toch niet dat ze je zien?' dringt hij aan.

Ik weet dat ik het niet moet doen. Ik moet doen wat ik me voorgenomen heb: afstand nemen van Koen. Verstandig zijn, vertrekken en het hierbij laten.

Glimlachend maakt hij een hoofdknik naar de achterbank.

Ik slik mijn protest in. Alsof hij de controle over mijn lichaam heeft, klim ik op de treeplank van de auto en laat me tussen de voor- en achterbank op de bodem zakken.

Koen drapeert een wollen deken over me heen. Het wordt donker.

Aan zijn voetstappen hoor ik dat hij om de automobiel heen loopt. Sputterend komt het ding weer in beweging. Ik zet me klem tussen de voor- en achterbank.

Ik hoor dat Koen iemand groet. Inwendig moet ik glimlachen als we over de kinderkopjes op de binnenplaats rijden, de poort uit.

39

De automobiel bokt ongenadig door hobbels en kuilen. Ik probeer grip te krijgen door me vast te grijpen aan de voorbank. Pas als Koen 'We zijn uit het zicht' roept, duw ik de deken van me af en ga ik op de achterbank zitten. Ik werp een blik over mijn schouder. Achter me zie ik het kasteel steeds kleiner worden. De rit voert ons langs meanderende zandwegen, die aan weerszijden worden geflankeerd door hoog oprijzende eiken. Hier en daar ontspringen stroompjes water met pittoreske bruggetjes. Ik ontspan en het lukt me zowaar om de schoonheid van de omgeving in me op te nemen. Na een minuut of tien gaat het bosrijke landschap over in uitgestrekte weilanden. Verspreid door het landschap staan rietgedekte boerderijen, opgetrokken uit rood baksteen. In de weilanden zwiepen koeien loom met hun staart. Het is broeierig warm en ik wapper mezelf met mijn hand wat koelte toe.

Koen mindert vaart, parkeert de automobiel op een grasstrook naast het zandpad en draait de motor uit. Hij legt zijn arm over de bank en kijkt grijnzend over zijn schouder. 'Wil je leren autorijden?'

'Autorijden? Ik? Echt?'

'Steeds meer vrouwen leren autorijden nu de mannen gemobiliseerd zijn.'

Er jaagt een opgewonden kriebel door mijn maag. 'Ja, maar dat vindt...' ik kan Hugo's naam nog net inslikken, 'de baron vast niet goed.'

Koen kijkt me met een schuin hoofd aan. 'Nee, dus we gaan hem dit ook niet vertellen. Gewoon geen ongelukken maken, dan is er niets aan de hand.'

'Ja, hallo. Als het zo simpel was...'

'Zo simpel is het ook. Kom op, zo moeilijk is het echt niet.'

'Goed dan.' Ik kan een giechel nauwelijks onderdrukken als ik me van de achterbank laat glijden en naast Koen achter het stuur plaatsneem.

Hij instrueert rustig hoe ik de auto moet starten, waar ik mijn voeten moet neerzetten, hoe ik moet gasgeven en remmen. Met klamme handen start ik de auto en draai de zandweg op. Met ingehouden adem passeer ik een boer op klompen, die een handkar met hooi achter zich aan trekt en het tafereel hoofdschuddend in zich opneemt. 'Ie bunt nie goed wies!' roept hij boven het gepruttel van de motor uit.

'Ook een prettige middag!' antwoordt Koen opgewekt.

Ik hou mijn blik strak op de weg gericht en sla op Koens aanwijzing een bocht om.

Geconcentreerd stuur ik om een diepe kuil in het zandpad heen en voorzichtig geef ik gas bij. Aan de horizon doemt een bosrand op.

'Zie je wel? Je bent een natuurtalent. Als de baron dit hoort, dan biedt hij jou mijn baan aan.' Hij stoot plagerig tegen mijn arm.

Ik voel mijn gezicht betrekken.

Koen zwijgt even. Hij haalt een hand door zijn donkerbruine haar en wijst dan naar een zijweg, een meter of dertig verderop. 'Rij dat bospad maar in en stop daar maar.'

Ik draai een smal zandpad in. De groene kruinen sluiten zich als een gewelf over het zandpad. Als ik de auto tot stilstand heb gebracht, gaat Koen verzitten en kijkt me aan. 'Guusje, ik meende wat ik eerder zei.'

Ondanks de beschutting van de bomen lijkt de temperatuur plotseling nog verder te stijgen. Mijn handen voelen klam, evenals mijn rug. Een warme gloed verspreidt zich rond mijn middenrif.

'Ik ben verliefd op je. Het kan me niet schelen dat je over een tijdje teruggaat naar Amsterdam. Er is niets dat mij hier bindt. Voor het eerst heb ik het gevoel dat ik mijn leven met iemand zou willen delen. Met jou. Of dat nu in Vorden is, of in Amsterdam, of desnoods op de maan, dat maakt me niets uit.'

Ik glimlach en slik mijn ontroering weg.

'En dus wil ik je beter leren kennen. Ook op jouw voorwaarden. Als je niet wilt dat iemand weet van ons, dan accepteer ik dat.'

Ik speel met vuur. Dit moet stoppen.

'Sterker nog, ik denk ook dat dat voorlopig het verstandigst is,' gaat hij door. 'Liefde op de werkvloer wordt niet altijd gewaardeerd. Ik leer je liever kennen zonder bemoeienis van meneer Kapteijns, mevrouw Willems of de baron.'

Voor een moment vergeet ik de wereld. Is er niets anders meer dan hij en ik, en het duizelingwekkende geluksgevoel dat alle realiteitszin verdrijft. Ik buig me naar hem toe en kus hem.

Hij legt zijn hand om mijn middel. Zijn andere hand legt hij in mijn nek, en met zijn duim streelt hij het kuiltje achter mijn oor, terwijl zijn tong langs de mijne glijdt.

Er schiet een siddering door me heen. Een vreemd soort kramp die blijft hangen in mijn onderbuik. Plotseling maakt Koen zich van me los. Hij glimlacht en ademt hoorbaar. Zijn ogen schieten koortsachtig over mijn gezicht. Even kijkt hij over mijn schouder, naar de achterbank. En even denk ik dat hij me het uiterst ongepaste voorstel gaat doen ons daar terug te trekken. Hoop ik dat zelfs. Maar Koen schraapt zijn keel en gaat verzitten. 'Zullen we maar weer terugrijden?' Zijn stem klinkt hees.

'Ja, laten we dat maar doen,' fluister ik.

Geen van beiden komen we in beweging. Roerloos blijven we zitten, elkaar aankijkend. Bijna een volle minuut lang zeggen we niets. Elke vezel in mijn lichaam staat op scherp. Ik hoor mijn gespannen ademhaling, hoog en snel.

Dan buigt Koen naar me toe en opnieuw drukt hij zijn lippen op de mijne. Zijn tong cirkelt traag om de mijne. Een allesoverweldigend verlangen overspoelt me. Ik ben verliefd. Overrompelend, allesoverheersend verliefd op deze man. Ik wil me met alle macht vastklampen aan het veilige gevoel dat hij me geeft, en nooit meer loslaten.

Zijn vinger glijdt langs mijn nek, mijn ruggengraat.

Er ontsnapt een kreun aan mijn keel.

'Weet je het zeker?' fluistert hij.

Ik knik. Ik klim over de bok naar de achterbank en trek hem

naar me toe. Met alles wat ik heb wil ik in hem opgaan. Ik wil niet dat Hugo, die enkel afschuw, walging en schaamte in me oproept, de laatste is geweest. De herinnering aan Hugo die mijn lichaam dwingend opeiste, wil ik overschrijven door me over te geven aan deze man, aan wie mijn hart echt toebehoort. De enige die mij volledig zal bezitten.

Koen duwt me zachtjes achterover op de achterbank. Zijn handen glijden verkennend over mijn lichaam, terwijl zijn mond de mijne zoekt.

Ik knoop zijn overhemd open. Dwaal met mijn vingertoppen over zijn bovenlichaam, over zijn gladde huid, die strak over zijn spieren gespannen is, over zijn rug, die versmalt naar zijn middel. Naar zijn buik, die sidderend samentrekt onder mijn aanraking.

Behendig knoopt hij mijn jurk los en trekt hem over mijn hoofd. Laat zijn ogen over mijn lichaam dwalen. 'Je bent prachtig.' Zijn ogen glanzen koortsachtig.

Ik duw mijn bekken omhoog, tegen zijn onderlichaam, en voel zijn opwinding. Mijn ademhaling versnelt. Ik frummel aan zijn gulp, knoop zijn broek open.

Gehaast trekt hij zijn broek naar beneden, kijkt me indringend aan.

'Ja,' fluister ik.

Hij klemt zijn handen om mijn billen. Het volgende moment is hij in me.

Ik voel geen pijn. Geen schaamte of afschuw. Enkel een allesoverweldigend verlangen. Een intens gevoel van verbondenheid. En een intuïtief weten: ik hoor bij Koen.

We bewegen ritmisch. Ademen snel en gehaast. Ik begraaf mijn gezicht in zijn hals, kus zijn sleutelbeen, zijn borst. Ik proef zijn zoutige huid, die glanst van inspanning.

Koen legt zijn hand op mijn wang, kijkt me indringend aan. Hij voert het tempo op.

Ik kreun. Het plafond van de auto lijkt te draaien.

Hij hapt naar adem. Beweegt sneller, steeds sneller.

Mijn lichaam tintelt. Mijn onderbuik ontploft, en duizenden elektrische schokjes verspreiden zich vanuit mijn lendenen door mijn lichaam. Ik grijp in zijn vochtige haar, en slaak een kreet.

Hij trilt, kust mijn voorhoofd. Trekt me tegen zich aan. Zijn hart bonst tegen het mijne. Hij glijdt met zijn vinger langs mijn wang, mijn hals, en grijnst.

'Wat?'

'Ik heb dit nooit eerder zo gevoeld. Ik wil je beter leren kennen, en alles over je ontdekken. Waar je gelukkig van wordt. Over je jeugd, over je familie. Wat je dromen en wat je geheimen zijn.'

Ik slik het dikke gevoel weg dat zich in mijn keel vormt en druk een lange kus op zijn lippen. Ik laat mijn hoofd op zijn borst zakken. De gedachten aan de inktzwarte geheimen die ik nooit met hem zal kunnen delen, duw ik resoluut van me af.

Hij draait een pluk donkerrood haar om zijn wijsvinger.

Ik kijk naar zijn handen. Die zijn groot en ruw. Ik strijk met mijn vinger langs zijn duimnagel, die opvallend kort en breed is.

Hij haakt zijn handen in de mijne. 'Het zal een opgave worden om in het bijzijn van anderen te doen alsof je alleen maar een collega bent. Ik zal me 's ochtends in de ontbijtzaal moeten inhouden om in het bijzijn van de anderen niet met een grote glimlach naar je toe te lopen en je te kussen.' Hij grijnst. 'Al zou ik het een interessant experiment vinden om te zien hoe meneer Kapteijns en mevrouw Willems daarop reageren.'

Ik grinnik. 'Met ontslag op staande voet, vrees ik.'

Hij drukt een kus in mijn haar. 'Ik zou het 't liefst van de daken willen schreeuwen, maar als jij dat niet wilt, dan respecteer ik je keuze. Voorlopig blijft dit ons geheim.'

Ik sla mijn been om hem heen en klamp me aan hem vast.

40

Koen en ik slagen erin om net voor de door meneer Kapteijns ingestelde avondklok van tien uur terug te zijn op het kasteel. Het is vijf voor tien als ik op de achterbank van de automobiel onder de deken lig en Koen de binnenplaats van het kasteel op rijdt.

Hij rijdt de auto achteruit het koetshuis in en sluit de deuren. 'De kust is veilig.'

Ik sla de deken terug en klim uit de auto. Ik ga op mijn tenen staan en sla mijn armen om zijn hals.

Koen slaat zijn armen om mijn middel en drukt een innige, langdurige kus op mijn lippen. 'Dank je wel voor de fijne dag.'

Met tegenzin nemen we afscheid. Via de achteruitgang sluip ik het koetshuis uit. Het begint al te schemeren en tot mijn opluchting is er niemand meer op de binnenplaats.

Ik glip door de dienstingang naar binnen. Ik voel me aangenaam licht in mijn hoofd en ruik Koens geur nog om me heen. Als ik neuriënd langs de pantry van de butler loop, het domein van meneer Kapteijns, zie ik dat er licht brandt. Het verbaast me niet: meneer Kapteijns doet niet aan vrije zondagen. Hij zit achter zijn secretaire over een stapel papieren gebogen.

'Goedenavond meneer Kapteijns,' roep ik opgewekt.

'Goedenavond juffrouw Simons. U bent laat,' bromt hij en hij werpt een nadrukkelijke blik op zijn zakhorloge. Als hij ziet dat het één minuut voor tien is en hij me niet kan wijzen op het overtreden van de avondklok, stopt hij het klokje zwijgend terug in het borstzakje van zijn livrei. 'Mijnheer Baron Von Eckendorff-Lohmann heeft mij verzocht om aan u door te geven dat hij u na uw terugkomst bij hem in de groene salon wil spreken.'

Mijn opgewekte energie verdwijnt in één klap. 'Waarom?' weet ik uit te brengen.

Van achter zijn brillenglazen kijkt meneer Kapteijns me doordringend aan. 'U zult begrijpen dat ik daar niet naar gevraagd heb.' Hij maakt een hoofdbeweging naar de stenen wenteltrap achter mij, die zijn butlerspantry met de woonvleugel verbindt. 'Mijnheer verwacht u.'

Wat is dit nou weer? Wat wil hij van me? Heeft hij me uit het koetshuis zien komen? Vermoedt hij iets? Met ledematen die aanvoelen alsof er kilo's staal aan hangen, loop ik de stenen wenteltrap op.

De deur naar de groene salon is gesloten. Ik haal diep adem en klop aan.

'Binnen,' klinkt het.

Hugo staat over een klaptafel gebogen. In zijn handen heeft hij een klein mesje, en voor hem ligt een arsenaal aan gereedschap, een kom met water, een klein hompje dood vlees en een bruine vacht van het een of ander. In de ruimte hangt een weeïge geur. Hij kijkt op.

'Dag Hugo.'

Onbewogen staart hij me aan, een ondefinieerbare blik in zijn ogen. Ik kan zijn gemoedstoestand niet inschatten en ik heb geen idee wat ik moet zeggen of doen.

'Sluit de deur achter je,' sommeert hij.

Mijn hand trilt lichtjes als ik doe wat hij vraagt en de deur dichttrek.

Hij loopt op me af en pakt mijn schouders beet. Er verschijnt een flauw glimlachje om zijn mond. 'Waar was je?'

Ik bedwing de neiging om een stap achteruit te doen. 'Ik heb een wandeling gemaakt.'

Hij wijkt iets naar achteren en bestudeert mijn gezicht, zonder me los te laten. 'Zo laat nog? Het is inmiddels donker.'

'Het was benauwend warm vandaag en vanavond koelde het af. Vandaar.'

Ik vrees dat hij iets aan me kan zien, misschien zelfs kan ruiken, maar hij knikt. Dan loopt hij terug naar de klaptafel. Hij doopt een kwast in een potje met een bruinig goedje en smeert het dode beest ermee in. 'Ik ben een eekhoorn aan het prepareren. De huid wordt ingesmeerd met looizuur. Dat voorkomt dat de haren uitvallen en de huid gaat rotten.'

Ik vind het een onsmakelijk gezicht. 'Het zijn prachtige dieren,' zeg ik maar, omdat er niets beters in me opkomt.

Hij maakt een vage hoofdbeweging. Hij legt de kwast weg en opnieuw loopt hij op me af. Glijdt met zijn wijsvinger langs mijn kaak. 'Zeker, ze zijn mooi om te zien. Maar laat je niet misleiden door hun mooie uiterlijk. Ze zijn familie van de rat, wist je dat? Het is gewoon een rat, ongedierte dus, vermomd met een pluimstaart en een prachtige, roodbruine vacht.' Hij wikkelt een pluk donkerrood haar om zijn wijsvinger en kijkt ernaar.

Ongemakkelijk wip ik van de ene voet op de andere. Ik schraap mijn keel. 'Je wilde dat ik bij je zou komen, zei meneer Kapteijns.'

Hij drukt lichtjes zijn lippen op de mijne en knikt. 'Ik moest je zien. Lieveling, ik vind het buitengewoon onaangenaam hoe we afgelopen vrijdag uit elkaar zijn gegaan. Ik wil dat je dit weet.' Hij kijkt me met een schuin hoofd aan. 'Ik vind het vreselijk onprettig als ik gedwongen word om zo op je te reageren. Alleen jij kunt zo'n woede in me oproepen. Begrijp je dat?'

Mijn vingers grijpen in elkaar.

'Guusje?'

Ik knik.

'Goed zo, lieveling.' Hugo pakt mijn hand en aait met zijn duim over mijn handpalm. 'Zo ben ik niet. Niet echt. En ik wil dat je me helpt om de man te worden die je ooit in me zag.'

Ik vecht tegen de neiging mijn hand terug te trekken.

Hij slaakt een getergde zucht. 'Amélie en ik hadden vandaag een treffen met oude vrinden van vroeger. De graaf en de gravin Van Bronckhorst-Wickenrode.'

Ik knik alsof het bekenden van me zijn.

'We dronken een aperitiefje in de roze salon en plotseling realiseerde ik me wat een heerlijke middag het was.'

'Fijn,' zeg ik.

'Maar ik realiseerde me ook hoeveel prettiger de middag was geweest als niet Amélie, maar jij daarbij was geweest. Ik hou niet van haar. Wat ik ooit voor haar gevoeld heb, komt niet eens in de richting van wat ik voor jou voel. Ik hou van jou, Guusje. Wat ik voor jou voel, dat heb ik slechts eenmaal eerder gevoeld.' Hij wendt zijn hoofd af en wrijft met zijn vingers in zijn ooghoeken.

Ik meen iets menselijks in zijn blik te bespeuren, wat me de moed geeft om door te vragen. 'Wil je me over haar vertellen, Hugo?'

Hij antwoordt niet, lijkt in gedachten verzonken. Dan schudt hij zijn hoofd. 'Het doet er niet toe. Al wat telt, is het heden. Ik zit gevangen in een liefdeloos huwelijk. Gevangen in de wurggreep van een echtgenote die aan krankzinnigheid lijdt en die geen oog heeft voor míjn behoeften,' jammert hij. 'Maar jij en ik, wij zijn hetzelfde. Weet je dat? Als ik naar jou kijk, is het net alsof ik in een spiegel kijk. Ik wil bij jou zijn. Écht bij jou zijn.'

Ik zoek naar woorden die aansluiten bij zijn gestoorde belevingswereld. 'Het gaat niet, Hugo. Het standsverschil tussen ons is te groot. Bovendien is een scheiding ondenkbaar. Dat zou een schande zijn.'

'Ik weet het, lieveling.' Hij trekt me naar zich toe en kust me opnieuw. Heviger dit keer. Zijn ademhaling verzwaart. 'Ik weet het.'

Roerloos blijf ik staan. Ik wil hem van me afschrapen.

'Een scheiding zou een schande zijn. Maar hertrouwen als Amélie onverwachts komt te overlijden, dat is een ander verhaal,' fluistert hij in mijn oor.

Langs mijn ruggengraat trekt een ijzige kilte op. 'Wat zeg je nou?'

Hij kust mijn hals. 'Het was enkel een hypothetische gedachte, lieveling.' Hij begint de knoopjes van mijn zomerjurk los te knopen Hij rukt mijn jurk naar beneden en likt mijn schouder. 'Ik verlang zo naar je.'

Angst en weerzin liggen als een betonblok op mijn maag. 'Hugo, wacht. Het kan niet.'

'Er komt hier niemand binnen. Ik draai de deur op slot,' hijgt hij. Hij grijpt naar mijn borsten.

'Nee, Hugo, ik heb mijn maandstonde,' lieg ik.

'Wat?' Abrupt doet hij een stap naar achteren. Hij heft zijn handen, alsof hij me wil afweren. Alsof niet hij, maar ik degene ben die zich aan hem opdringt. In zijn blik ligt een mengeling van afkeer en minachting. 'Waarom zeg je dat niet meteen?'

Ik begin mijn jurk te fatsoeneren. Opluchting overspoelt me. 'Het spijt me,' zeg ik zo nederig mogelijk. Hij maakt een wapperend gebaar naar de deur en draait zich om naar het raam, dat normaal gesproken zicht geeft op de slotgracht, maar waar nu, in de duisternis, niets te zien valt. In de weerspiegeling van de ruit vang ik zijn geërgerde gezichtsuitdrukking op. De spitse trekken in zijn smalle gezicht lijken scherper dan ooit.

'Dan ga ik maar,' zeg ik zacht.

Ik glip de groene salon uit, en opgelucht loop ik naar mijn slaapkamer. Ik was me en kleed me uit en bij de waskom zeep ik me in. Mijn maandstonde, waarom heb ik daar niet eerder aan gedacht? Inwendig glimlach ik.

Koens woorden klinken na. *Ik ben verliefd op je.* En: *Voor het eerst heb ik het gevoel dat ik mijn leven met iemand zou willen delen. Met jou. Of dat nu in Vorden is, of in Amsterdam, of desnoods op de maan, dat maakt me niets uit.* Mijn gevoelens voor Koen zijn zo sterk dat ik zeker weet dat het me niet meer loslaat. Ik ken hem net een maand. Toch voel ik me verbonden met hem, alsof ik hem al jaren ken. Alleen… Ik zucht. Koen heeft geen flauw idee van de leugenachtige lichtekooi die ik werkelijk ben.

Ik droog me af, stap in mijn nachtpon en laat me onder de dekens glijden. Plotseling moet ik weer aan Gerda denken, die riep dat we in een spookkasteel wonen. *De Duivel waart hier rond.* Op Kasteel Vorden is maar één duivel, en dat monster bevindt zich in de woonvleugel.

Ik draai me op mijn zij en probeer me voor te stellen dat Koen naast me ligt, zijn armen om me heen geslagen, zijn neus in mijn hals.

41

Carmen

De regen valt met bakken uit de hemel als ik me van het kasteel naar de Dorpsstraat haast. De druppels kletteren tegen mijn paraplu en veroorzaken duizenden opspattende fonteintjes op de trottoirtegels. Het is een wandeling van nog geen tien minuten, maar mijn jeans is volledig doorweekt als ik het hotel-restaurant heb bereikt waar de historicus op me wacht.

De afgelopen dagen heb ik elke ruimte in het kasteel minutieus uitgekamd. Alle oude fotoalbums van de familie ben ik doorgegaan. Ik heb administratie doorgenomen en archieven uitgeplozen. Behalve het proces-verbaal van Hugo's aanhouding, het krantenartikel over haar vermissing en één zwartwit-foto in het oude album, is er niets dat op Kasteel Vorden aan Odettes bestaan herinnert. Het lijkt erop dat Hugo er bewust voor gekozen heeft elk spoor zorgvuldig uit te wissen.

Gisteren heb ik opnieuw naar het verzorgingshuis gebeld waar mevrouw Teunissen woont. Ze liet opnieuw weten me niet te willen spreken, en ik heb geen andere keuze dan me daarbij neer te leggen. De historicus die in ruil voor een lunch in zijn archieven is gedoken, is mijn laatste hoop om iets te ontdekken.

Ik klap mijn paraplu dicht en loop de serre van het hotel-restaurant in. Binnen is het warm en ruikt het naar kroketten. De inrichting heeft wat weg van een jachthuis: aan de muren hangen geweien en op de tafels liggen rood-wit geblokte tafellakens.

Naast de ingang zit een man met wit haar, een geruit overhemd en een corduroybroek, die ik halverwege de zeventig schat. Voor hem op tafel ligt een stapel dossiers en naast zijn voeten een grote bruine hond – een Rhodesian ridgeback. De man veert op en steekt me zijn hand toe. 'Dag, jij moet Carmen zijn. Ja, ik herken je van tv. Ik ben Henk Kapteijns.'

'Fijn dat u tijd vrij wilde maken.' Ik ga naast hem zitten. 'U heeft het een en ander over Kasteel Vorden kunnen vinden?'

Henk schuift de dossiers naar me toe. 'Je zei dat je op zoek was naar informatie over de verdwijning van de toenmalige barones. Alles wat ik kon vinden over haar en over Kasteel Vorden zit in het mapje. Het zijn allemaal kopieën, je mag ze hebben. Kort samengevat: het zijn enkele krantenartikelen uit die tijd, plattegronden, een stamboom en een lijst met personeelsleden uit de periode 1900 tot 1920. Die is in mijn bezit gekomen omdat de broer van mijn overgrootvader destijds butler op Kasteel Vorden was en leiding gaf aan het bedienend personeel.'

'Uw oudoom heeft de toenmalige baron en barones dus gekend,' constateer ik.

Meneer Kapteijns knikt. 'Zeer goed zelfs. Als butler was je echt een assistent van de familie.'

Ik schuif naar het puntje van mijn stoel. 'Heeft u hem gekend? Heeft hij weleens iets losgelaten over die periode?'

Meneer Kapteijns schudt zijn hoofd. 'Zeg maar "Henk" en "je". En nee, hij was al overleden voor ik geboren werd. Ook mijn familie heb ik er nooit over gehoord. De lijst is om de een of andere reden bewaard gebleven, en als historicus gooi ik niets weg. Ik hoop dat je er wat aan hebt.'

Plotseling klinkt er glasgerinkel. Van schrik veer ik op.

'Sorry,' zegt een serveerster. Met enige vertraging realiseer ik me dat de serveerster die de tafel naast de onze afruimt een paar glazen heeft laten vallen.

Mijn hart bonst na. 'Geeft niks,' zeg ik.

Ze veegt de scherven bij elkaar en loopt naar ons toe. 'Wat mag het voor jullie zijn?'

'Wij willen graag iets eten,' zegt Henk, die zijn beloofde lunch wil verzilveren. Hij wrijft in zijn handen.

Het liefst zou ik met de buit naar huis gaan en in Henks informatiemap duiken, maar dat doe ik natuurlijk niet. We werpen een blik op de kaart. Twintig minuten later wordt er een salade voor mij en een tomatensoep en een uitsmijter met kaas voor Henk op tafel gezet.

De hond, die steeds aan Henks voeten heeft gelegen, komt overeind. Hij zucht luidruchtig en legt zijn kop op mijn schoot.

Ik kriebel het beest achter zijn oren.

'Dat doet ze niet bij iedereen hoor, Troel is geen allemansvriend. Ze is een echte waakhond, hè Troel? Heb jij ook huisdieren?'

Ik schud mijn hoofd. 'Tot teleurstelling van mijn man. Vik wil graag een hond, maar ik vond altijd dat we daarvoor te weinig thuis waren.'

'Ik ben op zoek naar een nieuw baasje voor Troel.' Meneer Kapteijns slurpt zijn tomatensoep naar binnen.

'Hoezo?' vraag ik en ik besmeer een stukje stokbrood met roomboter.

'Ik heb een nieuwe liefde.' Hij glimlacht trots. 'Had je niet gedacht, hè? Zo'n oude vent als ik. Ik ben al drieëntachtig,' licht hij ongevraagd toe. 'Ik ontmoette Toos op een singlesreis en het klikte meteen. We houden allebei van nordic walking, we luisteren allebei graag naar Wim Sonneveld… Helaas heeft Toos één nadeel: ze is allergisch voor huisdieren. Daarom heb ik getwijfeld of we wel moesten gaan samenwonen. Waarom niet latten, hè? Dat is tegenwoordig modern. Maar ja, uiteindelijk wil je graag je leven met iemand delen. Dus ik zei tegen Toos: "Je moet geduld hebben, want ik ga pas met je samenwonen als ik een geschikt baasje voor Troel heb gevonden." Ik zoek iemand met veel ruimte om de deur. En iemand die het goedvindt dat ik zo nu en dan eens langskom, of een ommetje maak met Troel.'

'Troel is geen allemansvriend, zeg je?'

'O god nee, ze blaft naar iedereen. Bijten doet ze nooit, maar het is wel een herrieschopper. 't Mag een wonder heten dat ze zo bij je komt liggen.'

Dat betwijfel ik. Ik kijk Troel aan, die met twee grote donkere ogen terugkijkt.

De zon is al onder als ik tegen zes uur de oprijlaan van Kasteel Vorden op draai. Viks terreinwagen staat er nog niet. Dan schiet me te binnen dat hij vanavond een nieuwjaarsborrel met het redactieteam heeft en pas laat op de avond thuiskomt. De afgelopen maanden had ik me daar onprettig bij gevoeld. Nu niet meer.

Op de achterbank begint Troel enthousiast te kwispelen, alsof ze zich geen seconde afvraagt waarom ze door een wildvreemde wordt meegenomen naar een wildvreemd huis. In de kofferbak ligt een hondenmand, hondenvoer en een arsenaal aan speelgoed; Troels uitzet, die ik na de lunch bij Henk Kapteijns thuis heb opgehaald. Ik vraag me af hoe verantwoord het is om een hond zomaar uit zijn vertrouwde omgeving weg te rukken, maar Henk leek meer moeite te hebben met het afscheid dan Troel.

Ik pak Henks dossiermap van de passagiersstoel en open het portier van de achterbank. 'Kom Troel,' zeg ik met een enthousiaste, voor-communicatie-met-honden bedoelde stem. 'Kom maar, meisje.'

Het kasteel ligt er verlaten bij. Maar één ding is zeker: ik ben niet langer alleen.

Als ik met Troel een rondje over het landgoed heb gelopen, trek ik een hoody en dikke sokken aan en trek ik me met een glas rode wijn terug in de bibliotheek. Ik pook de haard op en nestel me met Henks dossiermap en Troel aan mijn voeten in de chesterfield fauteuil. Dan neem ik de inhoud van de map door. De eerste twee papieren zijn kopieën van de krantenartikelen over de vermissing en de dood van Odette, die ik al ken. Dan volgt er een overzicht van alle eigenaren door de eeuwen heen, een soort gemeenteplattegrond en een mapje met bouwkundige gegevens, gevolgd door kopieën van andere krantenartikelen over Kasteel Vorden door de jaren heen. Het afbreken van een waterput uit de jaren zestig, een braderie met Pinksteren uit medio jaren tachtig, met daarbij een foto van mijn veel jongere schoonouders en een zesjarige Vik. Leuk om te zien, maar niets biedt enig aanknopingspunt.

Het laatste document uit het mapje blijkt het overzicht van personeelsleden te zijn die tussen het jaar 1900 en 1920 in dienst zijn geweest. In de eerste twee decennia van de twintigste eeuw zijn er zeker zestig mensen in dienst geweest van Kasteel Vorden: lakeien, koks, keukenhulpen, dienstbodes, een butler, tuinmannen, een stalknecht en een chauffeur. Achter elke naam staat wanneer ze in dienst traden, wanneer ze uit dienst gingen en wat de reden van de beëindiging van het dienstverband was. In de lijst met namen herken ik er drie: mevrouw Willems, het 'hoofd huishouding' die in Amélies zwangerschapsdagboek werd vermeld, meneer Kapteijns, de butler en oudoom van Henk, en Elly Driessen – de dienstbode en moeder van mevrouw Teunissen. Ik onderdruk de neiging om het verzorgingshuis waar mevrouw Teunissen woont voor een derde keer te bellen, en kauw nadenkend op mijn wang. Geen van deze personeelsleden kan nog in leven zijn. Als zij destijds iets geweten hebben over de zaken die zich op Kasteel Vorden afspeelden – en dat is aannemelijk, aangezien het personeel hier woonde – dan is het niet ondenkbaar dat ook hun kinderen daarvan op de hoogte zijn. Roddels verspreiden zich in een dorp nu eenmaal sneller dan in een stad. Ik besluit te beginnen bij de namen die ik eerder ben tegengekomen. Ik trek mijn telefoon uit mijn broekzak, klik het Google-icoontje aan en zoek op 'Willems, Vorden'.

Er verschijnen drie hits. Op het eerste telefoonnummer wordt niet opgenomen. Ik probeer het tweede nummer.

De telefoon wordt aangenomen door een mevrouw Willems die wel bekend is met Kasteel Vorden, maar oorspronkelijk uit Drenthe komt en zeker weet dat er nooit familieleden op Kasteel Vorden hebben gewerkt.

Ik bedank haar en probeer het derde nummer. Direct wordt ik doorgeschakeld naar een voicemail. Ik laat een beknopt bericht achter waarin ik uitleg dat ik op zoek ben naar informatie over Kasteel Vorden, met het verzoek mij terug te bellen als ze meer weten.

Zo loop ik de lijst door. Elke naam trek ik na en elk telefoonnummer dat ik online kan vinden, bel ik. Een uur later ben ik nog niets wijzer, en opnieuw realiseer ik me dat het zoeken is naar een speld in een hooiberg.

Ik neem een slok wijn en staar in de vlammen van de haard. Elk mogelijk spoor ben ik nagelopen. Alles wat ik weet is dat Odette hoogstwaarschijnlijk vermoord is. Hugo is de meest waarschijnlijke dader, maar hij is erin geslaagd zijn macht en status aan te wenden om onder een veroordeling uit te komen. Wat denk ik nu eigenlijk nog te vinden? Of beter gezegd: waar hoop ik op?

Uit mijn broekzak klinkt het gezoem van mijn telefoon. Een appje van Patricia, mijn redacteur. Ze heeft me ook geprobeerd te bellen.

> *Darling! Happy new year! Hoe gaat het? Gesetteld in Vorden? En hoe staat het ervoor met je manuscript? Over drie weken lever je de eerste versie aan. Kan ik je nog ergens mee helpen?*

Ik denk aan mijn manuscript, waarvan nog geen twintig procent op papier staat, en zucht hoorbaar. Ik heb me de afgelopen weken in beslag laten nemen door deze zoektocht. Plotseling vraag ik me af waar ik mee bezig ben. De doden zwijgen, en dat blijven ze doen. Ik staar naar de rij geschilderde portretten aan de wand. Hugo hangt prominent in het midden, gevangen in een pompeuze gouden lijst. Hij leunt zelfverzekerd op zijn wandelstok en lijkt smalend naar me te grijnzen.

'Oké Hugo, jij wint,' zeg ik hardop. 'Je hebt je geheimen met je meegenomen in je graf, en daar blijven ze.'

Ik loop naar het bureau en geërgerd klap ik mijn laptop open.

42

Guusje

Het blad aan de bomen begint rood te kleuren, en plotseling is het gedaan met het mooie weer. Vrijwel elke nacht bezoekt Hugo me. De grens tussen wat je wel en niet tegen hem kunt zeggen is flinterdun en verandert continu. Toch begin ik er bedreven in te raken hem aan te voelen en op zijn gemoedstoestand in te spelen. Is hij opgewekt, dan stel ik geïnteresseerde vragen, luister ik en maak op het juiste moment een grapje. Een enkele keer lukt het me om hem een uurtje aan de praat te houden, waarna hij vertrekt zonder gemeenschap met me te hebben. Flikkeren zijn ogen kwaadaardig, dan ben ik zo stil en meegaand mogelijk, om maar geen dingen te zeggen die zijn wantrouwen of woede verder aanwakkeren.

Ondanks de angst die constant onderhuids aanwezig is, geven de stiekeme ontmoetingen met Koen de dagen glans. Als ik 's avonds om acht uur klaar ben met werken, sluip ik naar het koetshuis, waar we een uurtje samen zijn. We fantaseren over de toekomst, waarin Dirkje genezen is en we met ons drieën naar Amsterdam vertrokken zijn, waar Koen een nieuwe betrekking zal zoeken als chauffeur. Tot Koens frustratie duurt ons samenzijn doordeweeks nooit langer dan een uur, omdat ik vanaf een uur of tien bezoek van Hugo kan verwachten. Ik kan me niet het risico permitteren om dan niet op mijn slaapkamer te zijn, maar ik koester elke minuut met Koen.

Dirkje verblijft alweer tweeënhalve maand in Herfstzon. Haar herstel verloopt stroperig: ze hoest nog steeds veel en heeft nauwelijks energie. Ik had gehoopt dat ze inmiddels rechtop in bed mocht zitten, maar dokter Van der Steen heeft me ervan doordrongen dat daar voorlopig geen sprake van kan zijn. De hoop dat Dirkje binnen enkele maanden genezen is, is weggeëbd. Voorlopig zit ik met onzichtbare handboeien aan Hugo vastgeklonken.

Hugo's nachtelijke bezoekjes zijn uitputtend, evenals de lange werkdagen en het voortdurend schakelen tussen al die verschillende versies van mezelf. Minnares en marionet van Hugo. Geliefde van Koen. Kamenier van Amélie. Dienstbode van Kasteel Vorden en zus van Dirkje. Slapen doe ik nauwelijks, toch functioneer ik. Ik verbaas me erover hoezeer een mens in staat is om in uitzonderlijke omstandigheden staande te blijven. Werktuigelijk voer ik mijn huishoudelijke taken uit. Ik assisteer de barones bij het kappen en kleden en slaag erin oppervlakkige kletspraatjes met haar te houden, zonder argwaan te wekken. Ik zie Koen zonder dat Hugo of anderen dat opmerken, ik ben een liefhebbende en zorgzame zus voor Dirkje. Niemand, zelfs Dirkje niet, lijkt in de gaten te hebben uit hoeveel lagen ik inmiddels besta. Maar de aanhoudende spanning, het gebrek aan slaap en de lange werkdagen resulteren in een vermoeidheid en vage misselijkheid die me constant in hun greep houden.

We zitten allemaal in de eetzaal aan de lunch, als meneer Kapteijns zoals gebruikelijk de wekelijkse post uitdeelt, die bestemd is voor het personeel. Vanaf zijn vaste plek aan het hoofd van de tafel roept hij de naam van degene die een envelop of ansichtkaart mag ophalen. Mijn naam wordt niet genoemd.

Alweer niet.

'Ik kreeg een brief van Elly,' verklaart Gerda ongevraagd. Ze houdt de brief omhoog en veegt met de rug van haar hand de kruimels van haar mond. 'Ze wilde eerst geen bezoek, maar ze schrijft dat het iets beter met haar gaat en dat Agnes en ik binnenkort bij haar op de thee mogen komen.' Ze glimlacht trots. 'Verder wil ze niemand zien.'

Ik knik alsof het me interesseert.

Koen, die tegenover me zit, knipoogt heimelijk naar me.

Er verspreidt zich een warm gevoel in mijn buik. Als ik zie dat de blik van mevrouw Willems op me blijft rusten, richt ik me tot meneer Kapteijns. 'Is er geen brief voor mij, meneer Kapteijns?'

'Als er post voor u was, juffrouw Simons, dan had ik u dat wel gegeven, nietwaar?' bromt hij terwijl hij een glas karnemelk voor zichzelf inschenkt.

Met mijn wijsvinger veeg ik wat broodkruimels bij elkaar en probeer mijn teleurstelling weg te slikken. Nog steeds schrijf ik wekelijks een brief naar mijn moeder en stuur ik haar mijn loon van die week. Elke keer hoop ik op een antwoord van haar, dat steevast uitblijft. Dirkje heeft op Herfstzon wel een brief ontvangen. Daarin schreef mijn moeder dat ze blij was dat ik wekelijks bij Dirkje langskom en dat het goed gaat met haar, opoe, Faas en Feike. Dat ze steeds aan ons denkt en dat ze hoopt dat Dirkje gauw weer thuis is. Het lijkt erop dat mijn moeder nog steeds boos op me is.

'Weet je wat ik nou zo bijzonder vind, Guusje?' vraagt Gerda vanaf de andere kant van de tafel met volle mond. 'Dat je zo weinig eet en toch dikker bent geworden.'

'Gerda!' roept Agnes. 'Wat onaardig!'

'Dat is helemaal niet onaardig. Het is juist een compliment. Guusje was graatmager toen ze hier afgelopen zomer kwam werken. Nu is ze gewoon slank. En mannen houden juist van een meisje met wat vlees op de botten,' stelt Gerda vast. In haar mondhoek zit een klodder jam.

'Mag ik je eraan herinneren dat het oorlog is, Gerda? Guusje komt uit Amsterdam, waar een grote voedselschaarste heerst. Het zou helpen om eens een krant te lezen, dan ben je op de hoogte van dat soort zaken,' adviseert Koen droogjes.

In Gerda's hals verschijnen rode vlekken. 'Het was niet vervelend bedoeld, hoor.'

'Meneer Kapteijns en ik hebben een heuglijke mededeling voor jullie,' roept mevrouw Willems monter. 'Eind volgende week verwachten we hoog bezoek. Prins Hendrik zal een aantal dagen op Kasteel Vorden verblijven!'

Er stijgt opgewonden geroezemoes op. 'Komt Koningin Wilhelmina mee?' vraagt Agnes opgetogen.

Mevrouw Willems schudt haar hoofd. 'Enkel Prins Hendrik. Hij is een begenadigd jager en de baron heeft hem uitgenodigd voor een jachtpartijtje. Uiteraard neemt hij wel zijn hofhouding mee, zij zullen in de personeelsvleugel overnachten. We verwachten dat iedereen zijn beste beentje voorzet om het verblijf van Prins Hendrik optimaal te laten verlopen.'

Ik schuif mijn stoel naar achteren en veer op. 'Ik ga vast naar het washok. Er ligt veel werk.'

Regendruppels tikken staccato tegen het kleine venster in het washok. Ik pak een vuil servet en smeer de vlekken in met ossengalzeep. Gerda's woorden galmen na. *Weet je wat ik nou zo bijzonder vind, Guusje? Dat je zo weinig eet en toch dikker bent geworden.* Ik boen stevig op de vlekken, tot mijn vingertoppen wit en rimpelig zien.

In de gang klinken naderende voetstappen. Mevrouw Willems steekt haar hoofd om de deur. 'Juffrouw Simons, hier ben je. Hoe gaat het met je?'

'Goed hoor, dank u.' Ik laat het servet in de tobbe met witte was glijden. Zonder haar aan te kijken voel ik dat mevrouw Willems me in zich opneemt.

'Ik wilde je erop attenderen dat het personeel recht heeft op vijftien vrije dagen per jaar, die je in overleg kunt opnemen. Misschien moet je daar eens gebruik van maken. Ik vind dat je er moe uitziet, de laatste tijd.'

'Ik voel me prima, hoor,' lieg ik.

'Toch heb ik de indruk dat er iets aan de hand is, meiske. Je ziet er de laatste tijd anders uit,' merkt ze op.

Ik voel dat ik een kleur krijg. Zou ze doorhebben wat er gaande is tussen mij en Hugo? Of tussen mij en Koen? Of allebei?

'Je gezicht is zachter. Voller,' gaat ze door. 'Gerda heeft wel gelijk, je bent inderdaad wat aangekomen.'

'Het zal wel door het goede eten komen.' Ik begin gestreken tafellakens op te vouwen en probeer neutraal te kijken. 'Zoals Koen al zei: in Amsterdam is er voedselschaarste. In de laatste maanden voor mijn vertrek was er geen aardappel meer te krijgen. Er was rijst en af en toe wat groente. Sinds ik hier ben, eet ik meer.'

Ze loopt het washok in en sluit de deur achter zich. 'Je hebt toch geen domme dingen gedaan, meisje Simons?'

'Hoe bedoelt u?'

‘Ik ben misschien een oude vrijster die nooit het genoegen heeft gehad een man te vinden of een gezin te stichten, maar ik ben niet van gisteren.’ Ze slaat haar armen over elkaar en kijkt me doordringend aan. ‘Vergeef me mijn vrijpostige vraag, maar wanneer heb je je laatste maandstonde gehad?’

Ik open mijn mond en sluit hem weer. Koortsachtig probeer ik me te herinneren wanneer ik voor het laatst gemenstrueerd heb. Dat moet kort na mijn aankomst op Kasteel Vorden zijn geweest, nu bijna drie maanden geleden. Paniek welt in me op. Ik voel me licht in mijn hoofd en plotseling lijkt de ruimte te draaien. Ik zoek steun bij de wand en probeer in te ademen door mijn neus.

‘Goeie grutten,’ kreunt mevrouw Willems. ‘Kom. Jij gaat naar je slaapkamer en ik ga een dokter bellen.’

‘Nee,’ breng ik uit. ‘Geen dokter.’

Mevrouw Willems plaatst haar hand onder mijn bovenarm en troont me met zachte dwang het washok uit. ‘Geen gemaar. Je kop in het zand steken heeft geen zin. We moeten het zeker weten.’

Laat het niet zo zijn, denk ik. De hele tocht door de gang naar de personeelsslaapkamers blijf ik dat in gedachten herhalen, als een smeekbede. *Laat het niet zo zijn.*

Mevrouw Willems sommeert me op bed te gaan liggen en meldt dat ze een dokter gaat bellen. ‘Ik ben zo terug.’ Ze verdwijnt in de gang en sluit de deur achter zich.

Een klein uur later zit er een statige man van eind veertig met een terugtrekkende haargrens en een ver uitstekende adamsappel in mijn slaapkamer. Hij stelt zichzelf voor als dokter Zwaan of Swaab – zijn naam ontgaat me al snel weer – en schuift een stoel bij.

Mevrouw Willems vraagt me of ik alleen met de huisarts wil praten. Ik vraag haar om te blijven.

‘Heeft u vaker klachten van duizeligheid, juffrouw Simons?’ Dokter Zwaan of Swaab heeft een sereen stemgeluid en als hij praat wipt zijn adamsappel op en neer. ‘Of merkt u de laatste tijd veranderingen op?’

Ik schud mijn hoofd. ‘Nee, dokter. Ik ben alleen moe.’

‘Slaapt u goed?’

Ik probeer om niet naar zijn adamsappel te kijken. 'Kan beter,' antwoord ik.

Dokter Zwaan of Swaab stelt me verschillende vragen en wil weten wanneer ik voor het laatst mijn maandstonde heb gehad. Dan trekt hij een soort houten toeter uit zijn dokterstas. 'Dit kan wat ongemakkelijk zijn: ik wil u vragen om uw buik te ontbloten.'

Ik stroop mijn jurk op.

De huisarts gaat met de houten toeter over mijn buik en legt zijn oor ertegenaan.

De blik van mevrouw Willems kruist de mijne. Ze knijpt even geruststellend haar ogen dicht.

Als de speurtocht over mijn buik ten einde is en ik mijn dienstbodenuniform weer laat zakken, schraapt hij zijn keel. 'U bent inderdaad in verwachting, juffrouw Simons. Afgaande op uw maandstonde bent u tien weken zwanger.' Hij laat een stilte vallen.

Er dringt tot me door dat ik iets moet zeggen, maar mijn hersenen weigeren dienst. Ik, een kind. Ik hoor zijn woorden aan, maar het is alsof dit over iemand anders gaat.

'U bent ongehuwd, is het niet?'

Ik knik. Alle vakjes waarin ik mijn leven zorgvuldig heb verdeeld storten ineen. Paniek buldert door mijn lichaam.

'Is de vader in beeld, juffrouw Simons?'

De huisarts ratelt door.

In mijn hersenen lijkt een acute blokkade op te treden. Ik heb moeite om me op zijn woorden te concentreren. Ik zie zijn pratende mond, zijn op en neer wippende ademsappel. Ik vang flarden op over 'verantwoordelijkheid nemen', 'huwelijk', en dat 'enkel kinderen binnen een huwelijk een geschenk van God zijn', maar de samenhang ontgaat me.

Ik schrik op uit mijn bewustzijnsvernauwing als mevrouw Willems nadrukkelijk in haar vuist kucht. 'Dank u wel voor uw komst en uw adviezen, dokter Swaab.' Ze legt hem met haar blik het zwijgen op en maakt een handgebaar naar de deur. 'Juffrouw Simons gaat erover nadenken.'

Enigszins bedremmeld stopt hij de houten toeter in zijn dokterstas en laat zich naar de deur begeleiden.

Als de deur achter hem is dichtgevallen blijf ik roerloos op mijn rug liggen. Mevrouw Willems komt naast me op de bedrand zitten. 'Gaat het, kind?'

Ik knik. Misselijkheid golft door mijn maag en achter mijn slapen bonst hoofdpijn. Ik probeer me op mijn ademhaling te concentreren in een poging mijn maag onder controle te krijgen. Natuurlijk heb ik gedacht aan de mogelijkheid dat ik in verwachting kon raken. Rosa en Kitty hebben me gewaarschuwd voor de risico's.

'Wie is de vader, Guusje?' Voor het eerst noemt ze me bij mijn voornaam.

Ik zucht en schud mijn hoofd.

'Je weet niet wie de vader is?'

'Jawel,' lieg ik. Strikt genomen zijn er drie opties. De afgelopen periode heb ik meerdere malen gemeenschap gehad met zowel Hugo als Koen. En dan is er nog de stotteraar bij Maison Coco, Abraham Goudsmit.

Als ik gemeenschap heb met Koen, trekt hij zich voor zijn hoogtepunt terug. 'Voor het zingen de kerk uit' noemt hij dat. Hij benadrukt dat ik daardoor niet in verwachting kan raken. Hugo heeft daar nooit rekening mee gehouden. Ik hield mezelf voor dat het zo'n vaart niet zou lopen, omdat ik na de gemeenschap steeds voorzorgsmaatregelen nam. Ik waste me grondig en ging naar de wc, waar ik een tijdje wijdbeens boven de pot bleef hangen, net zo lang tot er niets meer uit lekte. Natuurlijk snap ik dat dit geen goede anticonceptiemethode is, maar ik had geen andere keuze. Hugo afwijzen betekent immers dat Dirkje niet geholpen wordt. Als ik alles op een rijtje zet is de mogelijkheid dat Hugo de vader is, het grootst.

'Maar je wilt het niet zeggen? Of kún je het niet zeggen?'

Ik schud mijn hoofd en probeer de brok die zich in mijn keel gevormd heeft weg te slikken.

'Is het onder dwang gebeurd?' Ze pakt mijn hand en kijkt me bezorgd aan.

Opnieuw schud ik mijn hoofd.

'Gelukkig maar.' Ze zucht. 'We gaan een oplossing bedenken. Ik stel voor dat je even in je kamer blijft om tot rust te komen. Probeer wat te slapen. En onthoud: God geeft ons geen last die we niet kunnen dragen. Ik breng je straks het avondeten en dan gaan we praten.'

Ergens stelt het me gerust dat ze spreekt over 'we', alsof het niet mijn, maar een gedeeld probleem is. Al weet ik wel beter.

Er wordt op de deur geklopt.

Mevrouw Willems kijkt me licht verbaasd aan, maar veert op en trekt de deur open.

Hugo verschijnt in de deuropening.

Ik voel mijn lichaam verstarren.

'Mijnheer,' zegt mevrouw Willems met nauwelijks verholen verbazing in haar stem.

Hij schraapt zijn keel en zet zijn vuist tegen zijn mond. 'Ik kwam de huisarts tegen op de binnenplaats en begreep dat juffrouw Simons onwel is geworden.'

'Alles is in orde,' zegt mevrouw Willems. 'Een kleine flauwte. Juffrouw Simons werkt erg hard en bleek te weinig gedronken te hebben. Een paar dagen rust, vocht en een goede maaltijd doen wonderen.'

Hugo vouwt zijn handen op zijn rug en wandelt mijn slaapkamer in.

Verbouwereerd doet mevrouw Willems een stap opzij.

Meteen vult zijn aanwezigheid de ruimte tot in de kleinste hoekjes.

'Van de huisarts heb ik begrepen dat de situatie iets anders ligt.' Hugo knijpt zijn ogen tot spleetjes.

Mijn mond voelt kurkdroog.

Mevrouw Willems recht haar schouders. 'Neemt u mij niet kwalijk, mijnheer, maar mag ik opmerken dat ik het ongehoord vind dat de huisarts zich daarover uitspreekt? Zelfs tegenover u.' Haar stem klinkt scherp, maar respectvol.

Er verschijnt een minzaam glimlachje om Hugo's smalle lippen. 'Dat begrijp ik, mevrouw Willems. Ik denk echter dat het goed is dat ik dit nu weet, vanuit mijn positie als kasteelheer en werkgever.' De woorden 'kasteelheer' en 'werkgever' spreekt hij nadrukkelijk uit. Hij legt zijn wijsvinger tegen zijn lippen en zwijgt even. 'Mijn personeel dient bekwaam te zijn om hun taken te verrichten. Als er zaken spelen die het uitvoeren van het werk mogelijk belemmeren, dan heb ik het recht daarvan op de hoogte te worden gebracht. En ik wil dat u weet dat u er niet alleen voor staat, juffrouw Simons. Als *werkgever* zal ik meedenken in het vinden van een oplossing.'

'Een oplossing?' herhaal ik.

Mevrouw Willems verplaatst haar blik van Hugo naar mij en weer terug. Haar gezicht verraadt dat ze allerlei conclusies trekt.

Ik voel dat ik kleur en wend mijn hoofd af. Wanhoop en schaamte vechten om voorrang.

Hugo draait zich naar haar toe. 'Hartelijk dank voor uw kordate optreden, mevrouw Willems. Ik neem het vanaf hier over. Het spreekt voor zich dat ik vertrouw op uw discretie hierin. Ook tegenover de barones.'

Mevrouw Willems knikt langzaam. 'Als ik nog iets kan doen...'

'Dan laat ik u dat weten. Dank u wel.' Hij glimlacht hartelijk, maar zijn dwingende ondertoon is niet te missen.

'Sterkte, juffrouw Simons.' Nu is het mevrouw Willems die bedremmeld afdruipt.

Als de deur achter haar is dichtgevallen, vrees ik even dat Hugo woedend wordt. Maar hij laat zich hoofdschuddend naast me op mijn bed zakken. Hij trekt een bezorgd gezicht en voelt even aan mijn voorhoofd, alsof ik koorts heb. 'Wat heb je nou allemaal veroorzaakt, lieveling?'

'Veroorzaakt?'

Hij trekt me tegen zich aan en aait over mijn rug. Als een lappenpop laat ik me omhelzen.

'Maak je geen zorgen. Het komt goed,' fluistert hij.

43

Nog diezelfde dag wordt duidelijk welke oplossing Hugo voor mijn zwangerschap in gedachten heeft. Net nadat Agnes, die de rol van maaltijdbezorger heeft gekregen en me een omelet met groente en een mandje brood bracht, vertrokken is, wordt er opnieuw aangeklopt. Zonder mijn antwoord af te wachten laat Hugo zichzelf binnen.

Ik zit rechtop in bed en prik lusteloos in de omelet, die op de een of andere manier naar rubber smaakt. 'Ik vind het niet slim dat je hier almaar in- en uitloopt,' waag ik op te merken. 'Wat moeten anderen er wel van denken?'

Hugo's gezicht betrekt even. 'Het is half zeven. Er is niemand die op dit tijdstip naar zijn slaapkamer gaat, de gang is verlaten. Luister, Guusje.' Hij laat zich naast me op mijn bed zakken en strijkt met zijn duim langs mijn wang.

Ik vecht tegen de neiging mijn hoofd weg te trekken.

'Je weet dat ik van je hou, lieveling. Ondanks alles wat er tussen ons is voorgevallen doe ik dat nog steeds. Als ik met jou gehuwd was, had je me de gelukkigste man op aarde gemaakt. Maar dit, deze zwangerschap, dit kan niet. We moeten dit oplossen. Dat begrijp je toch wel?'

Ik zwijg en verschuif de omelet op mijn bord. Er trekt een koude golf door mijn maag. Ik denk aan wat Rosa zei, over de 'engeltjesmaker' die wordt ingeschakeld wanneer meisjes bij Maison Coco in verwachting raken. *Dat is natuurlijk verboden, maar ze gebruikt er middelen voor die meestal geen kwaad kunnen. Een hete breinaald, een spuit met zeepsop...* Ik huiver. Gal brandt zich via mijn slokdarm een weg naar boven. Ik slik, leg mijn klamme hand tegen mijn mond en adem in via mijn neus, in een poging mijn maag onder controle te krijgen.

'Ik begrijp dat het niet gemakkelijk voor je is,' gaat hij door. 'Maar realiseer je je hoe verdrietig dit voor míj is? Mijn grootste droom is een erfgenaam, een die Amélie me nooit heeft kunnen schenken. Dat heeft ze me afgenomen. En nu gebeurt dit,' jammert hij. Hij heft theatraal zijn handen en kijkt omhoog, alsof het lot een wreed spelletje met hem speelt. 'Toch ben ik ergens ook blij dat dit gebeurt. Ik heb altijd geweten dat het probleem bij Amélie lag, en niet bij mij. Ik functioneer uitstekend, dat blijkt nu maar.'

Onbewogen kijk ik hem aan. Langzaam kalmeert mijn maag. Plotseling komt er een vreemd soort berusting over me. De wetenschap dat wat er in mijn buik groeit waarschijnlijk van dit monster afstamt, maakt het draaglijker. Het moet weg. Zo snel mogelijk. Ik zet het bord met de omelet op mijn nachtkastje. 'Je hebt gelijk. Er zijn mensen die daarvoor kunnen zorgen, die een zwangerschap kunnen afbreken. De meisjes van Maison Coco kennen zo iemand. Ik zal ze schrijven en vragen...'

'Ho, wacht.' Hugo heft zijn hand. Met een blik die het midden houdt tussen afkeur en afschuw kijkt hij me aan. 'Zwangerschap áfbreken? Je gaat me toch niet vertellen dat je mijn kind wilt vermoorden?'

Ik staar hem aan.

'Dit is míjn kind. Míjn erfgenaam. Er wordt hier geen zwangerschap afgebroken.'

'Maar je zegt net...'

'Dat jij voor de buitenwereld geen kind van mij kunt krijgen, nee. Dat is toch evident? Een gehuwde kasteelheer die een dienstbode bezwangert, dat zou een schande zijn. Hoeveel ik ook van je hou. Ik moest het met Amélie bespreken, maar ik wist wel dat zij ook enthousiast zou worden van het idee.'

Ik ben met stomheid geslagen. 'Enthousiast? Waar heb je het over? Dus ze weet het? Van jou en mij?'

Hij schudt zijn hoofd en glimlacht minzaam, alsof het een hele klus is om mij iets bij te brengen. 'Uiteraard niet, suffie. Ik heb Amélie verteld dat ik per toeval heb ontdekt dat jij in verwachting bent en dat je het niet kunt houden. Amélie en ik voeden het op alsof het van ons samen is. Dat ik de vader ben, hoeft Amélie nooit te weten. Lieveling, deze baby is ontsproten uit de liefde die wij voor elkaar voelen. Dit kind zal leven, en het zal het goed krijgen bij Amélie en mij. Dat beloof ik je.'

Mijn hoofd gonst. 'Ik moet erover nadenken.'

Hij haalt geagiteerd zijn schouders op. 'Wat valt er te denken? Er is maar één mogelijke oplossing.'

Ik wil dat hij verdwijnt. Uit mijn gezichtsveld, uit mijn slaapkamer. Uit mijn leven. 'Ik ben moe, Hugo. Ik wil slapen.'

'Goed dan,' verzucht hij. 'De details bespreken we later wel. Eet je dit eerst nog even op?' Hij pakt het bord met de omelet van mijn nachtkastje en zet die op mijn schoot. 'Je moet goed voor jezelf zorgen, ons kind heeft voeding nodig.'

Hij veert op en loopt met een ontspannen tred naar de deur. Daar draait hij zich om. 'En denk eraan, Guusje. Geen woord hierover...' hij maakt een cirkelende beweging met zijn slanke wijsvinger in de richting van mijn buik, '... tegen Amélie. Als ze vraagt wie de verwekker is, dan zeg je maar dat het iemand is uit Amsterdam. Zeg iets, maar hou het vaag.' Geruisloos verdwijnt hij achter de slaapkamerdeur.

Ik zet mijn vuist tegen mijn mond. Uit alle macht bedwing ik de neiging om te gillen en het bord met de omelet achter hem aan te smijten.

De volgende ochtend ga ik weer aan het werk. Om niemand onder ogen te komen zou ik best aannemelijk kunnen maken dat ik nog steeds ziek ben, maar ik moet bezig blijven, iets omhanden hebben en vertrouwde handelingen verrichten, om de maalstroom aan gedachten het zwijgen op te leggen. Talloze vragen dreunen door mijn hoofd. Constant dezelfde, telkens opnieuw, zonder duidelijke uitkomst. Op één ding na: in mijn eentje heb ik dit kind niets te bieden. Zoveel is duidelijk.

Moet ik Hugo's voorstel serieus overwegen?

Moet ik dit kind niet laten weghalen?

Dat is niet alleen bij wet verboden, maar ook nog eens gevaarlijk. Bovendien is het zondig in de ogen van God, al realiseer ik me terdege dat het de zoveelste zonde op een toch al ellenlange lijst zou zijn. Bidden om vergeving heb ik inmiddels opgegeven.

En kán ik dat? Kan ik het over mijn hart verkrijgen om dit kindje te laten weghalen? Wat als het toch van Koen is?

Hoe ga ik dit aan Koen vertellen?

Zoveel vragen, ik ben er duizelig van. Op geen enkele vraag heb ik momenteel een antwoord. Mijn hoofd is te vol om helder te kunnen nadenken. Welke beslissing ik ook neem: ik kan de consequenties ervan op dit moment onmogelijk overzien.

Bij het ontbijt in de eetzaal vrees ik dat iedereen aan me kan zien wat er aan de hand is, alsof met grote letters op mijn voorhoofd staat geschreven dat ik in verwachting ben, maar afgezien van mevrouw Willems en Koen slaat niemand acht op me.

'Gaat het weer?' fluistert Koen, en hij trekt me een eindje mee buiten gehoorsafstand van de rest. 'Ik hoorde dat je je gisteren niet goed voelde.' Zijn ogen schieten bezorgd over mijn gezicht.

'Niets aan de hand,' glimlach ik. 'Ik had te weinig gedronken volgens de huisarts. Ik voel me kiplekker,' fluister ik terug.

Ik voel de blik van mevrouw Willems op me rusten.

'Gelukkig maar. Ik mis je,' fluistert hij in mijn oor. 'Kun je vanavond naar het koetshuis komen? Ik wil je zien.'

'Dat weet ik nog niet, Koen. Het spijt me. Ik ga mijn best doen, goed?' zeg ik als ik zijn teleurgestelde gezicht zie.

Hij knikt en gaat tegenover me zitten, maar blijft mijn blik zoeken over tafel.

Ik glimlach flauwtjes naar hem en haal een lepel door de havermout.

Het ontbijt is nog niet ten einde als het beltableau begint te knipperen waaruit blijkt dat Amélie wakker is en assistentie op haar kamer nodig heeft. Ik schuif mijn stoel naar achteren en loop de eetzaal uit. Terwijl ik via de bediendentrap naar boven sjok, voel ik de knoop in mijn maag groeien.

Ik klop op Amélies slaapkamerdeur.

'Binnen,' klinkt haar heldere stem.

Ik stap naar binnen en maak een knicksje. 'Goedemorgen mevrouw.'

Amélie zit achter haar kaptafel. Dan pas zie ik Hugo, die met zijn handen op de rug gevouwen bij het raam staat en zijn blik over de slotgracht laat dwalen.

Ik schraap mijn keel. 'Goedemorgen meneer.' Mijn stem klinkt klein en krakerig.

Amélie staat op, schrijdt naar me toe. Ze glimlacht bezorgd, maar ik bespeur ook iets gretigs in haar blik. 'Juffrouw Simons, neemt u ons niet kwalijk, maar het leek mijnheer en mij beter om elkaar hier onder zes ogen te spreken. Hoe voelt u zich?' Ze wrijft even langs mijn bovenarmen, alsof ik het koud heb, maar trekt dan meteen haar handen terug, alsof ik in brand sta.

'Goed,' zeg ik mat.

'Fijn, meiske. Fijn.' Weer die bezorgde glimlach.

Bij het raam draait Hugo zich naar me om. Hij legt nadenkend een wijsvinger tegen zijn lippen. 'Juffrouw Simons, ik vertelde mijn echtgenote dat ik gisteren de huisarts sprak op de binnenplaats, die zei dat u in verwachting bent,' zegt hij op een toon alsof er een zakelijke kwestie moet worden beslecht. 'Gaat u zitten.' Hij maakt een handgebaar naar het bistrosetje in de hoek van de kamer.

Met tegenzin laat ik me in de rieten fauteuil zakken.

Hugo gaat tegenover me zitten.

Amélie volgt zijn voorbeeld. 'Ik begrijp dat je hierdoor overvallen bent. De vader heeft je in de steek gelaten, je staat er alleen voor. Dat is een netelige kwestie.'

Ik knik.

'Allereerst wil ik benadrukken dat je je nergens voor hoeft te schamen, Guusje. Zoals je weet ben ik erg modern. Uiteraard horen dergelijke zaken enkel binnen een huwelijk plaats te vinden, maar we weten allemaal dat dat niet altijd de realiteit is,' vervolgt ze. 'Afijn, wij willen je graag helpen. Mijn echtgenoot en ik zijn helaas nooit gezegend met een gezin. Wij hebben er gisteren uitgebreid over gesproken, en mijnheer en ik kunnen het kind een liefdevol en warm thuis bieden, waar het in harmonie zal opgroeien en niets tekort zal komen. En we zijn zeer verheugd dat jij dit ook als een goede oplossing ziet.'

'Ik heb niets toegezegd. Ik heb alleen gezegd dat ik erover na zou denken,' antwoord ik scherp.

'O,' zegt ze, en even lijkt ze uit het veld geslagen. Vragend kijkt ze naar Hugo.

'Zie jij dan een andere oplossing?' Hugo begint zijn geduld te verliezen. Ik hoor het aan zijn stem, zie het aan de subtiele spiertrekkingen in zijn spitse gezicht.

Ik zucht en wrijf met mijn vingers over mijn gesloten ogen.

'Ik begrijp dat het een moeilijke beslissing is,' zegt Amélie. 'Maar uiteindelijk wil je het beste voor dit kindje, nietwaar?'

'Jawel,' zeg ik nadenkend.

Ze knikt, alsof het daarmee geregeld is. 'Dit is wat mijnheer en ik besproken hebben. Mijn echtgenoot en ik voeden het op alsof het ons eigen kind is.' Ze legt haar hand liefdevol op haar buik, alsof zíj degene is die zwanger is. 'Niemand, ook het kind niet, zal ooit weten dat wij niet de biologische ouders zijn. Jij werkt zo lang mogelijk door. Als de zwangerschap zichtbaar wordt, brengen we je naar ons buitenverblijf, waar je tot aan de bevalling zult verblijven. Uiteraard krijg je de allerbeste hulp. En als de baby er is helpen we je natuurlijk aan een nieuwe betrekking op een andere plek.' Ze zwijgt even. Om haar roodgestifte mond speelt een klein glimlachje. 'Want als de baby aan ons is afgestaan, is het beter dat je hier niet meer terugkomt. Dat begrijp je toch wel?' vraagt ze mierzoet.

'Waar moet ik dan naartoe? Ik wil hier in de buurt blijven. Mijn zusje verblijft in Herfstzon, ik wil haar blijven bezoeken, ik...'

'Maak je geen zorgen,' zegt Hugo. 'De bezoekregeling zoals die er nu is, blijft bestaan en ik zorg ervoor dat de kosten voor de behandeling van je zusje gedekt worden.' Hij glimlacht barmhartig.

Opeens dringt het besef tot me door dat mijn zwangerschap een vooropgezet plan zou kunnen zijn. Hugo wil immers een erfgenaam, die Amélie hem niet kan schenken. Het zou me niet verbazen als hij dit zonder medeweten van Amélie heeft uitgedokterd. Ik zou hem een dreun willen verkopen. Mijn vuist willen ballen en hem met volle vaart op zijn arrogante, zelfingenomen smoel willen slaan. En ik zou Amélie willen inpeperen dat haar grijnzende, mentaal instabiele echtgenoot dit kind hoogstwaarschijnlijk zelf verwekt heeft.

'We gaan heel goed voor je zorgen, Guusje,' belooft Amélie. 'Echt, dit is het allerbeste voor jou en het kindje.' Ze kijkt naar Hugo en glimlacht gelukzalig. 'En binnenkort zullen mijnheer en ik aan het personeel bekendmaken dat ik een kindje verwacht.'

Het is alsof ik plotseling boven mezelf zweef en de absurditeit van de hele situatie inzie. 'Hoe gaat u dan aannemelijk maken dat u in verwachting bent?' *Een kussen onder je jurk stoppen?* Deze mensen zijn knettergek. Allebei.

Amélie knippert even met haar ogen. 'Zodra jouw buik zichtbaar wordt, gaan wij samen naar ons buitenverblijf. Ik ga met je mee, om je gezelschap te houden. Zo zal niemand zich afvragen waarom mijn buik niet groeit.'

Ik zet mijn vingers tegen mijn slapen. Onder mijn schedel bonst een stevige hoofdpijn. Welke andere keuze heb ik?

Hugo heeft op één punt gelijk: in mijn eentje heb ik een kind niets te bieden. Bovendien kán ik het kind niet eens houden – al zou ik het willen. Nu Hugo zijn zinnen op de baby heeft gezet, betekent het kind houden automatisch dat ik Dirkjes behandeling op het spel zet. Kies ik voor mijn ongeboren kind, dan kies ik tegen mijn zusje. Sta ik mijn kind af, dan wordt Dirkjes behandeling voortgezet en krijgt dit kind een goede toekomst. Hugo is een monster, toch geloof ik dat hij oprecht van dit kind zal houden. Hij zal het op een voetstuk plaatsen, simpelweg omdat hij gelooft dat het een verlengstuk van hemzelf is. Amélie is een zorgzame moederkloek, die alles zal geven wat ze in zich heeft om dit kind gelukkig te maken. Mijn kind zal liefde krijgen. Het zal opgroeien in weelde en alle kansen van de wereld krijgen. En zelfs een adellijke titel, voor wat het waard is. Ik richt mijn blik naar buiten. Motregen tikt zachtjes tegen de ramen. Onder een grauwgrijze hemel staan koeien loom te herkauwen. 'Goed,' zeg ik. 'Ik doe het.'

Hugo knikt tevreden. 'Goed zo, juffrouw Simons. Dat is het beste.' Hij veert op en pakt twee papieren van Amélies kaptafel. 'Ik wil je vragen deze overeenkomst te tekenen. Hierin zijn de afspraken die we zojuist hebben gemaakt vastgelegd, zodat alles goed geregeld is. Ik wil je vragen dit document te ondertekenen. Je verklaart ermee dat je afstand doet van het kind zodra het geboren is.'

'Een overeenkomst?' Verbijsterd staar ik van Hugo naar Amélie. 'Jullie laten er geen gras over groeien.'

'Dan heb je het maar achter de rug, nietwaar?' Amélie toont een mierzoet glimlachje.

Ze is minder naïef dan ik dacht. 'Is dit echt nodig, mevrouw? We hebben er toch duidelijke afspraken over gemaakt?'

Hugo's kaken zijn gespannen. 'Reden te meer om de afspraken goed vast te leggen, nietwaar? Dat is met name in jouw voordeel, Guusje. Er is niet alleen in vastgelegd dat je de baby afstaat, maar ook dat mevrouw en ik ervoor zorgen dat je na de bevalling elders een andere betrekking krijgt.'

'We hebben ook afgesproken dat de behandeling van mijn zusje in Herfstzon wordt voortgezet,' zeg ik scherp.

'Maak je geen zorgen, dat staat er ook in.' Amélie legt geruststellend een hand op mijn onderarm.

'Zoals afgesproken wordt er goed voor jou en je zusje gezorgd. Er is een exemplaar voor jou en een exemplaar voor ons. Als je onder beide exemplaren je handtekening wilt zetten?' Hugo tikt met zijn slanke wijsvinger op het papier en houdt me een vulpen voor.

Hij blijft naast me staan, maar ik ben niet van plan me te laten opjagen. Mijn ogen schieten over de getypte tekst.

Hedenochtend, den donderdag 18 oktober 1917, verklaar ik, Guusje Johanna Simons, geboren te 8 november 1898, dat ik mijn zwangerschap uitdrukkelijk geheimhoud en dat ik het kind dat ik draag direct na de geboorte afsta aan Hugo Baron von Eckendorff-Lohmann en mevrouw Amélie von Eckendorff-Lohmann-van Egmond…

Na enkele juridische frasen wordt in een kil en zakelijk taalgebruik vermeld dat het mij niet is toegestaan 'met derden' te delen dat ik de biologische moeder van het kind ben. Evenmin mag ik ooit contact opnemen met het kind zelf. In ruil voor mijn zwijgen wordt me vanaf het tweede trimester van de zwangerschap een 'reces' in het buitenverblijf van de baron aangeboden en word ik na de bevalling aan een andere betrekking en aan woonruimte geholpen. Alle kosten rondom de zwangerschap, mijn bevalling en mijn verhuizing worden betaald door de baron. Daarnaast wordt de behandeling van mejuffrouw Dirkje Simons in sanatorium Herfstzon voortgezet tot het moment waarop de artsen haar 'gezond voor ontslag' verklaren. Verbreek ik deze afspraak of mijn stilzwijgen, dan volgt ontslag op staande voet en wordt de behandeling van Dirkje per direct stopgezet.

'Teken je even, Guusje?' vraagt Amélie lieflijk.

Ik kijk haar aan. 'Hier staat vermeld wat er gebeurt wanneer ík mijn afspraken niet nakom, maar wat gebeurt er als jullie de afspraken niet nakomen? Wat als Dirkjes behandeling wordt stopgezet voordat ze beter is?'

Hugo knijpt zijn ogen tot spleetjes. 'Met jouw exemplaar van deze overeenkomst kun je ons ook dwingen ons aan ónze afspraken te houden. Maar zover komt het uiteraard niet. Mijn echtgenote en ik zijn erg gelukkig met deze overeenkomst en we komen na wat we jou beloofd hebben.' Hij houdt me de vulpen voor.

Opnieuw galmt Rosa's stem door mijn hoofd. *Er komt een moment waarop je beseft dat je geen keuze hebt, en doet wat je moet doen.* Mijn hand trilt lichtjes als ik de pen van Hugo aanneem. De getypte letters dansen voor mijn ogen. De twijfels die zich aan me opdringen duw ik resoluut van me af. *Voor Dirkje.*

Vluchtig schrijf ik onder beide overeenkomsten mijn naam, en onderstreep hem.

'Goed zo, Guusje. Dat heb je goed gedaan,' zegt Amélie, alsof ik een brave kleuter ben die een complimentje verdient. 'Dit is het beste voor ons en dit kindje. Je zult er geen spijt van krijgen.'

44

Door het harde werken en een gebrek aan eetlust blijft mijn groeiende buik redelijk bescheiden en is er niets zichtbaar onder mijn dienstbodenuniform, dat toch al aan de ruime kant is. Maar op een ochtend, wanneer de bomen op het landgoed hun blad beginnen te verliezen, zie ik dat mijn buik toch zichtbaar is onder mijn uniform. Ik weet wat dat betekent: een gedwongen vertrek naar Hugo's buitenverblijf. Weg van Dirkje, die ik de komende maanden niet meer zal kunnen bezoeken. Weg van Koen.

Ondanks mijn besluit om Koen de waarheid te vertellen, heb ik nog niet de moed verzameld om dat ook daadwerkelijk te doen. Bijna elke avond zien we elkaar in het koetshuis. Meerdere malen heb ik geprobeerd het onderwerp ter sprake te brengen, maar zodra hij zijn armen om me heen slaat en ik zijn vertrouwde geur opsnuif, krijg ik de woorden niet meer over mijn lippen. Terwijl ik mijn schort omknoop, besef ik dat het moment niet langer uitgesteld kan worden. Vanavond ga ik het Koen vertellen.

Met lood in mijn schoenen ga ik aan het werk.

Amélie zit in haar blauwe duster achter haar kaptafel. Voor haar ligt een notitieboek met een gestoffeerde, rode kaft. 'Goedemorgen Guusje. Hoe voel je je vandaag?' Het is de vraag die ze me sinds mijn zwangerschap steevast stelt wanneer ik haar 's ochtends help met kleden en kappen. Elk detail over het verloop van de zwangerschap wil ze weten.

'Goed mevrouw,' antwoord ik mat. 'Ik heb geen last meer van misselijkheid.'

'Fijn, Guusje. Fijn.' Ze schrijft met een vulpen iets op in het rode boek. Ik heb het ding al eerder zien liggen en ik vermoed dat ze daarin het verloop van mijn zwangerschap bijhoudt. 'Je ziet er moe uit. Slaap je wel goed 's nachts?'

Hugo bezoekt me nog steeds elke nacht. Rond twaalven wordt er op mijn deur geklopt, waarna hij me aan een kruisverhoor onderwerpt. Wie heb ik gezien en gesproken die dag? Soms is hij in een melancholische bui en beklaagt hij zich over zijn ongelukkige huwelijk met Amélie, en hoe graag hij dit kind met mij had willen krijgen. Een schamele troost is dat hij zich, ondanks zijn frequente bezoekjes, minder vaak aan me opdringt. Soms slaag ik er niet in hem op afstand te houden, maar sinds mijn zwangerschap is hij niet meer gewelddadig geweest, wat me sterkt in de overtuiging dat hij zijn kind wél goed zal behandelen. 'Het slapen kan beter,' antwoord ik.

'Probeer je daar iets aan te doen? Goed slapen is belangrijk nu.' Ze kijkt op, de vulpen blijft boven het papier hangen. 'Heb je de baby al gevoeld?'

'Nee, mevrouw.'

Ze trekt haar mondhoeken naar beneden. 'Hmm, je bent vier maanden in verwachting. Dat zou nu zo langzamerhand wel moeten gebeuren. We houden het even in de gaten. Als je de baby volgende week nog niet gevoeld hebt, dan halen we de dokter erbij.'

Ik mompel iets instemmends. Ze klapt het rode boek dicht en veert op. Dan draait ze haar rug naar me toe en strekt haar armen. 'Onze familie- en kennissenkring is al ingelicht over mijn zwangerschap. Binnenkort zullen mijnheer en ik het heuglijke nieuws ook aan het personeel bekendmaken. Wat zullen ze opkijken!'

Ik help haar uit haar duster en zwijg.

'Daar heb ik altijd van gedroomd, het moment waarop ik bekend mocht maken dat ik in verwachting was. De felicitaties, de blikken van verstandhouding met andere moeders. Ik ben toch zo gelukkig. Ik had niet gedacht dat nog te mogen meemaken.' Giechelend trekt ze zich terug achter haar kamerscherm.

Het rode boek op Amélies kaptafel wekt mijn nieuwsgierigheid. Ik werp een blik over mijn schouder en zie via de passpiegel dat Amélie achter het kamerscherm in een japon stapt. Ik sla het boekje open.

Voor mijn innig geliefde kind, lees ik op de eerste pagina. *Ik weet bijna zeker dat je een jongetje bent. Een moeder voelt zoiets. Ik kan niet wachten tot ik je eindelijk in mijn armen kan sluiten.*

Ik blader door. *Vandaag ben ik alweer vier maanden van je in verwachting. De ochtendmisselijkheid is reeds verdwenen. Ik heb weer eetlust!*

Mijn hart hamert opstandig in mijn keel. Dat Hugo en Amélie het kind niet willen vertellen dat het is afgestaan, is nog te begrijpen. Het zou in hun kringen een schande zijn; een bastaard zou met de nek worden aangekeken en nooit de kansen krijgen die een biologisch kind gegund worden. Maar een dagboek voor je kind bijhouden waarin je van dag tot dag je verzonnen zwangerschap beschrijft? Ze lijkt er bijna zelf in te geloven. Deze vrouw leeft in een schijnwereld.

Met gefronste wenkbrauwen blader ik door.

Mijn vriendinnen zijn door het dolle heen dat ik in verwachting ben. Maar mijn ouders reageerden koeltjes. Moeder moest zelfs wenen. Ze zei dat het haar verdriet doet dat Odette dit nooit heeft mogen meemaken. Waarom kan moeder niet eens blij voor mij zijn? Waarom moet Odette zelfs nu een schaduw over mijn geluk werpen?

Ik klem mijn handen om de kaft.

Zelfs nu ze dood is, slaagt Odette erin alle aandacht voor zichzelf op te eisen.

Voor het eerst begin ik me af te vragen of Amélie ze wel allemaal op een rijtje heeft. Misschien schuilt er toch een kern van waarheid in Hugo's bewering dat Amélie labiel zou zijn. Ik nam het niet serieus omdat hij overduidelijk zelf krankjorum is, maar het een sluit het ander niet uit. Hoe kan ik deze mensen in godsnaam mijn kind laten opvoeden?

Achter het kamerscherm klinkt geschuifel.

Met een snelheid alsof de kaft in brand staat, sla ik het boek dicht.

In een mosterdgele japon schrijdt Amélie de slaapkamer in. 'Mijn korset laat ik vanaf nu maar uit.' Dan werpt ze een nadrukkelijke blik op mijn buik. Ze glimlacht stralend. 'Het begint zichtbaar te worden, nietwaar?'

Als vanzelf leg ik een hand op mijn buik, alsof ik hem zo kan maskeren. 'Vindt u?' Ik probeer neutraal te kijken. 'Ik zie nog niets.'

Ze tilt mijn schort op en legt haar hand op mijn buik en voelt.

Ik wil dat ze van me afblijft.

'Ja hoor, dit is een beginnend babybuikje. Je weet wat dat betekent, Guusje. Mijnheer en ik zullen aan het personeel bekendmaken dat ik vanwege mijn zwangerschap naar ons buitenverblijf ga, en dat ik jou als kamenier meeneem. Als de baby geboren is, keer je hier natuurlijk niet meer terug, maar mijnheer en ik bedenken te zijner tijd wel een verklaring die geen vragen bij het personeel oproept. Ik stel voor dat we vrijdagochtend vertrekken.'

Abrupt kijk ik op. 'Aanstaande vrijdagochtend?' Het is vandaag woensdag.

'Fijn, nietwaar? Je hoeft er niet te werken, je kunt uitrusten en er wordt uitstekend voor je gezorgd.'

'Kunnen we het niet nog eventjes uitstellen, mevrouw? Een paar weken?'

Ze trekt een gezicht alsof ze het in Keulen hoort donderen. 'Waarom zouden we dat doen? Nee, ik wil dat je stopt met werken. Geen risico's. We gaan het fijn krijgen in ons buitenverblijf, heus. Zie het maar als een lange, welverdiende vakantie. Vrijdagochtend vertrekken we.'

Ik probeer overtuiging in mijn stem te leggen. 'Het spijt me mevrouw, maar vrijdagochtend kan ik nog niet weg. Vrijdagmiddag is mijn vaste bezoekmoment aan Herfstzon. Ik wil graag afscheid van mijn zusje nemen. Daarna zal ik haar maanden niet meer zien.'

Ze glimlacht meelevend, maar zegt dan: 'Het spijt me, ik blijf bij mijn beslissing. Vrijdagochtend vertrekken we. Ik vind het prettiger als je niet meer naar je zusje gaat voordat de baby geboren is. Je weet hoe besmettelijk tuberculose is. Als jij ook ziek wordt, zijn de gevolgen niet te overzien. Bovendien wil ik je niet in de verleiding brengen om je zwangerschap met je zusje te delen. Je kunt Dirkje schrijven dat je met mij meegaat naar ons buitenverblijf, vanwege mijn zwangerschap, en dat je haar na de geboorte weer komt opzoeken.' Dan vervaagt haar glimlach. 'En denk erom, Guusje: geen woord over jouw zwangerschap. Niet tegen ander personeel, niet tegen je zusje. Tegen niemand. Je kent onze afspraak.' Ze boort haar bleekblauwe ogen waarschuwend in de mijne.

Het onderonsje met Amélie heeft me van mijn laatste restje energie beroofd, en de dag moet nog beginnen. Nadat Amélie is gekapt en gekleed vertrek ik met een plumeau naar de bibliotheek, waar ik geacht word te stoffen.

De bibliotheek is een ruime kamer met zicht op de slotgracht. In het midden van de ruimte ligt een verschoten Perzisch tapijt waarop twee antieke, bruinleren sofa's staan. Langs de wanden zijn metershoge boekenkasten geplaatst, waarvan de bovenste planken alleen met een houten ladder te bereiken zijn.

Met de plumeau klim ik de ladder op naar de bovenste plank van de boekenkast. Ik haal de boeken eruit, neem de planken af en werk van boven naar beneden. *Vrijdagochtend vertrekken we.* Ik heb nog twee dagen om Koen in te lichten en afscheid van Dirkje te nemen, voor ik haar maanden niet meer ga zien. Al bij de gedachte om tijdelijk afscheid te nemen van Dirkje en definitief van Koen, krimpt mijn hart ineen. Als ik denk aan een leven zonder Koen, zie ik voor me hoe mijn dagen zich hol en betekenisloos zullen uitstrekken.

Ooit zal die pijn slijten, prent ik mezelf in. Het verdriet om Koen zal vroeg of laat vervagen. Ik doe dit voor Dirkje. Ik heb de juiste keuze gemaakt.

Waarom voelt dat dan niet zo? De twijfels die zich opnieuw aan me opdringen probeer ik van me af te duwen. Ik neem de planken af en plaats de boeken terug. Als ik bij de onderste plank ben aanbeland, valt mijn oog op een encyclopedie over het menselijk lichaam.

Ik weet dat ik het niet moet doen. Toch sla ik het boek open en blader erdoorheen. Halverwege vind ik een aantal pagina's over zwangerschap. Een kind in de buik wordt een foetus genoemd, lees ik. Instinctief leg ik mijn hand op mijn ingesnoerde buik. Mijn ogen schieten over de tekst. Als de foetus vier maanden is, is die zo groot als een peer, met al een kloppend hartje, armpjes, beentjes en zelfs vingernageltjes. Mijn mond voelt droog. Met de encyclopedie in mijn handen laat ik me op de sofa zakken. Naast de tekst staat een tekening van een foetus van vier maanden, en het grote, ronde hoofdje heeft wel iets weg van een buitenaards wezen. *De foetus is twaalf en halve centimeter groot en weegt honderdachtendertig gram,* lees ik. *De organen van de ongeboren vrucht ontwikkelen zich en ook de wenkbrauwen en de wimpers groeien.*

Al deze informatie treft me als een bliksemschicht. De afgelopen weken was de peer in mijn buik voor mij nog iets abstracts. Maar dit kindje bestáát. Het heeft armpjes, beentjes en vingertjes. Een kloppend hartje. Het heeft zelfs wenkbrauwen. Het zal geboren worden en opgroeien. Maar het zal nooit door mij in slaap worden gezongen. Amélie zal het omhelzen als het gevallen is en een geschaafde knie heeft. Amélie zal de hoofdrol in zijn of haar bestaan vervullen. Dit kind zal nooit weten dat ik besta. Er stromen tranen over mijn wangen. Met de rug van mijn hand veeg ik ze weg, maar ze blijven komen.

Plotseling trekt er een lichte golfbeweging door mijn buik. Even denk ik dat ik het me verbeeld heb, maar dan is het gevoel er opnieuw. Alsof er belletjes in mijn buik omhoog borrelen. Er gaat iets troostends van uit. 'Daar ben je dan,' fluister ik en ik glimlach door mijn tranen heen. Ik leg mijn hand op mijn buik. Zo blijf ik zitten.

Pas als het beltableau boven de deur doordringend begint te klingelen, richt ik me op.

Het is even na achten wanneer ik klaar ben met mijn werk en me door de personeelsvleugel naar de dienstuitgang haast. Buiten is het aardedonker en het regent pijpenstelen. Alleen het gele schijnsel van de lantaarn op de binnenplaats bestrijkt de natgeregende keien. Koude wind snijdt langs mijn wangen. Niemand waagt zich buiten met dit weer. Toch kijk ik nauwlettend om me heen als ik de binnenplaats en de ophaalbrug oversteek en naar het koetshuis loop.

Ondanks het gure herfstweer voelen mijn handen klam en staat het zweet op mijn rug, alsof ik op het punt sta in een metersdiepe afgrond te springen. In gedachten heb ik het moment waarop ik Koen de waarheid vertel al honderd keer geoefend. *Koen, ik ben in verwachting en het kind is mogelijk niet van jou. Het spijt me, maar ik kon niet anders.*

Ik loop om het koetshuis heen. Voor de zekerheid laat ik mijn blik nog eens over de omgeving gaan. Achter het koetshuis is geen verlichting en ik kan hier enkel de contouren van de bomenrij verderop ontwaren. Ik leg mijn hand op de deurkruk van de achteringang en even blijf ik staan, gespitst op geluid en beweging. Niets. Dan glip ik door de achteringang het koetshuis binnen. Het is er pikkedonker. Dat is vreemd, aangezien Koen hier altijd al is als ik 's avonds kom.

'Koen?'

Stilte. Doodse stilte.

'Koen, ben je daar?' Ik druk een gevoel van onbehagen weg en laat mijn handen op de tast over de werkbank gaan, op zoek naar een kaars of een gaslamp.

Plotseling word ik met kracht van achteren gegrepen.

Ik gil.

45

Carmen

De studiolampen branden fel en de zwarte *bodycon dress*, die de styliste me heeft aangepraat, sluit strak om mijn lichaam, als een dwangbuis. Achter de schermen fladderen redacteuren en cameramensen af en aan. Tegenover me zit Dries Roelvink. Hij nipt aan een glas witte wijn en kletst ontspannen met een andere tafelgast – een vriendelijke vrouw in een politie-uniform die zich heeft voorgesteld, maar wier naam ik alweer vergeten ben. Naast haar zit Daisy, een bekende YouTube-ster met plastic borsten en dito lippen, die op *Videoland* haar eigen realityshow krijgt. Op haar puntige nagels is een tijgerprintnagellak met diamantjes aangebracht.

Een redactrice in een rood mantelpak stevent op onze tafel af. 'Mensen, over vijf minuten beginnen we,' roept ze.

Ik schuif onrustig heen en weer op mijn stoel.

De redactrice hurkt naast me en neemt het draaiboek met me door. 'We hebben vanavond politiechef Marieke de Wit, over steeds jongere criminelen die steeds zwaardere delicten plegen, en we hebben vlogger Daisy. Verder schuift Rusland-correspondent Olaf Koens nog aan en Dries Roelvink geeft een voorproefje op zijn nieuwe concert in het Concertgebouw. Maar we beginnen bij jou, Carmen. Humberto gaat je vragen om wat te vertellen over winterdepressie en natuurlijk over je nieuwe boek, dat binnenkort verschijnt. En voel je vrij om je ook in andere gesprekken te mengen.'

Ik knik. Ik ken het riedeltje. Ik schuif vaker aan bij tv-programma's. Vooraf voel ik altijd een gezonde spanning, maar vandaag ben ik nerveuzer dan gewoonlijk. Al ruim vier maanden ben ik niet meer in het openbaar verschenen en ik heb het sterk het gevoel op de verkeerde plaats en het verkeerde moment te zijn. Ik kijk om me heen waar Lex is, maar zie hem nergens.

De redactrice praat door. 'Humberto zal inhaken op jouw nieuwe boek dat binnenkort verschijnt...'

Haar woorden vervagen. Achter de camera staat een man met donker haar en een zwart overhemd, dat strak om zijn gespierde torso spant. Zijn donkere ogen staan opvallend dicht bij elkaar. Even kruisen onze blikken.

Onwillekeurig verschijnt het beeld van een van de overvallers op mijn netvlies. Zijn lange gestalte. De donkere, dicht bij elkaar staande ogen. Het geschreeuw, het geluid van glasscherven die op het marmer uiteenspatten.

De stem van de redactrice trekt me terug naar het hier en nu.

'En zoals afgesproken zal Humberto kort ingaan op je privésituatie en de overval.' Ze veert op.

'Oké.' Mijn rug en handpalmen voelen klam en onder mijn slapen bonst een zeurderige hoofdpijn. Ik draai ongedurig op mijn stoel.

Over tafel vangt Dries Roelvink mijn blik. 'Is dit je eerste tv-optreden sinds de overval?'

Ik knik en glimlach. 'Valt het op? Ik ben er een tijdje uit geweest.'

'Geeft niks. Je gaat het fantastisch doen.' Hij knipoogt.

Humberto komt uit de coulissen. Hij draagt een strak gesneden pak, glimlacht breed en schudt handen. 'Carmen, welkom! Wat fijn dat je terug bent. En top dat je vanavond voor het eerst bij ons wilt aanschuiven. Ik kijk uit naar je nieuwe boek, zoals je weet. Hoe gaat het met je? En met Vik?'

Na een kort kletspraatje neemt Humberto plaats aan het hoofd van de tafel. Er wordt afgeteld, de camera's gaan draaien. Humberto kondigt zijn gasten aan. Dan draait hij zich naar mij. 'En vanavond is bij ons aangeschoven psychologe Carmen Hoogendijk. De derde maandag van januari komt eraan. Die staat bekend als blue monday, de deprimerendste dag van het jaar. Carmen, wat kun je doen tegen de januari-blues?'

Ik weet dat de camera mijn richting op draait. Ik ben me onaangenaam bewust van mezelf, en van alle details in mijn omgeving: de schalen met nootjes en kaasstengels op tafel. De zweetdruppeltjes op de bovenlip van de YouTube-ster. Ik voel me benauwd, alsof er een olifant op mijn borst zit, en mijn hart ratelt. Ik boor mijn nagels even in mijn onderarm, haal diep adem en probeer me te focussen op Humberto's vriendelijke gezicht. 'Van blue monday is inmiddels bekend dat dat een geslaagde pr-stunt van een Brits reisbureau was. Toch schuilt er wel een kern van waarheid in.' Mijn stem trilt licht. Ik ga wat rechter op mijn stoel zitten en zet mijn voeten stevig op de grond.

In het publiek zit Lex, die me bemoedigend toeknikt.

'Veel mensen herkennen de winterdip wel,' ga ik door. 'De grauwe januarimaand dient zich aan, de feestdagen zijn voorbij en we moeten weer aan het werk. Soms moeten we het wat zuiniger aan doen na een dure decembermaand, soms zien we onze goede voornemens stranden. Dat werkt allemaal niet opbeurend...' Langzaam ontspan ik en slaag ik erin te schakelen naar Carmen de psycholoog en te vertrouwen op mijn vakkennis. Ik negeer de man achter de camera en focus me op Humberto. Ik vertel over de *Seasonal Affective Disorder*, die we kennen als winterdepressie, waar naar schatting drie procent van de Nederlandse bevolking aan lijdt, en geef tips om daarmee om te gaan.

'Zelf heb je een heftige periode achter de rug,' zegt Humberto. Hij vat samen hoe ik thuis werd overvallen, hoe de overval breed werd uitgemeten in de media en de daders spoorloos bleven. 'Hoe gaat het nu met je?'

Ik vertel dat ik lang angstig ben geweest, maar de draad weer oppak.

Op het scherm achter Humberto verschijnt een grote foto van Kasteel Vorden, gevolgd door een foto van Vik en de krantenartikelen over de vermissing en de verdwijning van Odette.

'Onlangs werd de kluis teruggevonden, en toen de inhoud daarvan naar de media lekte, kwam de storm opnieuw op gang,' vervolgt Humberto. 'Op Kasteel Vorden is ooit een vrouw vermoord, hoogstwaarschijnlijk door haar echtgenoot. Vanuit verschillende bronnen werd geopperd dat de familie Belinfante er alles aan heeft gedaan om die gebeurtenis onder het tapijt te vegen. Hoe kijk je daarnaar?'

Ik vouw mijn handen ineen. 'Vik en ik zijn door ons werk publieke figuren geworden, en we realiseren ons dat geroddel daar inherent aan is. We voelen niet de drang om ons publiekelijk te verdedigen. Want waarvoor? De waarheid is dat we niet op de hoogte waren van de geschiedenis van Viks overgrootvader en zijn eerste vrouw. En we zijn er ook niet verantwoordelijk voor.'

'Ja, sorry hoor, maar is dat niet een beetje makkelijk?' De YouTube-ster tuit haar opgeblazen lippen. Ze krabt met haar puntige nagel aan haar wang.

'Wat bedoel je?' vraag ik.

'Nou ja, je zegt dat jullie niet verantwoordelijk zijn voor die moord en zo, maar ik bedoel, er is wel iemand dóód. En het is familie van Vik. Ik snap heus wel dat hij er niks aan kan doen en zo, maar ja, het is wel móórd.'

Ik draai me weer naar Humberto. 'Sensatiezoekers zijn er altijd. De feiten zijn dat er destijds een jonge vrouw van eenentwintig om het leven is gekomen. Feit is ook dat Viks overgrootvader daarvoor is opgepakt, en vervolgens weer is vrijgelaten. Dat kan betekenen dat hij onschuldig was, of dat hij onder een veroordeling uit is gekomen. Wat er precies gebeurd is zouden we graag willen weten, maar dat is helaas niet meer te achterhalen.'

'Wat denk jij dat er gebeurd is?' vraagt Humberto. 'Heeft baron Hugo die moord op zijn geweten?'

Ik neem een slok water en schud mijn hoofd. 'De afgelopen weken heb ik meerdere mensen gesproken die er mogelijk iets over zouden kunnen vertellen, maar het blijft gissen. Ik denk dat we moeten accepteren dat we daar nooit achter komen. Ik focus me voorlopig op mijn werk. Volgende maand begin ik aan een nieuwe reeks podcasts en begin maart verschijnt mijn derde boek.' Ik glimlach.

Op het scherm achter Humberto komen mijn eerste twee boeken in beeld. 'Daar wil ik even op inhaken, want jouw carrière heeft na je eerste boek een enorme vlucht genomen.'

Het is even na twaalven als ik met Lex over de parkeerplaats naar onze auto's loop.

‘Je gaat massaal Twitter over: Carmen Hoogendijk maakt comeback.’

‘Ik zweette peentjes. Wordt er niets gezegd over mijn stroeve start?’ informeer ik. ‘Of de moord op Odette?’

‘Vast wel, maar dat negeren we gewoon.’ Lex ontgrendelt zijn elektrische BMW en drukt een zoen op mijn wang. ‘Waanzinnig goed gedaan, Car. Je bent er weer! Alle kudos voor jou. Vanaf nu ga je weer knallen.’

We nemen afscheid. Als ik weer in mijn auto zit en mijn telefoon aanzet, verschijnen er op het scherm twee gemiste oproepen en een voicemailbericht.

‘Hallo Carmen, je spreekt met Marga Teunissen. Wij kennen elkaar niet, ik begreep van het verzorgingshuis waar mijn moeder woont dat je een paar vragen voor haar hebt. We zagen je vanavond op tv, en het ging over Kasteel Vorden, en... Nou ja. Het overviel mijn moeder, maar ze heeft het laten bezinken en bij nader inzien wil ze je toch wel graag spreken. Kunnen we een afspraak maken?’

46

Guusje

Koen trekt me grinnikend tegen zich aan en drukt zijn lippen in mijn hals. 'Schrok je?'

'Ja, natuurlijk. Wat een rotgrap.' Mijn hart bonst panisch, mijn ademhaling is hoog en gejaagd. Ik maak me van hem los en draai de gaslampen aan.

Zijn gezicht licht op in het flakkerende schijnsel. 'Sorry schat,' grinnikt hij. 'Ik zag je aan komen sluipen. Als ik had geweten dat je zo zou schrikken... Het is de spanning, denk ik, door dit stiekeme gedoe. Misschien moeten we het maar gewoon vertellen, vind je ook niet? Dit heeft lang genoeg geduurd. Ik hou van je en iedereen mag dat weten. Geen geheimen meer.'

Ik verberg mijn gezicht in mijn handen. 'O, Koen...'

Hij slaat zijn grote armen om me heen. 'Ik meen het. Wat is het ergste dat er kan gebeuren? Dat we ontslagen worden? Zover gaan ze echt niet. En geroddeld wordt er toch wel. Agnes vroeg me laatst al of er soms iets speelt tussen ons, en... Hé, wat is er?'

Ik maak me opnieuw van hem los en kijk hem aan. Dit zal het laatste moment zijn waarop hij met zo'n zachte blik naar me kijkt. Hierna zal alles anders zijn.

'Ik moet je iets vertellen.' De wanhoop klinkt door in mijn stem.

'Wat is er dan?' Hij houdt me een eindje van zich af.

'Ik ben in verwachting,' piep ik.

Zijn ogen worden groot. 'Wat? Maar dat is geweldig!'

'En het is mogelijk niet van jou.' Ik kijk naar mijn voeten.

'Wát? Wat zeg je nou?' fluistert hij.

'Koen, ik hou van je. Alleen maar van jou. Heus. Dat moet je geloven. Maar er is van alles gaande waar je geen weet van hebt.' Plotseling stromen de woorden mijn mond uit. Ik vertel over mijn ontslag bij de familie Huijbregts en Dirkjes tuberculose. Hoe ik in mijn wanhoop om haar te helpen bij Maison Coco belandde. Ik vertel hoe Hugo's aanvankelijke, gulle aanbod uitmondde in zijn obsessie voor mij. De wurggreep van zijn onberekenbare gekte, het geweld, gevolgd door zijn eis om het ongeboren kind aan hem en Amélie af te staan. Als ik uitgesproken ben, staat Koen met zijn armen over elkaar geslagen. Hij zwijgt en staart naar de grond.

De gespannen stilte die volgt vergroot mijn wanhoop en schaamte tot onmetelijke proporties.

'Ik durfde het je niet te vertellen omdat ik je niet kwijt wilde raken. Maar elke dag waarop ik bleef zwijgen werd het moeilijker om je de waarheid te vertellen.' Mijn gezicht is nat van de tranen.

'Vertel eens. Had je me ooit de waarheid verteld als je niet in verwachting was geraakt van God-weet-wie?' Zijn ogen zijn vochtig en zijn stem klinkt onvast.

Zijn verdriet scheurt dwars door mijn ziel. 'Ik weet het niet. Ik weet het werkelijk niet. Het spijt me zo.' Ik loop naar hem toe, wil hem vastpakken, mijn armen om hem heen slaan. Hij voelt als een blok beton.

Koen weert me af en zet een stap naar achteren, alsof hij zich letterlijk van me wil distantiëren. 'Ik weet niet eens wie je bent, met al je leugens. Je bent een volslagen vreemde voor me.' Zijn ogen fonkelen. 'Ik wil je niet meer zien.'

'Koen, alsjeblieft. Ik heb dit nooit gewild. Echt niet. Ik was wanhopig.'

Hij schreeuwt, pakt een stuk gereedschap van de werkbank en smijt het door het koetshuis. Het ijzer belandt met een klap op de stenen vloer. 'Godverdomme! Hoepel op!'

'Goed. Ik ga,' zeg ik zacht. Ik draai me om en loop door de achteringang naar buiten. Regen striemt in mijn gezicht, maar ik voel het nauwelijks. Zonder om me heen te kijken steek ik de ophaalbrug en de binnenplaats over en glip door de dienstingang naar binnen. Ik been de gang door, langs de pantry van meneer Kapteijns, die achter zijn secretaire zit, en negeer zijn verbaasde gezicht.

In mijn kamer draai ik de deur achter me in het slot en laat me huilend op bed vallen.

Als er tegen twaalven een korte roffel op mijn slaapkamerdeur klinkt, reageer ik niet. Voor het eerst negeer ik Hugo. Hij klopt opnieuw en probeert zijn sleutel in het slot te steken, maar mijn sleutel zit aan de binnenkant.

'Guusje, doe open,' beveelt hij fluisterend.

Roerloos blijf ik liggen.

Opnieuw zacht geklop. 'Doe open! Verdomme!' sist hij. Veel luider kan hij niet praten zonder anderen te alarmeren, en even voel ik een lichte triomf. Het duurt zeker een kwartier voor hij het sissen en snuiven staakt en ik zijn voetstappen hoor wegsterven.

De ochtend dient zich aan in grijstinten. Over de hemel lijkt een loodgrijs laken gespannen en de regen raast onophoudelijk tegen de ruiten. Zelden weerspiegelde het weer zo treffend mijn gemoedstoestand.

De gedachte om Koen onder ogen te komen, om het afgrijzen op zijn gezicht te zien als hij naar me kijkt, vervult me met schaamte. Ik besluit het ontbijt in de eetzaal over te slaan en loop direct met een emmer sop naar de roze salon. Stoffend en soppend ga ik door de ruimte, terwijl ik nauwlettend de deur in de gaten hou. Elke vezel in mijn lijf staat op scherp.

Ik verwacht dat Hugo elk moment kan opduiken, woedend, omdat ik hem vannacht niet binnenliet.

Tot mijn verbazing blijft hij weg. Als hij zich tegen half twaalf nog steeds niet heeft laten zien, bekruipt me een onheilspellend gevoel. Alsof er een represaillemaatregel boven mijn hoofd hangt, die verder gaat dan zijn gebruikelijke woede-uitbarsting. Het besef dat ik gisteravond een fout heb gemaakt, drukt nog zwaarder op mijn toch al inktzwarte humeur.

In de eetzaal hangt de weeïge geur van gekookte spruiten. Iedereen zit al aan de lunchtafel en de enig overgebleven plek aan tafel is in het midden, recht tegenover Koen. Ik ga zitten en durf hem nauwelijks aan te kijken. Hij doet alsof hij verzonken is in de krant en slaat geen acht op me.

Ik klem mijn kaken op elkaar. Zijn onverschillige houding verdraag ik nog slechter dan zijn woede.

Zwijgend schep ik wat gekookte aardappels en spruiten op mijn bord.

Rechts naast me zit mevrouw Willems. 'Hoe gaat het met je, juffrouw Simons?' vraagt ze met gedempte stem.

Ik kijk haar taxerend aan. Mijn geheimen voelen als drijfzand, waar ik langzaam maar zeker tot mijn oren in verdwijn. Ik zou haar dolgraag in vertrouwen willen nemen over alles wat er gaande is, en me voor even vastklampen aan haar geruststellende aanwezigheid. Ze weet tenslotte al dat ik in verwachting ben. Maar ik herinner me haar woorden op de dag waarop ik hier aankwam. *Ik ben al bijna vijfendertig jaar in dienst van Kasteel Vorden en heb de baron nog als klein jongetje gekend.* Mevrouw Willems' loyaliteit aan de familie Von Eckendorff-Lohmann op de proef stellen kan me duur komen te staan. 'Het gaat goed,' lieg ik. 'Dank u wel.'

Links van me zitten Agnes en Gerda, die in een geanimeerd gesprek verwikkeld zijn over een nieuwsbericht dat de laatste dagen de kranten domineert. Een internationaal bekende exotische danseres, de uit Friesland afkomstige Mata Hari, is in Frankrijk geëxecuteerd omdat ze verdacht werd van spionagepraktijken. Gerda draait zich om naar mij. Ze tikt met haar wijsvinger op de voorpagina van de krant, haar ogen glimmen sensatiebelust.

'Heb je dit gelezen, Guusje? Mata Hari komt uit Friesland, hè? Nou, en ik heb dus een tante in Friesland wonen. De oorlog komt voor mij nu toch wel héél dichtbij.'

Wat precies het verband is tussen de Grote Oorlog en Gerda's Friese tante ontgaat me, maar ik besluit om geen dingen te zeggen die haar aandacht langer op mij gericht houden. Ik knik afwezig en prik een spruitje aan mijn vork.

'Wat wil je daar nu weer mee zeggen, juffrouw Roelvink?' Meneer Kapteijns kijkt met gefronste wenkbrauwen naar Gerda. Hij zit zoals altijd aan het hoofd van de tafel. 'Ga je ons weer vervelen met je sensatiezucht en je infantiele geraaskal? Ik vraag me werkelijk af of jouw onnozelheid is aangeboren, of dat je in het washok te veel zeepdampen hebt ingeademd.'

Er klinkt gegrinnik. Gerda's wangen kleuren en in haar nek verschijnen vlekken.

Plotseling verstomt het geroezemoes. Ik kijk op.

Kaarsrecht wandelt Hugo de eetzaal binnen, met Amélie in zijn kielzog.

Ik klem mijn vingers om mijn bestek.

Direct lijkt de luchtdruk in de ruimte te stijgen. Iedereen springt overeind. Met tegenzin schuif ik mijn stoel naar achteren en volg het voorbeeld van de rest. Koen doet hetzelfde, maar hij slaat zijn armen over elkaar en kijkt met samengeknepen ogen naar Hugo, alsof hij hem elk moment kan aanvliegen.

Met een tevreden glimlach kijkt Hugo de groep rond. 'Het spijt ons te interrumperen tijdens jullie lunch, maar mevrouw en ik hebben heuglijk nieuws, dat we graag persoonlijk aan jullie wilden overbrengen.' Hugo laat een stilte vallen. Zijn ogen blijven op me rusten.

Amélie haakt haar arm in die van Hugo en kijkt met een gelukzalige glimlach naar hem op. Haar buik lijkt daadwerkelijk boller. Komt dit omdat ze haar korset heeft uitgelaten of draagt ze soms iets onder haar japon om de indruk van een beginnend buikje te wekken? Het zou me niet verbazen.

'Mijn echtgenote en ik zijn erg gelukkig dat we jullie mogen meedelen dat wij een erfgenaam verwachten! Naar verwachting zal ons kindje over vijf maanden geboren worden.'

Ik richt mijn blik op het tafelblad, maar voel de ogen van zowel Koen als mevrouw Willems op me prikken. Plotseling lijkt de temperatuur een paar graden te stijgen.

'Dat is fantastisch nieuws! Proficiat!' roept meneer Kapteijns. Er wordt geklapt en iedereen cirkelt om Hugo en Amélie heen om handen te schudden en gelukwensen uit te spreken.

'Morgen vertrek ik naar ons buitenverblijf,' hoor ik Amélie zeggen terwijl ze de felicitaties in ontvangst neemt. 'Ik vind het prettig om me in alle rust te kunnen voorbereiden op de komst van de baby. Ik neem juffrouw Simons met me mee, want ik wil graag mijn eigen kamenier bij me hebben. Het spijt me, jullie zullen haar hier moeten missen tot de baby geboren is.'

Opnieuw kruist Hugo's blik de mijne. Hij werpt me een onaangename grijns toe.

Koen schuift geagiteerd zijn stoel naar achteren en beent met grote passen de eetzaal uit. Niemand lijkt daar acht op te slaan, behalve mevrouw Willems. Ze verplaatst haar blik van de deur waarachter Koen verdwenen is naar mij.

In mijn buik roert de baby zich. Ik pieker er niet over om mee te gaan in dit ridicule theater. Ik volg Koens voorbeeld, en zonder Hugo en Amélie te feliciteren loop ik de eetzaal uit. Ik haast me door de personeelsgang, maar Koen lijkt verdwenen. Ik glip door de dienstingang naar buiten.

Dan zie ik Koen het koetshuis in lopen.

Even twijfel ik, maar ik besluit hem te volgen. In het koetshuis staat Koen met gestrekte armen tegen Hugo's automobiel geleund en kijkt hoofdschuddend naar de grond.

Zachtjes sluit ik de deur achter me.

Hij kijkt op. Zijn ogen fonkelen. Dan maakt hij zich van de auto los. 'Dit verdomde toneelspel… Dit is volslagen krankzinnig. Die mán is volslagen krankzinnig.'

'Ja,' zeg ik zacht. 'Dat is hij.'

Koen boort zijn ogen in de mijne. Er valt een geladen stilte. Ik wil iets zeggen of doen om de spanning te doorbreken, maar ik vrees dat ieder woord en ieder gebaar onze broze verstandhouding nog verder zullen verstoren, en dus blijf ik staan.

Dan laat hij zuchtend zijn opgetrokken schouders zakken. Hij loopt op me af en slaat zijn grote armen om me heen. Drukt een kus in mijn haren. Ik klamp me aan hem vast, duw mijn neus tegen zijn borst en snuif zijn vertrouwde geur op.

'Het spijt me zo.'

'Niet zeggen. Ik begrijp het. Natuurlijk begrijp ik waarom je dit gedaan hebt. En ik begrijp nu ook waarom je me zo lang op afstand gehouden hebt. Je had het me moeten vertellen, maar ik snap hoe moeilijk dat moet zijn geweest.'

Mijn keel voelt dik. Ik wil van alles zeggen, maar de woorden stollen in mijn mond. Koens overhemd is nat van mijn tranen.

'Hé.' Hij neemt mijn gezicht in zijn handen en kijkt me aan. 'Dat theater net, in de eetzaal, heeft me één ding doen beseffen. Ik hou van jou, Guusje Simons. Ik wilde een toekomst met jou, met alles wat daarbij hoort, en dat wil ik nog steeds. Dit kind kan van Hugo zijn, of van een wildvreemde Amsterdammer, maar het kan ook van mij zijn. In ieder geval bestaat dit kind voor vijftig procent uit jou, en alleen al daarom zal ik ervan houden. Ik wil niet dat je deze baby afstaat.'

'Ik wil het ook niet.'

'Waarom vertrekken we dan niet gewoon? Von Eckendorff kan in de stront zakken. Wij gaan hier weg, jij en ik.'

'Wil je vluchten?'

Hij trekt zijn wenkbrauwen op. 'Ik *vlucht* niet voor die klootzak. Ik treed hem met open vizier tegemoet. Ik neem ontslag, vertel hem dat ik vertrek en dat ik jou meeneem. Als wij trouwen voor de baby geboren wordt, ben ik de wettelijke vader. Dat is nou eenmaal de wet, en daar kan zelfs Hugo von Eckendorff-Lohmann niets aan veranderen.'

'Nee, dat gaat niet.' Ik verberg mijn gezicht in mijn handen en zucht trillerig. 'Je vergeet Dirkje. Bovendien heb ik een afstandsverklaring getekend. Hugo heeft zijn zinnen gezet op dit kind. Hij zal geen seconde twijfelen om de behandeling van mijn zusje stop te zetten als ik dwarslig. Dirkje is doodziek. Zonder deze behandeling heeft ze geen schijn van kans.'

Koen laat zijn ogen door het koetshuis dwalen, alsof de oplossing hier ergens verscholen ligt. 'Ik kan me niet voorstellen dat de artsen van Herfstzon Dirkje zonder pardon op straat zetten.'

Ik kijk hem vanuit mijn ooghoeken aan. 'Het spijt me, maar ik heb Hugo op een andere manier leren kennen dan jij. Hugo is een meesterlijke manipulator. Hij heeft een flinke donatie aan Herfstzon gedaan en heeft de artsen daar als marionetten aan een touwtje.'

Koen zet nadenkend een vuist tegen zijn mond. 'Wat kost Dirkjes behandeling?'

'Ik weet het niet precies, Hugo heeft de opname geregeld. Het is een peperduur sanatorium. Ze zou eerst naar een ander, goedkoper sanatorium gaan en de behandeling daar kostte al tien gulden per maand. Herfstzon vraagt misschien wel het dubbele.'

'Ik heb de afgelopen jaren veel gewerkt en zuinig geleefd, en ik heb bijna driehonderd gulden aan spaargeld. Het is voldoende om Dirkjes behandeling voorlopig voort te zetten, in Herfstzon of desnoods in een ander sanatorium. We zullen een huis moeten vinden en met de baby op komst wordt het geen vetpot, zeker als ik niet direct ander werk vind, maar we redden het wel.'

Ik leg mijn hand tegen mijn voorhoofd en probeer de talloze gedachten en gevoelens die over elkaar heen buitelen te structureren. 'En dan? Waar gaan we dan naartoe?'

Koen haalt zijn schouders op. 'Zo ver mogelijk bij Hugo uit de buurt, in ieder geval. En waar, dat interesseert me niet. Als jij maar bij me bent.'

Plotseling trekt de mist in mijn hoofd op en voelen mijn ledematen kilo's lichter aan.

We kijken elkaar in de ogen. 'We doen het,' zeg ik.

Koen trekt me tegen zich aan, drukt een kus in mijn haren.

Ik weiger om dit monster nog langer de regie over mijn leven te geven. Zonder Dirkje heeft Hugo geen enkel machtsmiddel.

Op één ding na.

Ik denk aan de onheilspellende grijns die Hugo me toewierp in de eetzaal. Een onrustig gevoel neemt bezit van me. 'We moeten zo snel mogelijk vertrekken. Hugo en Amélie willen dat ik morgenochtend al met haar naar hun buitenverblijf ga.'

Koen laat me los en zoekt mijn blik. 'Vannacht. Vannacht glippen we ertussenuit. We brengen een envelop naar Herfstzon om Dirkjes behandeling voorlopig voort te zetten, en dan reizen we verder. We zien wel waar we uitkomen. Een nieuw begin voor ons samen.'

Ik knik. 'Vannacht. Maar voor we vertrekken moet ik eerst iets anders doen.'

47

Ik verlaat het koetshuis via de achteringang en haast me de ophaalbrug over. Hugo kan beweren wat hij wil, maar zonder de afstandsverklaring die ik een paar weken geleden getekend heb, is het zijn woord tegen het onze en kan hij onmogelijk mijn kind opeisen.

Op een drafje steek ik de binnenplaats over. Met een beetje geluk staat hij nog te genieten van alle aandacht in de personeelsruimte en heb ik de kans om ongezien door zijn spullen te gaan. Waar zou Hugo het document bewaren? De meest logische plek is de groene salon, waar hij kantoor houdt.

Ik glip door de dienstingang naar binnen. In het voorraadhok pak ik een plumeau. Dan sprint ik de stenen wenteltrap op naar de woonvleugel van Hugo en Amélie. Wanneer er geen werkzaamheden van huishoudelijke of bedienende aard moeten worden verricht, is hun leefruimte verboden terrein voor personeel. Volgens het huishoudschema van mevrouw Willems word ik op dit moment geacht het zilver te poetsen in de keuken. Als iemand me hier betrapt, heb ik mijn plumeau bij me om aannemelijk te maken dat ik me vergist heb in het schema.

Behoedzaam open ik de deur naar de rode salon. In het woongedeelte is het muisstil. Tot mijn opluchting zijn Hugo en Amélie in geen velden of wegen te bekennen. Ik beweeg me bedachtzaam. Zo snel maar geruisloos mogelijk trippel ik van de rode salon door de balzaal en de familie-eetzaal naar de groene salon.

De massieve houten deur van de salon zit dicht. Ik klop aan.

Geen reactie.

Voorzichtig open ik de deur. Ik heb het gevoel alsof ik het sanctuarium van de kerk betreed: het heilige deel dat uitsluitend bestemd is voor de dominee en waar gewone stervelingen niet mogen komen. Ik moet snel zijn, ik heb immers geen idee waar Hugo uithangt.

De ruimte is keurig opgeruimd: alles staat op zijn plaats en er is geen stofje te bekennen. Hugo's mahoniehouten bureau glimt alsof het gisteren nog in de was is gezet en zijn verzameling opgezette dieren, inclusief zijn nieuw opgezette eekhoorn, staat keurig in het gelid. Aan de wand naast de deur hangt een levensgroot schilderij van hemzelf, waarop hij leunend op zijn wandelstok en met een minachtende blik de ruimte in kijkt. Wie hangt er nou een schilderij op van zichzelf? Hij lijkt wel verliefd op zichzelf.

Gejaagd trek ik de bovenste la van Hugo's bureau open. Een vulpen, briefpapier met het familiewapen en enveloppen liggen in keurig gesorteerde vakjes.

Geen afstandsverklaring.

Ik trek de tweede la open. Een chequeboek, een kasboek, een uitnodiging voor een jachtpartijtje en een rekening van een warenhuis, voor japonnen die Amélie heeft aangeschaft. Opnieuw vind ik niet wat ik zoek.

Ik probeer de onderste lade. Daar is geen beweging in te krijgen. Waarom heeft Hugo die la op slot gedraaid? Waar zou hij de sleutel bewaren?

Ik voel onder het werkblad van het bureau. Ik klap het vloerkleed omhoog en tast met mijn hand de plankenvloer af. Geen sleutel.

'Wat heeft dit te betekenen?' klinkt het plotseling achter me.

Geschrokken spring ik op. Ik voel me van onder tot boven ijskoud worden.

In de deuropening staat mevrouw Willems. Ze loopt met opgetrokken wenkbrauwen Hugo's kantoor binnen.

Ik schraap mijn keel en zwijg.

'Nou? Juffrouw Simons?' Ze slaat haar armen over elkaar.

'Er is het een en ander gaande,' zeg ik.

'Dat is me inmiddels duidelijk,' zegt ze.

Ik zucht en werp een blik naar buiten. Aan de bosrand wiegen kalende boomtoppen zachtjes heen en weer. Verkleurde herfstbladeren dwarrelen als roodbruine stippen over het weiland.

'Ik ga je nog eenmaal vragen of ik iets voor je kan doen. Ik kan je alleen helpen als je eerlijk tegen me bent.'

'Ik vrees dat niemand mij kan helpen, mevrouw Willems.'

'Dat weet je pas als je me in vertrouwen hebt genomen, nietwaar?'

Ik neem haar taxerend in me op. Haar grijze knot, de bruine scheuten door haar grijze haren. De gesprongen adertjes op haar wangen. De waaier van fijne rimpeltjes naast haar ogen, die haar strenge uitstraling verzachten. 'Het gaat om Hugo,' zeg ik met gedempte stem. Ik doe geen moeite meer hem met 'mijnheer' of 'Baron von Eckendorff-Lohmann' aan te duiden.

Mevrouw Willems loopt naar de deur en sluit hem zachtjes.

Plotseling stromen de woorden mijn mond uit. Ik vertel hoe ik overgeleverd raakte aan Hugo's gekte en willekeur. De liefde tussen Koen en mij. De afstandsverklaring die Hugo me liet tekenen, nadat ik zwanger bleek. Pas als ik uitgesproken ben durf ik mevrouw Willems aan te kijken.

'Lieve hemel, kind toch...' fluistert ze dan.

'Koen en ik vertrekken vannacht, maar voor we gaan wil ik die afstandsverklaring hebben. Ik denk dat Hugo het document in zijn bureaula bewaart, en die zit op slot.'

Mevrouw Willems lijkt te aarzelen. Dan loopt ze naar de wand en haalt Hugo's in gouden lijst gevangen portret van de muur. Daarachter hangt een zilverkleurig sleuteltje aan een spijker. Ze haalt het eraf en opent de bureaula.

Mijn hartslag versnelt.

In de lade ligt de afstandsverklaring. Daarnaast ligt een stapeltje post: enveloppen met mijn naam erop. Ik herken het gelijkmatige handschrift van mijn moeder. Mijn mond voelt droog. Het zijn zeker tien enveloppen, die stuk voor stuk geopend zijn. Sprakeloos staar ik naar het bundeltje post. Achter mijn oogleden prikken tranen. Ik weet niet of ze van vreugde zijn omdat mijn moeder me wel degelijk geschreven heeft, of het gevolg van de bittere frustratie om Hugo's wurggreep.

Mevrouw Willems drukt me de afstandsverklaring en de enveloppen in handen, sluit de la en hangt het sleuteltje terug. Dan neemt ze mijn handen in de hare. Ze voelen stevig en warm. 'Luister goed, kind. Koen en jij doen er goed aan hier zo snel mogelijk weg te gaan. Waar gaan jullie naartoe?'

Ik haal mijn schouders op. 'Ergens waar Hugo niet is. Terug naar Amsterdam, denk ik.'

'Je kunt niet naar je ouderlijk huis. Hij weet waar je woont en zal zijn uiterste best doen om je op te sporen. Te meer daar hij ervan overtuigd is dat hij de vader is.'

Ik voel mijn hervonden kracht wegebben. Mevrouw Willems bevestigt wat ik eigenlijk al weet: ik kan vluchten, maar Hugo's schaduw blijft me achtervolgen. Hij zal niet rusten totdat hij mijn kind heeft. Ik zal altijd met één oog over mijn schouder moeten kijken.

'Luister, meiske. Heb ik je weleens verteld dat ik een zuster heb? Els woont in Lochem, een kleine stad op een kilometer of twaalf hiervandaan. Ze verdient de kost als hospita, en heeft momenteel een kamer vrij. Als de baron ontdekt dat jullie weg zijn, zal hij verwachten dat je naar Amsterdam gaat. Ik stel voor dat jullie voorlopig naar mijn zuster toe gaan. Blijf daar totdat het stof is neergedaald.'

Ik wrijf met mijn vingers over mijn gesloten ogen en denk na. Ik wil graag terug naar huis, maar mevrouw Willems heeft gelijk: Hugo zal nooit verwachten dat we op een steenworp afstand van Vorden verblijven.

'Ik bel mijn zuster dadelijk en leg haar de situatie uit. Onthoud goed: Els woont aan de Rozenweg, in een wit huisje met een erker en een strodak.'

'De Rozenweg,' herhaal ik. 'Dank u wel.' Ik omhels haar.

'Geen dank,' zegt ze als ze me loslaat. 'Toen je op Kasteel Vorden kwam en ik de gelijkenis tussen jou en juffrouw Odette zag, en je een kamer alleen kreeg, voelde ik dat er iets speelde. Meneer Kapteijns dacht dat ik spoken zag. Afijn.' Ze zucht. 'De baron is na de dood van juffrouw Odette de weg kwijtgeraakt.'

'Mevrouw Willems, ik denk niet dat Hugo na haar dood "de weg is kwijtgeraakt". Ik vermoed dat hij Odette iets heeft aangedaan.'

Ze zucht en strijkt een pluk haar achter mijn oor. 'Ik denk het niet, meiske. Hij was niet goed voor haar, maar op zijn verwrongen manier hield hij van juffrouw Odette. Net zoals hij dat van jou doet.'

Iemand in een wurggreep gevangen houden noem ik geen daad van liefde. Vermoedelijk staat haar loyaliteit jegens Hugo haar nog altijd in de weg om hem écht te zien zoals hij is.'

'Ik moet weer aan het werk. Ik wil geen argwaan wekken voor ons vertrek.'

Ze knikt. 'Koen en jij kunnen rekenen op mijn discretie. Ik wens jullie veel geluk, kind. En wees alsjeblieft voorzichtig.'

Ik stop de afstandsverklaring en de brieven in de zak van mijn rok en opnieuw omhels ik haar kort. Dan glip ik de groene salon uit.

Ik schrik als ik bijna tegen Gerda op bots, die door de gang loopt met een dienblad in haar handen.

'Guusje!' Met gefronste wenkbrauwen neemt ze me in zich op. Even denk ik dat ze me gaat vragen waarom ik uit de groene salon kom en niet in de keuken ben, waar ik volgens het huishoudschema het zilver hoor te poetsen, maar ze zwijgt. Voor ze iets kan vragen draai ik me om en sprint ik de trap af, naar de personeelsruimtes. De afstandsverklaring en het stapeltje enveloppen kraken in de zak van mijn schort.

Op mechanische wijze werk ik mijn takenlijst van die middag af. Ik poets het zilver, klop kleden uit, smeer vuile tafellakens in met ossengalzeep en ik strijk het beddengoed van Hugo en Amélie, die nooit de ouders van mijn kind gaan worden, al beseffen ze dat nog niet. Constant houd ik de omgeving nauwlettend in de gaten. Steeds vrees ik dat Hugo opduikt om me te straffen voor vannacht.

Hij blijft weg.

Tijdens het diner in de eetzaal heeft iedereen het over Amélies zogenaamde zwangerschap, en Gerda beweert dat ze het allang vermoedde. 'Een zwangere vrouw stráált. Ik zie zoiets. Bovendien bestelde mevrouw de gekste versnaperingen op de gekste tijden. Augurken, makreel… En wisten jullie dat ze sinds kort een middagdutje doet?'

Koen, mevrouw Willems en ik wisselen in stilte een blik van verstandhouding.

Na het diner neem ik afscheid van iedereen. 'We zijn allemaal een beetje jaloers dat je met de barones mee mag naar het buitenverblijf. Maar we gaan je missen, hoor. Over een maand of vijf ben je weer terug,' zegt Agnes.

'Ja, over een maand of vijf zie ik jullie weer,' lieg ik.

Dan trek ik me terug op mijn slaapkamer om mijn valies te pakken.

Maanlicht schijnt door de kieren van de luiken mijn slaapkamer in. De kaars op mijn nachtkastje werpt flakkerende schaduwen op de stenen wanden. Op een schoteltje liggen de verkoolde resten van de afstandsverklaring. Het is even voor tweeën en het kasteel is in diepe rust. Ik lig aangekleed op bed, starend naar het gewelvenplafond. Over een kwartier vertrekken Koen en ik naar ons tijdelijke verblijfadres bij de zus van mevrouw Willems. Mijn valies staat ingepakt naast het bed.

Geslapen heb ik niet. Er jaagt een onrustige energie door mijn lijf en onder mijn slapen bonst hoofdpijn. Het zijn pure zenuwen voor de reis die ons te wachten staat, en de gevolgen die dat mogelijk met zich meebrengt. Ik haal diep adem. Koen heeft gelijk: we betalen het sanatorium, dus Herfstzon heeft geen enkele reden om Dirkjes behandeling stop te zetten.

Koen heeft vanmiddag al geld voor Dirkjes behandeling bij sanatorium Herfstzon langsgebracht, en een afscheidsbrief voor Dirkje. Daarin vertel ik haar alles wat ik de afgelopen maanden verzwegen heb. Mijn werk voor Maison Coco, de vreemde driehoeksverhouding met Hugo en Amélie, mijn liefde voor Koen, de zwangerschap. Ik heb geen idee wanneer ik haar weer zie. Feitelijk weet ik niet eens *of* ik haar ooit weer zal zien.

Er klinkt een korte roffel op de deur.

Als door een wesp gestoken veer ik op. De hele avond vreesde ik dat Hugo me zou opzoeken nadat ik hem afgelopen nacht voor mijn deur had laten staan, en ik een laatste keer zijn aanrakingen zou moeten ondergaan. Toen er rond twaalven nog niet op mijn kamerdeur was geklopt, durfde ik er voorzichtig op te vertrouwen dat hij niet meer zou komen.

Opnieuw geklop.

Wat moet ik doen? Het is twee uur 's nachts en ik ben aangekleed.

Als ik opendoe, heb ik wat uit te leggen. Als ik hem opnieuw voor mijn deur laat staan, loop ik het risico dat hij straks nog in de personeelsvleugel rondsluipt als ik vertrek.

De beslissing wordt voor mij genomen. Er klinkt gemorrel in het slot.

Gejaagd schuif ik mijn valies onder het bed. De verkoolde resten van de afstandsverklaring gooi ik snel in de la van mijn nachtkastje.

Gehuld in zijn zijden duster wandelt Hugo mijn kamer in en sluit de deur achter zich. Halverwege blijft hij staan. Hij laat zijn kille blik over me heen glijden en zwijgt.

'Het spijt me, ik hoorde je niet kloppen,' verklaar ik. 'Ik was zo moe dat ik vanavond met mijn kleren aan in slaap ben gevallen.'

Onbeweeglijk blijft hij staan. Hij knijpt zijn ogen tot spleetjes en staart naar me.

'Wat is er?' vraag ik, in een poging de vreemde spanning te doorbreken.

Hij heft zijn kin. 'Wat voer jij in je schild?'

'Wat bedoel je?' Mijn stem klinkt schril.

Hij loopt naar me toe en krult zijn smalle lippen in een vreemde grijns. Tergend langzaam glijdt hij met zijn wijsvinger langs mijn kaaklijn en hals. 'Je hebt een mooie hals, weet je dat? Slank. Kwetsbaar.' Zijn wijsvinger glijdt langs mijn sleutelbeen.

Een ijskoude huivering trekt langs mijn rug. 'Hugo, je maakt me bang. Wat is er aan de hand?'

'Dacht je dat ik je zomaar zou laten vertrekken?' Zijn hand daalt af naar mijn borsten. 'Dacht je dat ik je morgen naar het buitenverblijf zou laten gaan zonder je nog een keer tot me te nemen?' Zijn ademhaling klinkt zwaar. 'Als jij mij niet binnenlaat, dan gebruik ik de sleutel.'

'Ik heb je niet gehoord, Hugo. Ik werk van zes uur 's ochtends tot acht uur 's avonds en bovendien ben ik in verwachting. Ik ben doodmoe. De dokter heeft gezegd dat ik zoveel mogelijk rust moet nemen. Lichamelijke inspanning is niet goed voor de baby, en gemeenschap ook niet.'

'Is dat zo?'

Ik knik. 'In de bibliotheek staat een encyclopedie over het menselijk lichaam, en daar staat het ook in. Zware fysieke arbeid en seksuele gemeenschap worden sterk afgeraden in verband met de gezondheid van de baby, met name vanaf de derde maand.' Ik probeer neutraal te klinken. 'Maar ik vind het fijn dat je nog even bij me bent. Er is iets dat ik met je wil bespreken,' zeg ik, op een toon alsof we een doodnormaal stelletje onder doodnormale omstandigheden zijn. Ik hoop dat hij de trilling in mijn stem niet opmerkt.

Langzaam laat hij zich naast me op het bed zakken.

Ik schraap mijn keel om tijd te rekken. Ik heb geen idee waar ik naartoe wil met mijn verhaal. Ik leg mijn handen in mijn schoot en peuter aan een velletje naast mijn duimnagel.

'Zeg het maar, liefste,' zegt hij, alsof de schakelaar in zijn hoofd plotseling weer is omgezet.

Hij is knettergek. 'Hoe moet het nu met ons als ik straks maandenlang bij Amélie in jullie buitenverblijf ben?' Ik glimlach liefjes.

'Ik kom jullie zo vaak opzoeken als ik kan. Uiteraard om jou te zien, niet Amélie.' Hij strijkt een donkerrode pluk achter mijn oor. 'Maar als de baby straks geboren is, krijg je geen betrekking op een andere plek.' Hij laat een stilte vallen, peilt mijn reactie.

'Maar we...'

Hij steekt zijn hand op. 'Ik wil niet dat je elders gaat werken. We vinden een huisje voor je, hier in de buurt, waar ik je regelmatig kan bezoeken. Wij horen bij elkaar, Guusje. Jij en ik. Wij zijn voorbestemd. Dat wist ik vanaf het moment waarop we elkaar zagen. Klinkt dat raar?'

Ik dwing mezelf te glimlachen. 'Nee, dat klinkt juist heel mooi.'

Hij knikt, legt een hand op mijn wang. 'Dat vind ik ook. Ons afscheid is maar tijdelijk, lieveling.' Hij drukt een kus op mijn lippen. 'Probeer nog wat te slapen, voor de baby. Morgenochtend breng ik jullie zelf met de auto naar het buitenverblijf.'

Ik knik. 'Fijn.'

Hij kust mijn voorhoofd en staat op. Bij de deur draait hij zich nog een keer om. 'Jij bent van mij. Niets kan dat veranderen.' Dan verdwijnt hij en sluit de deur achter zich.

Ik wacht even. Sluit mijn ogen een tel en haal diep adem. Dan sluip ik naar de deur en leg mijn oor ertegenaan. Zijn voetstappen sterven weg. Voor de zekerheid wacht ik nog een minuut of tien. Pas als ik mezelf ervan verzekerd heb dat hij niet meer door de gang dwaalt en niet terugkomt, trek ik mijn valies onder mijn bed vandaan en gris ik mijn tasje van de commode. Dan glip ik de gang op en voor de laatste keer draai ik de deur van mijn slaapkamer op slot. Op mijn tenen sluip ik door de donkere kasteelgang naar de personeelsuitgang.

Buiten ruikt het naar regen en natte aarde. Zachte motregen glinstert in het schijnsel van de lantaarn op de binnenplaats. Ik knijp met mijn ogen. Bij het koetshuis staat een donker silhouet dat langzaam in beweging komt.

Mijn handen voelen klam en er raast een nerveuze angst door mijn lijf. Met mijn valies hol ik de ophaalbrug over.

'Kom, snel,' fluistert Koen. Ook hij heeft een valies bij zich. 'Waar bleef je?'

Ik schud mijn hoofd bij wijze van antwoord, en kijk omhoog, naar de ramen, waarachter het donker en stil blijft. 'Het is klaar nu. We zijn van hem af,' fluister ik. Het alarmerende stemmetje in mijn achterhoofd negeer ik.

We sluipen om het kasteel heen, steken het weiland over, waden door het natte gras. Pas als we de bosrand bereikt hebben, durf ik over mijn schouder te kijken. Ik zie de donkere contouren van Kasteel Vorden steeds kleiner worden. Langzaam blaas ik mijn ingehouden adem uit.

48

We slaan een weggetje in dat tussen bossen en weilanden door kronkelt. Doorkruisen uitgestrekte weilanden en stoppelvelden, afgewisseld met bossen. Daar is het aardedonker. Boomkruinen sluiten zich boven onze hoofden en blokkeren het maanlicht. Koen heeft een lantaarn meegenomen. Het zwakke licht beschijnt de grillige boomstammen.

Slierten nevel kruipen op uit het struikgewas en blijven boven de bodem hangen. Ik probeer het gevoel van onbehagen weg te drukken en mezelf in te prenten dat ik van Hugo af ben. Dirkje wordt geholpen, de afstandsverklaring is verscheurd, Koen is hier. Maar wat ik mezelf ook vertel: angst zindert door mijn lichaam. Ik realiseer me terdege dat de vermoeidheid me parten speelt en dat angst en wantrouwen in mijn systeem verankerd zijn. Het zal nog wel een paar dagen duren voor mijn overspannen geest beseft dat het gevaar geweken is. Hoe verder we uit Hugo's buurt zijn, hoe meer ik zal kunnen ontspannen.

Alsof hij gedachten kan lezen zegt Koen: 'Hé, alles komt goed. We zijn er bijna. Als Hugo morgenochtend merkt dat we de benen hebben genomen, zijn we al lang uit zijn buurt. Hij kan ons niets maken. Je bent van hem af.'

'Je hebt gelijk.' Ik sla de kraag van mijn mantel op en trek de revers steviger om me heen.

Na een wandeling van ruim twee uur bereiken we de stad waar de zus van mevrouw Willems woont. Els Willems woont in een laag, wit gestuct huisje dat wel iets weg heeft van een boerderij of jachthuisje. De zwartrode luiken voor de ramen zijn gesloten. Voor het huis ligt een brede grindstrook.

We waden door het grind naar een halfronde voordeur en kloppen aan.

De dame die in de deuropening verschijnt, is een kopie van mevrouw Willems. Els heeft hetzelfde gedrongen postuur, stevige korte beentjes en stroken grijs haar in een bruine vlecht. 'Goedemorgen jongelui,' zegt ze met gedempte stem. Ze schudt onze handen. 'Ik ben Els. Kom erin.'

We volgen haar naar de keuken: een kleine ruimte met een laag balkenplafond, waar het naar koffie, versgebakken brood en kaneel ruikt. Boven de ontbijttafel hangt een portret van Koningin Wilhelmina en een houten kruisje. Voor de keukenkastjes hangen roodwit geblokte gordijntjes.

Els parkeert ons aan de ontbijttafel en stookt het fornuis op. 'Jullie zullen wel verkleumd zijn. Kan ik jullie iets warms aanbieden?' Ze schotelt ons twee kommen met warme rijstpudding voor. Dan komt ze tegenover ons zitten. 'Van mijn zuster begreep ik dat jullie problemen hebben met de kasteelheer, en dat jullie voorlopig even bij hem uit beeld willen blijven. Ik hoef het fijne er niet van te weten, jullie zijn hier welkom zolang als dat nodig is. Als jullie maar niets crimineels hebben uitgespookt.' Ze kijkt ons waarschuwend aan.

Koen schudt zijn hoofd en glimlacht. 'Dat hebben we niet.' Hij lepelt gretig door de rijstpudding.

Ik klem mijn koude handen om de warme kom.

'Jullie zijn niet gehuwd?' Ze kijkt van Koen naar mij en laat haar blik dan rusten op mijn buik.

'We zijn bijna getrouwd,' antwoordt Koen, alsof dat haar bezwaren wegneemt.

Ze trekt haar wenkbrauwen op. 'Om eerlijk te zijn, jongelui, vind ik het niet gepast om twee ongehuwden een kamer te laten delen. Dat is niet mijn gewoonte, maar ik heb begrepen dat we dat station eigenlijk al gepasseerd zijn. Dus vooruit, ik zal het maar door de vingers zien.'

Als we zijn opgewarmd wijst Els ons onze kamer: een gezellig aangeklede ruimte met bloemetjesbehang en een tweepersoons spijlenbed aan de voorzijde van het huis. De kamer heeft zelfs elektra. Naast de deur staat een garderobekast en een commode met een waskom.

Als Els de deur achter zich gesloten heeft, poetsen we onze tanden. In de spiegel kijken we elkaar aan en grinniken. Het is vreemd om zulke gewone, alledaagse dingen ineens samen te doen.

Plotseling overvalt me een verlammende vermoeidheid. Ik laat me onder de deken glijden en kruip tegen Koen aan.

'Ik hou van jou, Guusje Simons.' Koen steekt zijn arm onder me door.

Ik kan mezelf nauwelijks voorstellen dat we samen zijn. Echt samen zijn. Alles is goed gekomen. Ik glimlach. 'Ik hou ook van jou, Koen de Jager.' Ik nestel mijn billen tegen zijn kruis en wacht tot onze ademhaling en hartslag één zijn.

Dan glij ik weg in een diepe slaap.

Even word ik wakker. In de verte klinkt het motorgeronk van een naderende auto. Een streep maanlicht schijnt door de kieren in de gordijnen de kamer in. Ik kijk naast me.

Koen ademt zachtjes en regelmatig.

Tevreden dommel ik weer weg.

Het volgende moment klinkt er gebons op de deur, gevolgd door een bulderende mannenstem. 'Openmaken, politie!'

Voor ik er erg in heb, klinkt het geluid van een dichtslaande deur, gevolgd door voetstappen die de trap op klossen. De kozijnen trillen, alsof het huis siddert. Plotseling staan er vier geüniformeerde mannen in onze kleine slaapkamer. Of zijn het er vijf? 'Guusje Johanna Simons? U bent gearresteerd.'

'Wat...?' Koen komt overeind.

De deken wordt van me afgetrokken.

Het volgende moment trekt aan me voorbij als een vertraagde film met schokkerig beeld. Mijn brein werkt traag en stroperig en de geluiden en beelden dringen maar half tot me door.

Ik word uit bed getrokken. Mijn armen worden hardhandig op mijn rug gedraaid. Een scherpe pijnscheut boort zich door mijn schouder.

Een veldwachter zegt dat ik het recht heb om te zwijgen. Hij zegt iets over poging tot doodslag. Ik geloof dat hij het over Elly Driessen heeft, maar ik weet het niet zeker.

Ik begrijp het niet. Ik begrijp niets van wat hij zegt.

Koen schreeuwt. 'Blijf van haar af! Ze is in verwachting. Hé, hou hiermee op!'

Koud metaal om mijn polsen, gevolgd door een klikgeluid.

Drie veldwachters werken Koen tegen de grond.

Schreeuwende mannenstemmen. Ik word de slaapkamer uit geduwd, de trap af. De veldwachters drijven me voor zich uit, naar buiten. Op de oprit staat een automobiel met draaiende motor. Koude wind ruist langs mijn blote benen en scherp grind knerpt onder mijn blote voeten.

De veldwachters duwen me op de achterbank van de auto.

Els verschijnt in de deuropening. Haar mond vormt een stille 'O'.

'Waar is Koen?' roep ik.

Niemand antwoordt. Op de achterbank word ik ingeklemd tussen twee veldwachters. Dan rijdt de auto de straat uit.

Wie heeft ons verraden?

49

Carmen

Het verzorgingstehuis waar mevrouw Teunissen woont, blijkt een hoge en spiksplinternieuwe woontoren aan de rand van Zutphen te zijn. Ik parkeer mijn auto op het daarvoor bestemde terrein, gris mijn tas van de passagiersstoel en stap uit. De zon schijnt uitbundig en verraderlijk, want het is steenkoud. Ik trek mijn sjaal op en been naar de ingang.

In de hal van het verzorgingstehuis ruikt het naar ontsmettingsmiddel en groentesoep. Ik meld me bij de receptie en vertel dat ik een afspraak met mevrouw Teunissen heb.

De baliemedewerkster, een vriendelijke dame van middelbare leeftijd in een wit uniform, kijkt me verrast aan. Ik zie herkenning in haar blik.

Terwijl ik haar over het gele linoleum naar de lift volg, leg ik beknopt uit dat ik wat vragen heb over vroeger. 'Mevrouw Teunissen was een kennis van mijn schoonouders,' verklaar ik. 'Hoe gaat het met haar?' vraag ik als de liftdeuren sluiten. 'Ik begreep dat ze in de negentig is. Is ze nog volledig helder van geest?'

'Mevrouw Teunissen is stokdoof en vergeetachtig, maar ja, ze is zesennegentig. Wat we vaak merken bij cliënten is dat het kortetermijngeheugen slechter wordt, maar de herinneringen aan vroeger vervagen minder snel. Ik hoop dat ze u kan helpen. Om eerlijk te zijn verbaast het me dat ze u wilde ontvangen. Mevrouw Teunissen is nogal op zichzelf. Ze heeft het niet zo op vreemden,' vertrouwt ze me toe. 'Haar dochter zou er vandaag bij zijn, maar zij ligt met griep in bed.' De medewerkster gaat me voor een lange gang in, met aan weerszijden gekleurde deuren. Aan het einde van de gang stopt ze voor een deur. Ze belt kort aan maar steekt dan een sleutel in het slot. 'Mevrouw Teunissen? Bezoek voor u,' roept ze luid.

In het zorgappartement ruikt het vaag naar urine. Op een gebloemde fauteuil in de hoek van de kamer zit een oude vrouw met een grijs permanentje en een gekromde rug. Haar blauw dooraderde handen liggen ineengevouwen in haar schoot.

Ik ga voor haar staan en steek haar mijn hand toe. Die wordt niet beantwoord. Ze blijft strak voor zich uitkijken en ik vraag me af of ze nog wel kan zien. Over haar pupillen ligt een grauwgrijze waas.

'Mevrouw Teunissen? Ik ben Carmen Hoogendijk,' zeg ik luid. 'Fijn dat u mij even te woord wilt staan.'

'*Tmutmoar*,' mompelt ze.

'Wat zegt u?' vraag ik vriendelijk en duidelijk articulerend.

'Tmutmoar,' roept ze met haar krakerige stem.

Ik kijk hulpzoekend naar de zorgmedewerkster.

Die glimlacht. 'Het moet maar,' vertaalt ze.

'Ah. Mag ik gaan zitten, mevrouw Teunissen?'

'*Iedutmoar*.' Ze wappert met haar hand naar de fauteuil naast haar. Haar bovenste vingerkootjes zijn vervormd, waardoor haar handen op klauwen lijken.

Ik bedank de zorgmedewerkster en neem plaats op de fauteuil, me afvragend hoe ik dit gesprek met mevrouw Teunissen zonder vertaling moet voeren. 'Ik heb een vraag aan u, mevrouw Teunissen.'

'*Brand lös*.'

'Ik heb gehoord dat uw moeder, Elly Driessen, vroeger dienstbode op Kasteel Vorden was, klopt dat?'

Opnieuw mompelt ze iets in plat Achterhoeks. Ik geloof dat ik er 'praat me er niet van' uit kan opmaken. '*Moar woarum wollie dat weet'n*?'

Ik schraap mijn keel en probeer mijn woorden zorgvuldig te kiezen. 'Ik ben twee weken geleden op Kasteel Vorden komen wonen. Toen ik in de geschiedenis van het kasteel dook, kwam ik een paar vreemde dingen tegen. Zegt de naam Odette van Egmond u iets?'

Mevrouw Teunissen zwijgt. Ik vraag me af of ze me gehoord heeft. 'Mevrouw Teunissen?'

'Ja, *ik heur oe wah*. Mijn moeder was inderdaad dienstmeid op het kasteel. Maar dat is niet goed afgelopen.'

Ik herinner me de lijst van Henk Kapteijns, waar achter de naam van Elly Driessen 'bedrijfsongeval' vermeld stond. 'Wat is er gebeurd? Wilt u mij dat vertellen?'

'Het is een hele rechtszaak geworden. Eerst zei mijn moeder dat die meid van Simons het gedaan had. Pas op haar sterfbed zei ze dat het de baron was. Ze had spijt dat ze erover gelogen had.'

Ik frons mijn wenkbrauwen. 'Ik geloof dat ik het niet helemaal begrijp, mevrouw Teunissen. Wat heeft de baron gedaan? Wie heeft waarover gelogen?'

'*Mien* moeder. Iedereen zegt wel dat die kerel zo sympathiek was, maar daar is niks van *woar*. Die man was gevaarlijk. Wie hem in de weg zat, kon zijn borst natmaken. Nou was mijn moeder ook niet de makkelijkste, *heur*. En dat is zacht uitgedrukt. *Kiek*, mijn moeder had in die tijd een oogje op de chauffeur van de baron. Dat was allemaal nog ver voordat ze mijn vader ontmoette, *heur*. Maar die meid van Simons, Guusje Simons, die had óók een oogje op de chauffeur. Op een nacht was mijn moeder thee aan het maken in de keuken, en toen zag ze de baron uit de slaapkamer van Guusje Simons komen. Midden in de nacht, hè? Nou, in die tijd hoorde je als meisje geen herenbezoek op je slaapkamer te hebben, ook niet van de baron. Dat was ongepast. Mijn moeder zag hem dus uit die slaapkamer komen en dacht: potjandorie, dat secreet vreet van twee walletjes! En de chauffeur, én de baron. Nou, en mijn moeder was een brutaal en bijdehand ding, *heur*. Dus die liep de keuken uit en deed iets wat ze nooit had moeten doen. Ze liep op de baron af en zei: "U was in de kamer van Guusje Simons. Wat deed u daar?" Je hoorde als personeel je werkgever natuurlijk niet ter verantwoording te roepen, maar mijn moeder was kwaad, en ze was toch al zo fel en bijdehand. De baron schrok, maar herstelde zich meteen. "Waar heb jij het over, brutaal serpent?" riep hij. "Hoe durf je zo'n toon tegen mij aan te slaan? Pak je koffers, je kunt linea recta vertrekken." Als mijn moeder in een hoek gedreven werd, dan werd ze nog nijdiger. "Mij ontslaan? Ik dacht het niet," zei ze. "Ik wil dat u mij betaalt, anders ga ik aan iedereen vertellen wat ik gezien heb."

Dat zou natuurlijk een schande worden, als bekend werd dat de baron het met die dienstmeid deed.'

Ik ga iets verzitten. 'Dus uw moeder perste de baron af?'

'Ja, dat zeg ik. Ik weet niet om hoeveel geld ze vroeg hoor, maar goed. Mijn moeder had een *fluutkettel* met heet water in handen. De baron werd nijdig en het liep uit op een woordenwisseling. Mijn moeder liet zich niet zomaar afpoeieren en de baron liet zich niet chanteren. En toen werd de baron zo kwaad dat hij dat hete water over mijn moeder heen heeft gegooid. Over haar gezicht, haar borst... Het was verschrikkelijk. Mijn moeder had overal brandwonden.'

Verbouwereerd staar ik de oude vrouw aan. Mevrouw Teunissen vervolgt: 'Mijn moeder krijste, en er kwam ander personeel uit hun slaapkamers. En toen deed de baron net alsof hij mijn moeder zo gevonden had, alsof ze gevallen was.'

'Maar dan heeft uw moeder toch verteld wat er werkelijk gebeurd was? Heeft uw moeder daar dan geen aangifte van gedaan?'

'Wablief?'

'Heeft uw moeder daar aangifte van gedaan?' herhaal ik duidelijk articulerend.

Mevrouw Teunissen schudt haar hoofd. 'Toen mijn moeder wakker werd, lag ze in het ziekenhuis. De baron dwong haar om te zwijgen. Ze moest zeggen dat ze gevallen was. Hij dreigde dat als zij zou vertellen dat hij het was geweest, het verkeerd met haar zou aflopen. Hij maakte haar doodsbang. Het was mijn moeder inmiddels wel duidelijk dat er met de baron niet te sollen viel. Wie zou haar ook geloven?'

Een vermogende man van zijn afkomst, tegenover een vrouw in die tijd – een arme dienstbode nota bene? Ik kan me er iets bij voorstellen.

'Na een aantal weken werd mijn moeder ontslagen uit het ziekenhuis. Ze ging bij mijn grootmoeder wonen, die haar verzorgde. Want mijn moeder had natuurlijk vreselijke brandwonden. Een paar maanden later kwam de baron plotseling langs. Mijn moeder was doodsbang voor hem, maar de baron zei: "Ik wil dat je iets voor me doet."'

Ik schuif naar het uiterste puntje van de fauteuil. 'Wat wilde hij dan?'

'Hij wilde dat mijn moeder aangifte deed bij de politie. Mijn moeder moest verklaren dat die andere dienstbode, Guusje Simons, haar zo mishandeld had. Ze moest tegen de politie zeggen dat Simons dat uit jaloezie had gedaan, omdat die chauffeur een oogje op mijn moeder zou hebben. De baron wilde kennelijk wraak nemen op Simons.'

Ik frons mijn wenkbrauwen. Dit verhaal wordt steeds idioter. Toch vertelt mevrouw Teunissen het vol overtuiging, zonder ook maar een spoortje twijfel. 'Waarom wilde de baron dat uw moeder de verkeerde beschuldigde? Wat had Guusje Simons gedaan om hem zo kwaad te krijgen?'

Mevrouw Teunissen haalt haar knokige schouders op. 'Geen idee. Nou ja, de baron had natuurlijk een affaire met die Guusje Simons, en toen ging zij er ineens met de chauffeur vandoor. Dat zal de baron niet leuk hebben gevonden.'

'En heeft uw moeder dat gedaan? Heeft ze Guusje Simons daarvan beschuldigd?'

Ze knikt. 'Mijn moeder twijfelde wel even, *heur*, maar ze had een verschrikkelijke hekel aan Simons. Zij scheen er inmiddels met de chauffeur vandoor te zijn gegaan. Bovendien bood de baron mijn moeder er geld voor. Heel veel geld. Wel iets van twee of drie jaarsalarissen. Mijn moeder had een ziekenhuisrekening te betalen, want er was in die tijd natuurlijk nog geen ziekenfonds. Bovendien kon mijn moeder niet meer werken. In ieder geval niet meteen. Daarnaast vond mijn moeder dat het min of meer ook Simons' schuld was dat ze zo toegetakeld was. Mijn moeder was een heel knappe meid, vroeger. Daar was na die brandwonden niks meer van over. Geen kerel zag haar nog staan. In die tijd konden ze nog niet wat ze nu kunnen hè, met plastische chirurgie. Dus mijn moeder droeg altijd een sluier als ze de deur uit ging. Uiteindelijk is ze getrouwd met mijn vader, maar ja, die was toen al eind veertig en al z'n hele leven vrijgezel. Hij had wat moeite om een vrouw te vinden, maar hij had een grote boerderij, dus hij wilde natuurlijk wel graag een vrouw *bie huus* om de boel te bestieren. Nou, afijn. Mijn moeder heeft in de rechtszaal verklaard dat Guusje Simons had geprobeerd haar te vermoorden. Daar kreeg ze uiteindelijk wel spijt van, *heur*. Pas op haar sterfbed gaf ze toe dat ze Guusje Simons vals beschuldigd had. Dat ze bang was voor de baron en jaloers was op Simons.'

'Wat is er uiteindelijk met Guusje Simons gebeurd, nadat uw moeder haar had aangewezen als de dader?'

'Gut, dat weet ik allemaal niet. Maar mijn moeder is altijd een moeilijke vrouw gebleven. Ze sloot zichzelf op in huis, leefde als een kluizenaar. Ik heb er nooit een leuke moeder aan gehad. Mijn vader en ik, we konden nooit wat goed doen. Pas aan het eind van haar leven draaide ze bij.'

Ik staar naar mijn trouwring en frunnik aan het kleine diamantje. Ik weet niet wat ik van het vreemde verhaal moet denken. Als het waar is wat mevrouw Teunissen beweert, als Hugo in staat was om geweld te gebruiken wanneer iemand hem dwarszat, en hij zich tegen de dienstbode keerde waar hij gevoelens voor had, dan wordt het nog aannemelijker dat hij Odette daadwerkelijk iets heeft aangedaan. Mijn hoofd suist.

Wie is nou weer Guusje Simons?

50

Guusje

Pas als de automobiel Vorden binnenrijdt, begin ik uit mijn verdoofde toestand te ontwaken. Langzaam dringt het tot me door: ik ben opgepakt voor poging tot doodslag. Ik zit op de achterbank van een politieauto, ingeklemd tussen twee agenten. De ene heeft een grijze snor en is van middelbare leeftijd. De andere schat ik halverwege de dertig. Hij heeft bruine krullen die onder zijn stijve pet vandaan komen. Beiden kijken ze nors voor zich uit. Om de een of andere onduidelijke reden denken deze agenten dat ik iets met Elly's ongeluk te maken heb, maanden geleden. Ik klem mijn kiezen op elkaar en adem diep in en uit. Dit is een misverstand. Alles komt goed. Dat moet gewoon.

Het is nog steeds donker als de automobiel voor het politiebureau stopt, maar het moet inmiddels een uur of zeven in de ochtend zijn. 'Uitstappen,' sommeren de agenten.

Ze tronen me mee naar binnen en brengen me naar een klein kamertje met hoge ramen, waar ik op een stoel wordt geparkeerd die langs de grijs geverfde wand staat. In het midden van de ruimte staat een houten tafel met twee stoelen en tegen de achterwand staat een kleiner tafeltje met een stoel en een typemachine.

'Gaat u zitten,' zegt de jonge agent. 'Er komt dadelijk iemand bij u.' Hij gaat naast de deur staan en slaat zijn armen over elkaar.

Ik ril. Ik draag niets anders dan een nachtpon, en in de ruimte is het steenkoud. In gedachten probeer ik de feiten op een rijtje te zetten. Elly's ongeluk was in juli of augustus, het was nog volop zomer. Hugo vond haar, net nadat hij 's nachts mijn kamer uit kwam. Op dat moment vond ik het vreemd, maar de gedachte dat Hugo er daadwerkelijk iets mee te maken had, kwam me op dat moment zo absurd voor dat ik het van me afzette. Hij moet Elly zover gekregen hebben om aangifte tegen me te doen. Maar hoe wist hij waar Koen en ik waren? Mevrouw Willems heeft niets gezegd, daar ben ik zeker van.

Plotseling denk ik aan Gerda, waar ik bijna tegenaan botste toen ik de groene salon uit liep. Ik klem mijn kaken op elkaar.

Even overweeg ik te bidden voor een goede afloop. Een gedachte die ik meteen weer verwerp. Aangezien God vaker heeft nagelaten me te behoeden voor rampspoed, lijkt het me sterk dat Hij dat nu wel zou doen. Ik moet op mezelf vertrouwen. Dit is een vergissing en ik ga dit rechtzetten. Nog even en ik ben weer terug bij Koen.

Tijd verstrijkt. Het lijkt wel een uur te duren voor er een andere agent binnenkomt: een man van begin veertig met een pafferig lijf en een kin die in kwabben verdwijnt. De knopen van zijn blauwe uniform spannen om zijn bierbuik en in zijn hand heeft hij een stapeltje papieren.

Hij wordt op de voet gevolgd door een jongeman in een zwart uniform.

De bierbuik bromt een groet tegen de agent die bij de deur wacht.

Dan word ik gesommeerd plaats te nemen aan de tafel. Mijn handboeien worden afgedaan. De dikke vertelt me dat hij hoofdcommissaris is en dat de andere een griffier is, die notities van het verhoor gaat maken. De griffier neemt plaats achter de typemachine.

De dikke veldwachter gaat tegenover me zitten. Hij heeft felrode konen en zijn voorhoofd glimt, alsof hij zojuist gymnastiekoefeningen heeft gedaan.

Hij werpt een blik op de papieren en somt een reeks beschuldigingen op. 'U bent aangehouden voor poging tot doodslag op juffrouw Elly Driessen, uw voormalige collega. Ook wordt u verdacht van hoererij.'

Mijn hoofd is één brij van mistige en onsamenhangende gedachten. 'Poging tot doodslag?'

'U wordt ervan verdacht enige tijd als lichtekooi in een illegaal rendez-voushuis te hebben gewerkt, genaamd Maison Coco.

Voorts wordt u ervan verdacht op de nacht van 15 augustus 1917 mejuffrouw Elly Driessen te hebben belaagd. U hebt haar met geweld tegen de grond gewerkt en haar overgoten met kokend water, in een poging haar van het leven te beroven.' Hij kijkt me aan en zwijgt, alsof hij wil zeggen: en nu jij weer.

'Wat? Maar... Dit is gewoon belachelijk! Hoe komt u erbij dat ik Elly zoiets heb aangedaan?'

De dikke veldwachter grijnst minzaam. 'Mejuffrouw Driessen heeft gisteravond aangifte tegen u gedaan.'

Zijn woorden treffen me als mokerslagen. Ik sla mijn armen om me heen en vecht tegen de paniek die door me heen laait.

De dikke veldwachter zegt iets. Ik zie zijn mond bewegen, maar zijn woorden dringen niet tot me door.

'Wat?'

'Was het jaloezie?'

Even kruist mijn blik die van de griffier. Het medeleven dat ik in zijn ogen meen te ontdekken zal ik me wel verbeelden. Hij buigt zich direct weer over zijn typemachine.

'Was u jaloers op het feit dat juffrouw Driessen de aandacht genoot van de heer Koen de Jager?'

Ik moet kalm blijven. Redelijk. Laten zien dat ze het bij het verkeerde eind hebben. 'Meneer, alstublieft. Dit is absurd. Ik heb Elly niets aangedaan. Het enige wat ik weet is dat ze 's nachts gevallen is met heet water. Althans, dat is ons verteld. Het is maanden geleden. Waarom zou Elly daar nu plotseling aangifte van doen?'

'Juffrouw Driessen heeft verklaard dat ze bang voor u was.'

'Bang? Voor míj?'

'U zag in haar een rivale die u wilde uitschakelen.'

'Onzin. Dat zou gestoord zijn.'

'U zegt het.'

Ik haal diep en trillerig adem. 'Ik was er helemaal niet bij. Het gebeurde 's nachts. Ik was in mijn slaapkamer. Ik lag in bed.'

'Dat is niet wat juffrouw Driessen beweert.' Hij werpt een blik op het papier dat voor hem ligt. 'Ik citeer: "Ik werd 's nachts wakker en ging thee zetten in de keuken. Daar kwam ik juffrouw Simons tegen. Juffrouw Simons kwam voor me staan. Ze zei dat ik Koen met rust moest laten, dat Koen van haar was. Ik zei dat ik me door haar niet liet commanderen. Het liep uit op een woordenwisseling en Guusje werd woest. Op het fornuis stond een fluitketel met heet water. Toen de ketel begon te fluiten, gaf ze me een duw. Ik verloor mijn evenwicht en viel achterover. Daarna gooide ze het kokende water over me heen. De pijn was vreselijk. Ik gilde. Plotseling was de baron daar. Hij heeft me gered."'

Ik sluit mijn ogen een tel en probeer mijn woorden zorgvuldig te kiezen. Overtuigende woorden die hem ervan doordringen hoe krankzinnig deze beschuldigingen zijn. Dat niet ik, maar Hugo hier hoort te zitten. Mijn hersenen weigeren dienst. 'Elly kan zoveel beweren. Nogmaals: ik was op mijn slaapkamer.'

'Dat klopt, Elly kan zoveel beweren. Maar we hebben een getuige. De baron van Kasteel Vorden heeft verklaard dat hij u na de daad heeft zien wegrennen. Wat heeft u daarop te zeggen?'

Woede vlamt onder mijn borst. 'Dat niet ik, maar de baron degene is die Elly dit heeft aangedaan.' Ik probeer uit alle macht mijn stem onder controle te houden.

De veldwachter grinnikt. Zijn onderkin trilt mee. 'Zozo, het was de baron. En waarom heeft de baron dat gedaan volgens u?'

Ik verberg mijn gezicht in mijn handen en zucht. 'Omdat hij een reden heeft om mij hiervan te beschuldigen. Hugo is geobsedeerd door mij.'

De veldwachter grijnst smalend. 'Dus, kort samengevat: de baron heeft dit allemaal verzonnen om u te straffen, omdat u zijn liefde niet beantwoordt?'

'Ja. Nou, misschien gaat zijn obsessie niet eens om mij. Niet écht. Zijn gekte zit diep vanbinnen. Bovendien wil hij een erfgenaam.' Ik begin te vertellen. Voor de derde keer in een paar dagen tijd vertel ik over de gebeurtenissen die zich ontvouwden vanaf het moment dat Dirkje tuberculose kreeg. Hoe ik in Hugo's wurggreep terechtkwam. Mijn stem trilt. Ik hoor zelf hoe onwaarschijnlijk het klinkt dat een baron met aanzien, een gerespecteerd lid van de maatschappij, in staat is tot de dingen die hij op zijn kerfstok heeft.

De veldwachter hoort me aan en wacht tot ik uitgesproken ben, zonder echt naar de inhoud te luisteren. 'En waarom bent u dan halsoverkop gevlucht nadat juffrouw Driessen aangifte tegen u heeft gedaan?'

'Ik wíst helemaal niet dat Elly aangifte tegen mij had gedaan. Ik ben niet gevlucht voor háár, maar voor Hugo. Hij chanteerde me, hij wil mijn kind. Luistert u wel?' Ik heb het gevoel dat het niets uitmaakt wat ik zeg. De veldwachter heeft zijn oordeel al klaar.

'Juist ja.' Hij knikt langzaam. 'Het kind dat u beloofd hebt aan de baron af te staan, waarvoor u ook een afstandsverklaring getekend hebt? De afstandsverklaring die u vervolgens ontvreemd hebt?'

'U heeft dus wel geluisterd. Hugo wil mij straffen. Dat is wat hij doet wanneer iemand hem dwarszit. Hij moet iets hebben gezegd of gedaan om Elly zover te krijgen aangifte tegen mij te doen. En Elly had een hekel aan mij.'

'Het lijkt wel alsof de hele wereld een hekel aan u heeft,' stelt de veldwachter vast. Hij trekt een quasimeelevend gezicht.

'Dat is onzin. Dit is gewoon toeval. Ik hou niet van ruzie en ik kan met bijna iedereen goed overweg.'

'Is dat zo? U vertelt mij net dat u ontslagen bent bij de familie waar u als dienstbode werkte, omdat de dame des huizes u niet vertrouwde. En u heeft ook geen vrienden gemaakt in het illegale rendez-voushuis waar u werkte. Uw toenmalige werkgever beschuldigde u van diefstal.' Hij buigt naar voren en vangt mijn blik. Zijn buik schuurt tegen de tafel. 'Het lijkt erop dat u er een sport van maakt om mensen tegen u in het harnas te jagen. Vertelt u mij eens, juffrouw Simons. Hoe reageert u op mensen die een hekel aan u hebben?'

Ik voel me met de seconde hulpelozer worden. Ik zet mijn vingers tegen mijn slapen en probeer mijn gedachten te structureren.

'Bent u dan in staat tot geweld? Bent u in staat anderen iets aan te doen als ze u in de weg staan?'

'Nogmaals: ik heb nog nooit geweld tegen iemand gebruikt. Hugo heeft dit in scène gezet. Hij manipuleerde en bedreigde me.'

'Jaja, hij bedreigde u. Zoiets zei u al. Zullen we de feiten eens op een rijtje zetten?' De veldwachter steekt zijn dikke vingers omhoog en somt op: 'Eén: de baron heeft u een baan aangeboden toen u die nodig had. Twee: hij heeft de souteneur van het rendez-voushuis betaald die u beschuldigde van diefstal, zodat de aangifte tegen u werd ingetrokken. Vervolgens heeft hij zijn portemonnee getrokken om de peperdure sanatoriumbehandeling van uw zuster te betalen. En alsof dat nog niet genoeg was, hebben hij en zijn echtgenote aangeboden uw kind op te nemen in hun gezin, toen u ongewenst zwanger raakte.' De veldwachter knikt naar de agent die bij de deur staat. 'Zeg, Goossens, wat denk jij ervan? Klinkt dat als iemand die het slecht met juffrouw Simons voorheeft?'

Gegrinnik.

De veldwachter blijft op me inhameren met zijn vragen. Telkens stelt hij dezelfde vragen, steeds verpakt in een ander jasje. Hij beukt me murw met zijn beschuldigingen. Uren verstrijken.

Ik zeg steeds minder. Elk woord wordt verkeerd uitgelegd. Op elk antwoord dat ik geef, volgen nieuwe vragen waar een beschuldiging in besloten ligt. Ik ben doodmoe, heb het steenkoud. Ik voel me uitgehold. En ik ben bang. Doodsbang voor wat er komen gaat.

Ik hoef alleen maar te bekennen, zegt de veldwachter. Als ik beken, mag ik naar een cel waar een po, warme kleren, een bed en iets te eten zijn.

'Ik hoef geen eten,' zeg ik. 'Ik wil naar huis.'

'Uw huis is voorlopig de gevangeniscel,' antwoordt de veldwachter. 'U blijft in voorarrest tot uw zaak is voorgelegd aan de rechter.' Niet ik, maar de veldwachter gaat naar huis. Zijn dienst zit erop, zijn leven gaat door. Het mijne stopt hier.

Bloed suist door mijn oren.

Dan schuift hij een getypt vel onder mijn neus. 'Uw verklaring. Tekenen.'

'Wat is dit?' weet ik uit te brengen.

Hij zegt iets over een proces-verbaal. Een verslag waarin ik verklaar onschuldig te zijn aan de zaken die mij ten laste worden gelegd. Het is het beste als ik het document meteen onderteken, dan kan ik naar mijn cel en hij naar huis. Hij houdt me een vulpen voor.

Ik twijfel. De letters dansen voor mijn ogen.

'Waar wacht je nog op? Opschieten Simons, tekenen.'

Met trillende handen neem ik de pen aan. Zonder het document te lezen, zet ik een krabbel onder het papier.

‘Waar is Koen?’ vraag ik als de veldwachter het papier van me aanneemt en de pen in zijn binnenzak opbergt.

‘Als u op de heer De Jager doelt: hij is aangehouden voor onttrekking aan zijn dienstplicht. Maar voor hem ziet het er allemaal rooskleuriger uit dan voor u. Er wordt u poging tot doodslag dan wel zware mishandeling ten laste gelegd. Houd er rekening mee dat de rechter weinig sympathie en begrip voor uw uitleg zal hebben. U zit in grote moeilijkheden, juffrouw Simons. En die heeft u zelf veroorzaakt.’

‘Meekomen.’ De jonge agent die bij de deur stond, boeit me en troont me mee, een lange donkere gang door. Sleutels bungelen aan zijn broeksband.

Verdwaasd volg ik hem.

Aan het einde van de gang opent hij een zware houten deur met tralies.

Hij pakt me bij mijn bovenarm en duwt me met lichte dwang de cel in. De wanden zijn tot halverwege grijs geverfd en in de muren staan kreten gekerfd van gevangenen die me voorgingen. In de ruimte staat een simpele brits en naast de deur staat een po. Grauwgrijs daglicht schijnt door een smal tralieraam naar binnen.

De agent maakt mijn handboeien los. ‘Er wordt u straks een maaltijd gebracht,’ meldt hij. Dan valt de zware deur achter hem in het slot.

Ik kijk om me heen. Dit kan niet waar zijn.

Dit kan gewoon niet waar zijn.

Ik zou op de deur willen bonzen. Willen roepen dat ik hier niet hoor, dat Hugo hier hoort te zitten en dat dit allemaal een gruwelijke vergissing is. Maar ik zeg niets. Huilen of schreeuwen doe ik evenmin. Ik laat me op de brits zakken, verdoofd en niet in staat om te bevatten dat dit mijn nieuwe werkelijkheid is.

51

Vier maanden later – april 1918
Vrouwengevangenis Gorinchem

Ik hoor hier niet.

Het is het eerste wat ik denk, elke dag opnieuw, nog voor ik mijn ogen geopend heb. Het zijn de woorden die ik in gedachten herhaal als we naar de ontbijtzaal worden gedreven, waar we een witte drab voorgeschoteld krijgen die voor gortepap moet doorgaan. Na het ontbijt worden we steevast naar de werkplaats gedreven, waar we wasknijpers moeten maken. Elke dag worden er vrachtladingen van gemaakt. Ik vraag me af of ze daadwerkelijk verkocht worden, of dat het gewoon een manier is om ons bezig te houden. Zolang we iets omhanden hebben, gaan de vrouwen elkaar niet te lijf. Dat gebeurt hier regelmatig. Ik hou me van alles en iedereen afzijdig, alleen met mijn celgenote Maria heb ik goed contact.

Ik ben hier al vier maanden, en ik heb nog vier jaar, één maand en vijf dagen te gaan. In de vrouwengevangenis rijgen de dagen zich eentonig aaneen. Maar ik hou vol. Hugo heeft me dan mijn vrijheid afgenomen, mijn kind krijgt hij niet. Mijn kindje zal jonger dan vier zijn wanneer ik vrijkom, wat volgens de gevangenisregels betekent dat ik het na de geboorte bij me mag houden.

Mijn buik is inmiddels zo groot dat ik de knopen van mijn gevangenisuniform niet meer dichtkrijg. Als mijn werkdag er 's avonds op zit en de celdeur achter me gesloten wordt, zet ik me aan het breien van babykleertjes. Regelmatig praat ik tegen mijn buik. Het is een vreselijke gedachte om mijn kind de eerste paar jaar in deze omgeving te moeten zien opgroeien, maar ik zal het tenminste bij me hebben.

Ik ben niet veroordeeld voor poging tot doodslag, wel voor zware mishandeling. Elly blijft volhouden dat ik verantwoordelijk ben voor haar brandwonden. Mijn moeder, die me zo vaak als ze kan komt opzoeken met Faas en Feike, gelooft dat Elly ooit gestraft zal worden voor haar leugen. Wat mij betreft is Hugo het echte monster.

Dirkje wordt nog steeds behandeld in Herfstzon, waar ze het komende half jaar nog mag blijven, dankzij Koen. Ze gaat langzaam vooruit.

Koen bezoekt me wekelijks. Ik wilde dat hij verder zou gaan met zijn leven – ik zit immers nog bijna vier jaar vast, maar dat weigerde hij. Zodra ik vrijkom, trouwen we en zoeken we een huis voor ons drieën. Hij, ik en onze dochter. Ik weet zeker dat het een meisje is.

De ochtendzon schijnt door de tralieramen de gevangeniswerkplaats in en werpt repen licht op de werkbank. Ik heb mijn eerste wasknijper in elkaar gezet, als er plotseling een pijnscheut door mijn onderbuik trekt.

In een reflex grijp ik naar de tafel.

Bij de deur staat de gevangenisbewaarder, een potige vrouw met een vierkante kaak, indrukwekkende armen en een strenge knot. 'Simons, doorwerken!' brult ze.

Ik verbijt de pijn. De kramp trekt weg, en zwijgend stort ik me weer op mijn wasknijpers.

Het duurt niet langer dan tien minuten voor er opnieuw een pijnscheut door mijn buik trekt, nu heviger. Ik krimp ineen. Plotseling ligt er een plas vocht onder mijn kruk.

'Simons!' Waarschuwend brengt de gevangenisbewaarder haar hand naar de knuppel die aan haar rok bungelt.

Naast me zit mijn celgenote Maria. 'Zo begon het bij mij ook.' Ze wenkt de geüniformeerde vrouw die bij de deur staat. 'Guusje moet naar de ziekenboeg!'

Slechts twee uur later wordt er een glibberig wondertje op mijn buik gelegd. Ze krijst als een geitje.

'Het is een meisje,' zegt de vroedvrouw.

'Is ze gezond?'

De vroedvrouw knikt. 'We gaan haar zo onderzoeken. Hou haar maar even vast.'

'Daar ben je dan.' Mijn hart zwelt op. Ik lach door mijn tranen heen en strijk met mijn wijsvinger langs haar gezichtje. Ze heeft opvallend veel en donker haar. Ik tel tien vingertjes en tien teentjes. Dan zie ik haar duimpje. Haar duimnageltje is zo kort dat het nauwelijks zichtbaar is. Koens duim. Tranen druppen op mijn borst.

De vroedvrouw pakt haar van mijn borst. 'Ik neem haar even mee.'

Ik wil haar liever niet afstaan.

'We gaan haar wassen, wegen en uitgebreid onderzoeken. Rust jij nog maar even.'

Het duurt lang voor ze weer teruggebracht wordt. Ik ben zo moe dat ik weer wegdommel. Als ik mijn ogen open, staat er een verpleegster in de kamer.

'Waar is Hannah?' vraag ik.

Ze draait zich naar me om. 'Wie is Hannah?'

Ik frons mijn wenkbrauwen. 'Mijn dochter.'

'Wat een mooie naam,' zegt de verpleegster. Ze glimlacht ongemakkelijk. 'Is ze vernoemd?'

'Ik heb haar vernoemd naar mijn grootmoeder, de moeder van mijn vader. Zij heette Hannah,' verklaar ik.

'Heette?' vraagt de verpleegster luchtig.

Ik voel me onrustig worden. 'Ze is een paar maanden geleden overleden. Spaanse griep. Waar is Hannah?'

'Vreselijk, is het niet? De Spaanse griep maakt overal slachtoffers.'

Ik kom half overeind. 'Waar is Hannah? Ik wil weten waar mijn dochter is.'

De verpleegster glimlacht ongemakkelijk. 'Je moest maar proberen wat te rusten.'

'Als ik mijn dochter bij me heb. Vertelt u me nou waar ze is!'

De verpleegster kijkt hulp zoekend om zich heen. 'De baby is weg.'

Paniek buldert door mijn lichaam. 'Wat bedoel je, weg? Hoezo: weg?'

De verpleegster komt op mijn bed zitten en pakt mijn handen beet. 'Juffrouw Simons, je hebt de baby afgestaan. Weet je nog? Hannah is naar haar ouders gebracht.'

'Naar haar ouders gebracht? Ik ben haar moeder! Ik heb haar niet afgestaan! Hoe kom je daarbij? Dit moet een vergissing zijn!' Dit kan niet. De afstandsverklaring is in honderden kleine stukjes gescheurd en daarna verbrand. Dit moet een misverstand zijn.

Aarzelend loopt de verpleegster naar het voeteneinde van het bed, waar een klembord aan hangt, en bladert door de papieren. Tergend lang blijft ze naar de papieren staren.

Ik wil haar door elkaar schudden en de antwoorden uit haar rammelen.

Langzaam schudt ze haar hoofd. 'Het spijt me. Ik zie dat je op 1 november 1917 een document getekend hebt dat je de baby na de geboorte afstaat.'

Met enige vertraging dringt het tot me door: 1 november 1917. De dag waarop ik werd opgepakt. In de verhoorkamer heb ik een document getekend. Het verhoor duurde uren, de veldwachters hadden me murw gebeukt, ik was moe en verkleumd. Ik vertrouwde erop een verslag van het verhoor te ondertekenen.

Er zet een kramp op tussen mijn borsten die zo hevig is dat ik me afvraag of ik een hartaanval krijg. 'Aan wie is mijn kind afgestaan?'

'Dat weet ik niet,' antwoordt ze.

Ik zie dat ze liegt. 'Aan Hugo en Amélie von Eckendorff-Lohmann?' Ik spuug hun namen uit.

Ze zwijgt.

'Nee!' Ik krijs als een gewond dier. Het voelt alsof mijn hart uit mijn borst wordt gerukt.

52

Carmen

De zon is al onder als ik even na vijven de oprijlaan van Kasteel Vorden op draai. Mijn koplampen beschijnen Viks terreinwagen. Daarnaast staat een blauwe Opel, die ik inmiddels herken als de auto van Henk Kapteijns. Troel is nu anderhalve week bij ons en sindsdien is hij vrijwel elke dag langsgekomen. Ik vrees dat ik niet alleen Troel, maar ook Henk heb geadopteerd.

Ik zucht. Mijn hoofd gonst en ik ben niet in de stemming voor visite. Ik denk terug aan de woorden van mevrouw Teunissen. *Iedereen zegt wel dat die kerel zo sympathiek was en zo, maar daar is niks van woar. Die man was gevaarlijk. Wie hem in de weg zat kon zijn borst natmaken.*

Ik trek de sleutel uit het contact en vergrendel mijn auto. Met grote stappen loop ik de ophaalbrug op. In de vestibule hang ik mijn jas weg. Voor de rij met geschilderde familieportretten blijf ik even staan. Hugo hangt prominent in het midden en kijkt met de zelfverzekerde blik van een Romeinse veldheer de ruimte in. Plotseling schijnt zijn portret me vijandig toe. Er trekt een huivering langs mijn ruggengraat.

In de hoek van de vestibule staat nog steeds de door Hugo opgezette beer. We hadden willen wachten op het ontwerp van de interieurstylist, maar ter plekke neem ik me voor het dode beest nog deze week weg te laten halen.

Ik tref Vik en Henk aan de keukentafel. Henk zit over een kwispelende Troel heen gebogen en produceert enthousiaste geluiden. ‘Goed zo meisje, goed zo rakker!’ Hij trekt aan een stuk touw, waar Troel fanatiek op bijt.

Vik kijkt me hulp zoekend aan. 'Hé Car. We hebben bezoek.'
'Hoi Henk.' Buiten zijn gezichtsveld knipoog ik naar Vik.
Henk veert op. 'Ik ga maar eens. Hoe staat het ervoor met de zoektocht, Carmen?' vraagt hij terwijl hij zijn jas aantrekt. 'Ben je nog iets te weten gekomen?'
'Niet echt,' lieg ik. Wat ik vanmiddag bij mevrouw Teunissen te weten ben gekomen wil ik graag eerst met Vik delen. Ik laat de waterkoker vollopen en zet hem aan.
Uit mijn tas klinkt gezoem van mijn telefoon. Op het scherm staat een onbekend telefoonnummer dat begint met 0575, het netnummer van deze omgeving.
Sorry, deze moet ik nemen. Tot later, Henk.' Ik loop de keuken uit. 'Met Carmen.'
'Hallo, je spreekt met Bob Willems,' klinkt het in mijn oor. 'Twee weken geleden heb je een berichtje achtergelaten op mijn voicemail. Ik ben op vakantie in Spanje en heb mijn telefoon meestal uit staan, vandaar mijn late reactie.'
Met enige vertraging herinner ik me zijn naam. Henk gaf me een lijst met vroegere personeelsleden van Kasteel Vorden. Op basis van hun namen heb ik iedereen met dezelfde achternaam uit de omgeving gegoogeld en gebeld of gemaild. Het leverde geen aanwijzing op.
'Je vroeg je af of familie van mij ooit voor Kasteel Vorden heeft gewerkt, en dat klopt. Mijn oudtante, de zus van mijn oma dus, was hoofd huishouding op het kasteel.' Er valt een korte stilte, de man lijkt te aarzelen. 'Ik denk dat ik informatie heb die interessant voor je kan zijn.'
Ik klem mijn handen om de telefoon. 'Wat fijn dat u terugbelt. Kunnen we een afspraak maken?'
Op de achtergrond klinkt het geraas van auto's en het geblaf van een hond. 'Ik ben nog tot en met maart in Benidorm, mijn vrouw en ik overwinteren hier. Maar ik zal je iets mailen. Kijk, het zit zo: Riet Willems, het toenmalige hoofd huishouding van Kasteel Vorden, was de zus van mijn oma Els. Ik heb haar niet bijzonder goed gekend hoor, ik was nog een kind toen zij overleed. Over de jaren waarin zij op Kasteel Vorden werkte, wist ik dus ook niets, totdat ik

na het overlijden van mijn moeder haar zolder leegruimde.'

Met grote passen been ik naar de bibliotheek. Met mijn telefoon tussen mijn oor en schouder geklemd open ik mijn laptop en klik op het e-mailicoontje.

'Mijn oudtante Riet bleek voor haar dood haar memoires op papier te hebben gezet. Die zullen wel bij mijn oma Els terecht zijn gekomen, en na haar overlijden weer bij mijn moeder, enzovoorts. Oudjes gooien nooit wat weg. Inmiddels ben ik zelf ook drieëntachtig, en ook ik vond het zonde om de memoires van tante Riet weg te gooien...'

Op de achtergrond klinkt een vrouwenstem. 'Bob, schiet eens op met je verhaal.'

Gegrinnik. 'Mijn vrouw wordt ongeduldig. Wat ik zeggen wilde: in de memoires van tante Riet zijn enkele hoofdstukken gewijd aan de jaren waarin ze op Kasteel Vorden heeft gewerkt. Toen ik ze destijds vond, heb ik alles ingescand. In de afgelopen jaren heb ik regelmatig getwijfeld of ik de papieren niet aan jouw schoonouders moest overhandigen, want er staat behoorlijk gevoelige informatie in. Uiteindelijk heb ik dat nooit gedaan, omdat ik niet wist wat zij van hun familiegeschiedenis af wisten. Ik wilde geen levens overhoophalen.'

Ik val even stil.

Vik verschijnt in de deuropening. Zijn lippen vormen geluidloos het woord 'Nieuws?'

Ik knik en zet mijn telefoon op de speaker.

'Omdat jij er expliciet naar vraagt zal ik het jou toesturen,' gaat Bob Willems door. 'Ik wil in ieder geval benadrukken dat ik zeker weet dat mijn oudtante Riet hier met niemand over gesproken heeft. De herinnering die ik aan haar heb, is dat ze streng en zwijgzaam, maar ook goudeerlijk was. Het was iemand die leefde naar het motto: spreken is zilver, zwijgen is goud. Zelf heb ik er ook nooit met iemand over gesproken. Nou ja, behalve met mijn vrouw. Wat jullie nu met de informatie gaan doen, is aan jullie. Ik moet zeggen dat het doornemen ervan een klus is, want mijn moeder heeft ooit een lekkage gehad en de memoires van mijn oudtante zijn helaas niet ongeschonden uit de strijd gekomen.'

Ik geef Bob Willems mijn e-mailadres en bedank hem. Als ik opgehangen heb, vat ik het gesprek kort samen. 'Hij heeft jouw ouders niets verteld. Hij wilde geen levens overhoophalen, zei hij.'

Vik haalt een hand door zijn haar. 'Sjezus. Wat gaat die man in godsnaam mailen?'

Erg lang hoeven we niet op dat antwoord te wachten. Een paar minuten later verschijnt zijn e-mail in beeld. Ik klik op de bijlage.

De memoires van mevrouw Willems dateren uit januari 1950. Ze beslaan bijna driehonderd bladzijden, blijken handgeschreven en zijn bij vlagen lastig leesbaar. Ook over de waterschade heeft Bob Willems niets te veel gezegd: sommige pagina's zijn onleesbaar. We besluiten alles uit te printen en even later zitten we in kleermakerszit voor de haard, een stapel papieren om ons heen. We gaan door de inhoud.

Ik trek mijn voeten onder mijn billen. Mijn ogen schieten over het ouderwetse, gelijkmatige handschrift. Mevrouw Willems beschrijft anekdotes, gedachtes, dingen die ze meemaakte binnen haar familie en op de werkvloer met collega's. Het duurt even voor ik vind wat ik zoek. Pas op de laatste pagina's volgt er een stuk over de verdwijning van Odette. 'Ik heb het gevonden. Hier staat het,' zeg ik. '"De baron en zijn toenmalige echtgenote, juffrouw Odette van Egmond, waren nog maar kort gehuwd toen juffrouw Odette in juli 1903 op de vroege ochtend verdween, en nooit meer terugkeerde,"' lees ik voor.

Vik schuift naar me toe en leest over mijn schouder mee.

'"Ik was destijds nog dienstbode en werd de kamenier van Odette,"' ga ik door. '"Odette maakte al enige tijd een diepbedroefde indruk. Gaandeweg werd mij duidelijk dat het huwelijk met de baron niet was waar ze op gehoopt had. Tijdens het kappen en kleden vertrouwde ze mij toe dat hij zeer jaloers was, regelmatig zijn zelfbeheersing verloor en dat hij haar 'krankzinnig probeerde te maken'. Hij vond het niet prettig dat ze contact met haar vriendinnen had. Ook verstopte hij haar persoonlijke eigendommen. Als zij ze terugvond, dan zei hij dat zij dit zelf had gedaan. Dat ze langzaam gek begon te worden. Odettes beweringen waren dermate vreemd dat ik niet goed wist wat ik ervan moest denken. Mede daar ik in beginsel zeer op de baron gesteld was en van agressie nimmer iets gemerkt had. Totdat ik op een ochtend tijdens het stoffen van zijn kantoor mijn nieuwsgierigheid niet kon bedwingen, en inderdaad eigendommen van Odette in zijn bureaulade vond. Waarom de baron dit deed? Het zal mij tot op de dag van vandaag een raadsel blijven."' Ik kijk op. 'Hugo's gedrag doet me opnieuw sterk aan dat van een *gaslighter* denken,' zeg ik tegen Vik.

Hij fronst zijn wenkbrauwen. 'Wat houdt dat in?'

'Gaslighting is een vorm van manipulatie waarbij de dader de waarheid constant verdraait, zodat het slachtoffer aan zichzelf gaat twijfelen. Dat geeft de gaslighter een bepaalde macht. Hoe onzekerder zijn slachtoffer wordt, hoe meer ze op hem gaat vertrouwen en hoe afhankelijker ze van hem wordt. Dat is ook wat Hugo deed. Hij isoleerde Odette en verstopte haar spullen, om haar ervan te overtuigen dat ze niet op zichzelf kon vertrouwen. Hij wilde dat ze hem nodig had.'

Vik zwijgt. Hij staat op en met een stuurs gezicht begint hij de open haard op te stoken.

'Wil je dat ik verder lees?'

Hij knikt.

'"Het gedrag van de baron baarde mij zorgen,"' ga ik door. '"Daarom heb ik juffrouw Odette voorzichtig aangeraden wat meer contacten buiten de deur te zoeken. Aangezien de baron het uiterst onprettig vond als juffrouw Odette uitging, heeft zij haar zuster Amélie op Kasteel Vorden uitgenodigd, die een tijdje kwam logeren. Ik hoopte dat haar zuster Amélie Odette in de gaten kon houden." Het stuk dat hierna volgt is lastig leesbaar, de letters zijn vervaagd,' vervolg ik.

Vik knikt. 'Mijn ouders hebben er weinig over losgelaten, maar ze hebben me weleens verteld dat Odette en Amélie een gecompliceerde relatie hadden. Odette was een opvallende schoonheid, en Amélie had op dat vlak minder geluk, om het zo maar te omschrijven. Maar juist Amélie was naar verluidt verliefd op Hugo. De Van Egmonds, de ouders van Amélie en Odette, waren al jaren bevriend met Hugo's ouders. Het werd bijna vanzelfsprekend gevonden dat Hugo met Amélie in het huwelijksbootje zou stappen, omdat Amélie ouder was dan Odette en dezelfde leeftijd had als

Hugo. Maar hij viel voor Odette en vroeg haar ten huwelijk, en naar ik begrepen heb, was Amélie daarover not amused.'

Ik lees door. '"Wanneer de baron afwezig was, werden de geschillen tussen de zusters luidkeels uitgevochten in de woonvleugel. Als Odette zich bij Amélie beklaagde over haar ongelukkige huwelijk, verweet Amélie haar dat zij Hugo van haar had afgepakt en nu zelf maar met de gevolgen moest leven. Daarop beet Odette haar toe dat Hugo nooit interesse in Amélie had gehad, omdat zij met haar grote tanden en haar lange gezicht op een merrie leek. Waarna Amélie begon te wenen en zei dat Odette er alles aan deed om haar oudere zuster te kwetsen en te overstijgen. Ze zou het lievelingetje van haar ouders zijn en in het middelpunt van de aandacht willen staan bij iedereen. Zowel de beide zusters als Hugo haalden het slechtste in elkaar naar boven.

Daar ik 's ochtends voor het krieken van de dag naast mijn bed sta, was ik op die vroege ochtend in juli 1903 al wakker toen ik juffrouw Amélie vanuit mijn slaapkamer de binnenplaats op zag rennen. Ze kwam uit de richting van het bos. Haar japon en haar handen waren bevuild met modder. Dat was om meerdere redenen vreemd: het vroege tijdstip, het feit dat een dame onder de modder zat en dat ze via de personeelsingang het kasteel in liep. Ik liep de gang op en vroeg juffrouw Amélie wat er aan de hand was. Toen pas zag ik dat haar japon tot aan haar middel nat was, en dat er bloed op haar handen zat. Haar haren zaten verwilderd en ze was van streek.

Juffrouw Amélie verklaarde dat ze een wandeling had gemaakt, maar over een gladde steen was uitgegleden en in de sloot terecht was gekomen. Die uitleg was uiterst vreemd, maar Amélie zei zich te schamen en liet mij beloven over het voorval te zwijgen.

Een dag later werd ons personeelsleden duidelijk dat Odette verdwenen was. Er werd een grote zoekactie op touw gezet, maar de barones werd niet gevonden. Totdat een maand later het water in de sloot door grote droogte laag was komen te staan. Op die vreeslijke morgen vond de baron zijn dode echtgenote in de sloot. De baron was zeer ontdaan. Toch werd hij opgepakt, omdat hij niet altijd goed was geweest voor juffrouw Odette. Ook het personeel werd ondervraagd. Niemand wist iets. En ik zweeg."' Ik kijk op. 'Dus het was Amélie,' concludeer ik.

Vik zwijgt. Hij loopt naar de wijnkast en schenkt twee glazen rode wijn in.

Vol verbazing lees ik door. '"Waarom zei ik niet dat ik Amélie die ochtend gezien had in verwarde toestand, met bloed op haar handen? Ik vermoed nu dat ik mij schuldig voelde, omdat ik Odette had aangeraden de band met haar zuster aan te halen. Ik had aangezien hoe die giftige driehoeksrelatie zich ontwikkelde en ik meende medeverantwoordelijk te zijn voor wat Odette overkomen was.

Had ik echt iets kunnen doen? Natuurlijk niet. De menselijke geest is complex. Zou men mij vragen hoe de baron was, dan zou ik zeggen dat hij op zijn eigen vreemde manier van juffrouw Odette hield, zoals hij jaren later van haar evenbeeld Guusje is gaan houden. Maar de baron was ook een gekwetste jongen die moederliefde had ontbeerd. Hij werd door velen als sympathiek en zelfverzekerd gezien, echter ik kende hem van kindsbeen af en wist hoe onzeker hij innerlijk was, als gevolg van de harde, bijna militaristische opvoeding die hij had genoten."' Ik zucht. 'Gaslighters hebben een constante hunkering naar liefde en bevestiging, om hun lage zelfbeeld op te vijzelen. Een ander zal ze nooit genoeg liefde kunnen geven, omdat hun behoefte aan bevestiging onuitputtelijk is.'

'"Hugo was ervan overtuigd dat Odette zelfmoord had gepleegd en is na haar dood met Amélie hertrouwd. Niet uit liefde, maar om het familiekapitaal te redden. Jaren later, aan het einde van de Grote Oorlog, leek de situatie zich te gaan herhalen. Hugo viel voor een jonge vrouw die uiterlijk sprekend op Odette leek, en haalde haar als dienstbode naar Kasteel Vorden. Guusje Simons was echter nog maar negentien jaar, en beantwoordde zijn gevoelens niet. Al snel verviel Hugo in zijn oude patroon. Hij wilde Guusje voor zichzelf. Hij bombardeerde haar met liefde en aandacht, en toen dat onvoldoende bleek om haar voor zich te winnen, besloot hij haar liefde met geweld af te dwingen. Toen zij in verwachting bleek te zijn, leek zijn grootste droom – een erfgenaam, voortgesproten uit zijn grote liefde – uit te komen. Hij meende dat dit kind enkel van hem kon zijn, en eiste het op."' Ik klem mijn handen om het papier.

'Wat?' Vik laat zich op de chesterfield fauteuil zakken.

'"Guusje is in gevangenschap bevallen van freule Esmée. Hugo heeft Guusje op slinkse wijze een afstandsverklaring laten tekenen, en het kind bij haar weggehaald. Nooit heb ik Esmée de waarheid verteld over haar afkomst. Wat doet het met een kind als zij hoort dat zowel haar vader als haar moeder niet haar echte ouders zijn? Of ik er goed aan heb gedaan om te zwijgen, zullen we nooit weten."'

Vik staart in de vlammen. Beiden zijn we stil, terwijl we de woorden van mevrouw Willems op ons laten inwerken. 'Ik begrijp het niet,' zegt hij dan. 'Als Amélie niet de biologische moeder van mijn oma Esmée was, kan Hugo nog steeds haar biologische vader zijn geweest.'

Ik draai het steeltje van mijn wijnglas. 'Niet per se. Hugo wilde een erfgenaam, iets dat met zowel Odette als Amélie niet gelukt is. Al die jaren niet. Het is goed mogelijk dat hij geen kinderen kon krijgen. Ik ben vanmiddag bij mevrouw Teunissen geweest,' zeg ik. Kort vat ik samen wat zij me verteld heeft. 'Guusje had een relatie met de chauffeur. Kortom: als het klopt wat mevrouw Willems beweert, dan was jouw oma Esmée hoogstwaarschijnlijk de biologische dochter van dienstbode Guusje Simons en Hugo's chauffeur.' Ik veer op, loop naar het bureau. Ik graai tussen de papieren en vind de lijst met namen van toenmalige personeelsleden. 'Tot november 1917 was ene Koen de Jager de chauffeur van Hugo. Hij moet dus de biologische vader van Esmée zijn.'

Hij zet zijn glas op het bureau en beent de bibliotheek uit. 'Ik moet even naar buiten.'

'Vik, wacht even.'

In de keuken grist hij de hondenriem van tafel en lijnt Troel aan. Dan schiet hij in zijn jack en loopt met een kwispelende Troel naar buiten.

Ik trek mijn jas van de kapstok en volg hem.

Buiten is het donker en ruikt het naar natte aarde. Vik volgt het slingerpad naar de bosrand. De wind trekt aan zijn haar en doet zijn jack opbollen.

Ik voeg me bij hem en kijk hem onderzoekend aan. 'Wat raakt je het meest?' vraag ik voorzichtig. Ik denk aan Guusje, die onschuldig veroordeeld is en onder dwang haar kind heeft moeten afstaan.

'Mijn vader heeft zijn hele leven gedacht dat hij afstamde van Hugo. Hij moet geweten hebben dat Hugo heeft vastgezeten voor de moord op Odette, en geconcludeerd hebben dat hij afstamde van een moordenaar. Dat doet iets met een mens.' Hij staart naar de kale boomkruinen aan de bosrand. Ze wiegen in de januariwind. 'Een paar jaar geleden had ik bij *Nachtbraken met Vik* de zoon van een veroordeelde oorlogsmisdadiger aan tafel. Die man had zonder met zijn ogen te knipperen honderden Joden de dood in gejaagd. Zijn zoon vertelde dat hij zich altijd heeft afgevraagd of iets daarvan ook in hem zat. Die angstgedachte werkte door in alle keuzes die hij maakte. Hij leefde bijna als een heilige, omdat hij het gevoel had iets te moeten goedmaken van wat zijn vader anderen aangedaan had.'

Het begint zachtjes te motregenen. Ik trek mijn sjaal op. 'En je herkent jouw vader daarin.'

Hij knikt. 'Mijn vader heeft zijn leven lang extreem sober geleefd om dit, in zijn ogen, bezoedelde erfgoed op te vijzelen en te bewaren voor mij. Hij klaagde nooit, maar ik weet dat het meer een last dan een voorrecht voor hem was. Het leek soms bijna een zelfopgelegde straf. Ik vermoed dat hij andere keuzes had gemaakt als hij de waarheid had geweten.' Vik maakt Troels riem los en gooit een stok weg.

De hond rent er kwispelend achteraan.

Vik draait zich om en maakt een hoofdknik naar het kasteel, dat donker afsteekt tegen een antracietkleurige hemel. 'In feite is dit alles niet van ons. Het behoort aan niemand toe.'

Ik neem Viks handen in de mijne. 'Hé, het is van jou. Esmée was juridisch gezien gewoon de dochter en erfgename van Hugo en Amélie.'

'Juridisch gezien wel, ja. Maar het voelt misplaatst om te blijven zwijgen en alles op deze manier voort te zetten. Dan zouden we de leugen in stand houden.'

'Wat wil je er dan mee?'

'Ik moet erover nadenken. In ieder geval ben ik opgelucht om nu de waarheid te weten.' Hij slaat zijn armen om me heen en kust mijn kruin. 'Je bent een eigenwijs portret, Carmen Hoogendijk. Voor het eerst ben ik blij dat je niet naar me geluisterd hebt. Dat je niet hebt opgegeven, maar door bent gegaan met je zoektocht. Nu weten we de waarheid.'

Ik sla mijn armen om zijn middel en snuif zijn vertrouwde geur op. 'We zijn er nog niet,' zeg ik. 'Ik denk dat het tijd wordt om Guusje en Koen een gezicht te geven.'

53

Guusje, mei 1922

Krakend gaat de zware toegangsdeur open. Ik loop de binnenplaats op en haal diep adem. Zonnestralen strelen mijn gezicht. De afgelopen vier jaar regen de dagen zich grauw en betekenisloos aaneen, maar buiten de gevangenismuren ruikt het naar lente. Naar een nieuw begin. Merels vliegen kwetterend over en aan de blauwe hemel drijven witte wolken gestaag voorbij.

De cipier loopt met me mee over de binnenplaats naar de gevangenispoort. Hij overhandigt me een in papier verpakt pakketje. 'Alsjeblieft juffrouw Simons, je persoonlijke bezittingen.'

Er zit niets meer in dan de nachtpon waarin ik vier jaar geleden werd opgepakt.

'Ik wens je veel succes in je verdere leven, juffrouw Simons. Klinkt het onaardig als ik zeg dat ik je hier niet meer wil terugzien?'

Ik glimlach als een boer met kiespijn en schud zijn hand.

Dan opent hij de poort.

Daar staan Koen, Dirkje – die nog steeds niet geheel de oude is maar wel weer op de been, mijn moeder en Faas en Feike, die inmiddels veertien zijn, en langer dan ik.

Koen drukt een innige zoen op mijn mond. Ik sla mijn armen om zijn hals en snuif zijn vertrouwde geur op. Iets wat ik vier jaar niet heb kunnen doen. Dan omhels ik mijn moeder, Dirkje, Faas en Feike.

Een paar dagen na mijn vrijlating parkeert Koen de auto aan de rand van het park, onder de wilgenbomen. Koen, Dirkje en ik stappen uit. Het is vrijdagochtend. De zon schijnt uitbundig. Ik heb mijn donkerrode haar opgestoken en draag een bruin bolhoedje. In het park is het druk. Jonge moeders met wandelwagens, kindermeisjes, een enkel stelletje – iedereen wil van het mooie lenteweer genieten.

Ze hebben haar Esmée genoemd. Ze heeft Koens donkerbruine haar, maar als de zon erop valt, heeft het een rode gloed. Elke vrijdagochtend wordt ze door een kindermeisje meegenomen naar het hertenkamp. Het kindermeisje zit dan op een bankje met een boek, terwijl Hannah – zo blijf ik haar in gedachten noemen – herten en eenden voert, en rondrent. Dat vertelde mevrouw Willems me, die me in de gevangenis een paar keer heeft opgezocht. Mevrouw Willems is nog in dienst van Kasteel Vorden, hoewel Hugo weet dat ze Koen en mij aan een vluchtadres geholpen heeft. Ik vermoed dat hij haar liever in dienst houdt dan ontslaat, zodat hij haar in de gaten kan houden.

Esmée is inmiddels een vrolijk meisje van bijna vier. Vier jaar geleden werd ze abrupt uit mijn armen weggerukt en liet ze een leegte in me achter die niet meer opgevuld werd. Maar niet voor lang meer.

Mijn handen voelen klam en er raast een onrustige energie door mijn lijf. 'Weet je zeker dat ze alleen met dat kindermeisje is?' vraag ik aan Koen als we het park in lopen. Ik kijk nauwlettend om me heen.

'Tot nu toe is ze hier alleen maar met dat kindermeisje geweest, en dat wicht let voor geen meter op. Ze is in een boek verzonken of kletst met anderen, maar doet niet waarvoor ze aangenomen is.' Koen trekt zijn hoed wat lager over zijn hoofd.

Hij heeft zijn dochter al een paar keer van een afstandje geobserveerd en zelfs een paar woorden met haar gewisseld toen ze de eendjes voerde. Ze lijkt op mij, zei hij. Voor mij is het de eerste keer dat ik mijn dochter weer ga zien, sinds ze na haar geboorte op mijn buik werd gelegd.

'Het komt goed, Guus.' Dirkje knijpt even in mijn arm.

Ik klem mijn handen om mijn handtas. Daarin zitten een knuffelkonijn en drie valse paspoorten waarmee we straks de Belgische grens oversteken. We gaan niet alleen. Dirkje reist met ons mee.

Koen en ik hebben overwogen om de voogdij via de juridische weg op te eisen, maar de slagingskans is bijzonder klein. Dat benadrukte de advocaat die Koen al tijdens mijn gevangenschap meerdere malen gesproken heeft. Volgens hem worden er wel vaker kinderen weggehaald bij ongehuwde of gedetineerde vrouwen, en in de praktijk keren deze kinderen zelden terug naar hun moeder. We zouden moeten aantonen dat Hugo de voogdij onder valse voorwendselen heeft verkregen, betoogde de advocaat, en dat is lastig. Zonder bewijs is dat het woord van een ongehuwde ex-gedetineerde, een voormalige lichtekooi, tegenover dat van een vermogende en gerespecteerde baron, die aanzien geniet en overal contacten heeft. Bovendien zou Hugo er dan achter komen dat zijn dochter hoogstwaarschijnlijk niet van hem maar van Koen is. Als hij toch de voogdijzaak wint, vrezen we dat hij zijn woede op Hannah zal botvieren. Als we alles op een rijtje zetten is weggaan en elders opnieuw beginnen de enige optie.

We slaan het pad in dat naar het hertenverblijf leidt. Ik laat mijn ogen over de omgeving dwalen. Op het geasfalteerde slingerpad dat langs het hertenverblijf loopt, spelen twee jongetjes in een matrozenuniform met een tol. Twee jonge vrouwen in kuitlange rokken en witte kousen flaneren over de paden en duwen een wandelwagen voor zich uit.

Bij het rasterhek rond het hertenverblijf, een meter of dertig verderop, staat een meisje van een jaar of vier in een lichtroze jurkje, met in haar donkere haren een pastelkleurige strik.

Abrupt blijf ik staan. Koen en Dirkje doen hetzelfde.

Mijn hartslag versnelt.

Koen pakt mijn hand. 'Dat is Hannah,' fluistert hij.

'Ik weet het,' fluister ik terug.

Hij hoeft het niet te zeggen. Ik weet het intuïtief: dit is mijn dochter.

'Verdomme,' fluister ik.

Op een smeedijzeren bankje, een meter of tien van het hertenverblijf, zit een meisje van een jaar of achttien. Naast haar zit Amélie. Al heb ik haar ruim vier jaar niet gezien, ze is het onmiskenbaar. Ze draagt een ijsblauwe japon en dito hoedje op haar oranjerode haar.

Ze zit kaarsrecht, haar smalle lippen op elkaar geperst, en houdt mijn dochter nauwlettend in de gaten.

'Ze weet natuurlijk dat je vrijgelaten bent,' fluistert Koen.

'Hier was ik al bang voor,' kreun ik. 'Amélie laat haar nu niet meer alleen met een kindermeisje weggaan. Ze verliest haar geen seconde uit het oog.'

'Dat was te verwachten. Tijd voor plan B dus,' zegt Dirkje. 'Klaar voor?'

Ik knik.

'En niet vergeten: als jullie haar hebben, dan rijden jullie direct weg. Jullie wachten niet op mij. Geen risico's. Ik vind wel een manier om thuis te komen.'

'Wacht even,' fluister ik.

Amélie staat op, loopt naar Hannah toe en hurkt naast haar neer. Klopt een vuiltje van haar jurk en trekt haar even tegen zich aan. Dan wijst ze naar een hert. Hannah legt haar armpje ontspannen op Amélies schouder. Ze lachen.

Mijn hart krimpt ineen.

Amélie laat Hannah los en loopt terug naar het bankje.

'Nu,' fluistert Koen.

Dirkje loopt naar Amélie, die opkijkt. Dirkje wijst naar een punt in de verte, ze raken in gesprek. Wat er gezegd wordt, kan ik niet verstaan. Amélie draait zich even om. Het kindermeisje is nog steeds in haar boek verzonken.

Koen loopt naar het hek en wenkt zijn dochter. Ze glimlacht en loopt naar hem toe, lijkt hem te herkennen.

Dan loop ook ik naar haar toe. Ik trek het knuffelkonijn uit mijn tas en slik de brok die zich in mijn keel gevormd heeft weg. Amélie zit nog steeds omgedraaid op het bankje.

Mijn hart bonst in mijn keel als ik bij mijn dochter neerhurk. 'Dag Esmée,' zeg ik zacht. Ik glimlach. 'Kijk, deze is voor jou. En we hebben een verrassing voor je. Loop je even met ons mee?'

Ze lijkt te twijfelen en kijkt even naar Amélie, die nog steeds in gesprek is, en knikt dan. Ik steek haar mijn hand toe.

Ze legt haar handje in de mijne. We lopen het slingerpad op dat naar de uitgang leidt.

'Wat is de verrassing?' vraagt ze.

'Als we dat zeggen is het geen verrassing meer,' zegt Koen. Hij kijkt kort over zijn schouder. Zijn gezicht verraadt dat hij net zo gespannen is als ik. 'Speel je weleens vliegtuigje?'

Ze schudt haar hoofd.

Hij pakt haar onder haar oksels en zwaait haar door de lucht. Ze schatert het uit. Al bromgeluiden makend rent Koen met haar naar de uitgang. Ik hol erachter aan.

We steken de straat over.

Zweet gutst in straaltjes langs mijn rug.

Als we bij de auto komen, betrekt haar gezichtje. 'Waar is mama?'

Koen parkeert haar naast mij op de achterbank.

Ik glimlach geruststellend. 'Ik ben een vriendin van mama. We gaan een stukje rijden in de auto. Vind je dat leuk, lieverd?'

Haar onderlipje begint te trillen. 'Ik wil naar mama.'

Haar angst scheurt dwars door mijn ziel. 'Ik weet het. Straks zie je mama weer, lieverd,' lieg ik. Ik haat mezelf.

Koen klimt op de bok en start de auto.

Achter ons klinkt rumoer, gekrijs. Het geluid zwelt aan.

Ik kijk over mijn schouder. Voorbijgangers stoppen bij de ingang van het park, waar Amélie aan komt rennen, het kindermeisje in haar kielzog. 'Ze hebben mijn dochter! Stop die auto! Ze ontvoeren mijn kind!'

Geschokte gezichten kijken onze kant op.

'Bel de politie!'

Hannah begint te huilen. 'Ik wil naar mama!'

Koen draait de auto de weg op.

Ik trek mijn dochter tegen me aan en vecht tegen de twijfels. 'Stil maar, lieverd. Alles is in orde. Stil maar, schat.'

Hannah wurmt zich los en krijst. 'Mama! Ik wil naar mama!' Haar gezicht is nat van de tranen.

Achter me worden Amélie, het kindermeisje en andere omstanders steeds kleinere stippen. Koen trapt het gaspedaal stevig in.

Ik sla mijn armen om Hannah heen en wieg haar. Haar lijfje verkrampt.

Een vreemde kalmte neemt bezit van me. Ik sluit mijn ogen een tel en slik. 'Koen, stop de auto.'

'Nee! We rijden door!' Hij slaat een bocht om en trapt het gaspedaal stevig in.

'Dit is niet goed. Dit mogen we niet doen.'

'Ik wil naar mama,' snikt Hannah.

'Koen, draai om. We brengen haar terug.'

'Nee! Verdomme!'

'Stop de auto,' sis ik. Ik wil Hannah – nee, Esmée – niet banger maken dan ze is.

Koen klemt zijn handen om het stuur en mindert vaart.

'We brengen je terug, lieverd. Het spijt me.' Esmée snikt, maar haar lijfje ontspant in mijn armen. 'We brengen je terug naar mama.'

Koen draait de auto om. Hij zwijgt.

Ze kijkt naar me op.

Ik veeg met mijn duim haar tranen van haar gezicht en bekijk haar. Ze heeft Koens bruine ogen, maar dezelfde gezichtstrekken als ik. Om haar wipneus waaieren sproetjes uit.

Ik druk het speelgoedkonijn in haar handen en probeer uit alle macht mijn stem onder controle te houden. 'Ga je heel goed voor het konijn zorgen?'

Ze knikt en toont een voorzichtig glimlachje.

Koen brengt de auto voor het park tot stilstand.

Daar heeft zich een groepje omstanders om Amélie heen verzameld. Ze huilt en jammert. Ik stap uit en til Esmée uit de auto.

'Mama!' roept Esmée.

Ik steek met haar de straat over, en halverwege laat ik haar los.

Amélies blik kruist de mijne. Haar gezicht is rood en nat van de tranen. Ze hurkt neer en slaat haar armen om Esmée heen. 'Och, lieverd! Wat is mama geschrokken!' Over Esmées schouder kijkt ze me ijzig aan.

Dirkje stapt uit de menigte en loopt op me af. 'Het spijt me, ik kon haar niet langer afleiden.'

Ik schud mijn hoofd. 'Sorry,' zeg ik tegen Koen. Ik doe geen moeite meer om de tranen weg te vegen die langs mijn wangen naar beneden stromen.

Koen pakt mijn hand. 'Nee, het spijt mij. Je hebt gelijk. Dit gaat om haar. Niet om ons.' We kijken Esmée na, hoe ze aan Amélies hand het park weer in loopt. Net zo lang tot ze uit ons zicht en uit ons leven is verdwenen.

Geen afstand is groot genoeg om je kind te vergeten. De rauwe pijn van het gemis zal me mijn hele leven achtervolgen. Toch voel ik voor het eerst in jaren dat ik er vrede mee heb. Mijn dochter is op een voor haar vertrouwde plek, bij mensen die van haar houden. Koen en ik hebben geen geheimen meer voor elkaar. Het leven ligt voor ons als een open boek. En als Esmée ooit op zoek gaat naar de waarheid, dan zullen Koen en ik haar die vertellen.

NA- EN DANKWOORD

Oude huizen en kastelen hebben een waanzinnige aantrekkingskracht op me en zijn altijd een bron van inspiratie. Toen mijn uitgever voorstelde om een serie te schrijven waarin de mooie omgeving van Vorden en in het bijzonder de acht kastelen centraal staan, hoefde ik geen seconde te twijfelen. In de authentiek ingerichte vertrekken, geheime gangen en de indrukwekkende tuin van Kasteel Vorden kwamen Guusje, Carmen en de andere personages als vanzelf tot leven.

Een boek schrijven doe je nooit alleen. Veel dank aan alle mensen die direct of indirect hebben bijgedragen aan de totstandkoming van *Schaduwdochter*.

Dank aan Karin de Rouw, de eigenaresse van Kasteel Vorden, die het samen met haar man en hun Rhodesian ridgeback Pippa, bewoont. Karin zet zich in om het kasteel te behouden voor de toekomst en stelt haar huis open voor publiek. Ben je in de Achterhoek, dan is een bezoek aan Kasteel Vorden een aanrader. Je kunt er ook overnachten. Het ligt in een schitterende omgeving, en dwalend door het kasteel waan je je in lang vervlogen tijden.

Schaduwdochter is een fictieve roman: geen van de genoemde personages (hebben) bestaan. (Nou ja, op de opgezette beer in de vestibule na. Die staat er echt.) Als je benieuwd bent naar de werkelijke geschiedenis van Kasteel Vorden of een bezoek wil plannen, kijk dan op www.kasteelvorden.nl.

Verder wil ik mijn partner Arno bedanken voor zijn onvoorwaardelijke steun en zijn engelengeduld tijdens het schrijfproces. En mijn nichtje Carmen, die de inspiratiebron was voor een personage. Een speciale dank aan het voltallige team van Xander Uitgevers, voor de superfijne samenwerking, het vakmanschap en het vertrouwen. En een shout-out naar Patricia Snel, mijn redacteur en eerste-hulp-bij-het-oplossen-van-plotproblemen. Het is heerlijk om met haar over de verhaallijn te brainstormen en ze weet me altijd te stimuleren om het beste uit mezelf te halen. Dank je wel voor je support!

En last but not least bedank ik mijn lezers. Jullie zijn natuurlijk het belangrijkst. Bedankt voor jullie lieve e-mails en berichten op Instagram en bovenal bedankt dat jullie mijn boeken lezen. Jullie enthousiasme is enorm motiverend en ik ben van plan er nog veel te schrijven.

Liefs,
Rachel

Haar verborgen oorlogsverleden kan niet langer geheim blijven
HET SCHUILHUIS
RACHEL VAN CHARANTE
ROMAN
RACHEL VAN CHARANTE
HET SCHUILHUIS

Lees ook van Rachel van Charante

Het schuilhuis

Lochem, 1944. De Tweede Wereldoorlog is in volle gang. De 18-jarige Victoria van Coevorden wordt door haar ouders vanwege grote financiële problemen aangespoord om te trouwen met haar steenrijke jeugdvriend Robert. Dan stort er een Engels gevechtsvliegtuig neer achter Victoria's familielandhuis. De piloot overleeft de crash en Victoria biedt hem hulp. In de gevaarlijke weken die volgen moet ze hem verborgen houden voor Robert en haar familie. Maar Robert houdt iets voor haar achter, en zodra Victoria dat ontdekt smeedt ze een plan waarvan ze de tragische gevolgen nog niet kan overzien...

RACHEL VAN CHARANTE
HET GRACHTENHUIS
Zij doet alles om haar vriendin te redden
ROMAN
RACHEL VAN CHARANTE
HET GRACHTENHUIS

Het grachtenhuis

Lochem, 1942. Heleen krijgt de kans om als secretaresse voor een belangrijk advocatenkantoor in Amsterdam te gaan werken, en grijpt die met beide handen aan. Als haar baas in dienst van het Duitse Rijk blijkt te zijn, begint ze te twijfelen. Maar dan beseft ze dat ze ook invloed kan hebben. Als ze via via bij het verzet betrokken raakt, breekt een levensgevaarlijke periode aan. Terwijl ze niemand meer écht kan vertrouwen, moet Heleen cruciale keuzes maken om de mensen van wie ze houdt te helpen.